天堂邮局

PARADISE POSTOFFICE

韩小瑞 著

时代文艺出版社

图书在版编目（CIP）数据

天堂邮局 / 韩小瑞 著. —长春：时代文艺出版社，2013.8（2018.1重印）

ISBN 978-7-5387-3431-7

I. ①天… II. ①韩… III. ①长篇小说－中国－当代 IV. ①I247.5

中国版本图书馆CIP数据核字（2013）第155129号

出品人 陈 琛
产品总监 郭力家
选题策划 李天卿
责任编辑 李天卿
刘 森
装帧设计 孙 俪
排版制作 隋淑凤

天堂邮局

韩小瑞 著

出版发行 / 时代文艺出版社
地址 / 长春市泰来街1825号 时代文艺出版社 邮编 / 130011
总编办 / 0431-86012927 发行部 / 0431-86012957 北京开发部 / 010-63108163
官方微博 / weibo.com / tlapress 天猫旗舰店 / sdwycbsgf.tmall.com
印刷 / 三河市京兰印务有限公司
开本 / 710mm × 1000mm 1 / 16 字数 / 350千字 印张 / 20.25
版次 / 2014年1月第1版 印次 / 2018年1月第2次印刷 定价 / 49.80元

目 录 contents

引子："天堂邮局"开张

叶小汀家大院的对面，有一个门脸很小的邮局，叶小汀家和外地亲戚们的联系，都是通过这个邮局进行的。这个邮局，远远不是叶小汀家人想象的那么简单，这里要有许多故事发生呢，现在只是一个开始。

赵林一就在这个邮局工作，他是这一片小区的投递员。他留个平头，脸长得圆圆的，眼睛又细又小，就像是在一个圆球上，用竹片儿划出的小划痕。他个子不高但很敦实，样子显得憨厚老实，并且很诚恳。他老婆黄奕明常说："就是因为他这样的小眼睛，我才喜欢他，就像一个塑料玩具，肉乎乎的，可以飘在水上。"赵林一也常常在老婆面前自嘲："我也就是个肉球，有些分量，其他就没什么了。"黄奕明也常常怜爱地说："我的老公，就是扔到水里，也不会沉底儿。"也就是因为黄奕明这样爱赵林一，他才感到无比幸福。他常说："我就是我老婆的岸，我永远都浮在水里。她游累了，就可以靠着我休息。"这两个人，就像天设地造的一对儿，有凸有凹，完全契合。其实，赵林一正如他的长相一样，是个实实在在的人。他又怕热又怕冷。现在正值冬季的三九天，他那圆圆的脸蛋，冻得通红，但是鼻子里却冒着粗粗的热气，一看就是个血气方刚、急脾气的家伙。也许就是因为这几天的感冒，让他鼻子通红，淌着大鼻涕，还坚持上班。他好像不太在乎自己，觉得自己年轻，三十几岁，体格健壮。就这个感冒，根本不在话下。要不是黄奕明逼着他吃药，他才不会把药片吞进肚里呢。

邮递员的工作虽然没什么特别的技术含量，但是，责任重大！他们是在靠着这种信誉为人民服务的。邮递员虽然工作看上去简单枯燥，但是对于赵林一来说，这是工作，是职责，也是他的爱好。他知道自己没什么很高的学历，但是很幸运，找到个自己喜欢的好女人，还是个大夫，这给了他很大的安全感，他觉得，自己这辈子的健康都会有人好好关照了。老婆黄奕明在社区卫生院的精神卫生科工作。虽然每天接触的是那些精神疾患的病人，但是，赵林一认为自己的老婆很高明，给那些病人看病的人，很有本事。赵林一不太了解自己老婆的工作内容，也不很关心老婆手中的病案，但是，他很认真地对待自己的工作，他知道，自己的工作虽然平凡，但是很伟大，他是人民的信使。人的思想虽然很崇高，但是，人人还都有自己的独特问题，并不全是活雷锋。之所以这么讲，就是说，既然是凡人，孰能无过？赵林一，虽然没什么工作差错，但是，他也只是干着自己分内的工作，本分，守纪，不出格。

这一天，他像往常上班一样，骑着电动自行车，冒着北风，虽然带着黄奕明给他新买的绒线帽子，但是，寒风还是穿堂而过，就像脑袋上什么也没有似的，也许感冒就是这样得的。他来到离邮局最近的一条马路边上，打开小区附近的邮筒，准备取出里面的信件，他从邮筒里拿出一封信，正在匪夷所思地看着，上面的邮寄地址是“天堂邮局”。

要真的弄清事情的经过，还要从头说起。

第一章　挽救的机会

不是所有的人都懂精神卫生知识，也不是所有人都能控制自己行为产生的后果。

这年的冬天好像特别冷。即便是已经过了春节，也没有一点儿暖和的感觉。就像是老天故意和人们作对，寒冷夹裹着风雪尽情地肆虐。吹在脸上，就像是一把把小刀，让人感觉到冰冻和生疼。如果不小心摔倒在地上，那一定是既有惨不忍睹的淤青，还有铭心刻骨的疼痛。季节只不过是自然的一种符号，没有这些节气的交替，人也许就早活不成了。

叶小海家，在这个寒冷的冬天，也经历了巨大的变化。使那些本来平静的日子，也变得有些波澜不惊了。

即便是这样，有些人还是在做着乐此不疲的事情。比如叶小海，他正忙着呢！

“喂！你又怎么了？”叶小淋听着手机，看着开过的处方有些不耐烦地问。

坐在叶小淋对面正在开药的病人，用困惑的眼神看着她。

“没怎么，你们连外人都不如，别人都比你们还关心我。”叶小海带着怨气在电话里说。

“怎么不关心你了？”

“我真的恨你们，你们想起我就来看看，不想就连电话也不接，我就你和叶小汀这两个亲人了，但是现在就像没有。”叶小海大声地发着牢骚。

“小海，不是你说的那样，你没事儿吧？”叶小淋耐心地问。

“没事儿？没事儿打什么电话？你告诉叶小汀，让她滚去吧！”

“小海，是你先打的电话，你忘了吗？她怎么你了？”叶小淋有些哭笑不得但还是很耐心地说，她下意识地看了看周围的病人和同事。

“我告诉你们，爸妈都不在了，我想他们。”

“我知道，我也想……”

“你们和我不一样，你们一点儿都不知道，他们对我意味着什么？”叶小海不等叶小淋说完就很自我地打断了她的话。

“这样，我中午下班去你那里，咱们见面再聊。”

“你就是来了也没用，你们都很混蛋。”叶小海生气地说。

“好吧，先这样，我正上班呢。”叶小淋咽了口气用平静的口气说。

叶小淋挂了电话。她心情有些郁闷。

叶小海并不知道，他现在所做的一切，到底是对还是错。他只是由着性子，干自己想干的事情。并且认为，自己做的都对。

很多事情做错了，还有挽救的机会；可是，也有很多事情，一旦错了，改正的机会都没有了，而且永远不能重新来。这些遗憾，也许就是活着的成本。如果把生病也当作人生一次错误的话。叶小海的现在，就是一次终生无法改正的错误。也许不仅是他自身造成的，更多的外因，也是它形成的条件。

叶小海一家，是世界上一个微缩到无法计量的渺小家庭。但是，这里却发生着一个不幸、独特的故事。叶小海的父母在“文革”中，受到很大的冲击。那时，由于他们是“走资派”，经常挨斗，接受群众监督不让回家。所以叶小海感觉很自由，在院子里时常和别的小孩儿打架，他并不明白爸爸妈妈那时的处境。父母自身难保，哪有什么精力管他。大姐由于当兵，早早去了部队。对叶小海的监管，就落在二姐叶小汀的身上。她那时记日记，和写作业一样，学校老师要定期检查日记，掌握学生的思想状况，日记当然就没什么隐私可言。每天记的都是：“今天，看弟弟。”就连老师都说，你的日记没什么新意，就像流水账一样。即便是这样，叶小汀的日记也没什么改观，她的确就是每天看着弟弟。更何况，能说什么真话？就算是叶小海每天由二姐看护，那也只是一种形式。他一出门，就飞快地跑得没影儿了，只有惹了祸，才能在现场看到他，并且还有各种道歉和麻烦。

叶小海上中学时，十分喜爱数学。工作后，更喜欢那些破案、反特、犯罪心理学方面的书籍。后来，专门爱看北约成员们撰写的书，好像他们的书更具有某些专属性。他似乎在逻辑推理、心理分析等方面有更加偏爱的喜好。比如《死亡也是需要勇气的》和《心理学》这样的书籍都是他喜欢的。凡事他都有忧患意识，好像永远都在有备无患。也许是这些爱好，使他的性格清高，性情偏执、多疑，喜欢看透别人的心思，好像别人的看法比自己的做法更重要。在一些事情上表现得很固执。那时，叶小海好像就带有某些强迫症的色彩。比如出门后总觉得没有锁门，就是锁上了，也要盯着锁看一会儿，好像这样才能真正确定已把锁搞定了。就是洗手，也要好几遍，不断重复着这样的动作，以至于手都洗掉了皮。他喜欢我行我素，胆小，怕虫子。如果在家里某处看到某只虫子，他就要搞个大扫除，非见到那个虫子在他面前阵亡才罢了，并且撤换所有的床单被罩，这样好像才能摆脱那个虫子带来的恶果似的。他一方面谨小慎微地关注着害虫，但另一方面又有奇特的喜好。他在后院的阴暗墙根儿下，捉些个小型的癞蛤蟆，自称为青蛙，放在瓶子里养着。爸爸看见这些东西就倒在厕所里，用水冲下去。也可能是住在一楼，下水道短的原因，过了一会儿，就会在家里客厅的地毯上，看见个小癞蛤蟆蹦来蹦去，爪子还不断地勾住地毯上的细毛在那里来回扭着，想要挣脱束缚，可笑又恶心。因此，这些行为使他的性格形成很大的反差。在家里他一直是核心，没离开过父母。从小受爸妈宠爱，没吃过什么苦。所有人都惯着他，就是闹，也会闹出个名堂。高中毕业后，爸爸对他说，只要爸爸活着，就让他考大学。父爱的注视，似乎并没有给他带来那么大的力量，大学还没考上时，父亲因病去世了。这样的遗憾和悲痛，对于叶小海来说，很难弥补和修复。情感转移似乎没有给他机会。姐姐们先后结婚，走出这个家门，尽管他和妈妈住在一起，但还是使他时常陷在那些悲痛、孤独之中不能自拔。他放弃了上大学的机会，开始工作。时常紧锁眉头，不爱说话，朋友很少。下班回家后，也只是看看数学书来消磨时间。家里的人好像也并没太更多地注意过他的行为，只是觉得他很安静和老实。这样的生活方式，使他性格更加孤僻，也许他的内心就像火山，在寻找一个爆发时机。

这也许是这个家庭的错误，以至于错得都无法挽回。

自此以后，叶小汀每次回家来看妈妈，都听到妈妈说夜里有人在后院儿大喊。这天，她来看妈妈，她把自己的那辆旧车停在路边上。说起这辆二手车，那还是叶小汀丈夫林建平专门给她买的，就是让她过来照顾妈妈时用着方便。尽管车旧，也被叶小汀收拾得比较新。在这件事上，叶小汀对林建平心存感激。

叶小汀一进门，看见妈妈坐在那里揉着自己的腿。她就把手里的东西放下，上前急切地问："妈妈，腿还很疼吗？"

"疼呀，只是这样揉揉好像就舒服些，也不知道是不是那些中药的作用？还是按摩的作用？"

叶小汀笑着说："不管是不是，反正有病那些药就会管事，重要的是那些药物之间的配伍很复杂，一定有咱们不知道的用处。"

"你也是搞医的出身，我知道你们说得对，但是现在我吃的药太多、太杂了。"妈妈为难地看看身边桌上摆着的小药碗儿里的那些花花绿绿的药片儿说。

"没事儿，中西药分着吃，现在您的病很需要这样的治疗。我记得小时候爸爸常说，人老了就像个破车往八宝山开，吃药就是更换汽车零件，修修补补的还能凑合着走。"

"这都是什么理论？你爸什么时候说的？我怎么没听他说过？"妈妈笑着看看叶小汀顺手拿起那个小药杯说。

"您还别笑，就是我小时候听他说的。现在就是真的，医院里其实真正能治的病也没几个，都是在用药物控制病情。吃了药吧，就说有副作用。不吃药吧，就难受得不行。反正，我信！有病就得吃药。睡不着觉也要吃药，要不到死的时候，连个好觉都没睡过，亏死了。季羡林就吃了几十年的安眠药，不也好好的吗？”

“你净些个谬论，不知道你脑子里想什么？”妈妈把药吃了。

叶小汀不知道叶小海是否在他自己的房间里，就小声地问：“妈，最近夜里还听见有人喊吗？”

“有，声音时大时小，听不清楚。就像是在吵架。”

“什么时间？”

“好像就是夜里十一二点吧？也许更晚些。”妈妈好像也不确定。

“是每天都有声音吗？”

“是呀，不过也不太像是。”妈妈好像对这些事情的感觉也似是而非。

“噢，这样？”叶小汀沉思道。

“你说会不会是小偷呀？”妈妈有些忧虑地问。

叶小汀轻轻地拍拍妈妈的后背笑着说：“妈妈，您这是糊涂啦，怎么会是小偷？他不偷东西？竟在那叫，等着人逮他呢？”

妈妈也笑了：“那你说，这是谁家人不管好自己，在那里不睡觉乱喊，这不是扰民吗？”

“咳，妈，这也不关咱的事，他在外面喊，也没进咱家，咱管好自己就行了，别人的事还是少管吧。”叶小汀安慰着妈妈说。

“是呀，现在，什么都那么方便，什么都那么好，怎么还有这些闹事的？放着好日子，不好好过。”妈妈自己嘀咕着。

叶小汀看看妈妈，心中有些疑虑。她觉得，这件事情也许不会那么简单。叶小汀觉得自己也许有责任搞清楚这个事情。

“妈，你听得清那人喊什么吗？”

“只知道有人在嚷嚷，刚才不是说了，听不清内容。其实，那个声音挺大的。你知道，我的耳朵现在不好使了……”

叶小汀心里很难过：“妈妈，在治病的事情上，你不要对自己失去信心。”

妈妈笑笑：“知道啦，二丫头总有鬼点子。哎？你怎么把话拐到别处去了？刚才不是说那个叫喊的人吗？”

“妈，我知道。您可记住：不管外面发生什么，您都不要去管。本来就腿脚不方便，要小心自己，不要出去，知道吗？”

“知道啦，二丫头就知道管着我，我听你的”。妈妈笑着说。

“那当然了，您是我亲妈，我当然担心了。”

妈妈笑着说：“二丫头事儿多。现在我老了，什么也干不好。你们趁着年轻，想干什么就赶快干，什么时候开始都不晚。”

“妈，知道啦。您都说了一百遍了，我都记下了，不用老说啦。”叶小汀撒娇似的说。

叶小汀是这家的老三。她细眉细眼虽然皮肤很白，但总觉得自己缺色素。找对象时定下的硬条件就是，男方要浓眉大眼、腿长。她认为这是对后代基因改造的先决条件。在部队戎装素裹的叶小汀也曾飒爽英姿，每回下班回家，楼下的一个男孩，就总跟在他后面低声自语地说：“娜达沙、娜达沙”。一直跟到她的家门口。她心想，就真是个外国人，又有什么好拽的？有的中国人喜欢崇洋媚外，我不吃这套。她喜欢穿制服，喜欢集约化管理模式下的工作环境和居住环境。那种统一的形式，给她有一种归属感、安全感，只有在这样的境界里，才是工作，才是人生。这也造就了她性格中的严谨性，对事情要做就做得最好，要不就不做。这样，其实有些偏执。她喜欢红色、蓝色，性格活跃、清高，具有进攻性。这些矛盾的状态，让她爱憎分明，心直口快，内心却细腻、敏感。鲜明的个性，让和她接触的人透不过气来，有点儿憋。她是那种拿得起放不下的人，什么都背着。她想做的事，不容改变。女儿上中学时，为了不迟到，她开着那辆新买的旧车，在便道和主路之间窜来窜去，十分钟的路程，她用五分钟就到了。她办事雷厉风行，追求短平快的节奏。对待工作、对待家事、对待谈恋爱，一律采取旋风行为，希望“飕”的一下搞定。这样带来的后果，缺少细节，很少过程，像她婆婆说的，三公里的路一公里就走完了。其实，很多事情正是需要曲折的过程，才能享受到那些快乐。她的丈夫林建平虽然符合了那些要求，但也是个急性子，脚不沾家。她甚至觉得，自己就像嫁给了自己，只不过有了女儿林叶子。这孩子说狠话，干出格的事，好像就是他们俩的总和。

这天一早，女儿穿好衣服从自己房间出来，叶小汀在一边火急火燎地等着她打扮停当好送她去上学。但是，她又不能表现出不耐烦，要不就会爆发“战争”。她知道，这个年龄的孩子正在逆反期，什么事都要表现出自己能做主，证明自己长大了。为了大家都痛快，还是少说为佳。

“妈妈，你看这身衣服怎样？”林叶子站在镜子前面左右拿捏着自己的服装，透过镜子的反射，看着妈妈问。

“嗯，不错。”叶小汀随便地看了女儿一眼说。她其实怎么看，都觉得女儿穿得很别扭，不像个好学生的样子。但是，她的那些审美标尺，在女儿眼里，简直就是古董，早没时尚可言了。

“哼，那就是不好。”林叶子说着返回房间，砰的一声关上房门。

“怎么了？看看几点了？”叶小汀着急地看着手表说。

林叶子换了另一身衣服出来：“你就是我的镜子，你说好，那就是不好。”

叶小汀在女儿又一次地强调了自己的观点之后，差点没背过气去。

叶小汀想不通，一个女孩子怎么就这么另类？那些女性因素在这个后代身上，简直渺小到极点。骂人，抽烟，没体统，算什么时髦？令人匪夷所思，真的，叶小汀感到很绝望，那种立刻就死都不后悔的感觉，“腾”的一下，窜上了叶小汀的额头，就像是要开锅的水壶，那些火就要从脑袋顶上喷出来似的。但是此刻她还要压抑着，把这些不满意全给咽回去，为了女儿这一天能够高兴地上学。

叶小汀整理了一下自己的思绪，叹了口气，算是迈过了那座“火焰口”，说：“好吧，就这样，咱们走吧。”

叶小汀感觉自己的思想还算是进步，形式上也算是知性。她反省自己对孩子从小的教育，都是优秀思想。怎么现在她变得连自己都不认识了？这是代沟吗？时代印记？她知道，自己以及林建平，对于林叶子来说，已经是个“奥特曼”了，真的很“out”。这也没辙，时代的新陈代谢，什么也挡不住。

“那你能快点吗？都要迟到了。”林叶子反而不耐烦地朝妈妈叶小汀说。

叶小汀那股刚刚被压制住的情绪，又被这句话给熊熊地点燃了。但是，她没有再接着说什么。这些烦恼，还是让自己来扛吧，这也许就是母爱？她不想和女儿解释什么。她觉得自己的女儿也有长大到老的一天。那时她也许就会觉悟，就会明白现在自己为她的付出了。叶子是那种一眼见底的水池子，透明、没遮拦。在许多事情的处理上，也显得很简单。

由于妈妈这几天发烧，叶小汀和姐姐叶小淋商量，轮流回家来照看妈妈。

这一天，是叶小汀在家里值班。她一边收拾着东西一边和姐姐交接着：“姐，这几天你在家里住着有什么事吗？”

“别的倒是没有，只是……”叶小淋四下看看，小声地说，“只是，晚上那个叫喊的人好像是在咱家里。”

叶小汀顿时出了一身冷汗，一股凉气从后背窜到心里。她知道，这是一种“战逃反应”，就是那种遇到危机时刻人的反应：血压和血糖都会升高，心脏和肌肉血灌注量都会增加的反应。但是，她控制不住自己的感觉。她紧张地问：“姐，什么？你看见还是听见了什么？”

“我住在北面的房间里，夜里也听见那样的叫声。开始，我也和妈妈一样，认为是外面的人。我也不敢起来看。”

“后来呢？”

“看你急的。那天夜里，我没脱衣服，也没把门关紧。我听见喊声，就悄悄地开门出来看看，你知道我看见了什么？”

叶小汀紧张到喉头发紧，两个眼珠子都要瞪出来了：“你看见了什么？”

叶小淋四下看看小声地说道：“我穿过楼道，看见小海那屋门缝里有亮光，我就走了过去。”

“你看见什么了？”叶小汀直打哆嗦，因为这些事就发生在自己的家里，与自己的亲人息息相关。

“我从门缝儿里看见，小海从开着的窗口朝马路对面看着。”

“什么？他在干吗？”叶小汀目瞪口呆。

“是呀！这么晚了，天这么冷，他在看什么呢？”

“姐，你说的怎么这么瘆人呢？”

“当时的确那样。我也吓了一跳。没敢叫小海，赶紧溜回房间了。”

“后来呢？”叶小汀急切地问。

“你想，在那样的情况下，我也不能破门而入，我只能回去。要是把他吓着了怎么办？”

“那你没听见什么吗？”叶小汀着急地问。

“没有。”

“后来呢？”叶小汀似乎要从姐姐的描述中得到什么可以解释的答案似的急匆匆地问。

“没后来，我竖着耳朵，真想听听是怎么回事？”

“那你听见小海叫声了？”

“想什么呢？你以为是他？”

“没有，我只是担心，我怕家里出事，妈妈又有病，什么也管不了。”叶小汀的声音听起来颤颤巍巍的。

叶小淋看看妹妹，无奈地说：“那天，后来真没听见什么，也许小海是在窗前抽烟呢？”

叶小汀像是自语地说：“是呀，要这是真的，小海就疯了。”

“说什么呢？咱们还是盼他点好吧。今天你也留点神，看看有什么事情。”叶小淋用命令的口吻说。

“知道啦。”叶小汀显得很顺从地说。

“不过晚上千万别因为好奇，再出点儿事，你别乱管闲事，知道吗？”

叶小汀点点头，但又显得很害怕地说：“姐，要不，咱们报警吧。”

“报什么警？你又没有什么情况，小心警察抓了你。”

“我不是胆小吗!”

“你胆小，平时像个母老虎，什么事都管，现在蔫儿了？”叶小淋带着责怪的眼神看着妹妹。

“行了，我知道了，别老说我了。”

叶小淋拍拍妹妹的肩：“行，看你的，多上点儿心。”

“姐，我觉得咱俩像侦探似的。你知道吗，这几天我们部队有任务，天天开会。现在，当个军人也不容易，什么都管，还有什么军容风纪。都什么年头了，我还要去剪个短头发，弄得像娘子军似的。我们就是个卫生兵，需要那么严格吗？”

“噢，是吗？我们当新兵时也这样，有什么新鲜的。”

“我现又不是新兵，搞这些有什么用？”

“部队的事情，你就好好听话。家里的事情，你要好好上心。知道吗？”

“我知道了。我也不是小孩儿，你别老这么说话行吗？”叶小汀显得很不高兴。

“不管怎么说话，反正现在就是要把家里的事情搞好，不要出什么差错，你不知道小海还小吗？”叶小淋一脸家长的样子。

“真是的，我也有你这样的感觉。”

“行了。别老有什么感觉了。有病就吃药，有事儿就马上处理。”

“也许咱们母性太强了，对别人都有垄断性。”叶小汀好像是在自言自语似的检讨着。

“你说什么呢？”叶小淋用怀疑的目光看着叶小汀说。

“没什么，我只是感觉。”

“别感觉了。感觉当不了饭吃，也治不了病。你就好好把妈照顾好就行了。别老神神叨叨的。”

“谁神叨了？现在科学特重视人的感觉，有很多感觉就有针对性。”

“行了。等到科学什么都能管时，再说这些也不晚。现在，你就把这几天的事情办好。妈刚刚退烧，还不知道会怎么着呢？小海那儿也不知道怎么回事。你多小心吧。”叶小淋一脸严肃地说。

“你老是这么些事儿。”叶小汀一脸不高兴的样子。

“我知道你有想法，以后有空再说行吗？”

“你怎么啦？真不明白？”

“以后再明白吧！我还要去总院开会。我先走了。我们要考试了。”叶小淋收拾着自己的包说。

“你老考试？都几岁了？至于吗？”

“我不是你，我得靠自己，要不怎么在医院里混。那可全是人命关天的事情。全是事儿，地方的事儿，你不知道。”

“反正，我知道你没必要像现在这样活着。”叶小汀一副不屑的表情。

“不管你怎么看，我就是这样活的。对了，我还忘了，一会儿还要替妈妈去邮局，给大哥叶建国寄钱。好像是他家老大要结婚了。”叶小淋显得很烦躁。

“他家事儿真多。快六十岁的人了，不要脸。”叶小汀恨恨地说。

“别说了，这不是妈妈意思吗？以后我们再老点儿，也会是这样对各种事儿都牵肠挂肚的。没准比妈现在还要事儿。”

“那你就快走吧。”

叶小淋瞪了妹妹一眼，没再说什么，拿起包匆匆地走了。

叶小淋好像永远一副家长的模样，对于弟妹来说，这样的感觉就更明显。“文革”时期，爸妈正接受审查，家里的大权由十二岁的叶小淋掌管。那时叶小汀八岁，叶小海五岁。一次，她给他俩做炒腰花吃，叶小海觉得很好吃，就问：“这是什么？”叶小淋随口说：“炒熊耳朵！”从此，每当他俩想起这道叶小淋的私家菜时，总是口水涟涟。也许是食材的短缺，也许是叶小淋去参加了红卫兵，很忙，她再没做过。这件事几乎成了他俩的梦。

叶小淋现在是社区卫生院的全科大夫。来这里看病的病人，大部分都是附近小区的居民，解决的也只是一些个头疼脑热的小病和取药的问题。每天病人不断，工作量还很大。她看上去显得很文弱，但个性十足，我行我素。平时话不多，但是一张口总是能撅你一个跟头，没有你还嘴的余地。所以，她的私人朋友很少，她不喜欢把自己的事情与别人分享，恪守家庭事务秘密。以至于和她工作过的同事们，没有人真正了解她家的事情。她管理自己的能力很强。这也许和她很小就离开家去外地当兵有关系。那样好像更成就了她的独立性格。她平时总是喜欢皱着眉头看任何事情。也许是她在部队当医生时留下的习惯，对任何事情的处理都很严谨。她对叶小汀说过，在他们部队的医院里，有个外科主任在做手术时，把病人的十二指肠直接接到了大肠上，致使病人死亡。这个医疗事故，在她的行医道路上竖起了一面镜子，那就是对待病人，必须负责和仔细。所以，她对所有的事情都很谨慎，勤俭节约，成了她生活中的铁律。这样的生活方式，正如她妹妹叶小汀所说，“要是像她姐姐那样克勤克俭的生活，自己早就成百万富翁了”。在叶小淋眼里，生活中的很多麻烦都是不可预见的。她喜欢杞人忧天，但工作努力，做事认真，勤俭节约。所以，多次被评为医院的先进个人、优秀党员。她的节约，在叶小汀看来，就叫抠门儿，而且特抠儿。叶小汀总是叫她“葛朗台”。但是不管怎么说，她对所有的事情，都有一种强烈的责任感，虽然这样的责任感不能当饭吃。但她好像在家里某些风口浪尖的事情上，更具有权威性和领导范儿。听起来有些好笑。不管你喜欢，还是不喜欢，只要她认为对的，就会强加于你，并且不许还嘴。这样的强势，来源于她的主观和她所学的那些医疗领域的成果。她认为，医学知识可以涵盖生活，你听也要听，不听也要听。她的这种个性，直接影响到家庭生活。在家里，吵架的源头，经常是她。她丈夫郑健不是那种小白脸型的男人，但很居家，烧得一手好菜。但她对这些，并不领情。儿子郑佳佳对她敬而远之，他知道惹不起躲得起的道理。她却未意识到自己的独断。她知道自己特对，那些最令她骄傲的医学知识，是她这几十年潜心学习的结果。虽不是顶尖技术，但足以成为她对家里的这几位发号施令的本钱了。尽管妈妈以前经常开玩笑地说她就是个“不靠谱大夫”，她也从没对这个戏谑的称号自卑过。她从部队上大学开始直到现在，就认为自己的医学知识已经得到了N倍的更新，这是她的骄傲。这些知识给了她最大的安慰，弥补了她在婚姻生活中的不满。她勤奋、努力地工作着，只是为了尽职。对得起部队对她的培养，对得起自己，对得起父母，也对得起自己的后代。她是那种将自己的医学事业进行到底的家伙，而且还要一丝不苟地进行。

叶小汀这天在家值班，在她的昏睡中就过去了。什么也不知道，什么也没听到，她好像被部队的那些训练搞得晕头转向。家里并没有发生什么惊天动地的事情，叶小海也没有像叶小淋说的那样出现什么惊世骇俗的表现。她甚至觉得，叶小淋有些小题大做。

妈妈终于烧退了，姐俩的值班也暂告一段落。

这天，叶小汀去医院给妈妈取了中药。一进家门，就说："妈，这几天想吃什么，告诉我，我去买。这是烤鸭，我包了几块，吃肉提高抵抗力、少得病。"

"二丫头就是爱花钱，家里的饭都吃不过来，还买？再说我还有那么多的药要吃。"妈妈责怪道。

"这不是想让您变变口味吗？药也不能当饭？"

"先不说吃了，你去看看你弟弟。这些天不知道怎么了，也不和我说话，整天关在房里，有时还大声地说着什么。我和小淋也说过，也不知道她问过没有？"

"好，一会儿我看看，他没上班吗？"叶小汀没把这事当回事儿。

"这两天就没去，说是休假了，也不知道是怎么了？"妈妈忧虑地看着叶小汀说。

正说着话，叶小淋开门进来了。

"妈，怎么样？"叶小淋显得很愉快的样子看着妈妈。

"挺好的，你还挺高兴的，有什么好事？"妈妈问。

"噢，没什么，我们今天下午调休。"

"哦，不上班就这么高兴？你们年轻人呀。"妈妈自己嘀咕着。

"我们还年轻？您知道，现在上班有多累。"

"那还能累死人？"

"妈，别说这些了，我好不容易歇半天。"

"好，你们呀……，对了，给你哥寄的东西寄了吗？"

"寄了。"一说这事儿，叶小淋就感到不愉快。

"噢，那就好，也不知道他们家怎么样？"

"妈，他都快当爷爷了，还这样操他的心，至于吗？"叶小汀不高兴地说。

“你们不懂。”妈妈自己嘀咕着。

叶小淋拽了一把叶小汀：“妈，我先和小汀说点事儿，一会儿再和您聊。”

她们来到隔壁的房间，叶小淋显得有些神秘。

“小汀，你听我说，小海也许的确有问题，不知道他和谁在怄气，那天我住在家里，夜里又听见有人大喊，我就悄悄地起来，听见声音是从小海房间里传来的，我从门缝儿看见，他在房间里来回走动，好像还在骂着什么。”

“是吗？”叶小汀起了一身鸡皮疙瘩。

“真的，他乱七八糟什么都骂。我怕他发现，没进他的房间。也不知道他和马路对面的人发生什么事。”叶小淋紧张得够呛。

“噢，原来是这样。你说小海也是，有这样的事情，也不和咱们说。”叶小汀埋怨着叶小海。

叶小淋很释然的样子说：“嗨，他也许以为咱们都是女的，解决不了什么事情。”

“那不是还有公安局、派出所吗，找警察呀。”叶小汀小声说。

“先了解一下情况再说，看看小海到底出了什么事。”还是叶小淋显得老练些。

“那倒是。不过，我想，要是找人给小海撑撑腰，也许就没事了，现在的人，不都是欺软怕硬吗？就吃这一套。”

“你想干吗？你别瞎来啊！”叶小淋警觉地看着叶小汀。

“我现在武警部队。别的不趁，就趁武警。把我的战友叫来，林建平他们的战友还有警察也叫来，看谁还敢欺负小海。这虽然小儿科，没准儿管用。”

“你别胡闹，等我问问小海再说。”

“我看，也许咱们常年不住在家里，小海的事情咱们也不了解，也不知道他是被谁欺负了。咱们家有个大哥，就和没有一样。”叶小汀发着牢骚。

“别提他，他在也没用！连他老婆都摆不平，还能干什么？”叶小淋气哼哼地说。

“我觉得，小海很可怜，没有女朋友，也没什么业余生活。”叶小汀好像没有在意她的态度。

“所以，我说先要问问他，到底怎么回事？这事先别和妈说，省得让她着急。”

“知道了，姐。”

第二天，是个休息日。叶小汀把自己的几个战友招到妈妈家里。她想，就是叶小淋把事情搞清楚，又能怎样，先下手为强，先把自己的战友叫来再说。

叶小汀觉得武警够威风了，林建平还让自己的同学把警车开来停在门口，以为这样可以震慑那些找茬儿的人了。这会儿只有叶小海独自坐在一旁，默默地不出声。谁也不知道他在想什么。突然，林建平的同学万鹏把叶小汀叫到一边，低声说：“你没感觉是你弟弟不对劲吗？”

“他怎么啦？”叶小汀回头看看叶小海有些奇怪地问。

“怎么啦？”林建平也凑过来有些吃惊地看看叶小海，小声地问。

“你还看不出来吗？他也许是脑子里出了问题。”万鹏有点儿犹豫地说。他老婆是安定医院的护士，他似乎比这群人对这样的事情更加敏感。

叶小汀搜肠刮肚地想着自己在医院里的工作经验，想弄明白眼前发生的一切。她先是一头雾水，又像是幡然梦醒。她此时只想抽自己一个大嘴巴，她现在有个要死的感觉。她小声地骂着自己：“我他妈的是天下最笨的那种蛋。简直太愚蠢了！”但无论这次的举动有多么无耻，最起码搞清楚了叶小海有心病。

第二章　手足情深

叶小汀感到，人类的家庭，也许是老天奖励给人们好好活着的奖品。

天气已经不算太冷了。最起码，街上有些时髦的女孩子，已经很早地就穿上了短裙子。这年的衣服样式，好像也是在很早以前就流行过了，款式很女性，颜色鲜艳，饰物五花八门，极尽想象之所及。很扎眼，很好看。无论男装还是女装，好像都已经被这样的设计观念所垄断。

但是这一切，和叶小淋无关。她没有心情欣赏这些美丽的色彩，她也错过了穿这些衣服的年龄。她只是埋头在自己家那些忙碌碌的琐事里，并且那些琐事都是没有办法得到彻底解决的问题，都是在一天天走向更加恶化结果的问题。人一辈子也许就是两件大事，出生和死亡。就在嗷嗷落地的那一刻起，也是在慢慢地走向死亡的开始。有人活得精彩，有人活得平庸，有人活得悲哀。在叶小淋家，各种不高兴突然集中起来，本来的美好时光，变成生有大问题，死又不痛快。好像就剩下被命运折磨的份儿了。一件连一件接踵而至的问题，给这些长在蜜罐子里的人出了大难题。

一早，叶小淋又来到邮局帮妈妈给自己的二姨邮寄东西。很多年前，这些事都是妈妈自己来办的。住在外地的亲戚们，无论谁家有什么困难，妈妈这里就像是民政部门，都要发放一些救济款和物资。这些事情，从叶小淋他们很小时，就已经习惯了。有时他们还会帮着妈妈拿着那些邮寄的包裹，甚至帮妈妈填写寄款单。这个邮局对于她家来说，就是和各家亲戚的联系纽带。但这样的联系，大多时也只是单向的，妈妈把各种东西寄出后，那边儿就没信了。不过这些也不算什么，好像从来没有听到妈妈对他们的做法有过什么埋怨。

叶小淋一进邮局大门，看见门口醒目的地方挂着横幅上写着：“诚信办公，服务群众，方便快捷，周到热情。”这样的口号，对于现在的人们，也已经习以为常了。叶小淋不知道邮局又开办了哪些新型服务。她正转着脑袋看着那些张贴在墙上的各种启示，赵林一从柜台里面的侧门拿着邮包出来。

“叶姐，又来寄钱啊？”赵林一不但认识叶小淋，就连她办的业务也很熟悉。

“噢，小赵，忙着呢？这回我不寄钱，寄些东西。”叶小淋一边说着，一边拿出很多壮骨粉什么的。

“叶姐，现在都什么时候了，这些东西的邮费，都比在当地买它的钱还贵。你们怎么还寄这些呢？”赵林一看着那些东西，有些惊讶。

“唉，这不是我妈吗，她谁的心都操，我二姨他们家不是在县城吗，现在也不教书了，退休在家没几个钱。我妈就什么都要寄给他们，好像这样就能帮上他们的忙。”叶小淋一边在柜台上填写着单据一边应和着。

“噢，你妈真好，现在谁还管这些呢？其实寄些钱就行了，还用这么麻烦。”赵林一用有些羡慕的语气说。

“唉！我妈就不这么想。她什么都操心。呵呵，小赵，你先忙着。”

“好，叶姐，我先走了。拜拜。”

叶小淋手脚麻利地把包裹寄走。她还要和叶小汀带叶小海去安定医院。

其实有些事情，在一开始就已经告诉人们它是什么了。只是人们在看待事物的本性时，会因为个人原因或是表面现象，影响到对那些事情正确的判断力。这样，就使有些事能够挽回，但也有些事失去了挽回的机会。叶小海的事情，也亏了被叶小汀那次的折腾给发现了，还算庆幸，他被及时地送进了安定医院。但是，精神病学是个独立的专科医学。即便你是内外科的专家，也未必真正懂得精神病科的学术理论。只有在接触到这些疾病时，才知道治疗有多难。

北京安定医院门诊楼的墙面，是用那种白色和棕紫色相间的马赛克瓷砖镶嵌的，看上去给人一种安全感，好像有些镇静的作用。但是，对正常人来说，看到医院门口挂着的牌子，似乎就有一种压迫感。因为，“安定”那两个字的含义在这里，好像就是一种不治之症的代名词。尽管是“安定”，其实针对的就是“安不了定”。这些下意识的字眼有某种特定的感觉。楼上那些病房半开的窗子后面，有几个穿着蓝白条子服的人，用疑惑、警惕的目光看着楼下来往的人们，他们就是住院的病人。病房的那些窗子很宽大，玻璃框间隔却很窄。人是钻不出来的，也许是为防止病人管不住自己，从上面掉下来。医院的设计，一看就是那种经过计划专门为那些特殊病人建造的。

但是，那里的人性化设计越多，叶小汀就觉得心理上越不舒服。她今天是和姐姐一起陪叶小海来看病的。她觉得，在那些禁闭的空间后面，一定发生过什么。是什么？她自己也说不清楚。她脑子里，闪回着那些曾经在影视作品里见过的精神病院。她看看周围病人们身边的家属，好像都很平静。也许，那些人心里没有这么多复杂的想象力，也许这些想象只是叶小汀自己的独断专利。不管怎么样，她觉得不自在，就像自己是病人，而不是来陪叶小海看病的。

那些眉头紧蹙、低头干着自己的事情，回避外人询问的目光、身体有些发胖，面色苍白、表情木讷，和人没有交流、只想着自己的心事的人，就是这里的病人。而那些一会儿站起来看看叫到号了没有、又和旁边的人打听事的，就是来陪护病人看病的人。这种医院里好像只有这两类人。叶小汀觉得，她一眼就能看出来谁是病人，谁是家属。她现在变得很敏感。她并没有因为自己看见了周围这些人的表情而显得轻松，只是任着自己的性子在那胡想，想象着这些病人和家属的下场。她在心里放大着自己的不良情绪，她没有意识到，这样想的后果。

叶小淋给叶小海挂了张教授的专家号。据说他是医院最有名的专家，在全国也是数一数二的。他的病人不多，大约十一二个。但是每个人看病的时间都很长，因为这些病人需要心理疏导。

“大妈，您也给孩子来看病？”看看还没叫到小海的号，叶小汀有些好奇地问身边的一位上了岁数的妇女，她的手臂上打着白色的石膏，可能是骨折了。

她捋了一把满头的白发，抬头看着叶小汀说：“是呀，我儿子今年才二十六岁，可是得病就有十三年了。”

叶小汀心里咯噔一下。她不知道自己的弟弟会病多少年，也不知道以后会是什么样子，她小心地问：“是吗？那您这些年够辛苦的。您的胳膊也不方便。”

“嗨！这几天不小心摔了一跤弄成这样。这不，他学也上不成，整天在家。我们只能做个小买卖，多挣点儿钱给他存着养着他。可他连这点儿事也做不成，卖了东西不收钱。真没办法。以后他可怎么办呢？你看，我才五十多岁，头发全白了，都是为了他。”她又捋了捋白头发看看身边的儿子发愁地说。她对外人说儿子的这些事情，他儿子似乎并不介意，只管自己坐在一旁东看看、西看看，好像什么也没听见似的

“家里有这样的病人，只能这样。您说话也不避着他？”叶小汀小声问。

大妈看着一边坐着的儿子，接着说：“他什么也听不进去，药也不好好吃，他爸爸总打他，可这是一辈子的事情，打有什么用？等我们死了，他就不吃药了？”

“好好和他说，吃药是为他好。”

“我们也是这样劝他，他哪里听得进去。”

“家里还有别的人能管他吗？”叶小汀同情地看着她说。

“有，有个姐姐，什么也不管，自打他弟弟生病，就好像和这个家断了关系似的，从来都不管他弟弟的事。”

“噢，是这样。”

大妈回过头来看着叶小汀：“你是头次来看病的吧，谁是病人？”

叶小汀看看坐在远处角落里的叶小海。

“我说嘛，一看就是新病人的家人。”大妈笑笑。

“怎么看出来的？”叶小汀很好奇地问。

“你老打听事。你不知道，这些治疗精神病的药呀，副作用可大了，要人命。”

“什么？”叶小汀吓了一跳。

“真的，各式各样的，我在这里给儿子看病这些年，老听人们说。我自己的儿子也是，吃了药不舒服，难受呀！吃了药就吐了，那不是等于没吃吗？”

“那你们怎么办？”

“没办法，就这么熬着吧。”

“真可怜！”叶小汀说完，也不知道这话是说给老太太听的，还是说给自己听的。但是，有一条她心里很明白，这个绳索，这辈子算是套上了。她心里突然有种烦躁，就像是伏天里下雨前的那种烦闷，让人喘不上气来。

这时，叶小淋在那边朝叶小汀喊着：“叫小海了，小汀，快来。”

叶小汀站起身来，疾步走进诊室。

这位给小海看病的大夫姓张，人很消瘦，一头白发，在窗前的阳光下闪着银光，皮肤显得苍白，布满了很多棕色的老年痣。大概七十多岁了吧，却是思路敏捷型的，没有一点老年迟钝的感觉。只是开药方、写诊断，需要专职护士来打印。他是那种德高望重型的专家。叶小汀看着这位专家心想，像他这样年纪的医生，肯定见过成千上万的精神病患者，肯定是个经验丰富的专家。从他看着小海的眼光里，就可以感到，他的诊断可以一锤定音。他看看叶小海，有些不经意地问：“怎么不好？”这也许就是这种专家特有的诊断疾病的手段。一般能做出重要决定的人，总能表现出那种于无声处听惊雷的淡定，给人一种可以依靠和不容置疑的坚决感。

叶小淋看看叶小海说：“大夫，是这样，他最近好像有些思想问题。”

“比如呢？”张教授抬起眼看着叶小海。

“他说，他能不断听见别人在骂他，在路上他感到也有人对他指指点点。”

“是吗？他能自己说吗？”

叶小海支吾了一阵，然后就很神秘地说：“就是我听见我家马路对面新修的楼里有人骂我。还有，我家对门在我房间隔壁的那边，隔着墙也骂我。”

“平时走路也听见有人骂你吗？”

“是的。”

“你是怎么做的？”张教授耐心地问。

“我？就和他们对骂，我从小没被人欺负过，干吗要让人骂我？”

“都骂些什么？”

叶小海显得有些犹豫：“就是……就是人身攻击，说我白，像女人……就这类的吧？”

“你还有哪些不舒服？”

“睡眠很差，不想吃东西……”叶小海不太肯定地说。

“还有什么？”

“难受，心里难受。他们凭什么骂我？”

张教授让护士不断地在病历上记着什么：“嗯，还有什么不好？”

“好像就这些，对了，现在对看书也不太感兴趣，以前最喜欢看数学书和侦探小说什么的。单位里图书馆的这类书籍，我都看遍了。现在就没有兴趣，好像对很多事情都不太像以前那样感兴趣。”叶小海说。

这时，张教授抬起头来，看看叶小淋和叶小汀问：“你们是？”

“我是他大姐。”叶小淋急忙说。

“好，那就你留下，你和你弟弟先出去等吧。”张教授很职业地看看叶小汀和叶小海说。

“小汀，你们先出去吧。”叶小淋对妹妹和弟弟说。

屋里就剩下张教授和叶小淋了。张教授一边看着病例，一边说：“你弟弟的病情比较急。这是精神分裂症的偏执症，他说的那些事情叫‘幻听’。是精神分裂症的一种表现。”

就像晴天霹雳，叶小淋吓了一跳，就是再有充分的精神准备，也会被这样的结论给吓晕了。

“什么？大夫，他得了精神病？”

“对！”

“我家可没有一个人得精神病的，他怎么可能？”

“是的，他目前的一切症状，都证明了他的病情。”

“这个病可以治好吗？”

“那要看他的病情发展。”张教授很有分寸地说。

叶小淋着急地问："张教授，您说，他这个病的预后会怎么样？"

"偏执症，是精神分裂症，他的症状很丰富，这样的情况愈后也许会良好，前提是要按时按量地服药，按时来医院复诊。"张教授拿着手里的药方递给叶小淋说。

"教授，我们应该怎么办？"

"这样，不要和他回忆那些病情，他说什么就让他说，不要放大他的那些幻想。另外，把家里的刀具什么的管好。"张教授说着，把桌子上的病例收拾了一下，放进了装病例的纸袋子。

"这什么意思？"叶小淋有些不明白。

"没什么意思。就是防患于未然。他是个病人，你们要多关心他，吃药后会有副作用，但过些时候病情就会减轻。先这样吧，有什么新情况，再来就诊吧。我后面还有很多病人排队呢。"很显然，张教授已经要结束这次会面了。

"噢……好吧。"叶小淋显得有些还不太明白似的。

"那先这样？回去好好给他吃药。"

叶小淋像是得到了一丝希望："您说，这能根治吗？"

"这个，现在很难说。你们先回去给他吃药，一定要定时定量。就是有些副作用，也一定要坚持服药，不能中断。按照我说的量去服，不能擅自改动，这是治病的关键。"

"噢，这个刚才您说过了。"

"那好，先这样吧。"张教授再一次结束了谈话。

叶小淋心里明白，哪种药没有副作用呢？只有按医嘱服药，才是对的。精神分裂症这个领域，对于他们来说，是个太新鲜的病种，她几乎一无所知。但是，叶小淋并不知道，这些治疗精神分裂症的药，到底会有什么副作用，会对叶小海带来多大的伤害？

"张教授，这个药要吃多久？"

"怎么？"张教授用奇怪的眼光看着叶小淋，他的耐心好像已经到了某种极限。这也许就是传说中的那个权威性吧。

"我是说，药要吃多久？"

"那要看叶小海的病程服药，你不要问这么多，有什么情况回来看病。"张教授用那种绝对权威性的语言结束了谈话。这挑战了叶小淋作为医生的自信。这样的震慑就像着火烧毁了叶小淋几十年曾经开过的所有药方似的。她心里明白，在精神病这个病种上自己是个门外汉，要从头学起。但现实生活中，没有一个人能够真正战胜自己的自尊心。也没有一个人能够在自己熟知的专业面前，被业内人士蔑视和否定而显得无地自容了。叶小淋想不通，精神病院的教授，怎么就这么牛。就因为这个行业独一不二吗？太牛了。这样的行医态度，是她几十年行医所没见过的。她只能认了。这是专业。从此自己的弟弟就在他们手里了。现在看来，这已经是事实。叶小淋用尴尬的目光看看张教授，什么都没说出来。张教授随后又耐心地点点头，并且翻动着桌上其他病人的病历说："那好，就这样，吃药后有什么问题，随时来找我。"叶小淋好像意犹未尽，还想问些具有专业色彩的问题，但是被张教授叫下一个病人的声音给打断了。张教授的这种独断和后来的谦和加在一起，就像把她扔出窗户后，又把她拽回来了一样。也许这就是他的医术风格：让人不能篡改医嘱，绝对服从。他的治病方针是言简意赅的，也许这样行之有效。

走出诊室，叶小淋手里拿着处方，看到在楼道椅子上坐着的弟弟妹妹们用焦急的眼神看着自己。她好像回过神来，又像是在家里发号施令的大姐了。她知道，精神疾患这样的病症，就是专业大夫，也不能够完全解释清楚，这样的科学问题，一时半会儿搞不明白。她看看手里的处方上那些陌生的药名，绝望地感到：叶小海的前程没了。

叶小汀看到姐姐出来，赶紧凑上去问道："怎么样？医生怎么说？"

"怎么说？好好吃药。"叶小淋用严厉的口气不耐烦地说。

"就这些？"叶小汀着急地问。

叶小淋凑到妹妹耳边小声地说："叶小海完了！他得的是精神分裂症。这是个终生难以治愈的病。他一辈子都要服药，控制病情。"

"啊？"叶小汀失声叫道。

"要死呀！你那么大声？"叶小淋生气地看着叶小汀。

"我是说，张大夫怎么这么肯定呢？"

叶小淋看看在窗口抽烟的叶小海小声说："人家是专家，一天要看几十个病人，一年要看上万个病人，人家有的是经验，这里是最高的精神病权威机构，这里专家的话就是最对的话。明白吗？"

叶小淋在妹妹面前，不断地强调着这里的权威性。但是，她并没有显露出自己哪点不高兴。

“那怎么办？”叶小汀很茫然地问。

“怎么办？我也没办法，就是吃药吧。”

“这简直就是开玩笑，小海怎么就得这个病，咱家已知的人中没有一个这样的病人，怎么就会遗传到他呢？”

“DNA，知道吗？那就没办法了，无法改变。再说，现在也不一定就是遗传什么的，要是清楚病因，不早有办法根治了吗？”

“什么？吃一辈子的药？”叶小汀继续惊愕地看着姐姐。

“对！这你不要告诉小海，就让他先好好对付眼前的事情吧。”叶小淋显得有些漠然。

“嗯。”叶小汀忧心忡忡的样子。

其实，此刻她俩都明白，这是因为亲情，她们才会担忧、着急、难过。安定医院的结论，让叶小汀感到无地自容。叶小海的两个姐姐在部队虽然都是医生，但在叶小海这个病例上，她俩就像“巫医”。

叶小海在那边儿抽着烟，看着身边过往的病人，个个眉头紧蹙，神色茫然，一脑袋心事的样子。他似乎并不介意叶小淋和叶小汀在那里议论他的态度。他只沉浸在自己的世界里，眼前的事情好像并不关他的事。

叶小汀看见叶小海在那边一个劲儿地抽烟，就走过去拉了他一把说：“走吧，小海。”

叶小海有些不解地看着叶小淋问：“医生对你说了什么？”他有些心不在焉。他在脑子里想着那些他听到的声音。他并不知道，这就是幻听。幻听放在一般人身上也不了解，那词汇太专业了，只有这个职业的工作人员和患有这些疾病的家属们能够理解这些词的含义。至于病人，也许等到他们自己的症状被药片控制住了的时候，才会理解这些词的含义。其实，这样的病人，心里十分痛苦。那些我们正常人听不见和看不见的东西，却时刻骚扰着他们，就连睡眠时那些该死的东西仍挥之不去，萦绕在耳边，闪现在眼前。但这些病人，往往很聪明、不智障，心地善良。叶小海对数学的偏爱，几乎癫狂。不过，这也许就是他逃避疾病的一种可怜的办法。他爱看书、爱上网，关注博弈论，喜欢枪械原理，更喜欢人性中的因果循环。但是，叶小海不能这样解释和理解发生在自己身上的事情。

叶小海经常说：“对于别人的窘迫，不去看，就是教养。放大那些窘迫，就是对别人的侮辱。”尽管他信奉这样的善良，他却不明白为什么别人要骂他。他对眼前的情况无能为力，这些事对他产生极大的压力。

爸爸的去世，使这样的痛苦格外加深。哥哥姐姐们先后成家，以各自家庭的琐碎事情替代了同样的痛苦。注意力的转移，使那些刻骨铭心的痛苦，看起来显得不那么棱角犀利，心中的刺痛有所缓解。叶小海没有成家，来不及用那种方式缓解痛苦，那些痛苦像冰水一样，浇灭了他的一切热情。不良情绪的积蓄，使他出现精神方面的问题。现在，也只有吃药控制病情，让那些奇怪想法消失，这样才能提高生活质量。

叶小淋看着眼前的叶小海，心里虽然十分难过，但是还要装作没什么的样子。她用平稳的声音说："小海，没事儿，医生开了些药，和我说了说服药的事情，没事儿的。"

叶小海看看周围那些精神病人疑惑地问："没事儿到这儿来干什么？我是不是得了癌症？"

"哪有那么多癌呢？"叶小淋笑了笑。

"那你在那诊室里待那么长时间？"叶小海怀疑地看着叶小淋，疑心重也是他病症的一个表现。

"这不是新药吗？我也不太熟悉，以前也没见过，问清楚了，你好按时服药，不就省得来回跑路了吗？"叶小淋敷衍着。

"噢，只要不是癌症就好了。"叶小海自语着，他好像并没有在吃药这个问题上死缠乱打。他平时并不关心别的疾病。他脑子里，癌症就是最可怕的病。目前他也还关心那些外人为什么骂他？他有时会无端地觉着有人要害他，有些危险就在附近。他不能控制自己不去想这些事情。一个人终日生活在恐惧的情绪之中。

"走，回家吧。"叶小汀手里拿着刚取好的药说。

叶小海回头看看这座医院的建筑："我不喜欢这里，你看看那些窗户后面的人，是病人吗？"

叶小淋抬头看看病房里那些可怜的人，无奈地说："小海，那些人不关咱们的事，回家吧。"

叶小海吃药，使全家人开始了这个无期的长征，未来是X。回到家里，叶小淋第一件事，就是督促叶小海吃药。

"小海，我们不在家住，你要自觉吃药。"叶小淋手里拿着分好剂量的药对叶小海说。

“嗯！知道。”叶小海很听话，他也希望自己尽快走出困境，尽管目前他还没有清楚地认识到以后那些困境。

“药要按时吃，一顿也不能落下。”叶小淋嘱咐着。

“好，知道了。”叶小海点点头。

“我要检查的，一定啊。”叶小淋更加强调着。

“嗯。”叶小海有些不耐烦。

“小海，你要把吃药当回事，很多事情是可以挽回的，我觉得你应该重视吃药，否则，后果严重。”叶小淋继续用比较严肃的医生的口吻对叶小海说。

叶小海有些漫不经心地看看着急的叶小淋：“知道了，大姐，我自己比你还知道我自己。这事，你说了好几遍了。”

叶小淋有些不安地看着叶小海，看着他第一次吃下了治疗精神分裂症的药，她并不知道以后会发生什么。她只是凭着医生的直觉感到，所有治疗型的药物，都会在体内积蓄。那样的话，也许会对疾病产生很好的疗效。吃药三天后，叶小海的病情并没有出现想象当中那么明显的变化，真好像那些真理一样：“病来如山倒，病去如抽丝”。他还是能够听到那些骂人的叫声。不仅如此，还出现了新的情况。

一开始，叶小海不太在意。他以为自己是没有吃饭出现的低血糖现象，感到头晕，在家里走路，也要扶着东西。还有些他自己不能控制的面目表情，张嘴、吐舌头、恶心、呕吐、手臂震颤、坏心情等等现象。到后来才知道，这些现象叫椎外系反应什么的吧？！他没有把这件事情告诉家里人。像往常对待其他事情一样，忍着，觉得过几天就会好。近一周了，在服药的过程中，这样的情况不但没有消失，而且还在加重，他无法出门，也不能去上班。叶小海并没有意识到，这就是吃药后的副作用。直到叶小淋看到叶小海的这些表情，她才以医生的敏锐感到，这些状况是那些药的副作用！

“小海，你这样有几天了？”叶小淋问弟弟。

叶小海表情十分痛苦地说：“我也不清楚，就是觉得头很晕，想睡觉又睡不着。”

“还有呢？”叶小淋追问着，就像在她的医院里询问病人的病情似的。

“还有？”叶小海困惑地看着叶小淋，他几乎没照过镜子，没有关心过自己的那些奇怪的表情，他只觉得难受。

“你的嘴怎么了？”叶小淋伤心地感到弟弟一定十分痛苦，又没办法来摆脱这些难以控制的副作用。

“没怎么，我也不知道。”

“吃药有一周了，你感觉怎么样？”

叶小海犹豫了一下说：“好像感到那些人不是老骂我了。”

“是吗？”叶小淋有些暗喜，但又忧心忡忡。

“好像有时候那些人不在了，有时又回来了。”

“小海，你听我说，那些人根本就不在，是因为你有病，才能听见的，知道吗？只要按时吃药，就会消失。”叶小淋小声地安慰着弟弟，她直到现在才敢说真话。

“是吗？那就是说，我吃的药管用了？”

“对！”

“那好吧，我其实难受好几天了，我以为能好，现在看来也许是吃药弄的。”

叶小淋赶紧说：“小海，你知道吗？只有吃药达到了一定的剂量，病情才能够控制，你就会好受了，知道吗？”

“是吗？我会忍受的，我想治好自己的病，那些症状我能忍着。”叶小海此时并不知道自己的病不能根治，还需要终生服药。他只想，只要自己好受些，就可以停药了。

“那很好，你一定要听话，按时吃药，那样才会有好的结果。”叶小淋坚定着叶小海的决心。

其实，从病的意义上来说，这样的病人最缺乏的就是毅力。但是，不知道叶小海目前的毅力是从哪儿来的。

“大姐，你说我的病有治吗？”叶小海有些怀疑。

“当然能治，要不然干吗来医院呢？”叶小淋赶快说。

“我一定能克服这些副作用。”

“小海，这也不一定就是副作用，你要好好吃饭，好好休息睡觉，这样体力就可以恢复，病情才能好转，知道吗？”叶小淋像在哄一个孩子。

“知道了。”叶小海有些沉默。

叶小淋看着弟弟痛苦的表情，有些想哭，但她没有。她得假装得很有信心，其实，她一点儿都不知道，这些药到底会使小海怎么样？

正说着话，只见叶小汀手里拿着一堆吃的，风风火火地开门进来。

“唉？同志们今天怎么都没上班？”叶小汀看看手表，上午十点多。

“你不是也没上班吗？”叶小淋反问着。

“我今天调休，过来看看小海。”

叶小汀看看叶小海口鼻乱动的表情问叶小淋说：“他的嘴怎么了？”

“就你多嘴，怎么就你事儿多呢？”叶小淋冲着叶小汀直挤眼睛。

“什么意思？我不能说？你看看，他怎么成了这样？”叶小汀愣愣地接着说，她是那种心直口快的畅快人。

“什么样子也不能说，你难道不知道吗？”叶小淋压低了嗓音。

“为什么？”

“你也是搞医的出身，怎么不明白？”叶小淋直挤眼睛，示意妹妹不要再问了。

“姐，我怎么看他这么可怜，你看他多难受。”叶小汀还是紧追不舍地问。

“吃了这样的药，就会有厉害的副作用，这是没办法的。”叶小淋把妹妹拉到一边儿压低嗓音小声说。

“你怎么知道的？”

“你看看小海，这还用说吗？你不想让他吃药治病了？用你的脑袋好好想想就明白了。”叶小淋小声地发威。

尽管叶小淋压低了嗓音，叶小海还是听见了，叶小汀很无奈地看着弟弟。

“我怎么了？”叶小海慌忙跑到卫生间里照镜子，看见自己的脸色，还有那些不自觉的难以自控的面目表情。吓了一跳，大声地问叶小淋说：“大姐，这是怎么回事？我以为自己就是头晕，这几天都没照过镜子，现在怎么成了这样？”

“都是你！多嘴！”叶小淋训斥着叶小汀，说着急忙走进卫生间，把叶小海拉了出来。

“我这个样子，是不是吃药吃的？”叶小海追问着叶小淋。

“医生说是有副作用，但是咱们以前也没用过这样的药，我也不太清楚，一会儿我就去趟医院，问问大夫，你先别着急。”叶小淋哄着叶小海。

“副作用会是这样，那以后呢？以后会怎么样？”叶小汀显得很吃惊。

叶小淋赶紧小声说：“别大惊小怪的，你是正常人，闭嘴！”

“……”叶小汀还想说什么，看到姐姐这么严厉，也就作罢。

"小海，咱们现在办事情，要分出轻重缓急，你目前就是治病最要紧，所以，一定要坚持吃药，知道吗？"叶小淋耐心地说。

"我现在太难受了，这你们理解不了。"他只顾自己说着，并不在乎别人是否听他的。他坐在那里，不断地重负着不是自己支配的张嘴、闭嘴的动作；手臂，也不断地发抖。

"你这么难受？小海？"叶小汀插嘴问。

"你们没法理解我，我的难受是在心里。心情坏到了极点，你没法理解。疲劳，你们知道吗？就是那样休息后也没用的疲劳。"

"别急，小海，我马上就去医院，让大夫说怎么办。"叶小淋安慰着弟弟。

"我真的很累，就想躺着，还睡不着。"叶小海用双手抓着脑袋，好像这些副作用经过刚才的讨论，突然变得突出起来，变得难以忍受。

叶小汀看着弟弟，不知道该说什么。她在心里默默地想，叶小海就像是上了一条船，觉着自己好像得到了救赎。然而，那只看似驶向光明的船，却是在慢慢地划向灭亡。叶小汀内心的悲哀也不次于小海，叶小海从此就像是她内心里永远在流着血的一块创伤，虽然他只是她弟弟，一个突然患了终生不能治愈疾病的弟弟。想到这些，叶小汀很自私地感到，自己今后会怎样做？他是自己的亲弟弟，也许这样想法的背后，天生的就是母性的反应。她想过好久了，干任何事的原则是，长痛不如短痛，快刀斩乱麻型的。她认为这是解决问题的最佳途径和结果，这样干完了以后，也许还会再出现问题，那就再重复那些办事的原则，还去那么处理，这样可以省时间省体力，叶小汀自认为这样处理问题会很高效。也许，人都是利己为先的，想事情都要和自己的利益连在一起。叶小汀也不例外。但是，这些近乎癫狂的想法，对眼前发生的事情根本没用。

"那我现在怎么办？我不想吃药了。"叶小海谁都不看地自语着。

"那可不行，要不，这几天的罪就白受了。"叶小淋慌忙劝阻着叶小海。她虽然不太懂那些药的药理，但是一般的医学常识告诉她，治疗精神疾患的药，如果不吃或中断及擅自减量都等于把叶小海往死路上送。

"你们真的理解不了我的感受，我刚才不是说过了？"叶小海强调着自己的观点。

"小海，那是治病，良药苦口。"叶小淋很耐心地说。

"你吃个试试？说觉得好吃那就吃去吧。"叶小海没有表情地低着头，自言自语地说。

叶小淋看看叶小汀，示意她不要接茬儿。

看到大家有所缓和，叶小淋就问叶小海："你现在吃几片药呀？是按照医生交代的那样吃吗？"

"是呀，那些大的白片吃七个，小的白片吃两个。你们就是见不得我好，我恨你们！"叶小海很诚实地说。

"那好，我现在就去医院，药先这样吃，等我回来再说。"

亲情具有人性和韧性，打不垮、扭不烂，就像最结实的钢筋一样，你想断开都不可能。这件事如同雪上加霜又给了叶家沉重打击，爸爸去世后的痛苦还没消失，家里又出现了叶小海这样的精神病人。叶小海从现在起，就是想做，还能做什么呢？从他得病起，妈妈又重操旧业，干起了组织部长的行当，每天面对的就是叶小海。整天做他的思想工作，像个政委。

叶小汀看到姐姐出门去了医院，就把叶小海的事情告诉了妈妈。她觉得，这样也许自己的心情能好一些。

"妈，您看见小海这些天的变化吗？吃了那些药怎么都成这样了？"

"什么样子？"妈妈着急地问道。

"他不停地打颤，还口眼乱动的，多难受呀！"叶小汀任着性子发泄着。

"怎么回事？我老了，眼神不好，行动不方便，这几天没太在意他的那些变化，这怎么办？"

"吃这样的药，就要受这样的罪吗？"

"是呀，咱们在这方面也不懂，谁得过这样的病呢？"

"妈，我也就是这么一说，您也别着急了，医生既然这么给药，就有他的道理。"

"那也不能让他这么难受。"

"妈，这些副作用，比起那些折磨小海脑子的病来说就算不上什么了。恶病就要恶治。"

"你这是什么理论？"妈妈狐疑地看着叶小汀。

"我在医院虽然不是临床科的大夫，但也见过，有些治病的药物副作用很大，但就是治那种病的唯一用药。那没办法，就要分出轻重缓急，先治病再说副作用。"叶小汀知道这是自己挑起来的火，就要自己熄灭，她不停地在自圆其说。

“这也不是个办法，要是那个病治好了，再添一个新的病，那可怎么办？”妈妈着急地小声问。

“其实，在医院里，以前也遇到过类似的问题，也许服药时间一长，对药物的耐受性就提高了，副作用就会消失。”

“是吗？会是这样？”

“但愿有可能吧！”叶小汀小声说。

“叶小淋怎么看？”妈妈问。

“妈，她已经去了医院，一会儿回来就知道怎么办了。”

“好吧，那你扶我去小海那屋看看。”说着，妈妈硬撑着沙发，摇摇晃晃地站了起来。她的腰是在“文革”时下放劳动摔坏的，造成生活上无法完全自理，需要孩子们的照顾。

叶小海坐在自己的房间里，一支接着一支地抽着烟。虽然表面上没闹什么事，但是，那些药物造成的难受，让他好像更加无法好好待着。那些不能控制住的表情，像是在捏橡皮泥，妄图改变着叶小海的外貌。

“小海，你哪儿不舒服？”妈妈一进门看见叶小海痛苦的样子，就心疼地问。

“噢，没事儿，这屋全是烟味儿，别进来。”叶小海很烦躁地说。他扭着脸，回避着妈妈的视线。

“儿子，药一定要好好吃，有这些不好的感觉不如再到医院看看？”

“我知道了，大姐已经去了。”

“你难受，妈知道。”妈妈说着伸过手摸摸叶小海的头。叶小海好像也没有反对的意思，默默地享受着母爱。

其实妈妈的话，给了他些许的安慰，但他听不进去，因为他很难受，药物的力量，好像比精神分裂症给他带来的痛苦更加痛苦。他觉得自己就要面临灭顶之灾了。

下午，叶小淋从医院回来了。

她把大家叫到客厅，坐下来后，叶小淋说：“是这样，我今天很凑巧，没有预约，居然挂上了张教授的号。他是这么解释的，说这些治疗精神疾患的药，都有副作用，服药时间长了，有些自己就会消失，这是没有办法的事。”

“是吗？我和妈刚才还这么说呢。”叶小汀说。

叶小淋用斥责的目光瞪了叶小汀一眼："不管怎么说，小海很坚强，这个副作用的确很难受。"

"那我要吃多久呢？"叶小海把两只手插在裤兜里焦急地问。他想用这样的办法不让自己的手发抖。

"对，大夫也讲了，十天左右，病的主要症状要是消失，比如幻听什么的，就可以减一片药。以后每隔十天左右，再可以减一片。四片药是个维持剂量。"

"那以后我就可以不吃药了？"叶小海似乎看到些光明，心情好了许多。

叶小淋看看叶小海，低声地说："小海，你先别急，药还是要吃。但是只吃一个维持量。通过慢慢减药，可以吃四片。但前提是你要按时按量地吃药，并且那些症状消失后，稳定一下，就可以那么做了。"

叶小海显得有些不高兴地说："那就是说，我要一辈子吃药？"

"也许吧，好的结果就是只吃维持量，没有不好的症状。"叶小淋用医生的肯定口吻，向叶小海宣布这个消息。

"首先，我不知道自己能活多少年，也不知道以后我会成什么样子。但是，我现在太难受了，疲劳得很。你们无法理解，也无法感觉，我真的不想吃那些药了。"叶小海无望地宣布着自己的决定。

"那可不行，也许你这几天就没有幻听了，不能放弃。"叶小淋更加坚定地说。

妈妈抬起手，摸摸坐在自己身边的儿子的头，指着桌上的药瓶子说："小海，你看我这些药吃了这么多年，这就叫维持量。只要你不犯什么毛病，这些药不都是为了身体健康需要吗？"

"妈，你知道，我也说不清楚哪里难受。但是很难受，真的。"叶小海无助地看着妈妈说。

"我看，先这么吃着药，按照先前的方案吃，有什么情况再找大夫。"叶小淋比较果断地说。

"小海，你就听姐的话吧，她是大夫，是为你好。"叶小汀小声地劝着弟弟。

看到弟弟受这么大的罪，全家人都很难过。叶小汀的痛苦似乎更加深刻。随着这样痛苦的治疗，反复发作和副作用不断地骚扰，叶小海就像是一个标靶，叶小汀只要看到叶小海痛苦的表情，她心里就像是瞄好了靶位，一触即发。叶小汀似乎觉得自己也已经就是精神病了。只不过她还不需要药物治疗，而只是在特定时间，也就是叶小海的痛苦刺激到她，并且这种刺激是她强加给自己的时候，她才有那些神经质的表现。

一个月过去了。叶小海的药量减到了四片。但是，药的副作用依然还在折磨着叶小海，并且还添加了新的副作用，泌乳。这令叶小海痛苦不堪，他不听任何人劝告，包括大夫的话，就擅自停了药。于是，那些可恶的症状又复苏了，叶小海继续幻听。

第三章 吃药也许是精神病人确切的治疗方案

任何事情都有两面性。比如吃药，在治疗一种疾病的同时，又会给人体带来另一种伤害。叶小汀对这些深恶痛绝而又无可奈何。

正在上班的叶小汀，显得有些神不守舍。她脑子里乱七八糟的，全是家里那些事。她在部队最好的朋友汪培来找她吃中午饭。

“怎么还愣着？绝食呢？”汪培推开房门说。

“噢，没事。”

“哎，前些日子，你不是带你弟弟去看病了吗？”汪培关心地问。

“咳，别提那事了。”叶小汀显得很沮丧。

“怎么啦？”汪培看到叶小汀不高兴，就拉了她一把，“走吧，先吃饭去，下午还要上班呢。”

说着，她们一起来到食堂。汪培，是个十分体贴和和善的人，对事情的看法虽然很有自己的主见，但是，很能体会别人需要什么安慰和帮助。她会和你在一起，让你感到很理解你的一切痛苦，劝你的话全像是为你解气。要是有什么不高兴，找她说准没错。这样善解人意的伙伴现在也许并不多，因为大家都有很多不高兴，并且还无处发泄。叶小汀不知道汪培的这些不爽是怎么处理掉的。一走进食堂，里面乱哄哄的。叶小汀和汪培找了个角落坐下吃饭。今天的主菜还不错，是红烧带鱼。叶小汀最爱吃了，尤其是她爸爸在世时经常烧给他们吃。叶小汀一边吃着那些红烧带鱼，一边对汪培诉着苦：“你说我家祖宗三代，也就是我能知道的那些亲戚们，都没有精神病，怎么就让我弟弟摊上了？”

“是呀？这病就这么肯定和遗传有关吗？”

“当然，安定医院，那是权威机构，比咱们医院专业多了，还能有错？但是，他们也说这些病人不一定都有遗传，现在医学也没搞清楚，这些病人是怎么发病的？好像有的理论还说这个病可以传染？简直匪夷所思！”

“医院还说什么？”

“还能说什么呢？就是那一套，看起病来很官腔。咱先不说他们专业，就是因为他们专业，才应该对精神病人的病情和药物的副作用，有告知权，而且态度要好。”

“这怎么可能，现在医院不都那个德行，能给你吃药，让你感觉好就行了，谁管你那么多事，现在谁不想少管事多拿钱呢？他们还能怎么说？”

“开一堆药，什么也不细说，我们愣愣地站在一边，就像是些个傻子。”

汪培推了叶小汀一把：“小声点儿，院长他们在那边，听到咱们骂人不好。”

“我才不管呢，我真的觉得，怎么咱们就不能说骂人的话？”

“那是，因为咱们是女的，是大夫。”

“女的怎么样？大夫怎么了？”

“女的就要小心点儿！大夫就要讲文明。”汪培小声说。

叶小汀生气地看看周围：“我觉得，我现在就想去死！我很抑郁，很焦虑，我也快是精神病了！”

“别这样，小声点儿。”王培压低了声音说。

“干吗小声？就因为我们在谈论精神病吗？”叶小汀混不懔地说。

“你不要这样，我知道你心里难过，犯不着这样给别人看笑话，”

“但是，我心里像压了块大石头。”叶小汀说话声音很大。

邻桌的几个男护士朝她们投来异样的目光。看着这两个骂人型的女军人干部，也可能感到她俩很傻。这也许因为，他们那年的女兵就他俩，有些物以稀为贵吧？

“爱看就看吧！人生下来，就是让人看的，只要你的眼睛不是出气儿的，让他们看够了，反正也看不死。”叶小汀生气地迁怒于那些看她们的男兵。

“要不，咱回宿舍吃去？”汪培建议道。

“不用，干吗回那里，我不想在宿舍里说，那还有别的科的人，我小点儿声就是了。”叶小汀吃了一大口饭。

“行，咱自己的事情，犯不着和那些人共享。”汪培看看叶小汀好像放下心来，不再担心她大声叫唤了。

“我很怀疑，那些医院的专家，行不行呀！知不知道是在给病人看病，是不是草菅人命？”

“到底怎么了？不是看过病了吗？”

“病是看过了，可是一吃他们开的药，怎么副作用比病还可怕。我在医院也有十几年了，怎么就没见过这样的副作用？”叶小汀也压低了嗓门。

“是吗？你弟弟更不好了？”

“他就像是面部多动症，无法控制，手臂颤动，头晕，极度疲劳。看着他那样，特可怜！嗨！也就因为我是他姐。你说，这药的副作用怎么这么多？还这么厉害？医生还不说，故意卖什么关子，我上网查了一下，好像是叫什么椎外系反应。那也不是什么新名词，用得着那个德行吗。就是告诉家属，他就能死呀？”

“是吗？”汪培很惊讶地看着叶小汀，她也觉得这些药的副作用有些令人发指。

“这些副作用弄得我弟弟不想吃药，结果又出现了幻听。也许，在这个行业里，咱们都是巫医，什么也不懂。你说，明知道那些药是这样，还要吃。”

“那怎么行？”

“是呀，他本来就很自卑，现在变得更加孤独和自卑了。”

“去看医生了吗？”

“要是带他看他自己的病，就和要杀他似的，死活都不去。大夫说过，越是病得厉害的人，越不承认自己有病，还不去看大夫。这不，我姐姐去了。”

“医生怎么说？”

“他又能说什么，说要是治这样的病，这些痛苦就难免。”

“以后会不会好呢？”

“你是说那个病还是那个副作用？”叶小汀显得很无奈，她放下手里的勺子，看着汪培，眼神里透着痛苦和难过。

“都有。”

“那很遗憾，还真不知道。”

“那该怎么办？总要有个解决办法吧？”

“生活中，我是一名正常人，遇到很大的困难时，都会产生很多焦虑，还会出现抑郁。就别说我弟弟了。”

“你说得还真对，咱们以前并不了解这些。”

“是的。但是，和这样的病人相比，正常人的这些情绪，可以在自我调节后，得到缓解并且消失，让人还能快乐。”

“这是你从大夫那儿知道的？”

“不是，我买了本专业的书，就是专门写这些患有偏执症的病人的那种书。放在手里，都觉着沉。”

“你可真行！”

“你知道吗？这样的病人无法解压，反复纠结在那些真实的或者是不真实的想象中，他们的不高兴和痛苦，没有药物帮助就挥之不去。”

“是吗？那么厉害？”

“对呀，他们不明白，就连咱们也不明白。很多不高兴，是他们自己凭空想象的。”

“你都快变成专业的安定医院的大夫了。”汪培说了句玩笑。

“这也是没辙！这算什么专业，差远了！其实咱们以往所说的所谓换位思考，就是你自己变成别人来想事情，也许就会想明白别人的想法。精神病人不是这样，最起码我家的那位不是。他一切想法都围着自己转，也不是自私，他也很慷慨。只是什么事都和自己瞎联系。”

“你说得还真对。咱们处理事情，还真是这样。也不知道他们是怎么想的。”

“咱们思考完了会找到解决问题的新途径。所谓“条条大路通罗马”，就是这个意思，不钻牛角尖，想事情不那么死性。他不是，就为一件事，扯上好几天也没完。”叶小汀好像已经大彻大悟了似的。

“人家都说久病成医，你现在这么短时间就成了这么专业的了。让我也看看这些书，长长见识。”汪培笑着说。

“不行，人家说，心理学、精神分析学这样的书，还是少看。会走火入魔的。”叶小汀一本正经地说。

“是吗？不会吧？”

“当然，我是没辙，‘知己知彼，百战不殆’吗。要是不了解这个病，怎么对付这样的病人，咱们上学时，也没学过这方面的知识。要是有辙，我宁愿一辈子不知道这些。”

“你说得对。但我觉得，我们也应该有这样的了解，可以警示自己。”

“也许行吧。”

“我劝你也把心情放松些。这些事急也没用。”

“可是我一想到我弟弟，就很难受。”

“这事放谁头上都这样。”

“那可不对。在医院就看见，有的病人只有父母在管，家里其他的孩子，理都不理，你说那些病人多惨。”

“那也没办法，久病床前无孝子。更何况是兄弟姐妹了。”汪培歪着头说。

“你知道吗？关键是精神病人，走不出那些自己设定的死胡同，就在里面瞎转悠。其实，好路就在身边，稍微把头扭过去，就可以看到了。”

“你说得还挺形象。”

“那有什么用。他们就是不扭。我又不是专家，其实我也不想当这专家。既拿不起，也放不下。”

“我知道，我有时也是，尤其是家里的事情。”

朋友间的叙说，是不良情绪的重要出口，叶小汀此时的心情似乎好了许多。她不无感慨地说："没办法，咱们都是好人。你知道吗？咱们小时候受的良好教育，让咱们长大了也对别人好。良好教育是良好的家庭给予的。这就是一切的前提。"

"你说得对。"汪培感同身受。

叶小汀现在显然心情好了许多。

"不要总说以前。以前发生过什么，全都过去了。"

"我同意。你说得对。我知道我这人其实也有些死性，我会好好调整自己的。现在，我弟弟总是沉浸在自我里，没有能力想想旁边的事情，就是偶尔想到了另外的事情，也会从新事情里滋生出新的焦虑和恐惧。他不认为。那些新事情就是解决那些旧事情的办法。怎么我爸妈就没把他弄好呢？"

"我看，你呀，别怨父母。也不能老着这事的急。这可是个持久战。"

"汪培，你说得对，老天爷用玩要的快乐和放松的舒服，奖励人们的疲劳。那就学会放松，学会奖励自己吧。"

"就是，让医生们解决那些难事吧。"汪培看看手表，"姐们儿，咱该上班去了。"

说着，她们走出了食堂。

药量不够带来的后果，就是病情得不到控制，叶小海痛苦不堪。他对药物治疗的放弃，使全家人也陷入了困境。

"妈妈，我准备不吃药了！"他用那张不太听使唤、又颤抖的嘴对妈妈说。脸上没有什么特别的表情。

"那可不成，儿子。"

"我的那种难受，你们理解不了。"叶小海似乎很平静地说。

"怎么个难受法？"妈妈没明白。

"就是那种累，奇累，就是躺着也不舒服的累，我都不想活了。"

"小海，不要这样，吃药是对你好。大夫说，只有吃药，你的病情才能控制住。控制好病情，就像正常人一样。"妈妈细心地观察着叶小海。

叶小海手臂不断地抖动着，颓废地说："你们说的控制，让我一听就不是什么好词儿，我听够了。我不如死了，我是个废人。"

“别这样，小海，你看妈妈，我已经这么老了，离休后一直上着老年大学。当然，全靠你们用轮椅送我去。这不是一晃也都十六七年了。还是那句话，‘只要你想做，什么时候开始都不晚’。还有，我不是也有很多病，需要终生服药吗？”

“妈妈，我现在的情况不是那样，我什么也不想做。我先躺一会儿去。”说着，站起来要回自己的房间去。

“过来，孩子，妈给你胡噜胡噜后背。”妈妈觉得这样做，可以给叶小海一些安慰。

亲情，可以令人产生愉快、安慰、幸福的感觉，这是人类大脑奖惩机制的一部分。叶小海过来顺从地伏在妈妈的膝前，妈妈一边从上往下捋着叶小海的后背，一边说着：“好孩子，你看妈妈这么大年纪，还有病，我都想活到一百岁。你现在还小，一定要听话，有病就要治，没有什么过不去的难关。”

叶小海好像在妈妈的呵护下变得安静了：“知道了，我吃药。”

“这样就对了，好孩子。”

“你看妈妈，这么几十年了。通过门口那个小邮局，给你哥哥每月寄生活费。你爸爸去世后，家里经济上少了一大半，我也没有放下这件事情。几十年也就这样过来了。你哥哥需要这样的帮助。很多事情，只要你做得到，也就做了。”妈妈好像沉浸在自己的回忆里面。

“我知道了，妈，我想睡觉。”

妈妈突然觉得，自己刚才说的那些，也不知道叶小海听进去了没有。但是，妈妈感到，听不听在他，说不说在我。她可真是个老政工干部，现在对待叶小海的思想工作，还是需要当年那股劲。

已经四十岁的叶小海，就像一个听话的小孩一样，在那一刻，显得很服帖。

话是这么说，可那些副作用仍然跑不掉。不出一星期，叶小海自己一会儿减药一会儿停药，病情反反复复。于是，叶小淋和叶小汀又带着叶小海到医院看病，医生斩钉截铁的话就两个字：“吃药。”张教授看看紧蹙眉头的叶小海语气严厉地说：“你为什么不吃药？为什么不听大夫的话，吃药是害你吗？”

“我很难受，我那些椎外系反应十分强烈。”叶小海小声说。

“什么反应？你不要研究这些。这些是医生的事。你难受就不吃了？病怎么好？”

“真的特难受，累极了，睡不着觉，发抖。”

叶小淋小声对叶小汀说："这些药就是这样。"

叶小汀无奈地看看姐姐，她不知道弟弟以后会是什么样子？她弯下身子小声地对叶小海说："小海，你先说病情，别在医生面前说这些专业用语，班门弄斧。"

"说谁呢你？谁班门弄斧了？"叶小海的自尊心像是受到了极大的伤害，他突然大叫着。

"你们自己的事，回家再说，现在说病的事情。"张教授制止着叶小海的吵闹，他显得很不耐烦。

叶小汀这次也陪着弟弟来看病，就是想看看大夫有什么解决的办法。他看到弟弟对这句话就这么大的反应，她知道，小刺激大反应是这种病人的特点。叶小汀没接叶小海的茬儿。她看见张教授这么严厉，心想三百元的挂号费也没换个好态度。就说："张教授，您没看见他吃了药以后的状态，真的挺可怕的。"

"那怎么了？治病吗？哪个重要？"

"我真的很难受，就想去死。"叶小海自语着。

张教授看看叶小汀好像又要说话，就说："你不要插嘴，让他自己说。不要帮他回忆，不要说这些。让他自己说。"

他重复了好几遍，直到以后，叶小汀才明白其中的道理。

"吃药难受很正常，治病吗？就是不好受，也不要管它，有些副作用过一段时间会好些。"

"那我现在怎么办？"叶小海问。

"怎么办？接着吃药，就这样，下次不好再来，这次剂量还是这样。"张教授看看叶小海，"坚持吃药，一定听话。"

"教授，你看我这样，就不管了？"叶小海可怜地说。

"这就是管。你要听话，我就管。要是不听话，以后别来找我了。"

一听这话，叶小海急了："教授，教授，我听话，我吃药。"

"那好，回去好好服药，下次再来时，希望你能好些。"

张教授叫住叶小淋小声说："这个病最重要的是按照医生的医嘱，按时定量服药，有什么情况随时来看病。"

"谢谢您！您看，能不能让他住院？"叶小淋小声问。

"他没那么重，还是在家里好些。住了院也不一定就很好。现在床位很紧张，先吃药再说。”

“那好吧。”

叶小海跟着叶小淋离开了安定医院。

回家后，叶小淋把全家召集到一起：“这次看病的结果很明确，小海就是要按时按量地吃药。今天大夫的话你也听见了，不吃药的后果是什么。我想，我们要帮着小海度过这个难关！小海，行吗？”

叶小海没说什么，只是在那里打颤。

“小海都明白啦，对吧？”叶小汀拍拍叶小海的肩，就像哄小孩儿似的说。

叶小海点点头，只有他自己能够感受到他的那些痛苦。

“在世界上，最痛苦的事就是莫名的痛苦。”叶小海像是和自己说话似的突然说了一句。

叶小淋看到弟弟那样万般无奈的难受，心里很难过。她知道叶小海吃药不会听话的，她们决定采取秘密办法，让叶小海服够药量。

叶小淋到叶小海房门口看了一下，叶小海好像睡着了。就踮着脚回到客厅，关上房门。

“妈，我看这样，我们在家时，由我们数小海留在药瓶里的药片数，我每次发给他一瓶药，那里面是一百粒，每天一次，每次四片，就这样减法数药，就可以知道他每天吃了几片。”叶小淋小声交代着。

叶小汀急忙插嘴：“他要是把药扔了呢？”

“不会，他很仔细，知道这些药是自费的，不会扔的。”

“你那么自信？”

叶小淋没理她：“妈妈，我们要是上班了，您就数一下，反正他把药都放在这个桌子上。”

“对了，反正别让他看见。只要看见一次，就没信任了。”

“那剩下没吃的药呢？”叶小汀急着问。

叶小淋跑到妈妈房间翻起柜子来。一会儿，拿着个他们小时候吃药用的小个药臼子说：“妈，就用这个，把没够的药片磨碎，然后，和在他喝的汤水、粥、茶里面，这也是没办法，也许这样就可以保证药量了。”

“我看这个主意不错，但是一定要掌握好放药的计量，要不然吃过了量，就麻烦了，他不就更难受了。”叶小汀补充道。

“是呀。”叶小淋点着头。

叶小汀想了想说：“既然是这样，就要有所准备，现在就开始磨药，最好准备出十几天的量，不要被他发现。”

“还是二丫头能。”妈妈说。

于是她们组成了“地下秘密组织”，以保证叶小海的药物治疗剂量。

第四章 母 爱

那些应该做的和来不及做却迟早要做的事情，就变成了一种赎罪。这是这个世界上所有的生物都要面临的一种过程，而他们往往会在其中无限纠结。

三十年前，叶小汀他们几个孩子，就从大姨的嘴里了解到，自己的大哥叶建国，和他们是同母异父的关系。那时，他们还小，不太了解这些细节。但是，看到爸爸妈妈对大哥的培养和关怀，使大哥不但从军校毕业，而且成家立业，结婚生子。叶建国的岳母家孩子多经济紧张帮不到他，每个月妈妈就给他寄20元钱，贴补他的家用。那时的二十元钱，比“二级工”一个月的工资还高。这使叶建国自己家的日子过得很好。也使叶小汀他们几个深受这样亲情的影响。他们已经习惯，叶建国和他们在这个家里没有什么不同。他们以为，这就是一个组合家庭的幸福模样。二十几年过去了！叶建国的三个孩子也结婚生子。但他几乎没有带着他那些受过这个家庭恩典多年的家人，一起来看过妈妈。也几乎在节假日里没给妈妈道过节日快乐。这些冷漠，妈妈默默地承受。但是，这样的宽容，没有唤醒这个儿子对妈妈更多的关照。他老婆在十几年前就放话：北京不会再去了。就像叶小汀一家子全等着她吃饭似的。他老婆已经完全忘了，曾经是这个家给了他们长达二十几年的资助，才让她这个已经“吃劳保”很多年的人不仅养活了自己，还养活了三个孩子。似乎一个人的自卑，更能强化她的自尊。如果她的这样所为也算自尊的话。忘恩负义，是这个世界上最可恨的罪恶之一。叶建国也已经被老婆同化了，尽管那是个他曾经想着离婚而没离成的女人。这些结果，弟弟妹妹们全看在眼里，每当现在妈妈要给叶建国邮寄东西时，都成为他们抵触的原因。

因为大姐是大夫，所有疾病方面的事都要问她。妈妈小声地问叶小淋说：“小淋，今天我的检查结果怎么样？”妈妈因为尿里带血，去医院做了检查。

“那些检查结果没什么不好。”叶小淋有意回避着。

“没事，就是有什么不好也没事。我都这么大年纪了，也不会在乎的。我行动不方便，总给你们添麻烦。”

“妈，说什么呢？我们可没这么想。”

“现在我老了，什么也干不了了，只能等你们来做事，这就是麻烦。”妈妈有些忧郁地说。

“妈，您别这么想，我们就该这样。”

“嗨！”妈妈叹着气，好像还想说什么，但是什么也没说。

叶小淋知道妈妈想的是什么：“妈，别担心，这次检查，有些项目的指标都在边缘，所以医生又开单复查，核对上次的结果。”

妈妈好像不太在意地重复着说："没什么，我不担心。就是有什么结果，我也不担心。这么大年纪，还怕什么呢？"

"噢，我真的不是那个意思。"叶小淋知道自己没有自圆其说。

"没关系，倒是小海让我很担心，他以后应该有个人照顾。"

"妈，知道啦。"

"我想，如果他的病稳定了，要是有机会成个家，哪怕是结了再离呢？"妈好像在自言自语着。

"妈，先别想这些了。他没什么大事，就是调整一下药量。您也别想那么多，医院检查疾病，都是要求准确无误。就是有什么，还有医院呢，现在医学进步这么大，这么多新型检查和治疗手段，没什么应付不了的事情。"叶小淋用那些医学术语咬文嚼字地安慰着妈妈。

"好，不说了。你赶紧去邮局吧，把给你哥哥的东西和钱寄走。一会儿人家就要下班了。他需要这些，这么多年了。"妈妈好像心里很明白似的催着叶小淋。

"怎么又寄？他都这么大了，还这样子，有完吗？"

"他是你们的大哥，家里孩子多，生活有困难，别老这么指责他。"妈妈软弱无力的口气里透着坚强的母爱。

"那是他活该。谁让他找个那样的老婆，生那么多孩子，自找的。"

"你们不了解情况，别这样，他是你们的大哥。"

"好，我觉得妈您不要管他们的事情了。他自己都快成爷爷了，太不自觉了。"叶小淋发着牢骚。

"小淋，你们要团结，他是老大，要尊重他。赶快收拾一下，邮局要关门了。亏了咱们门口的这个小邮局，几十年了，帮了咱们多少忙呀。家里这么多的亲戚，联系他们，帮助他们，都通过这个邮局。我总说，这个邮局就像是老天特意安排的天堂邮局似的，从没有耽误过事。"

"妈，每次您都这么说。"

"那当然了，就是这样，你赶紧着，要不真的下班了。"

"妈，知道了。"叶小淋有些不情愿地说。

叶小淋拿上东西来到邮局。抬头看看这家几十年风雨不变的门帘，叶小淋心里充满感慨。她感到，似乎就要进入某个殿堂了一样，她心里突然感到了某些平静。

一进门，就看见了正在忙着的王亚玲。她是这里邮政组的组长。王亚玲快五十岁了，这么些年，一直在基层工作。从叶建国在外地结婚生子以后，妈妈就一直在家门口的这个小邮局里，给自己的大儿子发放补助。从每个月二十元，一直到现在上千元不等。那时候，王亚玲还是个小姑娘。看到妈妈每个月都来寄钱，还以为是儿媳妇孝敬婆婆。后来一问才知道，原来是婆婆给儿子家寄钱。这么些年都过去了，王亚玲自己都快变成婆婆了。还能看见叶家的孩子继续来邮局寄钱，这让她十分感慨。

“叶大夫，您又来寄东西？”王亚玲看看叶小淋手中的包裹说。

“小王，还没下班呢？又来麻烦你们了。”叶小淋对王亚玲打着招呼。

“看您说的，又来寄钱？”

“是呀，我家事多。”叶小淋匆匆地说。

“你妈可真不容易。”

“是呀。”叶小淋快步来到柜台前邮寄包裹。

“叶姐，又来寄东西？”打招呼的是赵林一，他是叶小淋的同事黄奕明的丈夫，虽然年纪轻些，但是经常看见叶小淋来邮局寄东西，也已经很熟悉了，加上赵林一是这片小区的邮递员，又是黄奕明的同事，就像一家人一样。

叶小淋一边填着单子，心里一边嘀咕着：人家的大哥，都是家里的顶梁柱，我家这个大哥，就是台老虎机，就喜欢钱，和家里没什么感情。

现在，叶小淋已经替代了妈妈的地位，经常跑邮局，也快成了这里的熟人。但是，她也不知道，这样的事情要持续到什么时候。自己那个已经快六十岁的大哥要到什么时间才能彻底“断奶”。

不久，叶小海不但原发的幻听症状已经消失，而且药物副作用好像也减轻了许多，他的心情也愉快了起来。

叶建国也许是良心有些发现，也许是和自己妈妈还有的那点儿感情，也许是冲破了媳妇的短暂的管制，无论是什么原因吧，叶建国还是来北京陪着叶小海度过了几天。但路费还是老娘报销的。就因为这些，让叶小汀对叶建国很是耿耿于怀。倒不是因为那点儿钱，而是觉得，这个大哥就像个外人。叶小海此时，也许是因为和一名“亲人型的”男人在一起，他们的谈话也许有些新内容，使他思想深处的某些结构好像有了一些变化。就在这时，他可能忘记了自己曾经在幻听时听到的被路人指责的话。这些天的事情，显示出他似乎度过了人生中最令人窒息的日子，最起码他愿意活着。安定医院的张教授曾经对叶小淋说过，是否主动服药，是界定他好转与否的指标之一。这也许就是他表现出的清醒意识。尽管是这样，“药片行动”还将继续，以防止叶小海的病情复发。现在他能主动吃药已经令家人兴奋不已，而让他自己主动就医，家人们还没有奢望。好像他们已经形成了走一步看一步的思维方式。

叶小淋工作的社区卫生院，就建在院里过去曾经的足球场上。医院虽小，却五脏俱全。

这天一早，叶小淋夹着包，匆匆走进社区卫生院的大门。

“早呀，叶大夫。”刚上班的精神卫生防疫科的黄奕明大夫和叶小淋打着招呼。

“早，你们最近很忙吗？”叶小淋问。

“是的，上面让搞些个社区的精神疾患的统计工作，别看这些病人不是很多，但是，人头很难落实。而且咱们又不是什么专科医院，谁到这来看病，顶多是取点儿基本的药物。”

“噢，是吗，你先忙着，我们病人也不少，我先走了。”

叶小淋似乎好像还有话说，但是，欲言又止。

叶小淋这时心里很想问些什么？但是，又像怕是被人识破自己的什么内心隐私似的，有些闪烁其词地问：“黄大夫，你们那里的病人多吗？”

“还可以，都是些小区里取药和咨询的，没什么太重的病人。”

“是吗？噢，那我先走了。”她好像有些不自觉地又说了一遍同样的话。说完，朝黄奕明点点头，扭身走了。叶小淋用这样的表情说话也不是头一次。单位里其他的人都知道她妈妈年事已高身体不好，但是怎么不好谁也没听她亲口说过。她自己也以为，就这样挺好。别人了解得越少，口舌就少，麻烦也少。她喜欢这样的生活方式。这么些年，在她身边，没有一个知心朋友。这反而让她活得很自在，就像一个隐身人一样。

黄奕明回头看看叶小淋，感觉有些怪怪的，但又不知道今天的叶大夫怎么啦？她摇摇脑袋笑笑，走进自己的办公室。黄奕明由于是精神科的大夫，她也时常检点自己，就像老公赵林一说自己的那样，不要总是用精神科医生审视病人的态度看所有的人。所谓“人无完人”也许就是这样，谁没烦恼？谁没隐私呢？不是所有不爱说自己事情的人，都是精神病患者。也不是所有爱说的人，就全是正常人。无论怎样，首先要自己淡定才行。职业界定，是有量化值的。黄奕明坐在办公桌前，习惯地翻开一份病历翻看着。她也不知道这一天里，会有什么样的事情等着她。她知道，过多地打听别人的事，会给自己增加思想负担。

时间过得很快，一个月的日子就这样悄悄地过去了。

叶小海一直不知道，他的病情得到控制是家里人对他的特殊照顾，他以为自己偷偷减量下来的那一片药，就把自己治好了，以为家里的别人也不知道这些情况。叶小海似乎有些庆幸自己的一意孤行，他好像有了一些新希望。他不再怨恨那些治病的药物，也不再抱怨那些可恨的药物副作用，他开始每天很自觉地就吃一片药。他好像并不像刚开始那样难受了，他好像几乎也听不见别人骂他、指责他了，他此时也能恢复上班，并且挣工资养活自己。对于这样的病人，能做到这一点，就很不容易。因此，他每天按部就班地出入家门上下班，似乎也是全家人的一种安慰。这样的结果，对于很多精神疾患病人的家属来说，简直就是奢望。这样的治疗效果，好像已经接近安定医院张教授说的康复标准了：能自觉吃药，并且生活自理，而且还可以接触社会，也就是他能工作了。

这时，单位里正在裁员，很多人纷纷下岗了，这样的情形，对他又是一种新的刺激，就连精神正常的人工作都很有压力，就别说像他这样的一个精神分裂症病人了。针对叶小海目前面临的事情，家里实行的计划是，把另外需要吃的三片药磨碎了放在他喝的水里。看叶小海上班走后，叶小汀负责磨药片，妈妈把磨碎的粉末用纸包好，每次准备三十天的量，悄悄地补齐叶小海的药量。全家人的用心良苦，也不知道会有什么回报?

这天，叶小汀给妈妈到医院取药回来。

妈妈对叶小汀说："你平时接触人多，如果有合适的，就介绍个给他。哪怕结了又离了，也算是过了人的生活。"

叶小汀明白妈妈的心思，但她很无奈，叶小汀并不想让谁家的女孩子接受这样的下场。她敷衍着对妈妈说："好，有合适的，就介绍。但是现在的女孩子，谁嫁人不是为了好日子，谁愿意找个精神病人？"

"是呀，现在咱们的条件也不好，就是没有病，也不是大款什么的。"妈妈听后也是神色黯然。

"现在女孩子找对象，和我们那时候不一样了，上来就三条，要房子、要钱、要车，没法儿弄。”

“要不到农村亲戚那里看看有没有合适的？”

“农村？那里的女人也是人。更何况，那些地方现在比城里的人们还富裕，还讲究，人家能看上他吗？”叶小汀一边收拾着手里的药品，一边说。

“你看咱们楼上，那老两口子都是老红军，他们就在陕北老家给他那个残疾的儿子找了个漂亮媳妇。”妈妈好像有些羡慕似的说。

“妈你还不知道吧？他那个媳妇倒是漂亮，给他都生了两个孩子了，还不是和她那个公司的经理搞上了。现在，老公瘫痪在床上，又能把她怎么样？”

“是吗？”妈妈很吃惊。

“就是，还不是一样，结婚就要有责任，一方出现问题，另一方肯定也有关系。一个巴掌拍不响。”

妈妈无奈地说：“就这样吧，以后看着办，走到哪儿，说到那儿。”

“嗯。好吧。”

好日子好像都没有永远似的。家里对叶小海吃药的事情这样折腾不久后，他的病情又出现了新的状况。

“小汀，你最近忙吗？”叶小淋在单位办公室里小声地给妹妹打电话。

“很忙，部队做体检，简直就是成千上万的人，怎么啦？”叶小汀抱怨着。

“这几天，我在家里住，妈妈需要人照顾。”

“是吗？这我知道，前天我回去了。”

“你知道吗？小海可能又犯病了？”

“什么？”叶小汀很吃惊。

“我晚上又听见他在房间里骂人，真不知道又怎么了？”叶小淋的话里透着忧虑。

“不是药量的问题解决了吗？”

“也许不只是那么回事，我查了一下书，好像现在他吃的药时间长了，就会有些耐药性，按照医生吩咐的药量来吃药，好像是时间上不能衔接。”叶小淋小声地说着。

“你怎么了？说话不方便？那这事情怎么办？”

“没事，我在班儿上呢。我看，还要去安定医院。”

叶小汀着急地说：“老往医院跑干吗，给他加药不就行了吗？”

“那可不行。这些药理咱们也不懂，你忘了，他药吃多了什么样？”

“啊，对了。那怎么办？”

叶小淋毕竟是临床科室出来的医生，她有些临床经验。

“我想，他也许应该换个药？”叶小淋有些不确定地说。

“是吗？你肯定？”

“嗯，临床上好多药物长期吃都会产生耐药性，疗效就会减退，或者副作用加大。”

“我在辅助科室，也不了解这些药理的事，你看怎么办？”

叶小淋把声音压得更低了，她不想让单位的人知道他家里发生的事情：“我调个休，带他再去看看病，没准儿有别的办法。”

“你看，现在我回家，妈妈就唠叨说给小海找个对象，现在上哪儿找去？”叶小汀抱怨着。

“她就是那么一说，你听着就行了。老人不都这样吗？”叶小淋劝妹妹说。

“我反正没这个功能了。这一辈子尽介绍对象了，没一个成的。”叶小汀自嘲着说。

叶小淋笑着说：“你是个不合格的媒婆。”

“那天给我们单位一个小姑娘介绍了个对象，不是喜欢钱吗？那个男孩子很有钱，就是长得不怎么样。我从天坛南门把她俩送进去，他俩从天坛北门出来就散了。还挺给我面子，没当着我散伙。”

“现在的年轻人，就这副德行，这还算是懂事的呢？”叶小淋直笑。

“哎，别人家的事咱也管不了，以后不操这个心了。我也是闲得蛋疼。”

“你现在怎么总讲粗话？”叶小淋很反感。”

“那怎么了？你去问问，开车的人，哪个不骂人？脚下踩着人命，就他妈这副德行。练出来的！”叶小汀不服气地说。

“你看，又来了，你呀……”

“我有时想，怎么咱们家里这么多事，没完没了的，就好像咱们就为这些事才生下来似的？”

“谁家都有难念的经，你以为呢？”叶小淋善解人意地说。

“我就羡慕人家，家里个个都很有所作为。你瞧瞧咱家，我有事都不知道该恨谁。”

“干吗老要恨，人发火时，体内产生的毒素，比蛇毒还要毒，对身体很有害。”

“大姐，你可真是的，我说什么你都有理论对付，你那些医学理论真是杂货铺子。”

“你不要不相信，咱们就要自己爱惜自己。现在的人，什么想法都有，自己心里要有个标准。要不，就会害了自己。”

“行了。姐，我心里明白，我知道了。”

“小汀，咱们先要对自己好，才能帮助叶小海。我觉得，小海很可怜。”

“你心眼儿真好。”

“有什么好的。我现在就假装是老大吧，家里的事我不管谁管？”

“那好。姐，先这样吧。我这儿又来了一堆事，真是烦死了。咱们下班再说。”

叶小淋收起手机，像个“阶级敌人”一样，四下看看，尽管没人注意她，她还是坚定地觉得单位就是工作的地方，不需要互相之间无所不谈，不需要上班时间相互琢磨个人生活和家庭琐事。

叶小淋的爱人郑健并不是这个家庭喜欢的类型。由于一些敏感的问题，比如“文革”时的政治观点，以及所谓的“阶级立场”问题，使得他在这个家里并不受欢迎。也不知道他出于什么原因，非要“顶风作案”，娶了这么有个性的叶小淋。婚后除了生了个郑佳佳，就剩打架了。这证明，家长不待见的婚姻，婚后夫妻间关系不好。也许是那些“化学反应”没有进行到底，也许是那些荷尔蒙不匹配。其实，婚姻就是这样，两个人爱得死去活来，但是走到一起，却感觉彼此并不那么需要。叶小淋婚后就没有享受到自己要追求的那些东西。很多吵架、不高兴接踵而至，很多她想要的呵护、关怀，没有如期到来。因此，她养成了沉默，把积怨藏在心里。就是对叶小汀说点儿家里的事，也感觉不自在。在医院，更对自己的事守口如瓶。对郑健没什么内心交流。婚姻生活，就剩下义务。这样的情绪，甚至影响到儿子郑佳佳。他从小对很多事情表现出胆怯，面对大人们的呵斥，总是回避。父母不和睦，让他觉得自卑。

由于叶小汀的妈妈行动不便，和妈妈生活在一起的叶小海，就承担了大部分照顾妈妈生活的责任，他也似乎在这样的境地里找到了寄托。但是，叶小海自己并不引以为荣，他甚至更加自卑。他那些病态的想法，也许只有医生才能做出专业解释。叶小淋就对医生的观点坚定地相信，她认为，专业医生不仅有专门的技能，而且还有丰富的经验。这样的结果就是，在专门的医院里，只要对那些病人看一眼，就能得出最准确的诊断，这是一种积累的结果。这一条无论对妈妈还是叶小海都适用。他们不但要去看病，医生还要给出准确的治疗方案。因为他们都有某些就医不方便的地方，妈妈是因为腿走不了路，行动不方便，有些检查很费劲；叶小海则是根本不愿意去安定医院看病，他既相信那些大夫给他治病，也担心那些大夫害他。

这天，叶小汀挂了张教授的号。她和叶小淋一起给弟弟取药，顺便问问叶小海最近的那些事情该怎么办。

“怎么样？“张教授习惯地靠在椅子背上，双手交叉着放在胸前，这样的姿势，好像就是准备聆听的标准姿势，这也许是张教授行医多年的习惯动作。

“最近叶小海的病情比较稳定，这些药物的副作用也没有那么强了，但是还有轻微的表现：睡觉不好、经常头晕什么的。”

“他可以上班了吗？”张教授好像避重就轻地问。

“能上班。就是总感到十分疲劳，那是副作用吗？”叶小汀问。

张教授好像并没有接叶小汀的话茬儿，他是治疗精神病的专家，他似乎并不介意那些药物的副作用，不紧不慢地说：“不要过多地询问他的感觉，不要帮他回忆过去的事。”

叶小汀有些不高兴，但又感到好奇地问：“为什么？”

“不要说这些了。这样，回去接着服药。治疗这样的病，就是不能断药。”张教授根本不和叶小汀交流。

叶小汀心想，这些精神病院的大夫真有个性，是不是干久了，自己都有病？她有些不甘心地问：“为什么不和他交流以前的事情？”

“说那些有什么用？对病人不利的事情，不要多说。”张教授言简意赅。

“张教授，我们这方面的知识少，我就是想问问，怎么和他交流？”

“没什么诀窍，就是好好吃药。”

叶小汀感到自己灰溜溜的，简直就像是个大傻瓜。

叶小淋赶紧说：“小汀，先别说这些了。还是说说小海最近的病情吧。”

“他吃这些药不好吗？”张教授怀疑地看看叶小淋。

“不是，挺好的。但是，他不能按剂量服药。我们只好偷偷给他补上，但是，就是这样，他好像还是有些症状。”

“噢？什么症状？”张教授知道叶小海的这个姐姐是全科医生。因此，好像更重视叶小淋的问题。

叶小汀此时感到有些一败涂地，她十分不满地坐在一边撅着嘴。

“就像开始时一样，有时候他还是怀疑别人骂他。”叶小淋小心地说。

“是吗？现在吃四片药还这样？那你们是怎么补药的呢？”张教授用怀疑的眼光看着叶小汀。

叶小汀虽然还是不高兴，但是她还是把在家里为叶小海加药的事告诉了张教授。

张教授听后笑了起来：“你们的这个做法值得推广，但是有个问题，怎么就知道他吃药不够量呢？”

“您可不知道，我妈每天都数叶小海药瓶里剩下的药，这就行了。”叶小汀也感觉有些好笑，但是，她还是忍住了。她心里为刚才张教授的态度还有些不高兴呢。她是那种放不下事的人。

“很好，如果这样，你们帮他把药服够量。他的病情就会缓解，那些精神症状就会逐步消失。至于那些副作用，也是服药要付出的代价。以后把病情控制好，就可以慢慢再减到维持剂量，那时，那些副作用就可能消失。前提是，先要把药服够量。你们权衡一下，需要继续治疗呢？还是要放弃那些出现副作用但治疗效果很好的药呢？”

看看叶小汀和叶小淋都没说话，张教授接着说：“我看，这个病必须治，否则会有很严重的后果。”说完，他好像也没和叶小淋、叶小汀继续交流的意思，就径自在那里开着处方，似乎那就是他的结论了。

这也难怪，每次叶小汀从安定医院出来，都要对那里的大夫做个评价。似乎她们自己这些年都精神病了似的，只是自己还不知道。要不，怎么都神神叨叨的，变得这么敏感和固执，甚至有些偏执。但是，实际上，她们没有得精神病，而是被精神病人搞得很疲惫了。不管怎样，她们俩在这里知道了最终结果，就是吃药，这才能解决问题。

“那好，我们帮他继续服药，那些副作用怎么办？”叶小淋问。

“这样，这是一些辅助治疗的药物，也许会缓解他的副作用。如果副作用还很严重，就只服三氟拉嗪这一种药就行了。有问题，就来医院解决，挂我的号。”张教授一边说，一边用手指着自己的胸口，似乎这样，更有可信度。

叶小淋看看张教授那样自信的神态说：“好吧，教授，我们就这么办吧，如果不好，再来找您。”

叶小淋、叶小汀手里拿着处方，结账、拿药。看着眼前的一大堆药瓶子，叶小淋说：“看来，这件事这辈子就算是套上了。”叶小汀看了姐姐一眼，没说话。她心想，就是有什么话说，也解决不了以后的问题。还是闭上嘴，赶紧回家看看家里出什么事没有。她俩从安定医院出来，径直地回到母亲家。一进门就看见叶小海烦躁不安地在家里的楼道里来回转悠，脸上、手上还不断地重复着那些无法控制的神经质的动作。他好像并不关心姐姐们从医生那里得到了什么信息，只是独自沉浸在自己的难受里。也许这样，他感到好受些。叶小淋看看弟弟没有理她们的意思，就把医生讲的医嘱对叶小汀交代好上班去了。叶小汀静下心来，上网看到这种病人的病因不详，但至少有一条也算是个病因，那就是不良情绪淤积。叶小汀恨自己，怎么不早点查一下呢？早点儿明白，没准儿还可能让弟弟不得病呢。尽管也许帮不上什么真正的忙，但至少能更多地关怀弟弟。精神病学，对于叶小汀来说，就是天书。在部队医院十几年的工作里，见过一些脑意外的病人，他们傻乎乎的，但是还很快乐，最起码他们不感到自己的傻是丢人的。精神病人不同，他们不智障，甚至有些人还很聪明。叶小汀从来没有想过，精神病人就会在自己身边，还是自己的亲人。她现在知道，那些有抑郁情绪的人可以通过自身的调节和外来的干预，排除这些不良的情绪。但叶小海却不能。他只能靠吃药来帮助自己达到良好的状态。

时间过得很快，一晃就是两个月。

经过这一段的药物治疗，叶小海情绪果然有所缓和，不但可以上班，还报考了一个技术职称的学习班，通过考试拿到了证书。这样的结果，令全家人松了一口气。似乎对这些苦难岁月的磨砺，已经变得可以接受了。那些取药、磨碎药、数药片、服药的琐碎事情，也变得习以为常了。

这年由于工作忙，女儿需要照顾，丈夫林建平经常出差，家里的大事小情，都由她来管理。还要把自己全部的休息时间，都放在服侍妈妈和叶小海的服药上。叶小汀转业了，到报社工作。一开始，她并不喜欢报社的工作，主要因为报社的人并不像部队的人一样单纯和积极，感受更多的是些十足的小市民气。叶小汀不习惯这样的环境，她从学校出来就当兵，没接触过社会。部队是个熔炉，锤炼人性。虽然那时她也没什么特别的感觉，但是现在来到地方，却突然对原来的部队有了种莫名的怀念。那种战友的情谊，在这里始终没有找到。但是，逐步的，报社文化氛围，似乎慢慢地融进她的骨子里，并且萌芽出新的兴趣。这些好像让她感觉好受些了。这样的心情，没有当过兵的人是很难理解的。她总是这么想，这世界上，无论在哪里，所有的人都是过路客，大家在一起，就是工作就行了。但是到地方也有很多好处，最大的方便，就是有事可以随时请假不再受部队各种纪律的约束。家里的事情，可以有更多的时间去处理了。

为叶小海添加药量的事情，从没有间断过。有时，叶小海也有疑惑，那些没磨碎药片的糖衣很难融化，时常就漂在杯子里的水面上，白白的，很显眼。他总是抬头看看屋顶，以为是房顶上的白灰掉了下来。但是，房顶上面，是平整的，并没有什么剥脱的痕迹。也许是他没有心思想那么多事情，所以，也没太在意这些小事。他也从不把水倒掉。尽管生在这个家庭里，他却很节俭。他的观念就是，最低生活水准也能过。妈妈有一次对叶小汀说："小海吃饭就像个穷人家的孩子，什么也不挑。"那时，叶小汀听了，心里很难过。她总想，自己如果有了钱，一定帮助弟弟。但是，这一天现在看来，还是遥遥无期。她甚至还没有叶小海挣得多。是呀，自己不强大，怎么能帮助别人呢。

这天，叶小海下班回来，路过一个卖糖葫芦的商店，店面虽小，里面的糖葫芦品种却很多，叶小海看了半天，买了一只山药加草莓还有山楂的糖葫芦。他觉得，这样的食品，可以吃到很多品种，恰到好处。他让商贩包好糖葫芦，一路举着走回家。回到家里，就兴冲冲地把这个精心挑选的小食品递给妈妈："妈，你看，这个糖葫芦真好看，什么都有。"

妈妈平时很少吃甜的食品。但是看到儿子很高兴，心里暖暖地，笑着说："噢，真的，五颜六色，好看。"

"现在的人，多会享受。"叶小海还没有尽兴。

"是呀，小海，现在人们的生活多好，以小见大。"妈妈趁着小海高兴应和着。

"我知道，妈妈，你可要好好陪着我，我生活里已经没有别人了。"

"你还有哥哥姐姐呢。"

"他们算什么？"叶小海急躁地说。

"你不要这么说。他们是你的亲人。"妈妈坚定地说。她知道，叶小海心里是怎么想的。她也知道，像这样的精神病人，在发病时或者病情控制得不好时，会恨自己的亲人。这在医学上叫“漠视亲情”。她希望自己的儿女，不要因为各种原因不团结。因为，现在这个家里的一切事情，都需要大家精诚一致地去处理。叶小海目前对妈妈的依赖感几乎变成了小孩子。妈妈经常给他挠挠后背，摸摸他的头。他觉得这是一种安慰。妈妈还经常开导他的谈话也是他的精神依赖。这些，也许就是母爱。

“谁都替代不了你。”叶小海斩钉截铁地说。

“是呀，我已经这么老了，身体又不好，总有不在的一天。”妈妈用温和的口气说。

叶小海赶紧接着说：“妈妈，不行，我需要您，你永远不许死。”

“小海，我早晚都会老死。这是自然规律。你不要为这事伤心，这是人之常情……”

“妈，我累了，想睡一会儿。”叶小海好像突然对这个话题没有了兴趣。他只能用转移话题，规避自己的坏心情。这也许是本能。他并不意识这样做让别人很费解，但对他自己就最合适。

“啊，好，那你先睡一会儿？”妈妈有些疑惑地看着叶小海。

“咱家是不是该刷墙了，房顶上的墙皮掉到我水杯里了。”只见叶小海端着自己的茶杯看看水面上浮着的白色小片儿片儿喝了口水问。

“是吗？怎么了？没什么。”妈妈想把这个话题搪塞过去。

“我这水杯里总有些白色的小片儿，不知道是怎么掉进杯子的？”叶小海执著地抬头看看房顶，又看看自己的水杯……

“要不换一杯水？”妈妈小心地试探着。

“不用，我早上刚泡的茶叶，还没喝呢。”他说着，转身走出客厅。

“你不要喝凉茶。”妈妈大声地说。

“我喜欢！”叶小海头也没回地说。他又抬头看看自己房间的天花板，觉得也许是自己在房间里抽烟，天花板的墙皮被熏得翘起来了，所以才会掉到自己的杯子里。

“没事儿，你要觉得水有问题，就换一杯。”妈妈怕加药的事露馅儿，显得有些无奈地说。

“没什么，只是些小白片儿，没事儿。”

“那好，你每天喝茶也要适当些，要不会影响睡眠。”

“我就这么一个爱好，就是喜欢喝凉茶。好像喝些茶，心情也好。”叶小海回到妈妈身边。

“是吗？我也不喝茶，没有发言权。”妈妈似乎很庆幸叶小海的这个习惯。尽管茶能解药。但是，她们也没有什么好办法。

“你最近心情好点儿吗？”妈妈问。

“还好吧。”

“那些难受的感觉少些了？”妈妈显得小心翼翼地问。

“好像有些减轻，就连那些副作用，也少些了。”

妈妈暗喜，说道：“还是那句话，无论什么事情，只要你认真坚持，都会有结果的，而且都来得及。但是，你要放弃，那就成不了事。”

“知道了，妈妈，您的话我都会背了。”

“不仅会背，也要去做。”妈妈摸摸叶小海的头。

“知道啦。”

叶小海虽然一遍一遍地说着“知道啦”，但是，他内心是温暖的，他从妈妈的每个字里，都听出了母爱。他有自己固定的生活模式，循规蹈矩、一成不变，这也许就是某种偏执的生活习惯。每天，上班前，要泡茶，再把杯子盖上盖子。他认为这样就好了，杯子里不会再落下什么东西了。妈妈也因此十分清楚地知道，必须把这件事做得不漏痕迹，这样才能帮助他治病。虽然儿子每次下班回来，就像是哄小孩子似的给自己带些东西，但是妈妈在儿子的心里，却是至高无上的。这点妈妈比谁都清楚。叶家的女儿们都知道，没有在爸爸身上尽到的孝心，就要在对妈妈的感情上继续延续。因为，爸爸走得太匆忙，从发病到去世仅仅三个多小时。那是个无法接受的事实。那些只能变成遗憾。而那些遗憾也没法弥补。失去亲人，需要在一段缓冲的时间里适应这个变化。爸爸的突然离去，这个缓冲时段就更加重要。叶小汀很明白，即使在爸爸走后的很多年里，自己也一直不能释怀。每当有战友问及此事时，她心里的那些隐痛，就会加重，泪水总会夺眶而出。那好像就是昨天发生的事情。在她的心底里，这个伤口永远不会愈合，随时都会流血。每当这个永不结疤的伤口重新流血时，叶小汀的难过，依然那么新鲜，那么铭心刻骨。爸爸给这个家庭带来的奉献和爱，让他们几个在优越的环境中长大成人。而后他匆匆辞世，没给他们留下任何负担，甚至没来得及留下一句遗言。就因为这样的结果，使叶小淋、叶小汀、叶小海深陷其中，不能自拔。就像在心理上留下了负罪感。那些应该做的和来不及做却迟早要做的事情，就变成了一种赎罪。这是这个世界上所有的生物都要面临的一种过程，而叶家三姐弟却在其中无限纠结。妈妈现在对于这个家庭来说，就更加重要。无论怎样，他们都在努力弥补自以为的那些过失。

叶小海因为家里这样的措施，使他的病情有了明显的控制。他不但可以上班，心情也不错。家里人和他都侥幸地以为他可能已经好了。尽管这个病不能治愈，但是，至少他们目前全这样认为。叶小海和妈妈相依为命。妈妈是他的全部。这样的日子，别人无可替代，更不能被人剥夺。

第五章　精神危机

叶小海需要安慰和温暖，需要稳定和关怀。叶小海式的脆弱，代表着精神病人的敏感，任何变化都意味着不稳定，对于他来说，变化就是危机四伏。这样的忧虑，困扰着他。

最近几年，也许就是因为那个所谓的“厄尔尼诺现象”，致使夏季的天气十分炎热。就在那里待着，什么都不干，也会汗流浃背，身上，就像装了个水管儿而水龙头还不听使唤似的，永远都会有种湿乎乎的感觉，顺着身体的某些部位不停地流汗，就是用毛巾不停地擦，也是湿湿的。这也许是身体虚弱？也许是某些遗传？但无论是什么，就是一个字：“热！”就连叶家凉爽的一楼，也不得不装上了空调。这还是叶小汀的丈夫林建平孝敬老太太的作品。要不，对于勤俭的叶家妈妈来说，就没这个必要了。

房间里，空调正呼呼地吹着凉爽的风，温度湿度都很舒适。

“要是你们很热，就把空调拿走吧。”妈妈好像总是不能吹凉风。其实，叶小汀他们都没觉得，妈妈这时候已经病得很重了。她甚至在盛夏里，也要穿毛衣。

“妈，现在这么热，人都要发霉了，屋里吹空调还可以除湿呢。”

“噢，咳！我们老年人并不觉得热。”

“那就把温度再调得高一些，人得舒舒服服的。”叶小汀手里拿着空调的遥控器固执地说。叶小汀认为，现在最好的发明有两个：一个是空调，让人在热天凉快；第二个就是汽车，让人在一堆铁里可以驰骋千里。

“别吹我。我老了，我知道自己的身体怎么回事。”

“知道了。妈。我知道该怎么让您舒服，我是您闺女，这还用说吗？”叶小汀似乎在每句话里，都要强词夺理。她心里的那些压抑，让她变得好斗。即便是在侍候老人时也不例外。这也许是她的生活方式。

“话真多，就你能。你也学学你姐姐，做事能稳重些。都这么大人了，还忙忙叨叨的，怎么给你女儿做榜样？再说，这么急的脾气，对你的身体也不好。”

“我知道了。我知道了。”叶小汀也不反驳妈妈了，但却有些不耐烦。她心里总是隐隐的有些事情，到底是些什么事情？她自己又说不清。

但是她好像感到自己有些不舒服，腰里起了一些小红包，她此时并没有意识到，已经身患带状疱疹了。

这样的病毒，也许是在医院感染的。但是并不是所有感染这样病毒的人都发病。只有在身体抵抗力低下的时候，病毒危害人体免疫系统，才会有发病的症状。带状疱疹病毒的发作，表明身体的抵抗力很低，一般都是老年人或者癌症患者才能有这些表现。

叶小汀此时，也许就是抵抗力很低的时候。最起码，发脾气和对家里各种事情的忧虑就是可以降低身体抵抗力的原因之一。她就连睡觉时，好像都睁着一只眼。这样的警觉也许是对年老体弱的妈妈身体状况的忧虑，也许是因为对叶小海得了这样不治之症的焦灼。无论是什么原因，叶小汀深陷其中。

家里的大门传来转钥匙的声音。叶小汀跑了过去。只见叶小淋匆匆忙忙地拿着一堆菜走进门来。她放下手里的东西，拉着叶小汀鬼鬼祟祟地避开妈妈进了厨房，还随手带上了门。叶小淋显得很紧张，很神秘。

"怎么了？姐？"叶小汀不解地回头看看楼道间。

"小声点儿，小汀，我昨天陪着妈妈又去体检了。"

叶小汀看着姐姐："怎么了？现在怎么想起体检了？"

"要不是因为她行动不便，每半年就应该体检一次。你没看见，妈妈最近的消瘦？"叶小淋小声不断地问着妹妹，还朝门外看看，她怕自己的话让妈妈听见。

"这说明什么？"

"你脑袋木了？你还是个搞医的出身，连这些都不知道？"

"你是说癌症？"叶小汀虽然一头雾水，但是曾经的职业感，让她脱口而出这个判断，但她感觉妈妈的身体还是不错的，没什么异样。

"你没觉得，妈妈最近胳膊细了？肚子也小了？"

"是吗？你怎么发现的。"

"我帮妈妈洗澡时发现的。"

"那你怎么不早说？"叶小汀责怪道。

"谁像你，像个喇叭，什么事情也绷不住，有事就哇啦哇啦地乱叫。"

"别废话了，结果怎么样？"

叶小淋声音更小了："这次B超检查，她的腹部有肿物。"

"是肿瘤吗？恶性的？"叶小汀浑身出冷汗。她似乎在心里印证着自己的某些担忧。也许，她更希望，这些都是误诊。

"这还没有确定。"

"那还等什么呢？"叶小汀着急地问。

"没等什么，这不是已经安排了下一次检查的时间了吗。"叶小淋显得有些生气，她觉得妹妹脾气太急了。一点儿都不像自己。

"那我也去。"

"那当然。不过，这件事你说现在是不是要告诉小海？"

叶小汀这次倒是想了一下。她在网上查了对待这样病人在突发事件时，该怎么办。她知道，如果这样的事情是真的，对叶小海又是一个严重的刺激。自己掩饰不好内心的焦虑，就会更加影响他。这要和姐姐商量好对策。“我看这样，先给他透点儿风，让他有个思想准备。”

“好吧，不过这事还是我说吧，你那个急脾气。”

“就是因为我急，所以，我可以办大事。”叶小汀骄傲地说。

“办大事？办大坏事还差不多。”叶小淋对她的态度嗤之以鼻。

“这个我不和你争，现在妈妈的事情就是大事，你说，要不要先和他们单位老干部局的人说一声。”

“你又来了，听风就是雨，等有了结果再说吧。”

“行吧，就听你的。空调不能太凉，妈妈受不了。我去接林叶子，她好像在学校里被老师留下了。”叶小汀很不高兴。她目前心存侥幸，觉得妈妈没事儿。她家的林叶子，现在，也不是个省油的灯。老师找家长的事，也让她很气恼。

“怎么一个女孩子也被留校？”

“没办法，现在的孩子，正逆反着呢，不可理喻。”

叶小淋很担忧地问道：“林建平干吗呢？”

“他？就是不着家，在外面忧国忧民呢！”

“你们怎么搞的？一个女孩子，让你们弄得像个张飞。”

“我家的事情，现在来不及讨论，还是先把妈妈的事情搞定吧。”

“那倒是，不过，你们可得上心，别让你女儿和坏孩子来往。”

叶小汀很无奈：“那也没治，现在上学，我也不能时刻都跟着她，还不知道老师叫我有什么事情呢？”

“那你最好还是去看看，孩子的事情也是大事。”

“那你呢？”叶小汀问。

“我？这不，妈妈让我一会儿去邮局，给林建国的孙子寄钱和小衣服。”

“什么？他爷爷都当上了，还管妈妈要钱？”

“是啊，这不是妈妈说的吗？我得去办！几十年不都这样吗？妈说，邮局的人都以为妈妈是给自己的父母或者婆婆什么的寄钱呢。都几十年了，从他家的第一个孩子降生，到现在，儿子都当了爸爸了。真是的，咱妈还管这些烂事儿。什么时候是个头？”

“妈妈也是，总是这样！”

“咱妈这是为谁呀？活这么累。”

“是呀，妈妈说，从那邮局里散播着她对这些家人们的爱。”

“我看，咱家那堆人，就是个无底洞。”

“你也别这么损，谁让咱爸妈当年参加了革命才享受到这些待遇呢？”

“那又怎样？他们也不想想在战争年代还要出生入死呢！现在还欠他们的了？”叶小汀愤愤不平地说。

“是呀，谁会想这些呢？现在的人们，只看结果，其实过去也一样。”

“关键是，叶建国太不自觉了。还是什么大哥，狗屁！拿了家里的钱，还不孝顺老人。其实，准是他那个老婆闹的事。”

“你这个小姑子呀……”叶小淋笑笑说。

“谁呀？从他一结婚，这几十年里，每个月都寄钱给他。他那个老婆也真是的，就像头猪，扑腾扑腾下了三个。既然生得起，那就要养得起，别给别人找麻烦。我婆婆就这样教导我们，我和叶建平也是这样做的。我们在孩子小的时候，自己咬牙硬挺着，这也熬过来了，也没找自己老人的麻烦。”叶小汀伶牙俐齿地说。

“谁能和你比呀。”叶小淋讥笑着叶小汀。

“不管和谁比，他是老大。仗着在外地工作，对这个家庭一点儿贡献也没有，我看他就和咱家的钱亲。”

“别说得这么难听，他毕竟是咱们的大哥。”

“狗屁，什么东西，都他妈成了爷爷啦，还这么不要脸。你瞧他老婆那个德行，真他妈恶心！还觉得自己蛮不错的。瞧她那一群的孩子，和咱家没一个亲的。叶建国也真让她控制了。就是一个傻子。”

“瞧你那张嘴，就欠着用马桶刷子刷刷了！”叶小淋有些听不下去了。

“我乐意，不这样，就难以平民愤！”叶小汀好像越说越来劲了。

“说什么呢，你小声点儿，想让妈妈听见？无论怎样，那也是咱们的大哥，只不过他老婆太次了，没门当户对。”叶小淋好像也按捺不住了似的说。

“那也是他自找的。找个鞋匠的女儿，能有什么出息。”

“穷山恶水出刁民。妻恶夫祸多。等着瞧吧。”叶小淋话里也透出了恶狠狠的感觉。这样的时候在她来说并不多见。

“你这次真说对了。”

“我哪次没说对？你也别在这气不过了，赶紧去学校看看叶子怎么了。”

“好吧。叶小海今天的药已经加过了。”

“噢，知道了。”

“你以后少给叶建国寄东西。连小海都看不过去。叶建国来看妈妈的路费都是妈妈报销的。混蛋，真不像话。”叶小汀说。

“行啦，你赶快走吧，路上开车小心，那可是人命关天的事情。”叶小淋往门外推着妹妹说。

“这些事情要是放在林建平家里，他们哥几个早把他们给灭了。他的嘴更需要一把马桶刷子。要是让他骂人，那幺蛾子更花哨。”

“我看，你们都不是省油的灯。”

“你最好告诉叶建国那个小子。对，老小子。让他自己来北京看看妈妈，否则他会后悔的。”

“这你说得不对，他才不后悔呢，要不这三十几年回来过几次？每次一来，还没住上几天，就被老婆打电话催回去了，瞧他那点儿起子。”

“原来，你也会？”叶小汀笑着说。

“咳，现在的人们谁不会呢，只不过大家都得端着。”

“就应该这样。总憋着自己，准出差儿。就为了活着、为了痛快、为了爽，也得这样。现在谁管谁呀？都认钱。”

“行啦，别废话啦，少说两句，死不了你。”

“嗯，走啦。”叶小汀扭脸消失在门口。

看着叶小汀出门的背影，叶小淋搭了一句：“要是叶子那儿有什么事，给我打电话。”

“知道啦。”

叶小汀风风火火地走了，她踩油门的声音很大，在厨房的叶小淋朝窗外望了望，看见妹妹的车，像旋风似的消失在前面的拐角处。家里，又像往常一样，恢复了安静。

叶小海并不知道现在家里发生的事情。他还是一如既往，两点一线的生活着。除了去单位上班，就是回家里陪着妈妈。最多的也就是在自己房间里上上网，看看他最喜爱的数学书籍。这些就是他目前生活的全部内容。他房间里最多的东西就是打印机上用的宽打纸。上面密密麻麻地写满了数学试题和计算机程序。一眼看去，就像是天书。

没人能知道，那些数字和字母对叶小海意味着什么？他整个的时间都用在那些看上去很复杂的事情里。也许，现在看来，那是他排解自己的无法排解的病痛的一种方式。也许，那些事情越是复杂，就越能把他的痛苦消失掉。

思考复杂的试题，让他暂时没空儿思考自己的疾病和因为疾病而造成的让他无法想得通的事情。

小时候，他是家里最小的孩子。爸爸只要不出差，每个星期天，都要带他上街去玩儿、买东西和吃饭。对他的爱，在以前的时代里，也算是登峰造极了。好像这样才显示出爸爸对他四十岁时才得到的这个男孩子的喜欢。“文革”时，父母经常挨斗写检查。爸爸不让回家。妈妈下放劳动。星期日，他对以往的生活习惯不容更改。不管父母心情如何，闹着要带他上街去玩和吃饭。

这些小事，现在看来微不足道。但在那时，这种生活方式会被挑战，会被鄙视和憎恨，因为这是“资产阶级寄生虫”的生活方式，要被实行“无产阶级专政”。但这一切都过去了。

“文革”后，爸爸的脑出血急速恶化，在弥留之际，他紧紧地抓着叶小海的手，像是要把一辈子没说的话都说完。叶小海懂事地使劲点头，但一句也没听清楚。那些咕噜，就是爸爸的遗言。

他也许是因为没有听清楚爸爸最后说的那些话，变得有些恍惚。这事似乎显得很重要。他开始没有头绪地翻找，他觉得，爸爸一定会把某些东西放在某处，就凭爸爸对家人的爱，一定会留给他们些文字。

爸爸在参加革命前，就把县里图书馆的书全读了。就凭这学究气，也不会就这样一走了之。他翻找着，已经到了癫狂的地步。也许就是这些想法和行为，使他纠结在无法解开的谜团之中，甚至于使他得病。叶小海好像自此走上一条他不应该涉足的路，这件事他显得身不由己。

也许因为这个原因，他更珍惜和妈妈在一起的时光。他变得心重内敛，使内心已经很痛的伤口，变得更加血肉模糊难以治愈。

当年，爸爸去世叶小汀急忙地赶到医院病房的观察室时，一眼看到那些抢救病人的医疗器械放在楼道里就立刻明白了。当她撩开白色的被单时，爸爸身上余温犹存，她摸到的却是一双已经冰凉了的手。她知道这一刻就是和爸爸的诀别。这也在她心上深深地刻了一刀。

下午，叶小海下班了。今天，他从车站的一个小贩手里，买了一只黄色的小鸡，十分可爱。

回家后，叶小海把小鸡举到妈妈眼前："妈，你看，多好玩儿。"

"真是！"妈妈眼前一亮，她知道这是儿子让她高兴。

"你看，它多精神。"

"嗯，就是。"妈妈笑眯眯地说。

"它吃什么？"

"给它泡一点儿小米，它太小了。也许只有几天，只能吃小米。"

叶小海笑笑："嘿嘿，真好玩儿。"

他随手找个小盒子，把小鸡安顿好。那只小鸡好像也明白了它的用途似的。在小盒子里，从这边儿跑到那边儿，不停地啄着，不停地叽叽叫着，虽然不知道它在叫什么。但是，从人的观点看上去，它好像挺愉快的。

对于叶小海来说，他需要这样的安静。就是这样细小的、在别人看来微不足道的小事情，对于他来说，却是很好的治疗。叶小海需要安慰和温暖，需要稳定和关怀。叶小海式的脆弱，代表着精神病人的敏感，任何变化都意味着不稳定，对于他们来说，变化就是危机四伏。这样的忧虑，困扰着他们。

叶小淋已经想好了怎么把妈妈生病的事情告诉叶小海，她是大姐，在这件事情上，她责无旁贷。

"小海，你来一下。"叶小淋在厨房叫叶小海。

"什么事？"小海正和妈妈在一起看着那只小鸡。

"小海，"叶小淋神秘地关上厨房的门："我想告诉你，今天，我带妈妈去体检了。"

"怎么了？她有什么病吗？"

"倒是没什么大事，就是有些项目需要复查。"叶小淋小心翼翼地挑选着合适的字眼儿说。

"复查？什么意思？"叶小海显得有些紧张。

"复查就是在一些项目上不太确定。"

"什么？是不是妈有什么严重的病了？"

“现在还不知道，因为有些指标不太正常。”

“什么指标？”

“就是说，需要做新的检查来确定。”

“现在都有什么不正常？”叶小海很紧张。

“现在好像还不知道哪有什么不好？”

“那为什么还要复查？是不是前些日子她说肚子不舒服造成的？”

“不是，小海，不管妈妈怎么说，医学检查最说明问题。”

“那，你是不是怀疑妈妈长癌什么的了？”

“你不要这样。即便是这样，也要做好两种打算，现在不是还不是吗？”

“要是那样，我怎么办？”叶小海十分沮丧地说。

“小海，你听我说，妈妈已经七十多岁了，不管检查出什么病，也不要对她说，就让她快快乐乐的，知道吗？”

“你什么意思？难道她得了癌症？还是什么其他的病？”

“妈妈就是不得癌症，她的病种也很多，吃这么些药，乱七八糟的，对她的肝肾都会有影响。”

“你到底想说什么？别绕这么大的圈子，我不傻。”叶小海十分急躁。

叶小淋看见他这样的表现，心想，应该到此为止。

“我的意思就是，下次预约的检查比较多，妈妈又行动不便，需要你帮忙，比如上检查台什么的，我和小汀也弄不了。”

“就这个，怎么不早说？那还用问吗？妈妈的事情，就是我的事情。你们真的不知道，妈妈活着对我意味着什么？”叶小海一脸严肃地说。

“我知道，这些你不用说，我也知道。我的意思是咱们现在都得有个心理准备，不知道那些检查会是什么结果？”叶小淋小心翼翼地看着叶小海说。

“哦，知道了。”叶小海很不心甘情愿地说。在他心里想的是，妈妈应该永远不生病、不离开他才对。

“我说的话，你听到了吗？”叶小淋用怀疑的目光看了看叶小海。

“听见啦。”

“你先不要对妈妈说，也不要问她。一会儿，也不要让她看出来，好吗？”

“那我该怎么办?”叶小海显得束手无策。

“不要让她以为怎么样了就行。好吗？”

叶小海眼光直直地、疑心重重地看着叶小淋说：“也就是说，你已经肯定妈妈得了重病？”

“不是那个意思，是不想让她为还不确定的事情担心。”

“我看，复查就是有问题，要不怎么能不确定呢？”

“你不要瞎猜，等复查后再说，”

“那你还不如不说。”叶小海低声说。

“怎么啦？你？”

“我心里很难受，我觉得我得病以后，家里总是有事。”

叶小淋有点儿后悔把这件事告诉叶小海了，她安慰着叶小海说：“小海，你先别急，就是有什么病，现在医学技术发达，也会有解决的办法。”

“那要是结果不准确呢？”

“那是不可能的。现在的医学检查，都是在严格的仪器操控下进行，结果的可信度很高，不会有假的。”

“是吗？”

“那当然，原来很多检查，只靠人工检测。现在都是设备监控，检验结果都是自动检出的。”

“噢，那些反正我也不懂，但是我现在心情很坏。”叶小海皱起了眉头。

“没事的，就是让咱们先有个思想准备，别到时候搞不清楚。你今天的药吃了吗？”

“嗯，为了预防万一，一会儿我再加一片。”

“什么？小海，我是你姐，也是大夫。最起码，你在治病这些事情上，要是有什么变化，最好先对我说一声。”

“你看的也不是精神病人，你又不懂。我听医生的，就是那个专家。”

“他和你说过让你自己加药吗？”

叶小海显得有些不屑：“我也是成年人，我有权决定自己的事情。”

“但是在吃药的事情上，你不能自己决定，尤其是这类药物，作用都很强，你不能私自决定加药和减药。”

“我加了药，没事儿。”

“那只是暂时的，你忘了副作用啦？”

“我只是不想让我的病复发。我是我，你不是我，我知道自己的感觉。”叶小海生气了。

“好，这事先这样，等我去医院问过大夫，也就是你的那个专家再说。记着，以后不要私自加减药，好吗？”叶小淋耐着性子说。

“那好吧，以前他也说过，要是有什么突发的事情，可以加一片儿的。”

“但那是治疗精神疾病的药，随便加大剂量就会出危险的，知道吗？”叶小淋急切地说。

“我无所谓，我只是觉得，你们以后对我耐心一点儿比什么都强。”叶小海冷漠地看着叶小淋说。

叶小海的这句话，就像一颗子弹，突然穿透了叶小淋的胸膛，有些猝不及防。她好像突然明白，自己的弟弟最需要的好像并不是别的什么，而是一些温暖的话和关怀。因为这个病，让他内心变得无比孤独。而她和叶小汀在这方面，做的全都不好。“我这是为你好。”叶小淋耐心地说。

“我知道，但是那又怎样？”叶小海显得一意孤行。

叶小淋心想，这可坏了，今天他自己要是加一片儿，那不是吃的药就过量了吗？她赶紧跑到妈妈那里，急忙拿了两片小海的药，磨碎了，又到小海的房间，把杯子里的水倒了，重新把两片药溶解在里面。

做好了这一切，她才放下心。因为刚才倒掉的水里溶解着三片儿药。他每天的服药剂量应该是四片儿，少一片儿控制不住他的病症，多一片儿药物副作用就使他很难受。

叶小海并不知道，妈妈、姐姐们给他默默加了三片儿药。加减药，对于叶小海的病情来说都十分重要，这些药如果超量减量，都可以加重病情和副作用。叶小海自己并不知道这些严重后果。他恨那些药。他不知道那些药既能给他的治病，又能带给他严重的伤害。

这时，妈妈看见叶小淋慌里慌张地在家里跑来跑去，就小声地问叶小淋：“出什么事啦？”这好像已经成了某些规则，妈妈和两个女儿之间的对话都用小声说。好像这样更能保护叶小海，她们生怕哪些话刺激了他。

“没什么，小海私自又加了一片儿药，我怕他吃过量了，给他新泡了一碗茶。要是吃过量了药，副作用又会很大。”叶小淋说。

“是吗？那得更精心地数他瓶子里剩下的药呢。”

“妈，小声点儿。他就在那屋抽烟呢，让他听见又是事。”

“他为什么多吃药？”

“我也不太清楚。他只说心情不好。他以为，这些药多吃一片儿就能解决心情问题。”叶小淋心慌意乱地说。

“他不懂，你要多提醒他，那些药也不是糖豆儿。”

“我知道了，妈！”

第六章　活在当下是个排忧解难的好方法

人无远虑，必有近忧。活在当下，也不失为一种排忧解难的好方法。

这天，在医院里，妈妈刚被推出核磁检查室，显得很疲劳。那些检查床的上下这样的小事，对于妈妈来说也是难事，都是由叶小海抱上抱下的。

叶小海此时内心极端痛苦。他紧蹙着眉头，但举止得体。没有人看出他有病。也许是药物在体内的积蓄，对他的治疗起了更有效和持久的作用。使他对事情的承受力似乎还行，尽管他的内心里很乱。但是，那也是他自己能控制住的乱。他已经适应了目前的治疗方法。他看看叶小淋、叶小汀，不知道自己该如何面对目前这个让他难以承受的事实。他既不愿意医院检查出妈妈有什么绝症，又不愿意医院由于疏忽大意漏诊。他内心里交织着这些矛盾的想法。他凑近叶小淋说：“大姐，你在医院看见的那些癌症病人，是妈妈这样的吗？妈妈是不是得癌症了？”

“小海，现在这些病，用肉眼看不出来，需要检查。”

“那你说，妈妈就是这样的病，还能活几年？”

叶小淋看看手表，又看看叶小海：“小海，现在不是说这个事情的时候。要先确定病情，才能搞清楚怎么治疗，才能知道治疗的结果，也就可以知道妈妈到底还有多久的时间。”

“那就是说，你也怀疑妈妈得了癌症？”叶小海紧追不舍地问。

“咱们现在，最好都镇静点儿，不要让妈妈看出什么迹象。就是得了那样的病，这样做，对她的治疗也有好处。”

“是吗？”叶小海好像又从心底里燃起了某种希望。

叶小淋扫了一眼坐在附近等待检查的病人和家属，把叶小海拉到一边小声地说：“现在，有些医疗刊物上报道，很多得了癌症的病人，他们的病症可能并不会让他们马上死亡，更多人是被自己的病吓死的。”

“是吗？”叶小海很有兴趣。

“其实，现在带癌生存的人很多，他们真的很勇敢。”

“是吗？真的？有这个可能吗？”叶小海焦急地问。

“当然，在很多事上，都会有事在人为的情形，妈不是老说吗，‘只要想做，什么时候开始都不晚’。”

“噢，那当然好了。”叶小海点点头，像是在安慰自己。

“你就别老瞎想了。瞎想也没什么用。一会儿结果出来，就知道了。”

“知道了，大姐。”

“小海，你也很累了，坐下歇一会儿，等妈妈出来还要忙乎呢。”

“好吧。”叶小淋的这些话，好像重新点燃了叶小海心中的希望，也似乎给了他心灵一副强心剂，他心里好受了一些。他站直了身子，伸着脖子看看里面的检查室，就好像那是重生的通道一样，照亮着叶小海的内心。

叶小汀凑过来问姐姐：“姐，要不要给哥打个电话，让他赶紧回来？”

“就你，大喇叭，什么事情都耐不住气。”

“平时他不来看妈妈也就算了。这事到了用得着他的时候，还省着他干什么？你没看见，小海抱着妈妈，也有些力不从心吗？”

“那有咱们呢。”

“咱们？用得上劲儿吗？再把妈摔着，关键是咱们抱不动。”

“就你事儿多，先看看检查结果再说。”

“哎？我怎么看不出你是妈亲生的呢？”

“怎么说话呢？就你能个儿？”叶小淋生气了。她就不明白，自己的妹妹怎么就这么沉不住气？她有时总对叶小汀说：人总是要死的。只不过是怎么个死法。每个人都不太一样，现在活着，不用担心，到时候再说不晚。其实，她的这些话，也是在对自己说。但是，叶小汀没有明白。她很一意孤行。

“我就不信了，就凭妈妈这么些年用家里的钱，养了他老婆和他的孩子，他就不能回来孝敬妈几天？”

“你小声点儿，你见过谁家的孝顺老人是被强迫的？”

“这算什么，老子就是看不惯叶建国把他那个鞋匠出身的老婆顶在脑袋顶上的样子，瞧他那熊样儿！”叶小汀把声音的分贝降低了一些。

“你别老骂人，没档次！”

“骂的就是他，你没看他每次回来，还没住几天，老婆就追着打电话催他回去，瞧他那点儿出息！他老婆就像没见过男人！不过也是，这样家庭的男人，嫁给她这样的女人，是得抓着点儿，跑了哪儿再找去？不过，他回来又能怎样！除了拿家里的钱以外，路费还要妈报销，这你不知道吧？”

“就这样，还是先少招惹他吧。”叶小淋愤愤不平地说。

“先别说这些了，该他回来时，少不了他。不过现在叫他回来，让他和咱们一起经历这些。连自己的亲生母亲都不爱的人，还能爱谁？还算人吗？”

“他不是不爱，是他那个老婆的事。一步也不让他离开，人要是跑了，她就找不到哥这样浓眉大眼的了，谁会理她？做梦去吧。”叶小淋也很恼火。

“噢，姐，原来你也这么深恶痛绝？我以为……”

叶小汀觉得叶小淋和她是一个战壕里的人，因此心情有些平静。她心想，虽然现在社会上对待干部家庭孩子的看法，已经不是从前那样了。但是，她相信，父母对他们的教育，并不白费。在那些个拜金和没有理想的人面前，最起码，他们的心是干净的。

“现在先别说了，你看医生出来了。小海，你先进去看看妈，把她扶到轮椅上。”叶小淋看见叶小海走过来说。

“嗯，知道了。”叶小海赶紧跑进检查室。

那个戴着眼镜、手里拿着病历的医生出来了，她是核磁共振室的主任。别看她那几张胶片，那可是关系病人生死的王牌。

“你们是这位病人的家属？”她边说着边朝叶小淋和叶小汀走来。

“是呀，主任，我妈妈的检查结果怎么样？”

“是卵巢癌，现在已经侵润了周边组织。”

“是吗？那您说她现在该怎么办？”叶小淋很焦急地问。

“现在是这样，手术不太可能了，那就是放化疗，不过愈后也很差，卵巢癌的恶化率很高，你们要有心理准备。”

叶小汀憋不住问：“那您说她还有多久？”

“大约几个月到半年吧。我看，还是早些准备后事吧。就是治疗，也十分痛苦。”那个主任显得很无奈。

核磁共振的检查结果，证明妈妈不但患有癌症，而且已经扩散至腹腔及肺部，很有可能也扩散到骨质内部。难怪妈妈经常说骨头疼。

叶小淋感到很不甘心，她看看手里的病历说：“主任，你说我妈妈真的是癌症吗？”

“对呀，你难道不相信这个结果？”主任有些惊奇地看着叶小淋。

“不是不相信，你能肯定这个结果吗？”叶小汀也急切地问。

“这个结果你们自己去看吧，这是科学。”主任有些不耐烦。核磁共振室的大夫，每天要面对很多这样的病人和家属。他们在谈论治疗和死亡这些事情上，几乎都是没有表情。这也许是他们职业的需要。如果他们对所有的病例都赋有感情色彩，那也许他们早就痛苦死了。

但是，无论多么知道这些医生如何理智，作为病人家属的叶小淋、叶小汀，都难以接受这个现实。经这个主任无情的描述后，妈妈的生命，好像也就剩下几个月的时间了。叶小汀平时那种貌似强悍的样子，此时也荡然无存。她在心里突然闪现出她十八岁时，由于发烧，居然还被妈妈背着去过医院，现在想想，那怎么可能？眼前的妈妈病魔缠身，羸弱无力，就要离开他们了，而妈妈自己还不知道。叶小汀的眼泪夺眶而出，这样的真相实在让她忍不住。

叶小淋看看那个主任说："那您说，咱们医院还有什么治疗手段？"

主任显得很冷静，面无表情地说："是这样，现在你妈妈的情况不是很好，目前就是对症治疗。咱们医院的放疗设备虽然很齐全。但是，你妈妈年纪大，体质很差，难以承受放化疗的治疗结果。所以，我建议你们早作准备。"

"您的意思是只能等着啦？"叶小汀很不客气地问。

主任看看叶小汀那种质疑的目光，好像自己的职业被什么给玷污了似的说："那你这么说也行。不过，医院就是再有办法，对于晚期癌症患者，也就仅此而已。"

叶小汀怒不可遏，觉得自己就要上手打这个主任一巴掌。她怎么就像没人性似的，说这些话，都没有表情。但是，叶小汀用力地克制住了自己，她没有抬起手来。

叶小淋看出叶小汀要发火，她拉了妹妹一把："小汀，咱们问问主任，还有什么可以实行的治疗。"

主任看看这两个病人家属，有些匪夷所思："我只是客观地把病情告诉你们：现在手术，就是加速病人死亡；放化疗她也很难承受，我也是出于好意。"

"话都说到这儿了，怎么就是好意？"叶小汀甩开叶小淋，不服气地问。

"就是说，与其让老太太受这么多罪，还不如让她好好过呢。"主任好像觉察到叶小汀的愤怒，并且也似乎有所防备似的说。

"都这样了，不治病，能好好过吗？"

"小汀，别这样。主任也是为咱们好。她是想让妈妈少受点儿罪。"叶小淋赶紧说。

主任也赶紧点着头说："就是这个意思。我们每天都看到很多病人和病人家属，说话说得太多了，没什么别的意思。"

"知道了，谢谢您。"叶小淋拉着叶小汀到一边去了。

"我就不信了，所有的大夫都这副德行？"叶小汀还在生气。

“行了，现在也只能这样，别闹了，还有小海呢，就是闹又有什么好办法？还是回去先想一想吧。”叶小淋一手拉着妹妹，劝着她，让她冷静下来。

“姐，你说咱怎么就这么粗心，每天和妈妈在一起，结果还会这样？”叶小汀焦急地说。

“别这样，咱们可以想办法，还有时间，你别这样，让小海看见对他的病不好。到时候咱们更顾不过来了。”

说到这儿，叶小汀好像还有些惊魂未定地说：“知道了，我也是有点儿乱了，岁数大了，承受力有问题。”

“行了，先这样，回去再说。”叶小淋拿着药方取药去了。

叶小海在那边看见姐姐们拉拉扯扯的，似乎有些明白事情的严重性。此时，只有叶小海是从精神到身体被彻底打倒了的那一个。他心里很明白，谁没事跑到医院做这些检查？要是没病，叶小淋和叶小汀也不能那么紧张。他没搞过医，但他从现在的气氛中，也似乎嗅到了某种气味。现今生活中的变化，简直是太多了，已经就要超过他所能承受的负荷了。这个世界上，只有血亲关系，在遇到这样生死存亡的事情时，才会使骨肉相连的情节表现到极致。叶小汀看到叶小海推着轮椅从检查室里出来，妈妈坐在上面，脸上挂着微笑。她赶快把脸上的泪水擦了一把。

妈妈看看几个孩子，就问叶小淋：“我有什么问题吗？”

叶小淋假装没事地说：“没什么太大的问题，只是有些老毛病的指标过高，需要控制。”

“我说嘛，没什么大不了的。我有几年因为动不了，没做B超了，现在检查一下有好处。你们也不用紧张，就是有什么，也没什么大不了的。”

叶小汀拉着妈妈的手：“妈，说什么呢，绕口令？”

“是呀，你们看，我像病人吗？哪个病人这么活泼？”妈妈诙谐地说。

叶小淋拉了一把叶小汀小声地说：“这事你看咱们怎么办？”

“姐，你说呢？”

“我看，先和单位联系一下，把这个结果告诉他们老干部局，让他们派人联系住院的事情。”

“姐，我觉得，这件事应该去专门的医院再核实一下。中国肿瘤医院就是最专业的地方，如果他们也说不能手术了，咱们再决定下一步。”

叶小淋想了一下：“是呀，我怎么就没想到呢？这样也好，这个医院的水平也就到此为止了。就像是判了死刑，先不管其他的事情了。”

“我也这样想，那些专门的医院，天天看的都是同一个病种，就是那里的普通医生看一眼，也许比这些一般医院的专家还要有准儿呢。”

“嗯，就先这样，咱们先联系单位。就是单位不同意转院，咱们自费也要带妈妈到肿瘤医院去检查和治疗。

叶小汀似乎在此时，感到身上有一股力量，使她充满了希望：“姐，这事，钱是小事，治不治是一回事，治不治得好是另外一回事。”

叶小淋看看叶小汀，说：“我发现，你今天和我很一致，你从来都不听话。”

“那要看是什么事情。”叶小汀不服气地说。

“那好，在妈妈治病这件事上，咱俩最好能够一致。你别老和我对着干。”叶小淋晃晃手里的病历。

“当然，只要你说得对，我就听你的。咱们只有这么一个亲妈。”

“你总是任何事情上都讲条件，就不知道给小海当个榜样。”

“那当然，不过他和我不一样，他的不听话是因为他有病。”叶小汀不依不挠地说。

“说起小海，这件事怎么和他说呢？”叶小淋谨慎地说。

“他什么都要问为什么，对任何新问题都十分敏感。我看，这件事情先别对他说那么多。”叶小汀看看那边儿正和妈妈说话的叶小海，他们脸上都带着微笑。这些微笑，好像更给这两个姐姐增加了忧伤。那是一种内心的疼痛和辛酸，无法用些什么药可以缓解。在每个人的内心，其实都会有这样或那样的隐痛。只不过，那些痛的原因各不一样，这也许就算是什么百味人生吧。叶家的孩子们正经历着这样的痛苦，这是没有办法的事实。

“我也这么想，这件事情还是先透些风声给小海，少透露些，他可以承受的。”叶小淋想了想说。

“那就你和他说，我也不会说瞎话，弄不好，说多了，他再犯病，像以前一样出现反复，我可担不起责任。”

叶小淋把手里的病历一挥说：“咱们先把妈妈住院的事情安排好，小海的事情我来说吧，你这个大嘴巴准会捅娄子。”

“是呀，我也没想干这件事情，我家叶子那么一堆烂事儿还没弄好呢。”

“谁家又能没事呢？”

“就我家的事多，我觉得有时候活着真没意思。”叶小汀发泄着心中的郁闷，“姐，你不知道，我有时觉得自己就是个男的。家里大小事情都是我一个人扛，我就是个机器。”

“那你不会少干点儿？让林建平给你分担些。”叶小淋小心翼翼地问，她知道妹妹的火爆脾气。

“就他，别指望什么，整天就是一个不着家。你也没办法。他总是说忙，‘给你们挣钱呢’就是回答，可是钱呢？”

“你也不能这样说，家庭就是这样的，有分工。”叶小淋劝着妹妹。

“分工？得了。我也想在外面，家里什么都不管，水管子坏了有人修，垃圾有人倒，电线坏了有人处理……”

“不是早就和你说过，女人在家里要有经济权，无论你是赚多赚少，反正要你说了算。”

“你就别说这些了。他现在就是拿这些话来压我，一问就只有一句话，‘给你们挣钱呢’。”叶小汀说着说着声音就大了起来。

“行了，咱现在干吗呢？”叶小淋赶紧制止了叶小汀。

叶小汀好像没有理会姐姐的意思，还在发着牢骚：“我看我呀，这辈子就像自己嫁给了自己，什么也靠不住。你说我图什么？”

“好了。现在，叶子马上就要上大学了，那不是很好的事情吗，以后不就轻松了吗？咱们还是先说妈的事吧。”

“对，我看，事不迟疑，医院不是说妈妈只有半年的时间吗！咱们可不能耽误。半年一晃就过去了，咱们可能就要……”

“先别说那么多了，先办好眼下的事情。”叶小淋打断了叶小汀的话，她总是不顾别人的感受。在叶小汀的心里，叶小淋心挺狠的。只要她想做的事情，没有人能拦得住。就连她自己的婚姻，也是自己做主的。家里死活不同意，也没拦住她。这姐俩说着话，把话题都给扯远了。还是叶小淋大几岁，心里想得周全。她看看妈妈和弟弟在那边等着，连忙对叶小汀说：“咱们先别在这里嘀咕了，到时候让妈妈起疑心。我想，这半年里，咱们得让妈妈活得更好，你说呢？”

“那是。”

“我就是有个要求：你别老什么事情都摆在脸上，也假装着点儿；你也是搞医的出身，怎么对待重病人，你应该知道。”

“行了。我也不是小孩，几十岁的人了，我知道。”叶小汀不耐烦地说。

“知道就好，走吧。”

叶小汀虽然很不服气，但是也没有什么好说的。家里的这些病人，真是让她们有些难以招架。她有时，甚至很羡慕那些中学同学，在学校时家境并不是很富裕，但是现在人家工作生活都很平和，父母也都健在，过得有滋有味。看看自己，出身是个高干，除了童年的幸福，好像没有什么平静的生活。“文革”中，是个“狗崽子”，“文革”后，虽然当兵没有“上山下乡”，但是，父母身体不好，爸爸早逝，妈妈现在又得了癌症，弟弟是个精神病患者，一切都不是幸福的模样。她甚至想起小时候由于自然灾害粮食定量供给，大姨每次给他们做粥，都要求他们把喝完粥的饭碗用舌头舔一遍，碗里干干净净的，一粒粮食也不浪费。她偷偷看见大姨自己在厨房用开水冲冲锅里的嘎巴就当粥喝了。这件小事，一直到现在她都没忘。她知道，大人们都是为他们好。一想到这些往事，她简直就想去死。她最不能接受的就是亲人受罪。好像自己一死就什么都没有了，所有的伤心和烦恼全都会消失。她知道自己这是在逃避。她更想大哭一顿。哭一顿心里就好受了。但现在，必须面对妈妈的严重病情和弟弟无法治愈的疾病。她要全力以赴，以弥补对爸爸来不及再重复的孝道。叶小汀一天到晚满脑子都是这些事情，心中充满了忧郁。她似乎已经不想别的了，就被这些事情压得喘不过气来。

叶小海看看姐姐们在那边嘀咕，心里很不是滋味：“你们干吗呢？现在怎么办呀？”

听到叶小海的叫声，叶小淋赶紧过来：“什么怎么办？走吧，回去再说。”

“这就完啦？”叶小海有些惊奇地问。

“是呀，还能怎么样？”叶小淋好像没有什么表情。

叶小海背过脸，避开妈妈小声地问叶小淋：“大姐，妈妈的检查怎么样？有什么问题没有？”

叶小淋拉了一把叶小海的袖子低声说：“别老当着妈妈问这些事情。”

“怎么啦？有事？”叶小海很惊奇地小声问。

“小海，咱们回家再说，别让妈妈听见。”

顿时，叶小海好像领悟到了什么，脸上的表情，一下子变得愁眉苦脸。这件事情上，他虽然暗自里给自己打了预防针。他也知道，一个病，如果反复检查，那就是有什么问题。就是没什么问题的话，至少也是个怀疑什么的。要不，为什么要反反复复呢？就这点儿逻辑推理，叶小海绝对是有的。他不智障，只是在那些困扰人们心灵的事情来临时，他不能像别人一样，通过自己把那些焦虑排解掉。只有药物可以帮他这么做，以排除那些烦恼。他这时，心里的难受程度要超过两个姐姐。那是因为，他把妈妈当成自己唯一相依为命的亲人。他在很多时候，在很多问题上，都把自己推到一些绝路上去。其实，任何事情，都有许多解决方案。他把那些可以用不同方法解决的问题，搞得变成唯一化了，好像这样不成，那就没有别的办法了。现在，面对妈妈的病情，他很可能又陷入了这个困惑之中。也许，就是叶小淋的这句话，已经告诉他，妈妈今天的检查有问题。这样的暗示，不断地在他内心积蓄成焦虑，那种只有他自己才体会的忧郁情绪悠然而生。他更压低声音催问着："大姐，这可怎么办？"

"你先别急，还有解决的办法。"叶小淋知道自己没有自圆其说。

"什么办法呀？"

"咱们别当着妈妈嘀咕，还是那句话，回家再说。"

叶小海此时，对妈妈的感情好像更大于这些好奇，因此也就不问了。但是，他心里好像隐约地意识到，妈妈的病很重。

叶小淋不放心叶小海。她知道，叶小海知道这件事情后，会有什么反应。于是就小声地问："小海，今天你吃了几片药？"

"四片儿，什么意思？你不相信我？"叶小海用怀疑地目光看着叶小淋，他好像在为自己的谎话做着肯定。

"没有，我只是问问，我不想什么，也不是不相信你，只是关心你。"叶小淋一个劲儿地解释。

"我看，这时候，咱们还是关心妈妈的事吧。"

"我知道，我也只是随便问问，没别的意思。"

叶小海得病这么些年，叶小淋也已经从相关的报道上看到，弟弟这样的病人，有个显著的特点，就是承受不起巨大的刺激。叶小淋比谁都了解这样病人此时的心里处境，但是谁也无法替代叶小海。只有让他面对这样的时刻，见机行事。就像叶小汀女儿林叶子说的那样：现在我们，就活在当下，今天先活好今天，明天有什么明天再说。好像，每天都是活了今天，就没有明天了似的。什么也不操心，这是他们的风格。不过，他们说得也有道理，有烦恼先放在今天，明天什么样子，管他呢！最起码卸掉了一半儿的忧郁。活在当下，也不失为一种排忧解难的好方法。

想到这里，叶小淋赶紧对叶小海说："小海，无论什么事情，都有办法对付，只是需要时间。"

叶小汀在一旁看到姐姐说不到点儿上，就插嘴道："小海，姐说得对，什么事情都有解决的办法，天无绝人之路。你不要想那么多。咱们先查清楚妈妈的病症，再把治疗的办法弄好。我就不信了，好好的人，就只有半年？"

"什么？半年？"叶小海无疑受到沉重的打击。

"你真是个乌鸦嘴，瞎说什么呢？"叶小淋看看在那边等待的妈妈，压低声音对叶小汀愤怒地说。

叶小汀知道自己说走了嘴，伸了一下舌头："小海，我不是那个意思，我是说，如果真是癌症，一般也就是这样的时间了。"

"癌症？什么时间？"这些字眼儿强烈地刺激着叶小海。

"咳，就是剩下的时间。不过，咱妈没准是个奇迹呢！没准还没有这个病呢！你说呢？"叶小汀淡化着自己闹出的矛盾。

"那就是说，不管这个病是否查出来，反正只要得了癌症，就这么短的时间？"叶小海尽量地回避着"死亡"这个词。

"就是不得这样的病，人老了不是也得死吗？"叶小汀说话从来都是直来直去，没有什么必要的遮拦。她这样的性格和叶小淋形成很大的反差。

"我难受，心情很坏。"叶小海立刻皱着个眉头，一副愁眉苦脸的样子。

"小海，妈妈如果得了这个病，我也非常难过。但是，你想过没有，现在大家的心情，除了悲伤，还有紧张，不知道该怎么办。"

"可是，我现在的心情坏到极点了，你们理解不了我。"

"我知道，你心里什么感受，咱们都是妈妈身上掉下的肉，要是什么感觉没有，那还是人吗？"

"你是说我和你们不一样？"叶小海咬文嚼字地问。

"你看，我还不如不说呢，我这也不是不太清楚吗？"叶小汀反复强调着自己不是故意这么说的。

"咱们家人，有个特点，就是在帮助别人的时候，也让人觉不出好来。"叶小海说话时，显得有些恶狠狠的。

“我真是多嘴。”叶小汀很生气。她很后悔，没管住自己的嘴。

“你不就是不让我知道妈妈快没了吗？”叶小海固执地坚持着这个观点。

“我不是那个意思，小海，这个事情咱们回去再说，现在，咱们说得太多了，妈妈就感觉到了，你想让她这样吗？”

叶小海好像有些醒悟，就像是变了一个人似的说：“噢，对，对对。”

“叶小汀，你不要总是乱说话，现在是什么时候？”叶小淋生气地在一边指责叶小汀。

叶小汀觉得，自己处处事事都是为家里好，怎么老是遭到姐姐的训斥？她觉得很委屈，她认为自己不需要别人总是在一旁校正自己的行为，她觉得自己很干练，能够应付各种家里的变化。其实她没有注意到，自己在处理问题时，方法上很有问题，简单、冲动、考虑问题不周全等等。但她有自己的优势，那就是办事雷厉风行，还是在部队的那股劲儿。她离开部队转业时，门诊部的主任就说：“你走了，这里就再也找不到比你更能干的女孩子了。”听听，这是多么高的奖励，无论这话是真心的还是假装的，最起码有个人，还是个领导的人，能用这样的评价赞誉她，她很心满意足。她知道，在部队，领导对自己的表扬，比起现在的GUCCI和LV什么的来说，显得更高级。因为想到了这些，她就没有还嘴。她还不知道，现在这些批评，比起以后将要发生的事情，那简直就不值得一提。

叶小海，一脸的愁容。他不明白，自己怎么就这么倒霉：还不算很大，爸爸就离开了他们，并且，除了那些革命的教育，以及“文革”时期最流行的干部子弟的出身，好像就什么都没有了。其实，他没有体会到，干部家庭的出身，给了他正直做人的品行，忠厚善良的性格及物质充足的生活。只是因为他生病，自顾不暇，没有时间来梳理思想，没有机会细想自己，即便这样，他也很幸福，因为他有这么好的家人。其实在人的一生中，你还没来得及仔细考虑，有些事情就会不请自来。也许，到这一站，你没有下车，是因为在下一站有个等着你的事。这可能就是契机。就像叶小海妈妈说过的：“只要你想，什么时候开始都不晚。”这已经成了叶家的座右铭。

第七章　亲情也是安慰剂

这些心痛，只有亲身体验的人，才知道那样的滋味。

不久，叶小汀经过和妈妈单位老干部局协商，妈妈住进了肿瘤医院。经过缜密的临床及实验室检查，妇瘤科的隋主任找到叶小淋，约好今天进行谈话，和她们进行病情诊断的交流，并且要征得病人家属的同意，对病人做进一步的抗癌治疗。叶小淋和叶小汀约好，一早就来到肿瘤医院。她们不安地揣摩着将要经历的谈话。她们不知道妈妈的病情最终会是什么结果。但是，对于这两个搞医的人来说，无论怎样，妈妈的病都是非同小可。

叶小汀看着医院对叶小淋说："姐，看病就要来专门店，你看人家这样的专业医院，就是不一样，那些普通医院，随便就下结论，一点儿也不专业。在这里，各种检查比他们强得多。"

"先别感慨了，咱们赶紧找大夫，听听他们怎么说。对了，一会儿，你少说点儿话，咱妈在这里治疗，有什么事情都要忍着点儿，知道吗？"叶小淋匆匆忙忙地往病房走去。

"知道了，我又不是没在医院待过，你别老是说我，就像我什么也不懂似的。"叶小汀嘟嘟囔囔地跟在姐姐后面。

"不是我老说你，要把话放在点儿上说，遇到事情别老着急，别骂人。"

"行了，我知道了，我又不是你儿子，你让我心情好点儿行吗？"

"我们现在的一切都是为了给妈妈治病，所以……"

不等叶小淋说完，叶小汀不耐烦地大声打断了姐姐的话说："你每天不教训人就活不了了？你少说我！再说一遍，我不是小孩子！"

叶小淋什么话也没有再说，只管一个劲儿地朝病房走去。叶小汀看到姐姐没理自己，心里觉得别扭，但也没办法。她知道，叶小淋就这个脾气。她生活里缺乏情趣，对很多事情的处理，都是干巴巴、硬生生的。她们穿过妇瘤科长长的走廊，推开主任的办公室门，隋主任正在那里等着她们。

"你好，隋主任。我叫叶小淋，是我妈的大女儿。"她指指身旁的叶小汀，"这是我妹妹叶小汀。"

隋主任很和气地看看姐妹俩说："坐吧，我想和你们谈谈你妈妈的治疗方案。"

"您说。"叶小淋有些迫不及待，她专注地看着主任。

隋主任不慌不忙地拿着妈妈的核磁片子，插到了灯箱上面，指着那些黑糊糊的地方说："是这样，你妈妈的癌症肿块，现在已经对周围组织有所浸润。"

叶小汀有些困惑："浸润怎么讲？"

"浸润也就是我们常说的扩散。"隋主任很耐心，他一定很了解病人家属此时的心情。

叶小淋瞪了叶小汀一眼："你先让主任说，等会儿你再发言。"

叶小汀虽然觉得自己有些没面子，但她忍了，没吱声。被拒绝的滋味让她不舒服。

"现在我们考虑是这样：基于目前你妈妈的身体情况和她的年龄承受能力，决定不采取手术。马上开始的是化疗，然后同时进行放疗。这样治疗，也许对你们的妈妈是最好和最有效的治疗方案。"隋主任很专业、很简洁地把这一切简单明了地告诉了叶家姐妹。

愣了几秒钟，叶小淋说："现在就不可以采取手术治疗吗？那样不是更彻底吗？"

"问题是，你妈妈承受不了这样的大手术，这是一；第二，手术治疗会导致扩散得更快，让病情更加恶化。"

"那，您说的这样的治疗方案，能够有效吗?"叶小淋继续追问着。

"当然有效，而且目前这是最好的治疗方案。"

"有过先例吗？"

"是的，我们现在拥有的治疗设备，在全国是独一无二的，治疗手段也是最先进的技术，达到了国际上的一流水平。很多东南亚的病人来这儿就医，效果也很不错。"隋主任很自豪地说。

"是吗？那既然是这样，是唯一的选择，那我想问问，这样病人治愈后，会怎么样？"叶小淋用很专业的医用术语询问道。

隋主任略有所思的想了一下说："我看你也是在医院工作吧？"

"是的，我们就是个门诊大夫，开开药什么的，不能和您比。"叶小淋谦逊地说。

"别这么说，咱们面对的都是病人。"

"隋主任，我们很着急，就想知道治疗以后的效果？还有我妈妈还能有多少时间？"

"这样告诉你吧，像你妈妈目前的病情检查所示，这样的治疗后果也许把握有八成。"

“真的？”叶小汀高兴得差点儿就要蹦了起来。

“真的！像这样的病人，如果早期发现，存活率是很高的，并且可以根治。像你妈妈这样的情况，也还算是及时。这也是粗略的估计。”隋主任淡定地描述着治疗结果。

“太谢谢您了。隋主任，我们家又有希望了。”叶小淋高兴地说。

此时，叶家姐妹喜出望外，现在也就是说，妈妈的病情不但能够控制住，而且还有更长时间的生存希望。

还是叶小淋沉得住气：“隋主任，希望你说的都能实现。谢谢您！如果我妈妈有什么病情变化，或者在治疗过程中有什么事情，你要及时通知我们，我们也好有些思想准备。那我先谢谢您了。”

“别客气！现在病人自己对病情都有知情、同意的权利，就更别说你们家属了。”隋主任还是用平静的声音说。

“那好，我可以签字，同意这个治疗方案。不过，这样的病情，请您还是对我妈妈保密，行吗？”

隋主任看看叶小淋笑笑说：“哦，那当然。你们真是些孝顺的儿女，至于告诉不告诉病人，你们自己做主吧。”

叶小淋什么也没说，接过隋主任递过来的签字书，签上了自己的名字。“那就请您多费心了。我们在这个特种病例里，真是什么都不懂。请您给我妈妈最好的治疗。如果需要自费也没关系，有什么好的办法，我们都同意。”叶小汀有些语无伦次地说。

隋主任点点头，看看手表：“好的，你们的心思我全都懂。不要多说了，先去办缴费住院手续吧。”

“好”叶小淋也急忙说。

经过三个月的放化疗治疗，虽然看上去很可怕，妈妈还是在流血。但是医生解释说，这是原发肿瘤在脱落，是好现象。那些治疗手段确实很有效，令人振奋地实现了隋主任一开始的承诺：不但保住了妈妈的生命，而且真的打开了生命新的一页。妈妈在出院时，创造了个奇迹。原发癌肿脱落，侵润部位消失，属于治愈出院。对于一位七十六岁高龄的老人来说，这简直就是个真正的奇迹。接妈妈回家的那一天，叶家的孩子们，欢欣鼓舞，兴高采烈。那些喜悦，不言而喻。回家，是这个世界上，所有人类们，也包括所有动物们的最快乐的事情。

不过，快乐的日子总是过得很快。在全家人还没有高兴过来的时刻，妈妈由于行动不便，加上腰伤，基本卧床不起。有一条腿的淋巴结开始肿大，阻塞大腿淋巴管，导致淋巴液回流受阻，致使整条右腿几乎肿得上下一般粗。并且由于抵抗力下降，导致妈妈肺部感染。脚上还有一小块皮肤溃烂。腰部还出现了表浅型的褥疮。这样的结果，既是意料之中，也是预想之外的。这还说明，他们几个的护理做得不好。由于一条腿水肿得厉害，即便是癌细胞复苏，也只能对症治疗了。并且还需要服用大量的止痛药，包括杜冷丁来止痛。据统计，70%的癌症患者晚期需要止痛药。止痛药的副作用就是沉睡。妈妈看上去很安静，安静到一天都听不到她能说上几句话。为了更好地照顾重病的妈妈，他们几个需要新的分工。由于姐弟必须保住工作，叶小汀做了牺牲，没什么废话，辞了职。像上班一样，早来晚走负责白天照顾妈妈的事情。晚上，由和妈妈住在一起的叶小海负责，妈妈夜里要上两次厕所需要他来搀扶。叶小淋负责妈妈的取药、服药、褥疮伤口清理换药等等比较专业的医护问题，还有洗衣、整理房间这些杂活儿。儿女们对妈妈的照顾，格外细致入微。他们知道，这也许就是妈妈在世的最后时刻了。叶小汀的火爆脾气，就像她的那辆没有消音器的破车一样，离老远就知道她来了。

这天，妈妈看到叶小汀正在给她包饺子，虽然妈妈已经没有什么精神参与这些家务活动了，但是，她强打起精神叫着叶小汀："小汀，小汀。"

"哎，妈妈，什么事？"

"我也想包个饺子。"

"嗯？不用了，我一会儿就包好了。"叶小汀继续包着饺子。

"小汀，让我包。"妈妈执意要求着。

叶小汀突然感到有些奇怪："妈妈，你没事吧？是不是腿太疼了？"

"不是。"

"我给你倒杯水吧，今天的牛奶还没喝呢，要不先喝牛奶？"

"不用，我觉得自己最近不太好，现在有点儿精神，让我也包包饺子。"

叶小汀意识到，妈妈已经猜出自己得了什么病。"妈妈，没事，我一会儿就包完了。"叶小汀只想让妈妈好好休息。

"我是说，你看我现在，什么用也没有，就是给你们找麻烦。"妈妈说话的声音有气无力。

“妈，别说这个，我乐意麻烦。”叶小汀看着妈妈心里突然难过起来，她想哭，但使劲忍住了。

“傻孩子，我不是这个意思。你看我，现在吃这么些药，腿很疼，我什么忙都帮不上你们，有时就想死了算了，可是想死又死不了……”妈妈还想说什么，但没说完，她深深地低下头哽咽着。

叶小汀从未看到过妈妈如此自卑和无助的举动，好像什么希望都没有了似的。她突然感到，妈妈的这几句话，几乎让她无地自容，她的心好像被什么东西揪了一把，几乎要被攥出血来。她觉得，妈妈和自己，此时好像是一个人。那些切肤之痛，好像正在叶小汀身上发作着，就像电钻，每一下都钻在自己心上，并且针针见血。她几乎要大声哭出来，她心目中的妈妈不是这样的，妈妈一贯坚强、豁达，是他们几个孩子的主心骨，是他们的榜样。但是，今天怎么了？她有些手足无措，不知道该对妈妈说些什么？眼泪随之夺眶而出：“妈，别说了，你的病一定会好的，我不嫌麻烦，我愿意伺候你。”

“就是好了，又有什么用？我老了，没用了。你看看，现在就是撒个尿，也要两个人陪伴，真没用了。”妈妈还是低着头，看着自己的手指自语着，看来妈妈的这番话，也是在肚子里憋了很久，才说出来的。

“妈，不是这样的。”叶小汀几乎哭了出来，她扑到妈妈怀里搂着妈妈。

“别哭，谁都会有这一天的，我只是觉得，我没用，怎么就一下子这样了？做梦也没有想到今天会是这样。”妈妈一边说着，一边用满是皱纹的手抹着眼泪。

“妈妈，我愿意这么伺候你，只要你健康。”叶小汀一边说着，眼泪一边不住地流下来。

妈妈抬起无力的手，摸了摸叶小汀的头，擦了擦叶小汀脸上的眼泪，自己眼里也充满了泪水。她顿了一下，小声地缓慢地说：“小汀呀，我有个心愿。”

“您说。”叶小汀满脸眼泪，抬起头看着妈妈。

“我要是不在了，你们就帮着小海找个对象，给他成个家，他需要有人照顾。”

“妈……”

“我知道你想说什么，我的意思是，结了再离，也行！他是个男人。”

“妈，我会的，姐姐也会的，您放心吧。”

“我就是放心不下他呀。”妈妈说着好像有些迷迷糊糊的，也许是止疼药起作用了。因为药量很大，一次就要口服八片，是极量。但是癌肿还疼。

叶小汀明白，现代女孩，选对象仨条件：房子，车子和钱。叶小海除了有家里的房子住着，就什么也没有了。她其实早就想好了。妈妈走了，家里的房子她和叶小淋都不会要。他们要让弟弟有自己的房子，这是他这辈子的立身之地。这件事情上，叶建国就别想了！妈妈得病后，他没回过家，这是他自找的。叶小汀在心里恨恨地想。但她明白现在更应该照顾好妈妈才是。“妈，我知道了，我尽力吧！”叶小汀赶紧拉着妈妈的手说。

“我就知道二丫头能行。”妈妈说完，无力地抿抿嘴，算是笑了。

“妈妈，给我哥打个电话，让他回来吧？”

“不用，他家的事多。”

“现在这个时候，他应该回来，您对他来说，恩重如山！”叶小汀坚决地说。

“你们知道什么？”妈妈有些疑惑地看着叶小汀问。

“以前的事情，大姨早就告诉我们了。”叶小汀小声地说。

“嗨，那也不是什么秘密了！要是早年，我把你哥留在老家，他也就没有今天了。他是我儿子，我心软，出来革命就带着他。他从小也没享过什么福，跟着我们部队东跑西颠的。我就是希望他好，这样我就放心了。生了孩子，就要给孩子个好生活，要不生他干吗呢？我欠他的。”妈妈显得无力地说。

“妈妈，您说什么呢？我不是那个意思，我是说，他应该回来看您。”

“他和你们不一样，他家人多事多，你们不要和他过不去。”妈妈好像更加无力地重复着前面的话说。

“那好吧，我知道啦。”叶小汀显得很无奈。

叶小海下班回来，一进门就直奔妈妈。弯下腰用脸和坐在沙发里的妈妈挨在一起，然后从兜里掏出一个用纸袋包着的烤白薯放到妈妈手里。又用手从上到下地摸摸妈妈的头说：“妈，热的。”

妈妈看看儿子，又看看手里的白薯说：“外面冷吗？”

“不冷。妈，你闻闻，多香。”叶小海用憨厚的声音说。

妈妈笑了，什么也没说，在这短暂的瞬间，她忘却了病痛。

妈妈的病情就在这几天里似乎变得更加恶化。那些症状，全不是叶小淋在家里可以自己处理的了。这一天，叶小汀和姐姐、弟弟一起，带着妈妈到医院去换药。

因为那些褥疮的伤口好像永远都不能愈合似的，总是流脓，并且散发着恶臭。在中国肿瘤医院外科换药室外面，他们看见一个中年的外科医生走来。

叶小淋走上前说："大夫，这是我妈妈，她今天是来这里换药的。"

大夫接过病历看了看妈妈说："病人进来，家属留在外面。"

"我妈妈行动不便，我和我弟弟进去吧，这样可以抱得动我妈妈。"叶小淋看看这个严肃的大夫赶紧说。

那个男大夫没什么表情地看看坐在轮椅上的妈妈，用毫无感情的语气说："那好吧，进来，把门关上。"

"叶小汀，你先去取药吧。"叶小淋回过头来朝叶小汀说。他和叶小海随后推着妈妈的轮椅进了换药室。

外科手术，无论大小，对于常人来说，都会令人生畏。更别说是亲人了，看着大夫在妈妈身上动刀剪，简直就是煎熬。但这个过程是必需的，却也是触目惊心的。那个大夫对叶小淋说："看，这个伤口很深，创面真大，像这么危重的病人，这样的伤口必须很好地处理……"

叶小淋打断了大夫的话："您说，这个伤口可以愈合吗？"

"愈合？"医生用奇怪的眼光转过头来看了叶小淋一眼，"这个，很难说。"

"要是我们在家很好地护理，会怎么样？"

"这个年纪的病人？"医生一边干着手头的业务，一边职业地回避着关键性的问题。

"是呀，我想她行动不便，也不能天天往医院跑，要是在家里能做一些护理，是不是会更好些？"叶小淋试探地问。

"在家做这些处理有点儿不太可能，现在就相当于小手术，家里没这些条件。"医生一边继续着手中手术清创，一边头也不抬地继续说。

"那我们回去后该怎么办？"叶小淋因为是医生，所以还绷得住劲儿，就接着追问。妈妈的这些伤口是外科的领域，就别说在医院工作过多年的叶小汀了，就是现在还是医生的叶小淋，也很少处置过这样的伤口。

"你们能怎么办？我看还是来医院吧。"医生好像有些不屑地看看眼前的这几个家属，面无表情地继续着手里的清创工作。

叶小淋显得有些灰心，不再问什么了。她心里很明白，妈妈这把年纪，患有晚期癌症，伤口感染又这么严重，几乎是没有愈合的可能。她还知道，这不能说医生没有同情心。他们每天见的病人多了，什么手术都做过。对于他们来说，这些只是工作，只是他们每天必须例行的职业操守。她不想把这些后果告诉弟弟妹妹们，她觉得他们再心痛，也比不上妈妈的痛苦。解释和纠结，会让心痛变得更痛，她也知道，妈妈也许快要到了最终的时刻。碗口大的创口中脓液被清理了出来，露出里面新长出来的白色肉芽，足有一个公分那么长，清创的恶臭弥漫了整个换药室。

叶小汀透过门缝儿偷看了一眼，差点儿晕了过去。她突然想起，自己刚当新兵在化验室工作时。有一天，正是夜班，四楼手术室里有个手术中的病人需要输血。她走进手术室去给这个病人配血。一眼看见手术台上那个开胸的病人，在手术用的空巾处，病人的心脏在不断地蠕动，跳得非常坚决毫不间断。那个打开的胸腔创口，简直像要把叶小汀吞下去似的。现在妈妈正在换药的情形，使她又一次感到似曾相识。这样的感觉，让他们以最直观的感觉，感受到妈妈此时此刻的痛苦。就连叶小海也要强忍着心中的郁闷默默地承受着眼前的现实。这些心痛，只有亲身体验的人，才知道那样的滋味。

医生就像是没有看见什么似的，迅速地用剪刀清理着创口的腐败皮肤以及那些新生的肉芽。只听见妈妈发出痛苦无力的哼哼声。那声音，就像是用针在挑拨着叶家姐弟们的神经，使他们也陷入痛苦欲绝的境地。这近在咫尺的难受和无能为力的景象像颗子弹，将这几个孩子的心脏洞穿。叶小汀突然想到，他们几个此时，也只能相互用骨肉亲情慰藉心灵，剩下就什么办法也没有了。因为这是一件你只能看着，又无法帮忙的事实。

“医生，不能打些麻药吗？”叶小淋终于忍无可忍了。

“那样你妈妈更痛苦，更不利于伤口愈合。”医生面无表情地回答说。

“这有点儿太残忍了！”叶小淋扶着浑身发抖的妈妈小声说。

“你看，这马上就完了，这么大的伤口，早就应该来医院处理，那样也许情况会好些。”医生麻利地清创敷药用略带责备的口吻对叶小淋说。

“大姐，别再说了，已经这样了。”叶小海实在受不了了，把头扭到了一边说。

“就先这样，后天来换药。”医生继续面无表情地包扎好伤口嘱咐着。

叶小汀目睹的这一切。让她感到自己就要不行了，倒并不只是因为看到了那么可怕的伤口，还因为看到了妈妈痛苦的模样令她感到痛不欲生。她觉得这样活着，比死还难受。她明白这既是因为自己对亲人的爱，也是她难以承受这样的刺激。就这样她在医院的楼道里徘徊着，不知道怎样接受眼前的现实。这也许就是人们常说的焦虑，叶小汀在解脱自己。有时候，当任何问题出现，你不能说服别人来帮你时，唯一的解决之道就是——自己给自己更多的解释，让自己从中找到合适的、能说服自己的理由，从而给自己宽裕的时间，来寻求解决问题的更佳方法。但是，叶小汀好像并没有找到。

妈妈终于换完药，全家人如释重负。叶小海推着轮椅，低下头和妈妈说着什么，妈妈听后点点头，脸上的痛苦表情，此时好像也消失了。对于叶家姐弟们来说，换完药已经是最好的期待了。谁也不能预料，这样的换药，还要多少次？

这天，叶小汀正在厨房里给妈妈做午饭。妈妈吃得虽然很少，叶小汀却精心地为妈妈做每顿饭。包几个虾饺子，煮些青菜，切点儿熟的瘦肉，加上妈妈特点的酱豆腐，再加上一碗冲过的安素。尽管她很用心，但在脑子里永远想的就是一件事，也许妈妈时间不多了。她时常被这些想法所困扰，并且有些无法克服。她记得自己刚当兵时，妈妈对自己说：“思想上要向高标准看齐，生活上要向低标准看齐。”过去在战争年代，有一次妈妈在缴获敌人的战利品里捡了个小瓷碟子，吃饭时用它给爸爸放咸菜用，结果在开党员生活会时，爸爸批评她没经组织允许擅留战利品。妈妈说，这事爸爸不说，其实没人计较。那时的人们质朴诚实。这件事让她几十年难忘。她用这个事例教育叶小汀，就是要他们在生活小事上检点自己，做对社会有用的人，不贪图便宜，不玷污革命后代的本色。叶小汀时常想起这些细小的生活片段。这也许就像毛主席说的，各种思想，无不打上阶级的烙印。

这天，叶小汀正在家里给妈妈做午饭。就听见妈妈在房间里叫叶小汀：“小汀，过来一下。”

“来了。”叶小汀马上跑到妈妈房间里。叶小汀生怕落下什么没做到的事情，她甚至愿意牺牲自己的一切，换取妈妈更长的生命。

“小汀，你要答应妈妈一件事情。”妈妈表情有些严肃。

“怎么啦？是不是腿很疼？要不要吃片杜冷丁？”叶小汀急忙说。

“嗯，不是，现在还好。”

“是吗？那先把早上的药吃了吧。”叶小汀小心翼翼地说。

妈妈叹口气："哎，吃了这些药，很反胃，也没什么大用。我是说件事儿，你看，你弟弟现在还是单身一人，他是个男孩子，我想，你们要帮他找个对象。"

"妈，这事您刚说过，我知道了。"

"刚说过吗？没有吧？那就再说一遍吧。"妈妈有点儿犹豫。

"妈，是说过的。您看他现在这个样子，哪有女孩儿找呢？"

"是呀，我是说，哪怕他结了又离了呢。"妈妈又无奈地说。

"妈，记着呢。遇到合适的、对他好的人，肯定会这么办的，好吗？咱们现在不能随便找个女人解决他的问题。您看，她既要对他好，咱们也要对她负责。女人结婚，都为了过好日子。年代不同了，谁会为了一口饭，委屈自己？现在小海有精神分裂症，这事，更要谨慎些。"

"你说的，我明白。只是想，他不能白来这个世上一场。但是现在也没办法，只能这样，咱也不能把人家女孩子害了。"妈妈用矛盾的口气说。

"妈，这些，现在先别惦记，以后什么样，谁知道呢？"

"是呀。还不知道以后小海的病会是什么样子。你哥哥在外地，现在也靠不上，他家里的那一大堆人，也不好弄。"

叶小汀一听妈妈提起叶建国，就生气地说："他还算人吗？咱家里现在这样，他连个屁都不放。每次写信说个'亲爱的妈妈'，就算完了？"

"你不要怪他，他也是没有办法。你嫂子对他好就行了，这也算是他的福气。他们家能过好，比什么都强。"妈妈有气无力地说。

"你们生了他，难道就是为了让他在外面找个女人过好日子吗？难道他对这个家就没有什么义务了？"

"二丫头的嘴，你就不能用句好听的话来说吗？"妈妈责怪道。

"不是说我爱挑他的刺儿，关键是，他太不懂事，现在您都病成这样了，我打电话给他，告诉他家里的情况，他还要找叶小淋核对，就像是我说瞎话要骗他似的。更何况就是骗他也是为了让他回来看老娘，又不是让他去死。他真混蛋。"叶小汀越说越义愤填膺。

"哎，小汀，他是你大哥，不能这样。别说过火的话。她和你嫂子好，我就放心了。"

"妈，你可真是的，家里乱成一锅粥，他还这样。你们真的白培养他了，他还是军事院校的毕业生呢！年轻时还人模狗样的，现在就变成了狼心狗肺。为一个鞋匠的女儿，就把自己的家庭给出卖了？还是人吗？”

“哎，小汀，怎么说话呢？‘久住鱼糟之处不闻其臭，久住芝兰之室不闻其香’，你现在住在旧居民区里，按你的话说竟是‘膀爷’，说话也越来越不讲究。你也受过高等教育，要用语文明。更别说对你哥哥了。他在外地，又有那么多的孩子要养，自己不努力，怎么办？他得奔呀！”妈妈无力但语气坚定地说。

“谁叫他乱生的，他们那时的政策是一个正好，两个合适，消灭小三儿。那个女人不是早就放出狂话了吗，以后不再来北京了。瞧她那德行，就像全北京人民都盼着她来似的，谁稀罕她呢，整个一混蛋。”叶小汀十分愤怒。

“小汀，不要这样，不要骂她。我知道这些年，我和他们的联系，大都是通过门口的那个小邮局。咱们家的亲戚不是很多，但他们在外地生活有些困难。这一大家人，也就我和你爸出来参加革命，在北京当了官。现在我有这个能力帮助他们，就算是完成你爸爸的遗愿吧。”

“这关我爸什么事？我爸在世，他们也没对咱家有什么贡献。”叶小汀不高兴地说。

“再说一遍，就因为我和你爸出来参加革命，才有了今天的生活。家里的那些亲戚，需要咱们。”

“妈，真拿您没辙。自己都顾不过来，还想着他们。”叶小汀用责怪的口气说。

“就算是这样，我们都是亲人，就要相互帮助。”

“噢，知道啦。”叶小汀不想让妈妈为自己的态度着急，赶紧打住话题说。

“门口小邮局和咱家很熟，咱们家的亲戚，大都是通过这个邮局得到我和你爸爸的资助的。几十年了，都是这样。这不仅是我的心愿，也是你爸的心愿。”

“妈，我知道，从小就知道这些。”

“那就不要老指责你哥哥，他也不容易。”

“妈妈，你累不累？”

“不累，你让我说，也许以后想说都说不成了。”妈妈好像没有听见叶小汀说的话。

叶小汀先到厨房把火关上，然后过来坐在妈妈身边说：“妈妈，你想说，我就听着。”

“小汀，我之所以现在还是不断地资助你哥哥，就是希望他们的经济状况好起来。以后我不在了，他们不会找你们的麻烦。”

叶小汀听到妈妈这番话，心里突然十分伤心，泪水突然夺眶而出。她也不知道这些眼泪是为了什么，但她明白，妈妈做的任何一件事情，其实都是为了这一家人好，更是为了他们几个好。

妈妈看看叶小汀，自己的眼圈也红了：“孩子，你们都是我生我养的，我不能看着哪个孩子有困难而不闻不问，我现在有能力帮助他们就要帮他们，咱娘俩现在也是说些体己的话。妈妈心里最放不下的，其实是小海。”

叶小汀擦了擦眼睛：“妈，我知道，我们会帮他的。这样的事情，只有家里人能帮得上忙，我只是恨叶建国不回来看你。”

“他不回来，一定有他的原因。不要怪他，我相信他心里还是惦记我的。”

“妈，别说这事了，我知道了。”

妈妈想了想，又说：“你帮我拿些信纸和笔来，我想写几封信。”

叶小汀心里咯噔了一下，她吃惊地看看妈妈，她不知道这是不是个信号，也许，人在冥冥之中能感觉到什么？

“您想写什么？”

“你姨快九十岁了，那么大年纪，前些日子把腿摔了。我不放心，写封信问问，再寄些壮骨粉什么的。”

“打个电话不就成了？”叶小汀有些不解。

“她现在耳朵太聋了，什么也听不见。眼睛虽不好使，但还能看见一些字，给她留几句话吧。她是我的二姐，你姥姥生的孩子，也就剩下我俩了。”

“她孩子怎么样？不管她吗？”

“不是，那些孩子也是生活在乡镇，日子过得很紧巴。她的老伴已经九十五岁了，‘文革’前是县中学的教导处主任，‘文革’时被打成‘臭老九’，下放到老家管理苹果园。后来被平反让他回学校恢复原职，他没有回去，一直在果园三十几年。现在虽然能走路干活什么的，但是也没什么钱。我二姐也是个苦命人，当年要和我一起参加革命就好了。都一起上了去延安的路，又被家里叫了回去。要是当年参了军，现在生活也不会这样。”

“那是他们没有觉悟。”

“这也不能怨他们，那时候只要不打仗，有口饭吃，就不想出来。”

“妈，这就是你和我爸有觉悟吧？”叶小汀笑着说。

“就你行。我们没觉悟，你们能过成这样？”妈妈浅浅地一笑，算是对叶小汀玩笑的回应。

“妈，其实不用那么费事，打个电话，让她家里人把你的话写下来给她看，不就行了？她女婿不是在邮局工作吗？”

“他们做不了这些事，写个信留个念想吧。”妈妈似乎今天的精神很好，不停地说着。

“妈，就这些事情了吧？”

“还要给你哥哥写封信。他的儿子要生孩子了，这也算是新千年出生的宝宝，让小淋给他孩子买些小衣服寄去。”妈妈说话显得更无力了。

“妈，现在咱们自己都成这样，还管他那么多事？他就是生个火星孩子，也不关咱们的事。”

“你要听我的话，不要和你哥哥闹。他不容易，男人这辈子能讨个对他好的老婆，也是件幸福的事情，就不算他们白活一遭。只要他们好，就行了。”妈妈说着和以前同样的话像是自言自语。

叶小汀心里咯噔一下，她好像突然明白了妈妈的心思。

“妈，你也太爱管大哥的事了，他都快六十岁了，用得着吗？”叶小汀好像有些魔怔似的又回到先前的话题上。

“他再大，也是我儿子。他们的事情，只要告诉我，我就要帮他。”妈妈执拗地说。

“他自己都要当爷爷了，怎么好意思还要您的钱和东西，自己也是老人，还不明白怎么孝敬老人？尤其是老娘亲。”

“你不懂，就这样吧。我累了。”妈妈结束谈话，靠在沙发上，闭着眼睛。

叶小汀还想说什么，看看妈妈，就转身去了厨房，准备饭菜了。

晚上，叶小汀刚回自己家，叶小海就给叶小汀打电话。开始，叶小汀没看见来电显示，后来一看，上面起码有七八个未接电话都是叶小海的。叶小汀心里很烦，但是如果不回电话，这些事就不算完。

“怎么了？我刚回来，有事吗？”叶小汀的口气显得很不耐烦。

“我心里难受，心情很坏。”叶小海显得没头没脑似的说。

“怎么了？是不是妈妈有事？”叶小汀耐心地问。

“不是，我心情特坏，坏到极点了。”

“今天吃药了吗？”

“我敢不吃吗？病是长在我身上，我知道该怎么办！”叶小海有些发脾气。

“我是说，吃的量够吗？”叶小汀觉得，叶小海太不知好歹，无理取闹。

“当然了。你们怎么就不相信我？”叶小海明显不高兴了。

“你怎么了？我只是问问情况。”

“没怎么，我只想给你们打打电话，说说话，心里好受些。”

“听我说，小海，我知道你心里有些想法，但是，那又是些没法解决的想法。现在的事情，就是照顾好妈妈。妈妈的现状很难改变了，咱们在心里都要做好准备。知道吗？”

“噢，知道了。我就觉得心里不对劲。”

“是呀！不对劲就要把药吃好。这样才能解决问题。知道了吗？”

“不知道！”叶小海一听到说吃药的事，就变得很生气。

叶小汀无奈地说：“那先这样吧，等你知道了，再打电话，反正明天一大早，我就来家了，见面再说也行。”

“嗯，就这样吧。”

两分钟以后，叶小海又打电话给叶小汀。叶小汀拿起手机接了电话，只听叶小海说：“没事，就是想拨个电话。”叶小汀心里充满了要发火的愤懑，“是吗？你还有事吗？”叶小汀强忍着心里的烦躁说。

“没事，我挂了。”听得出来，叶小海心里似乎受到了很大的伤害。

“那好，我明天回家咱们再说。”叶小汀又说了一遍刚说过的话。

“先别挂。”叶小海好像很怕挂了电话就再也没人说话了似的赶紧说。

“怎么了？”叶小汀耐着性子问。

“我是说，你觉得妈妈能好吗？”叶小海小心翼翼地斟酌着字眼儿问道。

“小海，这件事情上，咱们已经说过很多了。咱们现在对妈妈好，就是在延长她的生命。咱们把对他的好做到最好，比她不在了咧着大嘴哭要强，现在实行厚养薄葬，就是一句话，凭着现在咱们的条件，把自已能想到的好，都要用在妈妈身上，将来就不会后悔。你说我说的对吗？”叶小汀耐心地说。

“嗯，我也想过这些。你真这么想吗？”

“那当然。我觉得现在的情况就是，有钱出钱，有力出力，以后不后悔。”叶小汀说得很坚决。

“哦，先这样。”话还没说完，叶小海就挂了电话。

叶小汀没有再怨他这样做。她心里明白，叶小海有病，不能善解人意。他的电话一会儿还会打，直到他累了。医生说，这些病人不能控制自己的行为。他们不考虑接电话人的感受。这些电话中的谈话，也并不能解决他们的什么实际问题。他们生活在自己的内心世界里。这是个无奈的事实。无论是叶小汀，还是叶小淋，她们必须自己消化这些病人这样的打扰所带来的后果和烦恼，还有因这样的亲情而不能放弃的无奈。叶小汀知道，她不能逃避，必须接这些电话，并且每次都还要重复同样的内容，这已经成了叶家姐妹生活的一部分。其实在每个人的生活里，你不被这样的事情打扰，就会被那样的情况困惑。接受现实，面对现实，就是摆脱任何困境的好方法，就是对那些需要帮助的人们的最好帮助。吃过晚饭，还没睡觉，叶小汀又接到了叶小海的电话。

“二姐，咱们家真倒霉，你看看咱们家的事。”叶小海说话的声音很气馁。

“咳，谁家都有难念的经。”叶小汀安慰着弟弟。

“我怎么看别人家都不错呢？你看看对门儿，大修土木的。”

“这样的事情上，不要和别人乱比，和自己比就行了。对门儿的人，不是刚从外地来上任的新局长吗？住新家总要装修的。你管他们怎么样呢。”叶小汀口气显得有些急躁。

“我看别人家都不错，咱们真倒霉。”叶小海虽然听出了姐姐口气里的不耐烦，还是不住地说着自己的看法。

“小海，这是什么年代了？现在，谁爱干吗谁就干吗，不关咱们的事儿！我希望你还是像以前一样，多看些书，让自己的心境平和些。”

“是呀，我心情不好，没情绪看书。你不知道，心情坏透了。”叶小海的声音显得很可怜。

“我理解。我觉得，你现在，最主要的是把自己的病控制好，就是把药吃好，不要自己骗自己，很多病都是要终生服药的……”

“你说得轻巧，你知道这个药的副作用吗？它能把我吃傻了，你就希望我这样吗？”说完，不等叶小汀回答，叶小海就把电话挂了。

叶小汀已经习惯了他这样的做法。叶小海只有自我。一会儿叶小汀的电话又响了，还是叶小海打来的：“刚才是我不好，可是，我心里难受，心情坏透了。”

叶小汀耐着性子说道："是呀，我也很难受。妈妈的病这么厉害。"

"我知道，我说了也没什么用，你是我姐，我不和你说，又能和谁说呢？"

"你想说就说吧。反正现在就是这点事，我们做姐姐的唯一能帮上你的就是，听你诉说。"叶小汀觉得叶小海很可怜，但是由于自己的心情也不怎么样，所以，也没什么耐心。她用这样的理由安慰着自己，使那些对叶小海的不耐烦变得合理化。好让自己不受良心上的谴责。

"我知道，可是我心情很坏，真的，你们根本就体会不到。"叶小海顾不得别人的感受，喋喋不休地说。

"我能理解你。"

"谢谢！你理解不了。我不想说了，我很累。"叶小海毫不客气地挂了电话。

要是放在别人身上，叶小汀就会认为，这些话是在挑衅。但是对于叶小海来说，这就是他在药量没吃够情况下的逻辑，因为他的病情没有很好地控制住。说到"控制"这个字眼儿，叶小汀觉得这个词形容叶小海的治疗显得十分准确。因为，精神分裂症目前的说法是不可治愈的，只能使用药物把病情稳定在一个很好的水平，使病人能接近正常人一样思维和生活。有时，叶小汀接叶小海的电话时，态度急躁，口气强硬，但事过之后，她又内疚，心有负罪感。这样的折腾使她觉得自己也快疯了。"那好，先这样吧。"叶小汀这次决定一定耐心听完叶小海的话。

"哎，先别挂。"叶小海抢着说。

"还有事吗？"

"我想，咱们要让妈妈在最后的日子里好好地过，好吗？"

叶小汀不知道叶小海还想怎样："那当然。你怎么啦？"

"我是说，咱们好好侍候妈妈，让她很幸福。"

"我就这么想。"

"我是说，她想怎样就怎样，咱们顺着她。"

"你说得对，就应该想这些。"

"我心情不好，咱们家倒霉的事太多了。"

"小海，有癌症病人的家庭不止咱们一家，千家万户都会面临着同样的问题，和亲人无奈地诀别，就是不得癌症，人也会死的，只不过死法不同。"

"可是，我不愿意妈妈死。"

“这没办法。所以，我们就从现在做起，对妈妈做得越好，将来越不会有什么遗憾。你说呢？”叶小汀说话的口气显得很温和。

“你不用教训我没完没了。”叶小海突然用冷淡的声音说。

“我不是……”叶小汀闹了个热脸蛋儿贴上冷屁股，一脸没趣。

“算了，别说这些了。你知道我和叶小淋在安定医院看病时大夫怎么说？”叶小海似乎根本不在乎叶小汀的什么解释。他打断了叶小汀的话，并且把话又扯到另外一个问题上。

“不知道？”叶小汀已经很疲劳了，但是此时她想，自己必须还要保持对叶小海谈话的兴趣。让他感觉到对他的尊重。这样的话，她和弟弟的这些对话，才不会白说。

“他告诉我，我吃的所有的药，都有很强的椎外系反应。”

“你说什么？怎么这么专业？”

“你感到意外是吗？那就上网查查吧？你看看我会有什么下场？”叶小海没好气地说。

“我学了这么多年医，对椎外系反应都不太了解，你怎么这么清楚。”叶小汀不想让叶小海关注这些字的意思。

“那当然了。你不知道的事多着呢！”叶小海显然已经从网上明确地知道了什么是椎外系反应。不容叶小汀回答，叶小海又抢着说：“你得这个病试试？”

叶小汀想了一下，耐心地说：“小海，你不要知道这么多的专业术语，这对你没什么好处。这样，会对你有很大的暗示作用，而且不好。”

“你不要教训我。我不想每天都听见你这样的话，我就是听这样的话太多了。知道吗？我都没有自己的思想了。”

“我不是这个意思，只是想，我们应该简单地活着，懂得太多了，有时候并不是好事，难得糊涂。”叶小汀搜肠刮肚地想着劝导叶小海的好听话。

“你说得轻巧，我很累，不想说了。”叶小海似乎突然对刚才的话题没了兴趣。

“那好，我希望你不要再看这些太专业的问题。很多时候，你没有什么疾病，但是，你知道的太多，会吓着自己，还会有那些疾病的反应，这就是暗示。暗示的力量很大，可以好，也可以坏。你不要这样，这样不好。”

“这样好不好，我自己知道，我总是想妈妈的事，我不知道她会不会责怪我？”

叶小海又转移了新的话题，这对叶小汀来说，一点儿都不新鲜。

“你都干了什么？说这样的话？”叶小汀话一出口，有些后悔。她知道，这样的话很可能激起他强烈的反应。

好在，他说了这么半天，似乎没把这句话当成什么主要矛盾。叶小海很平静地，就像是自言自语地说：“我照顾妈妈这么多年，她就是我的寄托。我不知道妈妈能不能原谅我？”

“你对妈妈这么好，放在谁身上，都有可能做不到。关键是，十年如一日。”

叶小海好像突然来了精神：“你说的是真的？”

“对呀，这还用说吗？咱们院里的叔叔阿姨不都是这么看的吗？我们结婚后都不住在家里，你守了妈妈这么些年，这是有目共睹的事情。”

“你真是这么看吗？”

“那当然，你做得很好，没有人能比。”

“我不知道自己为什么，心里这么难受。”

叶小汀知道，他这是在自责，这样的病人，其实很在乎别人的看法。就是别人没看法，他们也会想象出别人对他们的看法，以至于出现幻听、幻视那样的病态。这就是他们疾病的重要表现。他们好像就活在自卑里。

“我说，你现在要多看看书，听听音乐，看些愉快的节目，让自己情绪愉快，妈妈病重，这样的痛苦咱们都有。”

“我不想说了，你知道这些药的副作用吗？”

“……”

没等叶小汀说什么，叶小海就又把电话挂了。

要在叶小海刚得病时，这样的表现令人气愤和匪夷所思。但是现在，对于这些事情，叶小汀也有些习以为常了。其实，这样的对话，对于完全健康的人来说，也会带来阴影。精神病患者的状态，经常是陷在一件事情中，不能自拔。他们平时并不像人们想象的那样：举着刀追赶人，或者见人就打；也不像人们有时看到的那样：视若无人，我行我素。他们与想象的版本相反。他们注重外部反应，注意微小细节，总是认为自己周围有敌对势力，他们有些人有时思维奇特，语言表达精准。不发病时，甚至有时让人认为他们的语言很有感染力，甚至滔滔不绝。并且时常会让人以为他们很有才华并且溢于言表。其实，这是他们病态的一面。但往往有时，他们又突然一反常态，用比较恶毒的语句谩骂自己的亲人，甚至会动手打自己的亲人。这也是他们这样的病人比较突出的表现之一。因此，与他们最近的亲人往往也是被他们伤害的对象。就是因为这些不确定的因素，对微小的刺激，也会表现出强烈的反应。他们不能像正常人一样，用完备的意识调节自己的情绪和人格协调的统一。他们的情绪在经历着自己无序的排列。有些时候，还会表现出，对所有事情没兴趣，他做的事情与你希望的发展方向相反，使人不能正确地理解他们。这也是和他们的监护者发生矛盾的重要原因之一。作为这些疾病患者的家属们，最大的挑战就是：要更多地了解疾病的表现，搞好和患者的接触，化解和患者的矛盾以及丰富如何用药这些基本常识。因为，这样的疾病需要终生服药和亲人的爱护。基于这样的原因，叶小汀已经在网上查看过这方面的相关知识。她知道，既使自己以前学的那些医学知识，也完全不能解释这些疾病的一切。自己和姐姐在这个疾病面前，就是一无所知，必须从头学起。

不一会儿，叶小海又来电话："二姐，你说咱们家以前多好，咱们小时候多好。你看看现在，都快成什么了！你们反正不知道我有多难受。"

"小海，我们最好接受这个现实，现在已经是新世纪了，陷在以前的事情里，就会很烦恼。"叶小汀很耐心地说。

"我搞不懂了，怎么心情就这么坏？"叶小海在自己的思绪中纠结着。

"不是你搞不懂，是这个世界变化太快了。你姐夫林建平，老是戏称咱们是'没落贵族'，其实，咱们的父母出来参加革命前，也是农民，什么贵族？都是自己封的，现在谁还讲这些，简直呆傻。"

"呵呵，原来你也骂人？"叶小海倒笑了。

"那是！学会开车，手往方向盘上一放，就没有不骂人的。"叶小汀絮絮叨叨地说。

"经典。可是，我的心情很不好，坏到极点。"叶小海还是诉说自己的事情，语气中透着绝对和不容置疑。对听他说话人的思维具有强烈的剥夺色彩，不管你愿不愿意听，你必须听。

"我知道，小海，那你也骂几句吧，别憋着，发泄出来就好。人不是说，发脾气可以使人情志清醒吗？"

"你这是什么理论？我没听说过！我不想骂，现在骂人话太没劲了。"

“不骂也好，省得情绪更糟糕。”叶小汀用妥协的语气说。

“我知道自己为什么，不过现在咱们家里真的比不了以前了。”

“现在咱们的条件不很好，可能还比不上一般人的家庭条件。但是咱们要坚持。你看，妈妈不是还在吗？咱们就让她生活质量好一些。别的忙帮不上，这点还是可以做到的。这也不是说给她弄什么大鱼大肉的，其实就是对她多些耐心，照顾周到，把病情护理好就可以了。”叶小汀对叶小海细致地描述着自己的想法。

“嗯，你说得对。”

“我想，谁家都有麻烦，只是，看你怎么办。”

“就咱家的麻烦多。”

“我看谁家都逃不掉，只不过咱们不知道，也许他们也是一脑袋的官司。”

“我不想管人家的事。”

“我知道，我是打比喻，不要总是把自己往里面套。”叶小汀明白，自己现在说的每一句，都是宽心话。

“我不想说了。”叶小汀话还没说完，叶小海就要挂电话。

“那好，明天我过去咱们再说，好吗？”

叶小海好像没听见什么似的，把电话挂了。

精神分裂症的病人，到底是什么病因，科学没有揭晓。但是医学解释这样的病人时，认为他们是脑白质病变。只能用吃药这样的化学办法，来稳定他们的病情。原来的医学理论认为，这样的疾病是基因缺损造成的遗传型疾病。而最新的医学理论则认为这种病是基因突变形成的，并非只是遗传。但是，无论怎样，叶小汀认为，这些结论应该让科学家去界定。她已感到身心疲惫。家里的事情，已无法改变。她不知道自己还能在这样的状态下撑多久。

女儿林叶子以前用“活不下去就死呗”的狠话气叶小汀。现在叶小汀却觉得对自己也有用。就是，连死都不怕，还怕什么呢？！而且，这种感觉的强度与日俱增。她觉得，就像圆上的一点，你怎么跑也跑不出去。只不过从心里感觉，好像离那个起点越来越远。其实，只要一抬头，那个起点就在眼前。这是个无望的努力，是个自欺欺人的把戏。这样做的目的只有一个，就是在跑的时候暂时休息一下。用这样的方法，来缓解那些无形的压力。现在的社会，已经把每个空间都充斥了无数的内容。就像上网，你只要点出一个连接，就有无数个信息扑面而来，你都会目不暇接。这使得以往就很拥挤的思维空间，显得更加拥挤。这对每个人，都有不同的压力。丈夫林建平在处理叶小汀家的一系列事情上，表现出的是一种淡定：既不过多地参与，也恰到好处地给予帮助。这也许给了叶小汀很大的支持。叶小汀现在总怕，这也许就是妈妈的最后时刻，她怕这个时刻。这样的事情，已经变成了她的梦魇。这在外人看来，她几乎到了癫狂的地步。丈夫林建平常对她说，现在为老人做得多，将来不后悔。他告诉叶小汀，这是一件良心的事情。林建平给叶小汀买了汽车说，这样可以更方便叶小汀回家。他还在家里另装了一部电话，作为叶小汀和叶小海的专线用。这一切，也给了她心理上一些安慰。但面对妈妈的不治之症和叶小海无休止的电话造成的无形恐惧，束缚着叶小汀，让她难以解脱。这些压力与日俱增，几乎使她崩溃。她也不能确定自己，在面对这些事情的时候，到底是否精神正常？

天还没冷，妈妈却已经在家里穿上了羽绒服，并且不断地打战，就是抱着热水袋子，也缓解不了她的寒冷。叶小淋他们并不知道，这也许就是妈妈的最后时刻。据说人在死之前，身体热量严重散失，人就是感到那种不可缓解的冷。其实，这也许就是人的身体被疾病折磨到了万劫不复的境地才会有的感觉。

“妈妈，您还很冷吗？”叶小淋摸摸妈妈身上的羽绒服说。

妈妈打着寒战说：“嗯，身上好像都在漏风。”

“那再拿床棉被吧？”叶小淋看着妈妈这样的状况束手无策。

“不用了，就这样吧。”妈妈无力又无奈地说。

看到妈妈寡言少语，叶小淋把叶小汀叫到厨房小声地说：“你看，妈妈的病好像越来越重，我觉得，咱们要有心理准备。”

“你怎么知道？”叶小汀有些不解。

“你没发现，妈妈吃得越来越少，吃什么都不香，你看她现在冷成这样，这本身就不正常。”

“是呀，我也看见了，怎么办呀？”叶小汀焦急地问。

“我也不知道怎么好？我想，应该去住院了，要不也许就什么也来不及了。”

“是吗？这么严重？姐，前几天她管我要了笔和纸，写了很多信，这几乎是不可能的。”叶小汀紧张地说。

“写信了？我怎么不知道？她没让我去邮局寄信呀？”

“那可能是还没写好吧？我看了一眼那些信，上面的字体歪歪扭扭，我觉得妈妈都拿不稳笔了。写信时好像都要歪倒了。但她还是不断地写，一封接着一封。”

“是吗？一会儿我去看看她写了什么？”叶小淋担心地说。

“我觉得，妈妈可能还写了遗嘱什么的？”

“别瞎猜了，我问问妈妈要不要去寄信时，看看她都写了些什么？”

“最好赶快！”叶小汀气急地说。

“她最近大便不好，去医院取药时，医生也没什么好办法。我想，咱们要把妈妈最后穿的衣服什么的准备好。”

“什么？真的那么严重？”叶小汀大惊失色。

“你小点儿声，你怕妈妈听不见？”叶小淋训斥着叶小汀。叶小淋似乎表现得很强硬，叶小汀心想，你真是没人性。其实，叶小淋和她一样，也是心急如焚，但是她那副医生的心肠，让她能更冷静地思考。

“我是说，你说的是真的？你怎么知道？”

“医院里垂危的病人，都很怕冷，身体里热量少。”

“你这是胡说，还是医学诊断？”叶小汀狐疑地看着叶小淋说。

“什么胡说、医学诊断的？你听我说，妈妈以前吃完止痛药，大白天就打瞌睡。她这几天白天也不怎么睡觉了，这不反常吗？”

叶小汀好像恍然大悟：“哎，真是的，那怎么办呀？”

“怎么办？我最烦你这么说了。我要知道怎么办，还和你商量什么？”叶小淋显得很冷漠。

“你怎么像更有病似的？连句好话都不会说了？”

“好话？叶小海天天打电话给我，我们家都快疯了。”叶小淋好像终于释放了似的说。

“我不是也一样吗？”叶小汀同病相怜地说。

“你看看，现在家里的情况，简直令人难以容忍。”叶小淋若有所思地说。

“那你说怎么办？”

“又来了？是不是？”

“我又没你那么多的主意，这事，当然要听大夫的了。”

“现在听话了？无论怎么着，妈妈的事情要先办好，现在最难办的就是给妈妈换药。”叶小淋很为难地说。

“那咱们还不如去医院呢。”

“你看看妈妈现在的状况，那还有什么去医院的气力？动一动都很受罪，真可怜。”

“就是，要不然就让妈妈住院？”

叶小海的房间在厨房对面，他好像听见了什么，跑过来抢着说：“那可不行，我觉得，妈妈最后就要咱们自己伺候才行，别人谁能比得上咱们？”

“呵，你耳朵真尖。”叶小汀和叶小淋对视了一下。

叶小淋看看叶小海情绪激动的样子说：“小海说的也对，咱们这是在家里说，都做好思想准备，妈妈病情加重，咱们就必须送医院。”

叶小汀附和着说：“是呀，要不最后的后事都不好处理。还要牵扯上公安局的事。”

“就你行，什么都知道。”叶小淋责备着叶小汀，又转过身向叶小海说：“你说的有道理，只要咱们能够做得到，就在家，但是，需要抢救，就必须去医院，知道吗？”

叶小海很不情愿但又无奈地说：“那好吧。”

叶小淋绝没有白当这个大夫，她好像在布置任务似的说：“既然咱们都在，小汀，你白天在家时，注意多观察妈妈的病情，有什么情况，赶快叫救护车，给我打电话。”

“知道了。”

“小海，夜里妈妈无论有什么紧急情况，马上给我们打电话，叫救护车。各种电话号码都写在那张纸上。”叶小淋抬手指指门上贴着的纸嘱咐着叶小海说。

“嗯，知道了。”叶小海点头。

“咱们今天说的这些事情，别让妈妈看出来，尤其是你，叶小汀，别露在脸上。”叶小淋盯着叶小汀说。

“知道啦。”叶小汀不耐烦地说。

“那我先走了，我还要去邮局，给叶建国寄东西，他儿子生儿子了。”

“是吗？你怎么刚才没说？”叶小汀赶紧问。

“妈前天让我去办，我值班没去成，现在赶紧替妈妈把这件事干好，让她放心。”叶小淋说。

“你们怎么知道的？”叶小海显得有些不解地问。

“这不是来信了吗？连个电话都舍不得打，他老婆把他管成那样。”

“这下，妈妈可以高兴了。妈就怕叶建国没人管。”叶小汀揶揄道。

“有什么好高兴的，这不是妈妈写的信吗？我看了，给他只写了六个字‘悉知获子，祝贺。’”叶小淋难过地念着妈妈写给叶建国的信。

“叶建国真混蛋，都什么时候了，也不来看看妈妈。”叶小汀一想到那个可恶的大哥，气就不打一处来。

“他什么都不喜欢，就喜欢钱。”叶小海也愤怒地说。他说话的时候过分地用力，以至于拿着烟的那只手直发抖。

“行了，现在不是声讨他的时候。我先走了，你多留意。晚上，我过来给妈妈换药。”叶小淋手里拎着一大包东西，就像是一只大蚂蚁在搬家似的，出了这个家的大门。

姐姐走了，叶小汀轻声来到妈妈房前。无声地推开门缝儿，看到妈妈在迷糊。她知道，那是止疼药的副作用。她又无声地把门关上，像个幽灵似的踮着脚走到客厅坐下。这几天，都是她用手把妈妈的大便抠出来的。她在医院那么多年形成的洁癖，似乎在这一刻全都消失。为了自己的妈妈，似乎没有什么事情办不到。叶小汀心里反而十分心甘情愿。她觉着，自己是在为妈妈做着一辈子都不会后悔的事情。她只想把能想到的任何事情，都做好。也许今天，或者是明天，没准儿就是她和妈妈在一起的最后一天，会留下很多遗憾，有些遗憾永远也不能弥补。越是这样想，她就越要做得更好。妈妈想吃什么穿什么，只要可能就尽力地去做。叶小汀记得小时候，爸爸妈妈都是干部，但他们全都衣着简朴平易近人。他们的形象，伴随着他们成长。那些过去的日子，留下永久的烙印。叶小淋给妈妈换药时，伤口恶化臭气冲鼻，她没有一丝马虎。妈妈也是忍着痛，不出声。她是要给孩子们做榜样。她常对他们说：好日子要珍惜，好事情要追着跑，好东西要紧紧攥在手里，否则这些都会一去不回头，就像泼出去的水，你想捡也捡不回来了。这些话，深深地烙在他们心里。他们知道，这就叫珍惜。叶小海每天不仅要克制自己的病患，白天按时去上班，下班回来后，接替叶小汀照顾妈妈夜晚的生活琐事。这些事情，每日如一，就是一个没有病的人，也许未必做得到。但是他坚持着，这是一生只有一次的责任，需要毅力。

这一切如此普通但又责任重大的家事，洗礼着这个家庭的亲情，母亲在自己病重的最后时刻，以羸弱的身体，检验了孩子们的耐心，她感到满足。

由于妈妈的并发症感染非常严重，终于离开了他们。妈妈走得有些仓促，没来得及留下一句话，永远不会和他们再一块儿吃饭，永远不会和他们再进一个大门，永远不会和他们再说一句话。这是诀别！但是，妈妈实现了一个愿望，她做了跨世纪老人，好像这个对妈妈来说很重要。

在生死面前，最痛苦的是那些活着的人。叶家姐弟，就这样带着妈妈离去的悲伤继续生活。

第八章　睹物生情

有时候，人对某地方、某景物的特殊感情，都渗透着很难消失的依恋和思念，这体现出对已经熟悉的习惯和生活方式难以磨灭的情感。

大院门口那个邮局的门帘依然如故，门口的不远处，依然矗立着那个邮筒，只不过好像换成了一个新式的邮筒。似乎以这样的状态，见证着这几十年里的各种变化，好像也在对人们宣读着自己的职责，我是人民的邮局。

叶小淋拿着信件，投进信箱。然后匆匆地走过马路。她急着去上班。

不一会儿，叶小汀开着她那辆破车回来了。车没有消音器，开起来声音很大，熟悉她的人一听声音，就知道谁来了。这样的动静，在这个时刻好像很重要，也是她心绪的一种发泄。她似乎好像对眼前的一切，有些触景生情。她每次路过这里，总有说不出的一种感情，好像，妈妈的某种信息就在那个邮局里，那里好像还有某种能把她和妈妈联系在一起的纽带。那到底是些什么呢？她自己也说不清楚。妈妈离开他们之后，家里人已经很少光顾这个邮局了。现在手机、电脑这么发达，寄信、邮东西这样的事情，好像已经突然走远，尽管有些人还在用着。但是，她知道，这个邮局带给她家的，不仅仅只是个回忆，还有很多内容，就在那个门里，就在那个邮筒里。那些几十年都不能泯灭的亲情，似乎此时突然复燃。她并不喜欢叶建国，也更不喜欢他的那个女人，尽管她们之间从没有什么真正的交锋，但是那些往事已经说明问题。她有些身不由已地来到邮局。一进门，就看到邮局的墙上贴满了各式各样的促销海报，这和门口的那副旧模样好像反差很大。也就因此，更显示出很强的时代气息。过去的那些发电报的柜台，现在也焕然一新。这些巨大的变化，依然掩盖不住邮局以往的温馨气息，好像有某种特定的情结，导致了叶小汀在这里驻足。她看看那些寄包裹的人挤在柜台前，似乎感到，那儿也许就是妈妈几十年来经常光顾的地方，在空气里，还留着妈妈喘息的气息。一种十分亲切的感觉，在她心里油然而生。妈妈的足迹，就留在了这个邮局里。这样强烈的感觉，让她感到温暖亲切。在这里好像布满妈妈的线索，显得那么触手可及。她不禁想起爸爸临去世前一周时和自己的谈话，爸爸说他死后有三件事：1、郑健不许进这个家门，“文革”时他是“五一六分子”，一种造反派，专整老干部；2、林建平家是“火坑”，叶小汀不许往里跳；3、他们几个孩子要帮妈妈交房租费，当年公家分配的房子都是交房租，她家的房子多房租比较贵。结果，爸爸去世后，叶小淋不但嫁给了郑健，由于没房子还把他领回了家，一住就是十几年；叶小汀也跳进了“火坑”；最后妈妈没让孩子们们掏过一分钱的房租。她想，这也许就是叶小海翻箱倒柜地寻找的爸爸的遗嘱。这是不是就是不孝呢？但是她又想起妈妈，在爸爸去世后的二十几年里，她一个人料理着全家的各种事，使这个家维持到现在。这让叶小汀更加思念妈妈。有人说，只要妈妈在，就还有家。现在妈妈走了，家呢？

有时候，人对某地方、某景物的特殊感情，都渗透着很难消失的依恋和思念，这体现出对已经熟悉的习惯和生活方式难以磨灭的情感。这也许就是感情。那些深入骨髓的滋味，似乎点滴地记载着某些亲人的痕迹，似乎依稀地镌刻着某些生活纹理的细节。

有些回忆，让人感到安慰；有些回忆，让人感到惭愧。幸福和痛苦，是上帝给予人类最坚决的设计。所有生物全活在这个计划里，领略幸福、迎接悲伤。

妈妈走了，给叶小海放药片的事情也不方便了。这意味着，这个工作的难度加大，风险提高。因为，在家里，叶小海自己一个人生活了。

这几天，叶小汀心里都很不舒服，难过、痛苦、焦虑交织在一起，让她干什么事情好像都踏不下心来。这些压抑的情绪，使她绝望。因为悲伤，她总想到死。她心里感到，这次，自己过不去了。妈妈的去世，她的心也被妈妈带走了。她在心里劝过自己一万遍，谁的妈妈都会死的。但面对自己，没找到一句管用的话。她之所以风驰电掣般地开快车，是想让马路两旁迎面扑来的景物像泥石流似的闪过，这样好像就可以减轻压力、心情舒畅了似的。记得以前看见小说里写过，在小雨中散步，能缓解压力；在马路上游车河，也能缓解压力。但现在看来，这好像很傻。即便是傻，她也还乐此不疲地应用着。她边开车边翻肠倒肚地想着心事。突然，从拐弯处的草丛中，窜出一只老花猫，看那猫的样子，大腹便便，像是要生小猫了，动作还很敏捷。它一看见疾驶而来的叶小汀的车，急忙后转身，又窜回草丛去了。她突然想到，现在什么都在变化，就连这些生活在城市中的猫狗们，也被逼的不得不学会过马路，以求活命。这些特性，好像在这些猫狗们身上体现得更加淋漓尽致，就是适者生存。它们似乎没有什么忧郁和犹豫的机会，如果不随机应变，就要饿肚子，就会死亡。似乎动物们显得更加聪明和实惠。人也是动物。也应该这样，但人是有思想的动物。那些深藏在意识形态深处的思想，只有自己才知道，只有自己会进行管理、修改和删除。随机应变，对人类来说，应该显得更容易。但无论怎样，对于当前人们的某些抑郁心情来说，这样的动机似乎更加能够有效地治疗这些不良情绪。但她觉得自己现在很难应用。社会生活的不断变化，带给人们更多的难题。为了更好地生存，就要学会解决，愉快生活，化解不高兴。这是这个时代带给人们的新的课题，也是过去人们很少关心的内容。现在，人们应该在生活中不断地调整自己，以适合各自的角色。叶小汀觉得做人很不容易，做个很正常的人，就更不容易。叶小海从小就被像个宝贝蛋似的养大，谁都不能想像他现在会这样，这显得有些匪夷所思。叶小汀仔细地和妈妈了解过，家里已知的几代祖宗中，没有患精神病患者。怎么就这么倒霉，让叶小海得上了？她实在很难接受家里的一切变故。她想，弟弟叶小海，怎么就不能理解现在发生的事情呢？妈妈不在了，他怎样面对人生中这个最大的不幸？今后怎么生活呢？今天姐俩回家，就是来商量，关于叶小海下一步的吃药问题。这是关系到今后他们三人如何能平静生活的大问题。这个问题不解决好，叶小海就会犯病。而这时候的发病，就会有严重后果：失去工作，伤害自己或者别人。

叶小汀风风火火地跑进家门。在屋里转了一圈儿，看到叶小海不在家，就走到客厅，看见姐姐正在研磨药片，就说："姐，我负责磨药，一次弄一个月的量。你就在院里的门诊部上班，离家近，你负责放药。你看这样行吗？"

"行吧，不过，怎么知道他一天吃了多少呢？"叶小淋有些疑问地看着叶小汀。

"过去，都是妈妈给他数药片，现在这也真是个大问题。"

"那怎么办？"叶小淋一边说着，一边包好磨碎的药说。

"你说那怎么办？"叶小汀重复着姐姐的话挥了一下手说。

"那怎么办？还会说别的吗？就是数数药片呗！也不知道他把药现在放哪儿了？我找找看。"叶小淋想把这些活，在叶小海没回来之前全都解决掉。

"他不是都放在自己房间的桌上吗？"

"也不一定，他现在挺鬼的，也许是觉察到什么了？"叶小淋说。

"那怎么办？"叶小汀焦急地问道。

叶小淋瞪了妹妹一眼，接着说："你就会说那怎么办？他药吃过量，副作用就会很大，生活都不能自理，严重的话还会死人。"

"那怎么办呀？"叶小汀束手无策地说。

"你会说句别的吗？先只好这么办，过些日子看看再说。现在对他来说，是很难的时候。"叶小淋显得很沉着。

"那就听你的，只能这样。"

"现在他一个人独自生活，还不知道他会怎么办？我给叶建国打电话了，让他过来陪小海一些时间，他好像答应了。"叶小淋像是自语着。

叶小汀生气地说：“叫他干吗！他那个老婆，就怕他跑了。连妈妈去世都没露面。叶建国每次才来几天，就八个电话地追着打，这回能让他来？”

“那可没准儿，良心发现？”叶小淋讥讽地说。

“我看不太可能。人说‘婆媳是天敌’，她没那觉悟。妈妈病危时，我打电话给叶建国，他都不信，还找你核实情况。家里的事情就像是外人的事情。他这个混蛋，不是东西！”

“唉，我最不爱听你骂人了。先别说他，还是说小海吧。”

“行了。你说怎么办，就怎么办吧。我要疯了，我要咬人。”

“你怎么什么事情都这么着急？”叶小淋用责备的眼光看看妹妹说。

“我这还不是为大家好。什么事情，没个着急的人去办，那就是一个死，什么事都耽误了。”

“那你也要沉住气。叶小海的事，需要的就是耐心。”

叶小淋其实心里很烦，上班病人这么多，还要应付家里的这些烦心事。她本不是老大，但是大哥，形同没有。妈妈如今不在了，他和这个家连人民币的关系都没了，也别指望弟妹们还给他寄钱。他的那个老婆，连自己的儿女也不许和叶家人来往，怕会受到叶小汀们的影响，以后对她不亲。不过，好在叶小淋、叶小汀、叶小海并不特别在乎她家这些鸡毛蒜皮的烂事。因为这么些年，家里的事没叶建国参与，全都过来了，谁还指望他？他们也知道，叶建国也许是无奈，才把婚姻撑到现在。要有条件，一定会离开那泼妇。别看林建平是叶小汀的丈夫，他还有句经典的话能熠熠生辉：“自己不强大，就谁也帮不了。”这很对，只有先把自己搞好，再管别人。正是看病的高峰时间，叶小淋好像也没有什么更多的时间想自己的事情了。她只能专注于自己的工作，不能在工作中出差错。

这时，精神卫生科的黄奕明大夫走进内科，看见有很多候诊的病人，就俯下身子，在叶小淋耳边小声说：“叶大夫，看你这儿这么多病人！抽空，给我开点感冒药，我家赵林一天天在外面跑，感冒了，直流鼻涕。”

叶小淋抬头看看黄奕明笑着说：“黄大夫，你自己开点儿就成了。”

“现在，不是有规定吗？”黄奕明狡黠地一笑说。

“好，一会儿再说，好吗？”叶小淋一边给病人开着处方一边笑着对黄奕明说。

“行，叶大夫，您先忙着。”黄奕明说着转身要走。

“哎，黄大夫，你知道现在好像有个什么‘精神感冒’这么一说吗？”叶小淋转过身对身边的病人道了一个歉，“对不起，您稍等一下。”

病人看见两个大夫在说话，也就只好忍了，什么也没说。

黄奕明看了看叶小淋，感到有些蹊跷地问：“怎么，叶大夫，你对这些事情感兴趣？”

“哦，没什么，我只是想问问，我不太知道你们那些专业。有空聊聊，了解一下。”叶小淋显得很随意地说。

“现在的医学名词越来越多，就像精神分裂症都改名字，在国外都叫‘人格综合失调症’。”黄奕明用专业的口吻说。

“是吗？现在咱们这些基层的医生，显得很落伍，像我们上学学的那些理论，都必须不断地更新。”叶小淋谦和地说。

“也是，怎么，你对这些有兴趣？”黄奕明看看叶小淋，眼神显得有些狐疑。她和叶小淋共事这么些年，还是头一次探讨精神卫生方面的事情。

“噢，没什么，前两天有个病人的家属问我这些事情，我不太了解，顺便问问，也增加些知识。”叶小淋有些慌乱地解释道。

“是吗？”黄奕明注意到叶小淋的情绪，这也许是他们这种大夫的职业病。她用职业的眼神看看叶小淋问。

“是的，那先这样。一会儿我给您开药方。”叶小淋也注意到黄奕明对她投来的眼神中的疑问。她心里有鬼吗？她自己知道。说着，她赶紧转过身继续写着处方给病人看病了。

黄奕明看看这光景，心想，有的是时间再聊。内科的病人很多，她就转身先回科室去了：“叶大夫，您先忙吧。”

由于现在叶家孩子不住一起，不能保证每天都能给叶小海准确地计药片的数量，叶小海服药的剂量出现了无常。休息日，你要出现在他家里，他就会起疑心。这个“放药片计划”变得岌岌可危。这不仅仅是因为它出现了什么怀疑，而是因为他自身的病情也起了一些变化。比如：不能专注地做一件事情；不能对自己的行为进行有效地控制；开始乱打电话；大量地喝酒；不能自觉服药等等。还有药物自身的副作用，也就是那些医生们称之为椎外系反应的症状：震颤，睡不着觉等等。这些十分专业的字眼，现在也经常出现在叶小海和别人打电话的词汇中。他好像把所有的专注，都投入到自己的病症之列，并且还对号入座，一一体验。就连他自己都知道，这样的后果，就是浑身不舒服，出现那些都知道的各种症状。这就是一种暗示的力量。就为这，叶小淋和叶小汀又要像“特务出没”一样，开始接头，商量对策。叶小淋还想对叶小海说明白她们曾经干过的事情。但是，她觉得那要等待时机，看看他能否接受这个现实。他现在受的打击很大，得给他时间。叶小汀也认为，现在机会还不成熟。本来还自己吃药，一旦叶小海知道了实情，没准儿，连一片药都不吃了。他不知道，很多不舒服的症状，在按量服药一段时间后，就会减弱或消失。几周的时间过去了，叶小海似乎有些平静了，也许是他自己加大了药量，也许是姐姐们的补充药量起了作用。于是，叶小淋和叶小汀决定，把真实吃药的事情告诉他。但是怎么说，还没有把握。这天姐俩约好，一起来到他家，要把这几年真实吃药的过程告诉他。

一进门，叶小汀就看见叶小海正在抽烟，那种专注的样子，看不出他有什么精神疾病。那些安定医院里病人特有的面容，现在在他脸上一点儿没有找到。

叶小淋咳了一下嗓子，像是要开始演说似的说：“妈妈去世这么久，咱们还没坐下来好好地谈过话呢，今天是个机会。”

“就是，咱们好不容易都这么清闲。”叶小汀插了一句话。

叶小淋似乎是对妹妹的这个快嘴的功能特别反感，也似乎是自己的某些权威不容挑战。无论什么原因，她像往常一样，立刻瞪了妹妹一眼，厉声地说道：“能等我说完你再发言吗？”

叶小汀最烦的也是姐姐这一点。她觉得姐姐经常说话不近人情，不给自己留面子，就像自己在她面前不是人似的。这些矛盾，不在现时爆发，也会在以后爆发。叶小汀生气地想着。叶小海倒是显得很平静，他点着了一支香烟，好像很悠闲地抽着。他有些摸不着头脑地看着姐姐们。

叶小淋接着说：“是这样，你吃的药量一直是不够的。”

“怎么了？”一听这话，叶小海十分反感。他往烟缸里弹了一下烟灰，不耐烦地说，“你们就不能盼我点好吗？干吗总是怀疑我？”

本来已经到嘴边上的话，叶小淋又咽了回去，她觉得说那些事，要等个机会。是什么机会，还没想好。就改口说：“我是说，可能不够量。”

“你怎么知道？”叶小海用愤怒的口气大声地说。

“我是听大夫说的。”叶小淋镇静了一下情绪继续找着合适的字眼儿说。

“大夫说的？他怎么说？”叶小海一脸狐疑的表情。他心想，这俩姐姐怎么总和我吃药过不去？她们又不知道我怎么吃的药。

“大夫说，如果药量能够保证，人就很舒服，没什么难受的感觉。”叶小淋还是小心地找着合适的词说。

“那副作用呢？”叶小海继续用强横的口气质问着姐姐。他自己觉得自己的吃药方法是天衣无缝的，没人会发觉他在减药。有句话叫“要想人不知，切要己莫为”，用在这儿也很合适。

“医生说，副作用也会随着服药时间的加长，慢慢地适应，甚至没有什么感觉？但前提是药量要服够。”叶小淋小心地观察着叶小海的表情不紧不慢地说。

“是吗？你是说我不吃药吗？我的那些难受是不正常吗？”叶小海强词夺理地说。

“不是那个意思，我是说，如果治疗量保持，你会更好。”叶小淋看着急躁的弟弟继续平静地说。

“别骗我了。我什么都知道，网上什么都有，一看就明白。我知道我自己怎么回事。”叶小海自信地、固执地说。

“小海，大姐说的不是这个意思。她是说，大夫说应该达到的效果。”叶小汀忍不住插嘴说。

“什么效果？我是病人，我知道自己什么样。”叶小海显得有些浑不讲理。

“小海，可能医生也不太了解你的情况，但是，我想他们说的是对的。他们是专业的。但是对于每个人来说，也许在治疗上就有些出入。”叶小淋竭力地解释着。

“别说这些了。我很烦现在的一切。我知道，家里人根本不能帮助家里人。原因就在于爱用习惯势力看人，不能客观地讲究问题。我和你们没什么可说的。”叶小海生气地说，她觉得姐姐们是在为难自己。

“那好吧，小海，这些事情以后再说，也许到医院看病时，你听听大夫怎么说。”叶小淋赶紧结束这个话题。

“别老说吃药的事，还是说说我为什么心情总是很坏。”叶小海显得意犹未尽地问。他不想就这样结束谈话，他愿意有人和他说说话。哪怕是那个话题并不是他喜欢的也行。他时常觉得很寂寞，需要别人来打扰他。

叶小淋看了叶小汀一眼，无奈地说：“小海，妈妈的去世，对咱们打击很大。

但是这个事情已经不可改变，咱们就要适应这个情况。只有这样，才能摆脱那个坏心情。”

“你们理解不了我。知道什么事最伤人吗？就是自己得不到亲人的理解。你们不理解就算了。”叶小海用带有哲理的口吻说。他觉得自己看的书很多，虽然算不上什么知识渊博，但是部里图书馆中大部分的书籍他都看过，甚至那些他根本看不懂的技术书籍他都没落下。也许就是那些各种书籍，使他度过了爸爸和妈妈去世后加起来的这几十年。在这些变动面前，他最小，经历的风波却最大，虽然生了病，但让他最起码没干什么危害社会和家人的事情，让他最起码保持着自己的尊严和良心。他觉得自己现在干得还不错，还在上班，还在挣钱，还能自食其力养活自己。这样的底线也许还能维持。他不明白，姐姐们还有什么不满意？

“我知道……”叶小淋还想说什么。

没等叶小淋说完，叶小海就抢着说：“你不知道！我看你俩什么也不知道！你们什么也不懂！白学医了！我的事，你们少管！”

叶小汀刚想说什么，被叶小淋拉了一把，示意她算了，叶小汀就什么也没说，她心里真想长出个手来，打叶小海一巴掌，解解气。她感到这口气就要憋炸了。她不明白，怎么什么话都打动不了叶小海？难道得了精神分裂症的人，就全都不近情理吗？那些药就算是白吃吗？想想自己是不是也要得病了？怎么自己有些事也想不明白了？她忽然想起自己的丈夫林建平，那个让她尽操心的家伙。她想，自打她认识这个男人，好像就没消停过，什么事都由她来管。好像那个男人除了外面的工作、拉屎、放屁、吃饭这些事外，其他各种事，都由她管。叶小汀也不知道，自己为什么活得这么累。听人说：听老婆话的男人活得长。林建平如果活得长，正好多陪她几年，这很好。可他一点不听话。现在家里这几位，也不听她的，还全都各自有理。她也不明白，自己如果什么也不用管，那不是好事吗？可是为什么还要管呢？

这些争吵，似乎给了叶家几个孩子某些机会。他们好像终于能从叶小海吃药量不够的各种纠结中挣脱出来，在新鲜的阳光下，伸伸懒腰了。让叶小淋和让叶小汀感受到，往往生活中尽多的不如意，都是在你刚要享受生活时，就又蹦了出来。让人没有那种真正的安逸感。人这一辈子，看来都是要挣命的。

也许，这些就是真正的生活。

“喂？你怎么不关心我了？”叶小海在电话里质问着正在上班的叶小淋。

“怎么说话呢？这不是都为你好吗？你不是前两天不让我们管你了吗？”叶小淋拿着手机小声地说。

“我没那个意思。你们太不尊重我了。我不是说那些药的效果，而是那些做法的结果，就是对我不尊重。”叶小海又一次发难了。他是病人，他的思维不需要别人的理解，他只需要发泄想法。

“你别总是这样，好不好？”叶小淋的口气有些不耐烦。”

叶小海生气地说：“你要是烦我，就别来管我了。”

“我没这个意思，你别瞎想！”叶小淋低声说。

“怎么了？你干吗那么小声？大姐，我知道你们都对我不耐烦。就让我一个人待着，别来看我。我也就想一个人待着。”

叶小淋看看门口没有病人进来小声地说：“你怎么了？你越来越听不懂好赖话了？你哪儿不舒服？”

叶小海小声说：“我想妈，她对我太重要了，你们都不懂。”

“……”叶小淋意识到，叶小海还是全身心地沉浸在妈妈去世这样的悲痛里，他也许还需要很长的时间来适应。

“你知道吗，妈妈是我的一切……”

“你听我说，这对我也是一样的……”叶小淋压低了声音，环顾着同事和病人，她不想让周围的人们注意和听到她的谈话。她一贯是这样做的，也许这是她的生活原则，家事一律都不外扬。

“怎么能一样？你们太不了解我了，妈妈对我有多重要，你们根本不知道，也不可能知道。”叶小海强词夺理地表达着自己的意思，他用剥夺别人思维的口气说话，也不顾别人的感觉。

“我这儿正忙着。一会儿再打电话给你，就这样。”叶小淋放下手里的电话。

“叶大夫，电话……”护士在门口叫着叶小淋，叶小淋为了避免叶小海打扰自己上班，把手机关了。叶小海又打了单位电话，这让她很无奈。

叶小淋知道，现在这个电话还是叶小海打来的。他不会罢休！根据已往的经验，他会一直打，打到他自己累了为止。她只好朝门外的护士大声说：“来啦，马上。”她站起来跨出诊室拿起桌上的电话没出声，“……”。

“大姐，我知道就是说什么也没用，反正你们都不明白，我是怎么想的，你说，妈会原谅我吗？”叶小海又有了新的话题。

“原谅什么？我正上班呢。今天病人很多……”叶小淋耐着性子问。

“我觉着很对不起妈，我知道，那天晚上我应该起来，可是她叫我，我太困了，就没起来……”叶小海不等叶小淋说完就又开始喋喋不休地说。

叶小淋小声地解释着，她想尽快地解决问题：“妈已经不在了，就是那时有什么，也一切都过去了，现在还说什么问题也解决不了。”

“那就是说妈不能原谅我？”叶小海好像受到了某种刺激。

“我不是那个意思。我是说，妈活着时，我们能做的事都做了。妈妈得的是癌症，你知道吗，小海？”

“我知道，可是我心里难受……”

“我也一样。”

“我看不一样，你就是在打发我。”叶小海固执地说。

叶小淋觉得应该说些有点质量的话，要不自己就没法上班了：“小海，妈在时，你做得很好，甚至都超过我们，你应该知道这一点。你不要总是自责，这你明白吗？”

“我不想听这个，你说妈能原谅我们吗？”叶小海的固执显得很坚定。

“好了，等我下班咱们再说，行吗？”叶小淋很耐心地说。

“那好吧，我就知道你们一点儿耐心都没有。”叶小海露出结束谈话的意思。

“下班我去你家再说，好吗？”她如释重负地挂了电话，转身看看外面等着看病的病人。

叶小海很不情愿地挂了电话。他并没有闲着，在家里转了几圈，又拿起电话打给叶小汀：“二姐，你说，妈能原谅我吗？”

“噢，小海，你不要老想这些你想不通的事情，想想好的事情，反过来想，那样你的感觉会不错的，你可以试试。”叶小汀虽然有些摸不着头脑，但她知道，和叶小海通话的原则是，别出新话题。

“我不知道想什么，我就是想妈。”叶小海显得很蛮横但又很可怜地说。

“想妈这没有错，我也很想她，但是她不在了，这个事实，既不能回避，也不要纠缠在里面，你说呢？”叶小汀劝着弟弟。

“我就是觉得妈不会原谅我。”

叶小汀奇怪地问：“你干什么了？”

“咳，不想说了，反正你们都不明白我的心里想的事情。”

“小海，我知道你的心情，你不要总是说我们理解不了你……”

还没等叶小汀说完，叶小海就打断了她的话：“你们真的不了解我，真的，你知道什么叫消失吗？就是没有了，永远地没有了。我真的很想妈，你知道吗？妈对我有多重要，你们一点儿都不知道！”

“……”叶小汀不知道该怎么回答他。

“我不知道别人家的人怎么面对死亡，可是我觉得自己过不了这关，真的过不去。”叶小海深深地陷在自己的痛苦中。

“小海，你不要这样，你看这样行吗？下班后咱们再聊，我现在很忙，行吗？”

“你知道吗？你们说的任何话，都给不了我帮助。哎……”叶小海沉默了一会儿，一声不响地把电话挂了。

叶小汀看看手里的手机，就像炸弹，真想一把摔在地上。她也很奇怪，每次接到叶小海的电话，都有种要粉身碎骨的感觉。她不知道，电话的那边，又有什么新花样？一个人如果每天接十几次同一个人的电话，每次还都说同样的事情，你再看到这个号码来电时，还敢接吗？

精神分裂症病人的这种表现，偏执、绝望、重复、固执，这情形无疑对家人会产生很大的压力。这些压力会使这些家庭成员痛苦。对家人来说，这是无法摆脱的噩梦，就像在说：“我在这儿，我永远都在这儿！你们谁都逃不掉！”病人反复地揣摩和相信着某件幻想的事情，放大着那件事情的后果。只有吃药能暂时帮助他们摆脱现状，但副作用却以另一种方式带给他们伤害。很多时候，他们表面沉静，内心却编织着自己的思想。他们的烦恼、不满以及恐惧，并不是常人所能理解的那些事情。他们更多的关注，是自己内心的感受。医生说过，不要轻易拒绝他们的合理要求，那样会让他们更加聚集力量继续那些被你拒绝掉的提问。你拒绝的次数越多，他的劲头就越猛，并且可能激化矛盾。

叶家姐妹就是费尽心机、绞尽脑汁也无法解决掉叶小海意识中那些不断萌生的危机。她们的解释，对解决他的思想问题，仅是杯水车薪。这样无济于事的帮助，有时还会起反作用，更激怒他。他就更有理由认定自己就是因为吃药才变得不正常。他还从网上搜集关于这种疾病和服药的信息，对号入座地把自己套进去。其实他不知道，在正确服药剂量的保证下，精神分裂症的各种表现，可以得到有效的控制。无论怎样，这样的病人和这样病人的家庭，在面对病魔的每一时刻，都在考验着良心和亲情的底线，感情的承受力也在接受着时间的重锤敲击。没有这些经历的人，很难体会这些痛苦。

就像电影中场景的变换。没过一会儿，护士又在诊室门口叫道："叶大夫，电话。"

叶小淋显得很不耐烦地应道："来了。"叶小汀给大姐打电话说："姐，小海……"

"噢，你呀？我以为又是小海呢。现在我很忙，我知道你要说什么，他也刚打来电话，咱们下班再说。""噢……是吗？我以为他只对我这样。"叶小汀迟疑地听着电话。

"你以为呢！每天早上晚上都往我家打电话。他可能没好好吃药，每次这样的时候。"叶小淋小声地说。

"你是不是现在说话不方便？"

"在我们这里，还是少说家里的事情，我不想让单位的人知道。"

"明白了，那你听我说几句再挂。"叶小汀犹豫着。

"那就快说。"叶小淋显得很不耐烦，压低声音催促着叶小汀。

"我看，咱们现在必须想个办法，不能老这样下去。你说我去找你，也不方便，我只能打电话。"

"是呀，所以快说。"

"我想，咱们应该和小海谈谈，把那些事情认真地告诉他。"

"那也要等个机会。"

"我知道，我只是想，咱们现在的确保证不了他的服药剂量。原来妈妈在家，咱们出入自由。现在没什么大事情，每天都去数他的药片儿，他发现了也许会出事，你说呢？"叶小汀担心地说。

"嗯，我知道了，让我想想。"叶小淋尽可能少地说话。她觉得，房间里其他的大夫，看上去都在干着自己的事，其实都在竖着耳朵听着呢。这毫无疑问。这个世界上，人们关心别人家的事，远比关心自己家的事还来劲。

这种事，叶小汀却不以为然，她继续说："我知道你说话不方便，但是我这儿也有点受不了了。我就像个接线生，恨不得十分钟接N个电话。我要死了。"

"别胡说，你死不了。"叶小淋把声音放到最小怒斥着妹妹。她最烦叶小汀说什么死了。她想，哪那么好死的。要那么好死，自己就先死了算了，省着活受这些罪。

“你别老用这样的口气和我说话，我真的很烦，就是现在还没舍得去死。否则，就死个给你看看。你也不知道我到底怎么想。”叶小汀好像要着无赖似的说。

“那就随你便吧。”叶小淋有些不耐烦。她就不明白，一个叶小海就行了，怎么叶小汀也来劲了？

“行，我也不想说了。就这样吧，见面再谈。有事，再打电话。”

“嗯，好吧。”叶小淋很坚定地把电话挂了。

叶小汀心里很不高兴，她好像永远都在被叶小淋看不上的境地里活着！凭什么？

叶小淋从小就是个个性很强的女孩，一直长到现在这么老也没变。只有自己可以不高兴，可以甩脸子。被别人这样，就不行。她只要想做的事情，就像铁了心，也非要做成不可。她十四岁当兵，在部队先上学后提干，成为内科医生。她当兵的年纪，放着现在，还在家里撒娇呢。十九岁那年，她的部队要上前线，她给家里打电话，似乎并不在乎打仗的残酷。爸爸知道这个消息，就千方百计地托关系，要把她留在后方，或者调回北京，只要调离前线部队就行。战时部队的人事调动已经全面冻结，就是司令员的亲儿子，也要上前线。像叶小淋这样的人，更没例外。还算幸运，叶小淋在靠近边境的野战医院工作，没什么枪林弹雨。这个干部子女的后门儿兵，也许是父母留给她血气方刚的性格，她没有接受家里的好意。她毅然写决心书，上了前线。这也许就是最后的诀别！但她表示，别人的子女可以上前线，干部子女就更应该上前线。在死亡面前，人格平等。走后门儿当兵，关键时刻走后门儿避险，叶小淋觉得丢人。她不但上了战场，还立了战功，得了嘉奖。军人情结，好像就在她的骨子里。拧，是她自己专有的性格。那样的性格，就是什么也不放在眼里，我行我素。但这么拧不知道她是怎么当上医院先进分子、优秀党员的！一时之勇，意气用事，敢作敢为，勇者无畏……这些词汇，都可以形容年轻军人无畏的形象。叶小淋就是很拧，是那种连死都不怕的主，好像什么都豁得出去，那她还会怕什么呢？尽管她是个女人。这也许就是一种百折不挠。

叶小淋在生活里没那种可以说心里话的人。她只管自己活着，一切事情都在她肚子里。也许有一天她要死了，如果有什么秘密的话，那就会成为她家人的千古之谜，就是挖地三尺，也不会有结果的那种谜。

第九章　人们需要有效地沟通

虽然手机、通信、网络都很方便，但每天还有很多寄信的人。也许他们认为，写信这样的传统方式，能更准确地表达自己的心情，或者可以更加详实地传递某些信息。

回到现在，看看赵林一在干什么？他每天都先把离邮局最远的邮筒里的信件收回来，最后收邮局附近邮筒里的信件。

他觉得，这是一种统筹方法，可以简化自己的行动路线。虽然他的数学在上学时学得并不好，但是，他还是有些聪明的潜质，这也许就是工作经验吧？现在虽然手机、通信、网络都很方便，却还有寄信的人。

也许他们认为，写信这样的传统方式，能更准确地表达自己的心情，或者可以更加详实地传递某些信息。

在这个世界上，文字表述，也许永远不会消失。那些黑色的方块，永远都有存在的道理。虽不算是三九天里最冷的时候，但也是滴水成冰、天寒地冻了。他打开邮筒冰冷的小铁门，匆忙地取出里面的邮件，快速地整理着那些邮件。突然，他好像被手里的一封信吸引住了。赵林一看着这封刚刚取出的信件，疑惑不解地自语："天堂邮局，妈妈收，二十楼一号……"

他拿着这封信，反正面看着。上面有收信地址，也有寄信地址，收信人的落款也赫然纸上。只是，没有一个是详实的内容。这让他显得有些为难。他干这行也有十几年了，他不知道自己该怎么处理这件事情。

这样的情况，他还是第一次遇到。他抬头瞧瞧四周，想看到是否有人刚刚离开邮筒。但是，路上没有人在注意他。人们都在做着自己的事情，甚至没有人停下来看他一眼。

他因此初步断定，虽然他来得很早，但寄信人已经不在现场了。

他拿着那封匪夷所思的信反复地看着，又揉揉自己的眼睛，确认上面收信地址栏上就是写着："天堂邮局收。"这时他才注意到，整个信封上的字体，都是用电脑打印出来剪下后粘贴的，方方正正，十分工整。字贴得很整齐，信封上显得也很干净，没有什么胶水的痕迹。一看就是被人精心设计过，不是随意邮寄的信件。

他越发感到非常蹊跷，就自言自语地说："现在的人真是疯了，干什么不好，尽在这里找事……"

他摇摇头，把信反过来正过去地看了又看。

这时旁边路过的行人，用异样的目光看着赵林一。

他们也许认为，这个邮递员在这里和自己说话，真是有病？

现在社会在发展，人们的看法、观点在进步，尽管有时人们会遇到没有见过的事情，或是别人的事情，人们的反应好像没有以前那么好奇了。

对于别人的不方便不去关注，就是对别人的尊重，就是对别人的最大帮助。这个观点，也逐步被人们所接受。不去打扰别人，就是对别人的好，这也成了人们的习惯。

这样的感觉，赵林一认为，已经成为都市现代人的一种理念，最起码也是一种有教养的表现。

教养，也并不是以前贵族们的专属，那是文明、清洁的生活态度。有教养，看来简单，做起来难。尊严需要距离和独处，这好像是所有生物界法定的铁律。为了各种地盘开战，在探索节目和现实版战争中，都有淋漓尽致的表述。所以，保持距离，可以安全。悠悠万事，尽在这个不言中。

赵林一独自在邮筒旁发了会儿愣。心想，这也不关我的事情，反正是工作，回邮局里再说。

他在心里嘀咕，这别是什么鬼闹得吧？他笑了笑，心想，我一个大老爷们儿，怎么这么婆婆妈妈的。

现在也是，谁想干什么，都没什么稀奇的。赶上科技发达，相信在上帝的眼里也不足为怪。

很多人也把自己的命运交给了上帝或别的什么的，这也纯属自由。他在邮寄信件的工作中虽然没见到过如此离谱的信件，但也没什么太值得奇怪的地方。有句话说得好，林子大了，什么鸟没有？这个年代，没有什么不可能发生的事情。就像天会下雨、地会刮风一样的自然，一切皆有可能。

他笑了笑，怎么想起了这么句广告语？他又扭过头，看了看左右，是不是还有什么人在注意他。但是路上的人们都各走各路，没人关心他从邮筒里拿出什么。如果拿出个外星人什么的，也许还会有人来围观。他很无奈，收拾好信件，把它们放进自己的邮包。

叶小淋要下班了。她一边收拾着桌上散乱的病历，一边想着给妹妹打电话。家里的这些事情，困扰着叶小淋。她自己的情绪有时也显得恍惚。

目前在家她就算老大，大哥叶建国形同虚设，家里的事情一概不过问。他和老婆就是这个家里的外人。他好像不知道自己还是这个家的人，对这个家还有责任。

叶小淋因此感觉自己压力很大，大到连自己都不知道那些压力是什么？她只是感到，叶小海那些不断追着人打的电话，摄人心魄，让人有种惶惶不可终日的感觉。

叶小海真的需要帮助？他并不知道自己到底干了些什么？他也并不知道这样做的同时，对他的姐姐们，同样造成着精神伤害。叶小海不明白有什么危害，他的姐姐们却明确地感受到这些冲击。

叶小淋看看手机，她心里好像永远堵着许多事情，那些事情都很无序。生活中的这些困扰，好像永远都挥之不去地跟着她。她无法以自己的力量摆脱这些阴影。这样的心理问题，在当代情形之下，也造成很多人的心态扭曲，这是一些需要社会关心的问题。

这些人有许多麻烦紧紧缠住他们，但没法解救。这些情绪与精神病相像，但又不同。走出这些窘境，需要时间，需要环境，更需要别人的帮助。

父母去世，这是人生的一部分，每个人都要承受，并且要能够开始自己正常的生活。这是自然力的体现，也是生存力的延续，是生物界新陈代谢的手段。

叶小海正是在这些事面前，无法协调自己的行为和思想，他的想像总是离奇、另类、恐惧。

叶小淋、叶小汀的现象，也许更有科研价值和心理学研究价值，因为她们的症结，可以消除。

她们面对电话产生的恐惧，也是一种行为失调。那些电话的铃声，带给她们某种暗示。这些感觉，已经超越了她们的批判能力，无法使她们面对，无法使她们处理。这些暗示产生的压力，更让人抑郁，就是那种让人心里难受的感觉。而这些感觉坚强地粘在心理，难以清除。

有时，叶小淋甚至就想给谁一巴掌。但是打谁？她也不知道。也许就是让谁遇着，谁就倒霉吧！其实，她也没这个胆量。

至少现在，她在外面，无论何地，还可以控制自己的胳膊，不至于去干这样的蠢事。就是控制不住时，她也没这个能力实施这个想法。因为她没有力气也没有勇气去这么做。

这只是她脑子里的一些想法之一。但是，无论任何事情，都有因为所以的关系。只是这些因果循环，要等到一定的时刻才能开始。那就需要时间，多么美妙的东西，一切都会因时间而改变。

“叶小汀，你快下班了吧？”叶小淋想着这些难题拿着手机烦躁地问着妹妹。

“怎么啦？是不是小海又打电话了？”电话里叶小汀焦急地问着。她为什么着急，自己也说不清楚，她恨手机，一听到叶小淋或叶小海来电话她就会出现这样的焦虑。

她喜欢接林建平的电话，甚至是渴望，那是她丈夫。但是，她从没对林建平说过。林建平也从来没主动问过她，这种淡漠更让她焦虑。

她也常时想起年轻时的拉风，和后面逐着的一票人。知性文化，管个毛用！他家的火坑，她是跳了，那些烘烤，她也认了。体无完肤，是她自找。爽够了吧？人可真没出息。这一辈子就追求自己得不着的。

一想起现在还要接这些她不喜欢接的电话，并且还要仔细回答。她觉得自己会死的。

“没错，这几天他有点儿犯病，班也没上。你抽空也回去看看他，咱就这么一个弟弟，精神又不正常……”叶小淋满怀感情地说。

“大姐，行了，你别说了，就像你是他亲姐姐，我是后姐姐似的。”叶小汀口气中透着不满和不耐烦。

她心里最烦的就是，她好像是个局外人。家里只要一有什么事情，他们都要加很多前缀来解释，好像只有这样她才能听懂一样。她明白，这样的结果只是他们自己有问题造成的。

“那好，我今天先去，你抽空吧！”叶小淋用冷淡的口气不高兴地说。

“知道了。就这样。”叶小汀心想，叶小淋怎么总是用她的感受强加于她。

“去时你也看看他的药还有吗，不行就去取一点儿备着。”叶小淋用命令的口吻说。

叶小汀有些不满地嘟囔着：“姐，你说，他总是这样不断地打电话，不分时候，我能怎么办？”

“你以为就你这样呢？”

“你也是？”

“我不是和你说过吗？他每天都这么不断地打电话，我给病人开个方子，也要被打断。”

“这么严重，那怎么办？”

“这在医学上也没办法，他的病就是这样，只能是头疼医疼，脚疼医脚了，要不怎么叫顽疾呢，只能这样。”

叶小淋显得很耐心，也许是她在医院见得病人太多已经麻木了。

“你现在对他的病了解得比我多，但是，咱们也要找个解决的办法。”

“有时我儿子上网，我就顺便查一下这些资料。现在也是没办法，这个社会得这样病的人很多，现在咱们家就有这些病，那你能怎么办？只好样样精通一些，处理好病人，也检点自己，最起码，咱们要健康。你知道现在精神病人有多少吗？占百分之一！还是重症在册的！你想想这个比例，你周围有多少这样的病人？你说，他是咱们的弟弟，咱们不管他，他怎么活？”叶小淋语重心长地说。

叶小汀好像因此从心里突然对姐姐刮目相看，她觉得姐姐在对待弟弟这件事情上，做得比自己更耐心。也许，自己做得太少了。但是她又一想，自己也是几十岁的人了，姐姐还经常对自己吆五喝六，她为此很恼火。她觉得，现在父母都不在了，姐姐就是家里的主心骨，她应该先管好自己才对。她想到这儿就平静地说：“那好吧，就这样，反正这是个持久战，也不是一年两年了，我也替他痛苦死了。”

“你先回去看看，有什么事情，给我打电话。”

“好吧。”叶小汀心里很不爽，心想，又来了！她挂了电话，急赤白脸地开着车走了。她的车虽然是为了妈妈得病买的。但妈妈没坐几次，由于行动不便，连外出兜风都不行，这让叶小汀很难过。

赵林一进门脱衣服，朝厨房中做饭的黄奕明大声地说：“老婆，今天我可遇见新鲜事了。”他那件外套还是他们结婚那年，黄奕明送给他的。那时，这衣服的款式颜色都是十分前卫的，就连那个背在后面的帽兜，也是黄奕明的主意。她觉得，赵林一一天到晚在外面跑来跑去，风雨无常，这件衣服的面料是防水的，帽子还能挡风雨。作为一名大夫和老婆，黄奕明名副其实。

“捡到宝贝啦？”在厨房正做饭的黄奕明也大声地应着。

“什么捡宝贝？哎？差不多！”

黄奕明从厨房里探出身子看着厅里的赵林一说：“哟，什么好东西？”

赵林一一边换鞋，一边笑着说：“财迷脑袋，你就知道好东西，你听说过天堂邮局吗？”

黄奕明一笑又消失在厨房：“开玩笑！”

“真的，我今天收信时就在邮筒里看见了。这封信的地址是寄往天堂邮局的。

我一看这封信，就知道写信的人准是脑子有毛病，要不谁会无聊干这种事情。现在真是什么人都有。”

黄奕明手里端着菜从厨房出来，摆在饭桌上。

赵林一看着饭菜说：“真香！”顺手拿了一块肉放进嘴里，有滋味地嚼着：“真好吃。”

黄奕明看着赵林一好奇地问：“就知道吃，你拿那封信怎么办了？”

“反正是寄出去又收不着的信，写信的地址又这么含糊，什么二十栋一号，我索性拿回来了。我们组长说，让我明天送信时把它退回去。我就管那么几个院子，挨着找，准能找到，一共才几个叫二十栋楼的呢！”

“对，这边上好像都是一些机关宿舍大院，不难找，但是关键是谁家呢？”黄奕明笑着说。

“咳，老婆，这就是我操心的事了。”

“你们对这样的信都这么处理吗？”

“我们要是不这样处理，那邮局早成了信山信海了。”赵林一说着用手又拿了一块肉放进嘴里嚼着说

“洗手了吗？不讲卫生！你们就没有别的好办法？”黄奕明看着赵林一那样摇摇头说。

“那有什么招？也只能这样处理了。现在有些人啊，就嫌社会还不乱，尽找些个麻烦，让别人收拾，没什么道德。”赵林一不假思索地又用手拿了一块肉吃。

黄奕明有些责怪地说：“唉，你就是干这个的，还有什么怨言？我说你最好去洗手。你知道每天你发信收信手上会有多少病菌吗？讲点儿卫生行吗？”黄奕明晓之以理地讲着卫生知识。

“发发牢骚不行呀？你别老说了，我这就去洗手。”说着，赵林一去了卫生间。

黄奕明从厨房盛着米饭端出来递给赵林一说：“先吃饭，你这个落后分子，把信拿来让我看看。”

“都什么年代了，这么老土。现在还讲什么先进、落后，谁有钱，谁牛，谁就是老大。”

黄奕明打了赵林一一巴掌：“跟谁说话呢？你就认识钱，这话我不爱听，对你

就得这样，把信拿来。”

赵林一不耐烦地看着老婆：“老婆大人，你有点儿‘狗拿耗子’，啊？”

“怎么说话呢你！”黄奕明笑着。

“私拆信件可是犯法，你知道吗？”

“我当然知道，谁说拆信了？”

“你怎么对这个感兴趣？”赵林一感到有些奇怪。他看看老婆，又看看桌上的菜说。

“嗨！你不懂，拿来让我看看，一会儿再告诉你什么原因。你说我炒的菜香吗？”黄奕明像哄孩子似的摸摸赵林一的头说。她觉得这样做可以平息赵林一对她的要求的反感。

赵林一点点头，很不情愿地把信拿给老婆说：“医院也有邮递员吗？”

黄奕明没理他，自语着：“他凭什么写信给天堂邮局呢？”

赵林一揶揄着老婆：“你是侦探？”

“这么多菜都堵不住嘴？”黄奕明看着信封说。

赵林一独自狂吃起来。他就不明白，自己的老婆为什这么爱管闲事。自己的事情那么多，还有这么些闲心？

“慢着，饿痨鬼。”黄奕明一专多能地拿着信又看看赵林一说。

赵林一不高兴地瞪了老婆一眼：“你真是闲的。”

黄奕明拿着那封信来回地翻看着说：“老公，你看看这个人多粗心，地址也不写清楚，就是发出去也没有回信。”

“你比我还聪明？你没看吗，他压根儿就没有想回信的事，所以写不写地址有用吗？这还不明摆着是个闲人找事的吗？”

黄奕明看着信封上工整的剪贴字迹说：“我不这么想。你看他这么用心，用电脑打字。我看他是有病，有心病，这不是写着他妈妈收吗？”

赵林一不解地问：“我怎么没看出什么名堂来？”

黄奕明指着信封：“你看这不是吗？他很可能想用这样的字迹，掩盖自己的真实身份，让别人无法辨认他的字迹。”

“是吗？我都没想这么多。你可真是精神科的大夫，看见什么都这么琢磨。”赵林一用嘲笑的口吻说。

“是呀，你就知道发牢骚、吃饭、睡觉，还能想什么？”

"我还想着你呀，老婆？"赵林一嬉皮笑脸地说。

"少贫嘴！瞧你那样？"黄奕明也笑了。

赵林一满不在乎地说："你还别说我不要求进步什么的，我们邮局一天要处理那么多信件，谁有功夫每封信都看那么仔细。要是那样，眼珠子就要瞪出来了，我们现在分信有机器。"

"那是你没有爱心。现在，那些寄信的人，肯定有什么重要的事情要表达，否则的话，现在手机、电脑多方便，谁还这样写呢？"黄奕明还是仔细地看着那信说。她心里就是觉得这个写信人有病。这也许就是自己的职业习惯，她有时也很烦自己的这个毛病，对什么都要分析和怀疑，但是，她好像又有些控制不住自己，她觉得上学时老师说得对，这个职业要学会忘记。但是，她做得不够好，什么事都要较真儿，也许自己也有毛病。

"你教导得对，老婆。"赵林一好像没什么兴趣，打了个哈欠。

"你怎么这样说？"

"老婆，我很累。"赵林一赶紧转移话题。

"你看，这信上的邮票也是精心选择的，好像是特种邮票。"

"你真成了侦探了？"赵林一看看黄奕明心里不高兴。他觉得老婆有些小题大做，这事和自己又没关系，她还这么上心，真是没事撑的。

"我喜欢，我喜欢分析任何事情。"黄奕明仍然兴趣不减地接着说。

赵林一顶了老婆一句："你可真不愧是个精神病科医生呀？你有爱心？不许拆信啊，这是法律规定。"

"谁爱拆信，我只是分析。"

"分析？你都快赶上侦探了。这两天你收拾好行李，我把你送警局去，那里很缺你这样的人。"

"你来劲了。"黄奕明笑着捶了丈夫一把。

"你才来劲了，你分析出什么了？"赵林一显出无奈的表情，他知道，自己如果不把这事刹住，老婆是不会罢手的。

"我是说，这人也许用这样的方法来排泄自己的郁闷或者是别的情绪，也可能他妈妈已经辞世了。"黄奕明像福尔摩斯似的继续着自己的分析，说得更确切点，是想象。

"看看信封就猜出这么多？你可真行。女福尔摩斯和华生于一身？"赵林一不屑地看着老婆，他伸手要拿这封信！

“这不明摆着，这人有病吗？起码心理不健康？”黄奕明扭身躲开赵林一，就像是肾上腺素大分泌，越说越起劲儿，拿信的手心里也直出汗。

“车轱辘话又回来了。你不是刚才还说他们肯定有特殊需要吗？”赵林一疲倦又无奈地说。

“这话你倒是记住了。”黄奕明看着手里的信封说。

“你们这些当大夫的，就是神经兮兮，看谁都不像正常人。那样你们就有事干了，我看你们也有病。”

黄奕明出于职业好奇，她好像对什么事情都很感兴趣，她总想把自己所有的医学知识付诸实践，她不想浪费自己的精神病学的医学才华。她总有一种责任感，似乎随时都准备帮助那些需要帮助的病人。

在白衣天使这个行列中，她真是一个敬业的大夫。就像一个小小的螺丝钉，拧在哪里，就在哪里发光。对于一个毕业了很多年，有很多年临床经验现又在社区医院工作的大夫来说，这简直太难能可贵了。她有些得寸进尺地问：“我拆开看看信行吗？”

“不行！”赵林一坚决地说。

“反正这个信也没有什么退回去的希望，最后还不是扔了？”

“那也不行！你这样是违法。”赵林一更加坚定地说，他坚持住自己的职业操守。

“你好像来真的？”

“那当然，这是个原则问题，你不想我犯错误吧？”赵林一十分认真地说。

黄奕明出个怪样想哄住老公说：“那就不看了！”

“这还差不多，还是我的好老婆。你不能干违法的事，这是原则问题，我的老婆同志。这也是我们的职业准则。”

“好，我的邮递员老公。你还喜欢我吗？”

“那还用说！这事也不关我们的事，邮局不是警察局，也不能乱管别人的闲事。我想咱们还是先吃饭吧。”赵林一还是对那盘红烧肉情有独钟，他狠狠地咬着嘴里的肉，像是要把这件事给嚼进肚里，永远别再想从嘴里冒出来。

“就知道吃。”黄奕明没好气地说。

“那是，你忙了一天，还精神百倍。我就没戏了，累死了。我干的是力气活。”赵林一坐下拿起筷子，加了一口菜，使劲地吧唧着嘴，发泄着不满。

“你也别生气，我知道，你最次了。”

“谁呀？”赵林一满心的不服气。

“就是你。”黄奕明有些咬文嚼字地说。

“那你是不次那拨儿的？”赵林一讥讽地说。

“最起码我有同情心。”

“你都不知道，写这个信的人是什么样儿？同什么情？”

黄奕明没接他的茬儿，自语着：“不管是怎么回事，这个写信的人一定有某种隐情。”

“这关你什么事？你又来了？”赵林一咬着筷子说。

“是不关咱们什么事，但是，现在，这不是落在咱们手上了吗？”

“呵——你瞧我这老婆，真能管闲事。”

“有时候，闲事没准儿能救人一命呢。”黄奕明坚信着自己的感觉，她感到这件事后面并不那么简单。

“想当英雄吗？”赵林一抹抹嘴说。

“那倒不是，但我是个精神病科的大夫，我有职业的敏感性。”

“我的老婆，咱们上班后再敏感行吗？”赵林一感到十分厌倦，他觉得自己也是多事，干吗什么都和老婆说呢？

黄奕明手拿信件自己嘀咕着：“这个发信人不正常。”

“不正常也和你没关系！”赵林一变得有些烦，他拿脚指甲盖儿也想不明白，怎么自己的老婆就这么爱管闲事？就不能老老实实地和自己过日子吗？不管闲事就不行吗？女人可真难缠！

“我只是关心这件事。”

“真的搞不明白你。”赵林一嘀咕着，他觉得，天下的事情其实很简单，就是“是”或者“不是”。而实际生活中确是，竟是些“是”和“不是”之间的事情。

那些已经被生活本身模糊了界限的事情，现在好像突然闯进了自己的家庭。他怨自己多事。他想不通：自己的老婆黄大夫，每天上班时就千言万语地对着那些有精神病的患者说话，解决他们的那些思想问题；下了班回家，还有这么大的精神头儿，对这些闲事津津乐道。他想，要是自己能这样精力充沛就好了。

他是那种老婆、孩子热炕头型的男人。现在虽然还没有孩子，大家都在为工作忙着。但是，他并不愿意更多的事情干扰他的幸福生活。

他的原则是，既不愿意给别人找事，也不愿意别人的事找他。

在黄奕明眼里，赵林一为人老实厚道，就缺点儿热心肠。没结婚时，她觉得赵林一挺可爱的，本分尽责，她感到安心。婚后，很多小事情，总让她觉得，他还真有些不够丈夫。

但事已如此，不必难过，这也是句名言吧。她就想，就这样吧，换个人又能怎样，都是过日子，谁能是个完人呢？她像是自言自语，又像是对赵林一的表现不满似的说："这没准儿是我们管片儿的病人呢，我感觉这人有病。"

"又来了不是，差不多就得了吧！你们这些医生最有病了，自己的事情还没管好，就总爱管别人的事情，我看你真是闲的。"

黄奕明没理他的茬儿："我告诉你，我的直觉告诉我，写这信的人不正常。我们科里现在正做社区精神病人的病案调查，我负责的几个病人还真没这么典型。我们现在还在搞关爱社区居民精神健康的活动……"

赵林一有些急了："你怎么还这样？你怎么知道写信的人不正常？你又不知道是男女老少？你是半仙？算了！别乱掺和了。"

"别说那么多了，反正这人脑子有病。"黄奕明固执地说。

"神探吧，你？"赵林一简直就要爆炸了，他觉得自己的老婆就是疯了，怎么对这件事或者说这封信这么感兴趣？

"我想做件好事……"

"做好事？别帮倒忙了。你们这些精神科的大夫，就爱疑神疑鬼，真有病！"赵林一的不满在积蓄着。

"那是你！"黄奕明也不知道自己对这件事怎么这么拧，这也许就是女人的直觉。

"你！"赵林一坚守着自己的原则。

"你！"黄奕明的逻辑是：和丈夫吵架，最后一句就要自己说才行，他是男的，他比自己大，他是丈夫，就应该让着自己。

"别闹了，说来说去，就是那几句车轱辘话，没什么新鲜的花样。老婆大人，你还想怎么样？"

"我看这样，咱们也犯不上为别人生气。你多留点儿意，这人肯定还会寄信。

赵林一奇怪地看着老婆说："你怎么知道？"

“我是干什么的？”

赵林一讪笑道：“白衣天使，呵！”

“别闹。要是真有病，精神病的话，就很拧，一件事就非干到底。”

赵林一假装不屑地看着老婆：“是吗？像你？”

“你别闹了。没准儿他自己都相信信根本就寄不出去，只是一种郁闷情绪的发泄，这对于精神有疾患的人来说也是一条比较温和的宣泄途径，最起码他没有危害社会的举动。但是他肯定十分痛苦，要不怎么会采取这样连他自己都不会相信的方法去宣泄情绪呢？”

“没危害社会？这还不够吗？给邮局找麻烦。”赵林一很气愤。这气愤里既有对写信人的愤懑，又有对老婆爱管闲事的怨气。

“你不代表邮局。”黄奕明针锋相对地说。

“我是邮局的一份子，我就是邮局。”

“你还真别叫这个板。邮局不是你家的。你把这信放到邮局办公桌上，我就不信你们领导敢把这信给撕了？”黄奕明寸土不让地说。

“你还真别较劲，我现在就撕了又能怎样？”赵林一说着用手去抢黄奕明手中的信。

“我看你是疯了，至于吗？我就说这么几句。”

“我就是想咱们少管闲事。咱们为什么吵呀？你是我老婆，要心疼我。”

“那当然！但也不能不讲理，我只不过是分析了一下。”

赵林一看着老婆，无奈地说：“先别说你的专业，行吗，亲爱的？你这么一闹，我要疯了。领导指示让我退信，可没让我‘破案’。我的姑奶奶。”赵林一看看碗里剩下的饭，好像已经没了胃口。

黄奕明只管自己说自己的：“你知道吗？精神病人并不智障。他要是连续不断地写信，那这人一定就是了。”

“是又怎样？和你有关系吗？”赵林一强词夺理。

“你别叫板。要是真的，肯定他就在我们医院管辖范围之内，我就把他纳入我的病人之列。”黄奕明倔强地回击赵林一，她觉得，自己的老公一点儿也不支持自己的工作。

“你可真是有病，见到什么都疑神疑鬼。你可别真的成了病人。”

“那是我职业的特征，我就这样儿。你盼着我得病吗？”

“你疯了？”

“你还别说，我就是疯了。如果真是这样，这事我就管定了。”

“你真是闲得慌，没事干就好好伺候我，省得你去管别人家的闲事儿。”赵林一快要败下阵来了。

黄奕明没接茬儿接着开导赵林一说：“你知道吗？病情较轻的精神病人，不收住院。他们在社区中进行治疗，效果比那些住院的还好。原因就是要他们接触社会。”

“那又怎样？”

“那就是说，他也许在家里的治疗上有问题：也许药量吃不够；也许家人护理得不好。原因多了，也许他根本就没治疗。”

“那关你什么事？”

“现在，医院正开展关爱社区居民精神健康的活动，这还是头一次。我们更要有责任维护社会安定。尤其是对社区管辖的精神病人要加强监管。当然我们也只是从病人的角度进行帮治，真的发病，还要配合派出所送病人去医院治疗。这也全是为他们好。”黄奕明认真地说。

“什么？现在难道不安定吗？”

“不是那个意思。你想，如果这些病人的病情控制不好，就会闹事，危害社会也危害自己。最起码，病人家庭也会受牵连！这不就是不安定的因素吗？”黄奕明耐心地说。

“上政治课？”赵林一打岔说。

“谁理你，什么都不关心，就知道自己。”黄奕明很生气。

“我还知道你呢。”赵林一马上嬉皮笑脸地说。他想用这样的把戏转移老婆的注意力。

“好，你既然关心我，就别让我们管片儿上的精神病人没人管理，那就是支持我。”绕了个大弯子黄奕明亮了底牌。

“噢？原来这样！我怎么能不支持呢？”

“那就好！把你知道的事告诉我，把那些信拿回来，我就看看信封，可以吗？”黄奕明用商量的口气说。

“就这些？”赵林一显得不屑地问。

“就这些，顺便请您看看这些信的发信地址，行吗？老公？”

“行吗？你说行吗？但不能拆信，这是原则。”赵林一一本正经地说。

“行，没问题，我会分析。”黄奕明很自信地说。

“你先分析分析我吧，我要饿死、累死了。”

“好，先吃饭吧。”说着，黄奕明把米饭锅从厨房里端了出来，又给赵林一满满地盛了碗饭，递到了他的面前。

赵林一美美地大吃起来。

黄奕明看着丈夫，突然有种幸福感。像这样的男人，好像没心没肺似的，也挺好的，无论什么事情，都不会影响到胃口，这也许就是他的福气？她想，自己就没这个福气。

其实很多时候自己都是拿得起、放不下，这样的情况，和自己的职业很不相配。因为每天的工作，都要求自己学会忘记，学会自己调节情绪。而现在，她感到，好像和这些职业要求，有些背道而驰。那也许就是自己有不良情绪，以至于自己总是想着工作或者和与工作相关的事情。

这样的情况，她自己也有所警觉，不让自己陷得很深，她觉得自己在对待很多事情时，有能力把控自己的行为，自己的自律性还是很强的。并且，她在看待周围事情的时候，对一些有异常状况的事情，也有很高的职业敏感度。

也许，正因为如此，她对待这次的事情，显得很热心。尽管这让赵林一很不满意，但黄奕明觉得，这是自己的事情，也是自己的职责。万一那个人需要帮助呢？

饭后，黄奕明和赵林一坐在客厅的沙发上看着电视，她觉得自己还有话说：“老公，我总觉得，这件事很蹊跷。”

“你又来了，让我看会儿电视，现在是下班时间。”

“是下班时间，但是你把上班时间的事情弄回家来了。我不能不过问，因为这正好是我的专业所能关心的问题。”

“那你就关心吧。”赵林一一边说着，一边拿着遥控器换台。

“我最初的感觉就是，这个家庭一定有什么变故。一般这样的病人，会在一些变故面前难以承受，就会有些惊人之举。”

赵林一很反感地冲着黄奕明撒娇：“老婆，别上课了，我要累死了。”

黄奕明笑着：“知道了，老公，瞧你那没出息的样。”

“医生都有病，看谁都不正常。现今这个世界上，人和人都像敌人似的，都揣着炸药，一点就着。也不知道为什么？”赵林一打着哈欠。

“行了，你先睡吧，我还有点事。”

赵林一伸着懒腰走进了洗手间。黄奕明独自坐在客厅里思考着，没理赵林一。这时，将近午夜。

卧室里传出赵林一的叫喊：“老婆，早点睡吧，明天还要上班呢。”

黄奕明看着手里的信，好像有些不情愿似的应道：“知道啦。”

第十章　我行我素

他们好像都是在相互责怪和埋怨，谈话的内容大部分也聚集在各种疾病的治疗和预防方面。生活中更广大的精彩，似乎和他们隔绝，就像视而不见。难道他们都有病？

叶小汀一下班就开着车跑到叶小海家。叶小汀的这辆破车，在处理家庭事务中，功不可没。你别看它旧，叶小汀很是爱惜，所有的零部件都一律是在4S店里进行修理和保养。叶小汀觉得，在这个世界上，你只要善待那些你认为应该善待的东西，就会有个好回报。比如说善待小汽车，车子就会回报你，不出错，跑得快，省油。她总是用这些因果关系来衡量事情。她觉得，这样的下场就是好下场。也别说，这个破车看上去很美，就像新的一样。在妈妈最后需要时，这辆车子作用很大，去医院看病不用从单位要车，这是女儿开的专车，再破也是不一样。取药来去快捷方便。去妈妈单位报销也很便捷。她无论什么时间开上车，都有一溜烟儿的效果，尤其是那个没有消音器的排气管发出的声音，就是一个机器应该出的声。就是在影视作品中，有些车技也要做效果才能完美体现的那种声音。她车技既不一流，速度却是飞快，开着车上过树、撞过墙，小剐小蹭事件，屡有发生，不在话下。只要有事情办，叶小汀就要一马当先，不计后果。这好像在她这半辈子当中，有过很多教训。那也没有把她教育好。叶小汀这急脾气，是改不了的。她的大姨总说："要是包饺子找不到案板，小汀弯下腰就用后背做案板了，什么事都着急，什么都能将就。"她就急成这样，就像一辈子的事情，都要在这一会儿里全做完。此时，叶小汀知道，叶小海这时最需要的就是他的这两个姐姐。尽管她们的帮助，并不能从根本上改变他的什么状况。但是，作为现今世界上和他有血缘关系的这两个姐姐来说，她们的关心对于他，绝无仅有。他需要关爱和关注。在他得病后他有福气。父母不在，还有姐姐。尽管他有大哥，却好似没有。在这个问题上，他们姐弟仨的意见是一致的。但这又是个必须接受的现实，家里缺了谁，都要过下去。叶小汀心里明白，也就是这些乱七八糟的事，似乎让她因忙不过来就不乱想了，心情还好一些。

这天，一进叶小海的家门，叶小汀先看见桌子上乱七八糟的碗筷，那些啃完了的鱼骨头堆得像座小山，喝完的啤酒瓶子足有一纸箱，胡乱堆在窗前，暗自闪着玻璃那种绿色质感。这样辉煌的战果，就说明，叶小海也许已经把该吃的东西吃得差不多了。尽管大夫不让叶小海喝酒，警告他那样会让药的效果减弱。但是，就如同所有嗜酒的人们一样，那些话，也只是医生们的一厢情愿。对于这些具有顽固情结的人来说，只管我行我素。这样的态度就像他们的标志。生活在世界上的每个人都具有自己的风范，那就是自己的标签：这个标签的作用，就是不容篡改。就像厨师，对食物和餐具以及就餐的环境和做菜需要的所有原料，都具有十分的敏感度。就像大夫。望闻问切，一切病症就在他的股掌之中，尽管病人也许茫然不知，但是他们却坚定地实施治疗方案。就像艺人，在光天化日之下，要光鲜亮丽，表现自己，那是职业的特征。叶小海身在病中，却没有充分体会到，吃药就是在救自己，能给他带来好的生活品质，让他的行为同于常人。然而，他擅自减量服药，这是精神病人的处事方法。

叶小海的两个姐姐，也是在扮演着茫然的角色。她们并不能替代叶小海的一切需求，而她们还在全力地向叶小海提供着自己的努力，想使弟弟的病痛得到某些缓解。其实，她们也正是在不知情的情况之下，用这样的办法，缓解着自己对良心巡视后责备自己所带来的压力。这一切好像都是为了什么。所有发生的事情，其实都没有那么纯粹。每个人都在自己的位置上，表演着自己的人生。叶小汀此时，不禁想起妈妈在世时，对叶小海开的玩笑说：他的饭碗会因为不洗，越变越小，最后就盛不下什么饭了。现在也许就快要到这个时刻了。

叶小汀看着眼前的一切，心里很难过。她感到自己什么都没做好，那种想做到但是没有做到的内疚感，使她自己心痛和愧疚。她感到妈妈好像在注视着她的言行。那种感觉，就像一个犯了错误的小孩子。这些错误，就像看不见的手在抽打自己的嘴巴，一把一把狠狠地，而自己面对这样的境遇却不能躲闪和回避。这样的情况，尤其表现在亲情上，显得就更加突出和显著。令人更加刻骨铭心和不可饶恕。在此，也许你会发现，亲情是一根强大的神经，它会哭、会笑、会痒痒，更会痛，而且是经常在痛的时候，会感觉到它的存在。

在人的一生中，对很多事情的处理上，也许会有弥补和改过的机会，但是更多的事情上，这一切都变得没法重来，留下的就只有遗憾。闭上眼想想，每个人都会有自己想说而又羞于启齿的那些往事。让人回想起来，也许就是那些愧对家人的事情，那些已经过去了而又无法改变的事情。也许，遗憾就是生活的残缺美。完整了，还是人生吗?

叶小汀脑海里叽里咕噜地想着系列的问题，检索着自己的所为，这也许就是A型血的人所特有的习惯。总是在周围人们的目光之中，比较自己，活得很累。叶小汀推开叶小海的房门，看见他正在窗前抽烟。屋子里烟雾弥漫，那些抽过的烟头，堆在烟灰缸里，像座灰色的小山。床上的被子和枕头凌乱不堪。窗户开着一个缝隙，蓝白色的烟雾，丝丝缕缕地穿过窗缝，争先恐后地逃往外面。就在开门的那一刻，她看见弟弟把什么东西赶快放进了抽屉里，就像是有什么秘密。

叶小汀小心地问："小海，你怎么样？还没吃饭？"

"哦，马上就吃。你怎么来了？"叶小海有些掩饰着自己。

叶小汀假装漫不经心地说："我这不是有空儿路过吗，过来看看你。"

叶小海没有表情地敷衍着："我也没事。"

"是吗？我最近除了工作，就是林叶子。"叶小汀仔细地找着共同的话题。

"二姐，你家叶子怎么啦？她那么不听话，都是你们惯的。"叶小海用责怪的口吻突然说。

这样的谈话方式，叶小汀已经习惯了。就像是意识流，想到哪里就说到哪里。

"这也没办法，他爸最惯她了。喜欢了，挂在嘴上，不喜欢了，还要打。对一个女孩子，怎么可以这样，我也弄不明白，我怎么会嫁给这么个暴君。"叶小汀似痛非痛地发着牢骚。

"你也是，你女儿那么聪明，你是她妈，你要不关心她，谁会管呀？你看看会有什么后果？"叶小海喜欢用这样具有预言性的语言表达他的意思。他了解得了病后会是什么心情。他好像觉得叶小汀并不了解她的孩子。

"你说得对！"叶小汀心想，这也许是叶小海的亲身体会。

"她的那些心理，也许只有我能理解。"

"是吗？不过有时是聪明反被聪明误。她很不听话，我也没辙。"叶小汀有些一语双关。

"你要是对她不好，她就会变成我这样子，知道吗？"他很直率地表达着自己的看法。

"是吗？"叶小汀一愣，她不知道自己的女儿和叶小海的病有什么直接的联系。她只是知道，现在最新科学证明，精神病人是基因突变造成的。这好像可以对很多无法解释的病因给予了解释。但是她想，这也许还不是最终结果，那是什么？老天知道。

"你不信就试试？"叶小海说这话时显得有些恶狠狠的。

"我还是先弄些吃的给你吧。"叶小汀转移着话题。

"吃什么对我不很重要，你知道吗？我很多想法没人理解。"叶小海抽着烟看着窗外的那些花木，没理会叶小汀的话，他沉浸在自己的思想里。

"什么想法？"叶小汀好奇地看看弟弟，忽然想起刚才他的举动，她不知道他把什么放进抽屉了。

“我这个人的好处，也许我活着的时候没人能够体会，但是，我死了，就会马上知道的。”叶小海好像是在说预言似的。

“是吗？先别说这些了，先吃饭吧。”照着叶小汀的急性子，她好像没了想探秘的兴致。她就想赶紧弄完这些事，赶紧走。

“反正说了你们也不懂，就这样，你慢慢体会吧。”叶小海说话的神气有些大义凛然。

叶小汀知道，弟弟没病前，是个很聪明的人。事事很精通，经常从他那里能听到些至理名言，好像是个智者。那时，叶小海经常说，知道为什么人分好人和坏人吗？是家庭环境所致。小时候家人对他好，成人后他就会对别人也好。从小人性受到限制，就会造成他长大后对所有事物的强烈索取。人生就是在复制自己的幼年印记。无论学历多高、见识多广，婚后体现的就是家庭烙印。所谓门当户对，不是偏见，是为了让心境相同的人在一起过得更好、更简单，并且避免矛盾。他的理论听起来也很令人寻味。他喜欢看书。单位图书馆里的书籍借了个遍，自己也有很多藏书，不过都是些哲学、心理学以及推理学方面的书籍。也许这样的书看得多了不太好，叶小海就融入其中，对号入座了。她看到弟弟叶小海得病后的痛苦经历，感同身受的理解弟弟。同时，也对自己有些歇斯底里的行为，进行检索。她知道自己最大的毛病就是，刀子嘴、豆腐心，尽做些个后悔的事情。尽管有时候咬牙切齿，但是过后都没有一个下定的决心。尽管如此，她知道，无论怎样自己还都能够控制自己的情绪，不会在狂躁的情绪下失去理智。她从互联网上得知：也许每个人的基因之中，都会有某些缺损的地方，并且是无法修复的事实。就是因为这样的结果，造成了人类人格的多样性，且随着不断地复制和改变，变得更加丰富繁杂。好在大多数人，并不因基因缺损而发病。

“好吧，先别说叶子的什么事情了，你晚饭吃什么？”叶小汀一边打开冰箱看看里面有什么菜一边问弟弟。

叶小海看了看厨房说：“我还没做呢，你要做就煮点儿面条吧。”

“光煮面条有什么营养？”

“我爱吃，你知道吗？妈在世时也最爱吃面。”叶小海总是把自己一下子拉回过去，也许这样他才会觉得安心。

叶小汀赶快避开这个话题说：“走吧，咱们出去吃点儿得了。”

叶小海固执地起身去厨房说："不去。我就想在家里吃。现在我也不饿，你别管我了。"

"不饿也要吃东西，少吃一点吧，我给你做。"

叶小汀看看冰箱，里面仅有的几个瓶子也是空空的。

叶小海看着叶小汀的举动有些不高兴地说："别乱翻我的东西，没人权！"

"没有，我就是看看。"

"我什么都没有，乱看什么？"叶小海明显地不高兴了。

"你应该多吃些青菜，新鲜的菜。"

"应该的事情多了。"

"我知道，你不愿意听，我是你姐，对你没有坏心。"叶小汀耐着性子说。

"是吗？呵呵。"叶小海用不屑地眼光看了看叶小汀，拿起水杯子，倒了一杯茶。

叶小汀似乎对弟弟这样眼神很熟悉， 她并不想说什么伤害叶小海的话，她知道，叶小海很可怜，除了能发发脾气，就什么都没有了。想到这些，叶小汀感到很伤心。她怀念小时候，爸妈让他们生活的的无忧无虑。而现在，叶小海的病对她们的影响，她都要自己扛。她有时想到这些事情，也许还要大哭一场。也不知道是为了什么而哭，反正就是难受。这种精神重负也许在叶小汀的有生之年里不会卸掉。她觉得自己有很多责任，却没有尽到，不是做不到，而是没有做。这也许就是难过的重要原因，人都是有良心的。很遗憾的是，很多时间里，良心只是一种感觉，对于现况来说，什么也解决不了。这些后果，使好多事情也许会存在很长时间，等待机会得以解决，并且解决的机会就在自己手里，只是自己并没感到。更多的是，自己觉得有一种责任。有一种愧疚，还有一种无奈。它们混合在一起，就像是一种毒药，让人慢慢地中毒死去，而这样的死去，其实就是麻木地活着。眼睁睁地看着那些解决不完的各种责任问题，在那里继续泛滥。那些悲哀，在叶小汀看来，自己无力解除，只能默默承受。这样的感觉，同样困扰着叶小淋。这也许就是人类最悲哀的事情，以为还会有很多时间会让那些事情的结果在下个路口等着让你处理。其实，在那个路口到来之前，那些问题就已经没有机会解决了。这也许就叫做，遗憾！

愿意在此提醒人们：在想到要做什么事情的任何时候，就马上去做，否则，很可能就来不及了。因为，所有的人，只有一辈子。

叶小汀经常用这样富有哲理的思想，解析着自己内心的矛盾。此时，她看看弟弟手中的杯子说："小海，你看，你的这只杯子里面的茶垢很厚了，白色的都变成黑色的了。我不是给你买了新杯子吗？换个干净的用，对健康也有好处。"

"我不用，那杯子太沉了。这个杯子是爸爸用过的，我不能扔了。"叶小海固执地边说边喝着杯中的茶水。

叶小汀的难过油然而生，就是爸妈再活过来，也不会相信，他们深爱的小儿子会变成这个样子。她不断地反思着自己的行为。她知道做一顿饭，打扫一次卫生，买一次东西，都不能解决叶小海的一生所需。这样无望和漫长的思量，是一种精神折磨，让人想想都会透不过气来。叶小汀突然想起一句话，她也不知道谁说的，不能在火光中灿烂，就在火光中死去。她有时也觉得自己的思想灰蒙蒙的，但是却掸不干净。

"那你就看着什么时候合适，自己调整，饭要吃。"叶小汀小心翼翼地说。

叶小海有些反感，他用有些恶狠狠的眼光瞪着叶小汀："你们怎么了，来来去去的，我挺好的，就是不想让别人来打扰我，让我一个人多待会儿。"

"我们不来你就打电话。"

"我愿意打。没人理我。"叶小海理直气壮地说。

"打电话帮不上你多大的忙。"

"我就愿意自己待着，我不想说以前的事情，也没想让你来。"

"没人和你说过去的事，你也不要自己总是想那些事情，人不能总是活在回忆之中。"

"你没听明白吗？"

"你不让我来？那你别再给我打电话。"

"我愿意！"

叶小汀觉得自己要爆发了，她想了一下，换了个话题："咱们现在要好好活着，人要往前走。"

"妈妈对你们可能没有用，对我就不一样了，你知道妈妈对我意味着什么？再说，妈妈没了，活那么长有意思吗？"叶小海用很大的声音不依不饶地说。他始终没有说出妈妈在世对他意味着什么。

"我想，咱们都是一个妈妈生的，咱们会有同感的。"

"不对，你和叶小淋感受不到我的感觉。"

叶小汀知道自己又要把事情搞砸了，她不知道自己该怎么平息这次冲突，她只能拿出那些东西，转换一下叶小海的注意力："小海，今天我来，也带了些你爱吃的东西。"

叶小海似乎有些感兴趣，他放弃了刚才的话题说："是吗？"

叶小汀边说着，边把带来的罐头、水果、熟肉什么的往外拿："这些，别一次吃完，搭着吃点儿。"

叶小海有些高兴看着那些食品："谢谢你啊。"

"咱们之间不用谢谢。这些罐头里面都有防腐剂，不要连续吃。自己没有吃的时候，再用这些东西调剂。一定要多吃菜，这样才能更多地摄取维生素。"

"没事，我就是想谢。"叶小海似乎有些高兴了。

叶小汀一阵心酸。但是还要装作没什么似的说："我是你姐，谢什么呀？我给你弄点儿吃的吧，好吗？"

"哦，我就想吃面条。"叶小海固执地说。

折腾半天，叶小汀才进了厨房去烧水。她在心里说，现在就是这样，做一点儿是一点儿吧。

叶小海有些半自言自语："姐，你说，妈会原谅我吗？"

叶小汀从厨房探出身子问："你说什么？"

"那天晚上我实在是太困了……"叶小海好像在自语着。这也许是个反复困扰叶小海的问题。这样的困扰，他无法处理，反反复复的在心里折磨着他。

叶小汀想，这也许是叶小海的疾病所致。纠结在某个特定的情结里，不能解脱自己。她拍拍弟弟的后背，安慰着："妈已经不在了，你也别老瞎想。妈在世时，你对妈照顾的是最周到的。很多事都会随着时间慢慢淡忘的。"

"是吗？"

"在照顾妈妈的问题上，谁也比不上你。你别难过，妈不会埋怨你的。"

"真的吗？"叶小海好像很在意这个回答。

"嗯！不仅我们比不了你，就是街坊四邻也对你赞不绝口。"

"我没那么好。我总觉得，妈在看着我，我想她肯定有什么事情要说，但是又不能和我说，我很想她，真的。"叶小海像是在自言自语似的说。

"是呀，妈妈过世，放在谁家儿女身上，都会这样难过，不是就咱们一家会这样。"

“你没听懂我说的，妈妈就是我的寄托，她不在了，我怎么活？”

“你想，这个世界上的人们，不都是这样过来的吗？”

“妈妈能原谅我吗？”

“什么？你又说什么原谅？你干了什么？”叶小汀警觉地问。

“你们不懂，什么也不懂。”

叶小汀从厨房端着面走出来，她没有接叶小海的话茬儿：“不过，妈不在了，就别老瞎想折磨自己了。”

“你是这么想的？”

“是呀，那还能怎么办？我们只能管好自己，把自己调整好，控制好自己的情绪。”叶小汀絮絮叨叨地说着套话。

“你说控制？我不喜欢这个词。”

看着叶小海的表情，叶小汀有些诧异。叶小海似乎很不满意。他手里拿着烟，坐在自己的房间里继续抽着。窗外阳光明媚的好天气，和他好像一点儿关系也没有。

“小海，把窗子打开，别像地道战似的硝烟弥漫。抽了一手烟再抽二手。”

“不用你管。我喜欢，我喜欢这些烟。我知道该怎么办。”叶小海像是对自己或者是故意说给叶小汀听似的。

叶小汀被叶小海的话给噎了回来。她知道，叶小海所具有的那种孤独和寂寞，是别人不能理解和不能给予帮助的。那是些他自己的主观意志，不能被别人所左右。那些十分稀奇古怪的想法，必须要用药物来平复。在那些想法出现的时候，他自己不可能帮助自己解决思想问题，也不能让自己快乐起来。只有吃药是解决办法。但是很多病人就是没有吃药或者吃得不够量，导致他们的病情加重。叶小汀又想起妈妈对叶小海婚事的千叮万嘱，她现在真的爱莫能助，只能和叶小淋来共同完成了。

“我每天都在想着一个问题。很多事情要能重来一遍就好了。”叶小海像是和自己说。

叶小汀用怀疑的目光看着叶小海：“你做了什么？你怎么了？”

“没什么，我只是这么想。”

“那就别老想这些想不通的事情。我们不是科学家，我们解决不了人的生死问题。干吗老让这些疑问打扰自己呢？”叶小汀说话态度急躁。

“你别说这些话，我不喜欢听。”

“好，不说了，那就先吃饭。”叶小汀递给叶小海筷子说。她知道，有时候和叶小海说话，如果你无端地把他的话打断或者断章取义，他就会生气。和他打交道，倾听、理解和劝阻，也许对他更有些实际的帮助。

“你说，妈能原谅我吗？”叶小海还是纠结在这个情结里。

“你说的这些，我有些不懂。但是，我觉得，妈妈活着的时候，咱们做的事情，都是问心无愧的。没什么不可原谅的。”

“是吗？”叶小海看看叶小汀，好像有些释然。

“那当然了。你想，妈妈的病那么重，就是咱们什么都做得很好，癌症也要发展。这样的结果，无法避免。”

“你是这么想？”

“那当然，如果这样的病能治好，那会少死多少人。”叶小汀故意用这样的比较肯定的语言和他交谈。她觉得这样可以给他一种支持，也可以很快结束谈话，让叶小海赶紧吃饭。

“那倒是。”叶小海紧蹙的眉头好像舒展了些。

“你能这样把自己心里的事情理一理，别老是想那些让人难过的事，让自己快乐。你想，这个世界上谁没有烦恼呢？”

“嗯？”

“我是说，有烦恼就要马上解决掉。你也知道，这样的事情想多了不好，你说是吗？”叶小汀耐心地说着。

“我知道，可是，我怎么老记得那些事情？”

“你去看病，大夫不是也告诉你，要学会忘记吗？”

“噢，试试吧。其实我什么都不记得了，真的。”叶小海像是在劝解着自己似的。

“那很好。最好把那些不愉快的事结果掉。”

“我觉得怎么老是忘不掉另外那些事……”

“小海，别说这些了。还是赶紧吃饭吧。”

叶小海显得有些反感，他觉得自己的意志没有进行到底。他皱着眉头，一脸的心事。这样的表情，是他典型的不高兴、不痛快的表情。在医院陪他看病时见到的病人，也都是这副样子。忧心忡忡，什么都放不下。这也许就是精神病患者的状态。

“不管怎样，我就是想让妈妈活着，永远活着。”叶小海不愿意放弃这个话题，他好像还有千言万语。

“小海，你别这样。妈以前不是总开玩笑说，要是人人都不死，地球上不就站不下了吗？”

“那也不多妈一个人。”叶小海很固执。

“小海，别想了，先吃饭。你看，姐给你做得有多好吃。”

“噢。”

“这样就对了。别老想那些事情，谁家都一样。”看着叶小海吃饭，叶小汀心里变得舒坦些。

“知道了。”叶小海好像忘了刚才的话题。

叶小海暂时把那些事情放在一边，吃完饭，这些想法也许又会把它缠住。谁知道呢？

已经下午了，叶小汀从叶小海家里出来，到社区卫生院来找姐姐叶小淋，一进医院的大门，就看见诊所走廊里有好多年老的病人，挤在内科门口等着叫号看病。她感到有些蹊跷。走进内科诊室，看见姐姐叶小淋正在给病人开药，就站在门口等了一会儿。看到一个病人拿着处方站起来正要走的空隙，一下子蹦到姐姐面前。

“大姐。”

“嘿，你吓我一跳，要死呀？”叶小淋很不高兴。

“呵呵，没有，我从小海那来。”

叶小淋四下看了一眼，用食指在嘴上做了个住嘴的动作。

叶小汀看了看周围，做了个无所谓的样子说：“怎么了，有什么了不起的？”

“你小声点儿，先等一下，我忙完了，咱们外面说。”叶小淋并不愿意妹妹在这里说任何事情。

“好吧。”叶小汀看看周围的病人，转身走出诊室。

等病人走得差不多了，叶小淋来到楼道里，把叶小汀拉到一个僻静的地方问：“你来干吗？有什么事回家再说不行吗？”叶小淋小声问。

“姐，我去了小海那里，我没机会数那些药片，我只是把那个药包放在他喝的水里了。我觉得，咱们真像是阶级敌人。”

“别瞎说了！他怎么样？吃饭了没有？”

“我去的时候，他什么也没做。我给他带了些方便食品，做了点面。”

“就这些？你看他怎么样？”叶小淋很急切地问。

“大姐，你不用着急。我看他还可以，就是心情不好，那也不是新的毛病了。我总觉得，他心事重重，好像有些什么事情咱们还不知道。”

“他怎么说？”

“他总说妈能不能原谅他？我有些奇怪，就问他，他也没说明白。”叶小汀像个侦探，她觉得弟弟一定有事瞒着她俩。

“那是怎么回事？不过，你也别猜了。他要是有事，一定会告诉咱们的。再说，他现在这样，自己的病还顾不过来，还能有什么事呢？”叶小淋闪烁其词地对妹妹解释着。

“我想也是。”

“好了，我知道了。你家目前没什么事吧？叶子怎么样？”叶小淋就像是在例行公事似的挨个问着。

“我家的事别提了，我很烦。”叶小汀一副厌倦的样子。

“怎么啦？”叶小淋头也没抬地问。她觉得妹妹家的事，就是无病呻吟，好好的日子没好好过的样。

“你说，叶子就要高考了，怎么就这么不懂事。天天就是上网，也不知道在看什么？像个间谍鬼鬼祟祟。我一进她房间，就乱嚷嚷，我很郁闷，才几岁呀，就管不了了？”叶小汀就像是等着点着的爆竹，见火就响。

“现在的孩子都这样。我家的郑佳佳也好不到哪儿去，不好好复习，说话特难听，还和我吵架，也不知道他们脑子里想些什么？”

叶小汀有些哭笑不得地说：“昨天，我在网上看到个帖子，说现在科学家制造了个科学天象。因此一会儿热、一会儿冷。这是个‘灭虫计划’？真可笑。热天让虫子繁殖，冷天再把他们冻死。你说靠谱吗？”

“现在的孩子们，哪像咱们过去那样，没个像样的。”

“还有个孩子说，从小崇拜汪精卫，既可以当汉奸，又能填海。这是哪儿跟哪儿啊？”

“这些孩子都这样，胡说八道。现在也是，没什么管理尺度。在网上什么都可以乱说。我家的郑佳佳也没样，好像还搞了个网恋。”叶小淋数落着自己的儿子。

“那你不管管？”

“管得了吗？”叶小淋一脸的无奈。

“管不了也要管，要不你很快就当奶奶了。”

“开什么玩笑，哪有那么玄？”

“你不信？你们这些养儿子的家长最不像话，难怪那么多女孩子遭殃呢！你应该提醒他，不论谈什么，都不要搞大女孩子的肚子。后果很严重。”叶小汀开玩笑地说。

“说什么呢你，等到你家叶子找对象时，你就明白了。”叶小淋并不愿意听这样的玩笑。

“咱俩说了半天，哪儿跟哪儿呀？”叶小汀现在才感到自己似乎好像松了一口气。也许是这些家庭琐事的唏嘘，让她感到有些放松。平时，她虽然快嘴，但是，也不愿意把自己家的这些算是隐私的情况到处表述。再说，现在的人都这么忙，谁有功夫听？

“别贫了，我很忙，你都看见了，这几天病人特多。天冷了，都是感冒什么的。”叶小淋把开好的药方交给病人。他们医院也够缺德的，每个医生月底要按照开的药方数量和品种发钱。其实钱也很少，一张方子才四分钱。但是，叶小淋想，肉少也是肉，不挣白不挣。

“这也许就是科学家制造的什么天象搞的。正好，你不也多挣钱吗？”叶小汀笑着说。

“你还是先走吧，别在这闹了。”

“哎，大姐，给我开点儿药吧，我家林建国感冒了。”

“嗯，快点吧，你事真多。你还嫌我上班不忙吗？”

“我说好像有什么事情没说，姐，你说小海有什么事？”叶小汀觉得自己几乎忘了正事。

“又来了。什么事情都有解决的办法。他那是病态，你不要总是问他，这样对他不好。他那样的病人，不需要过度关注，这样对他好。”

“什么意思？你好像突然像个精神病科的大夫了。”叶小汀用怀疑的目光看着叶小淋。

“我也是从网上看到的。咱们虽然都是搞医的出身，但是，在小海的病上，咱们都不懂，随便看了看，你也可以上网搜搜，长点儿知识。”叶小淋用教育人的口气说。

“噢，好吧。你以前说过多次，我正学呢。”叶小汀在心情好的时候，似乎可以忽略姐姐这样的教训。她也为姐姐的境遇很担心，家里一堆解决不了的事，还有叶小海，还有他的那些技术职称评定，也许还有别的事。

“你去看他，不要总是问他那些以前的事情，也不要总是过度地注意他现在和你说的事情。他不是有病吗？多关心他的生活问题更好些。”

“嗯，知道了。”

“那你先走吧，我这忙着呢。”叶小淋好像又想了起什么，“哎，小汀，你别老那么脾气暴躁，对自己的身体没什么好处。”

“那怎么了？我又没病，别老说我，我烦着呢。”叶小汀一听这话，好像身体里的那团火又被点燃了，就连脑门儿上也沁出汗来。

“就是烦着那也要收敛些，都快更年期了，别老这样。内心烦躁就生热，生热就生痰，痰盛就会长东西……”叶小淋就像唐僧念经似的耐心地劝着妹妹。

叶小汀明显地不高兴了，她打断了叶小淋的话说：“你别总说我。咱家消停过吗？你最好多管管病人，我又不是小孩儿，该怎么做，我自己知道。用不着你这么教训我。我也是成年人，我懂得比你还多。你先管好自己再说！”

“行了！反正就这样，你自己看着办。”叶小淋也很不耐烦。她就不明白，自己一天到晚对家里的这几位好，他们怎么都这么不知好歹？

“行！那就别管我了。管管叶小海，管管自己吧！”叶小汀铿锵有力地说完，药也没拿，扭脸就走了。她开着那辆破车，一溜烟儿，消失在马路的车流当中。

叶小淋觉得特郁闷！家里这些人有时就像是些路人。想好就好，想坏就坏，怎么就不能好好说话呢？她心里一直在想：要是叶小海没有这样的病，要是叶小汀能理解她，要是家里人能好好地聚在一起，诉说心里的话，那该多好！但是，这些简单的亲情需求，似乎在他们姐弟三人中间，很少享受得到。大部分时间里，他们好像都是在相互责怪和埋怨，谈话的内容大部分也聚集在各种疾病的治疗和预防方面。生活中更广大的精彩，似乎和他们隔绝，就像视而不见。难道他们都有病？

“叶大夫，您好！”黄奕明在社区卫生院的走廊里遇到正在那里发愣的叶小淋。

“哦，你好！这几天真的太忙了。天冷，感冒病人特多，每天坐下就起不来，你们科里还好吧？”叶小淋慌忙回过神来。

“一样，取药的家属多。过了冬天就是春天。俗话说，春花黄，痴子忙，多开点药，过了春节就是春天了。”黄奕明笑着说。

“噢，对，是啊，你们年轻人，挺乐观的。”

“您也一样。”

“你们考完试了？”

“没有，上面又发了一些题，挺多的。不过也还算是有意义，闲着也是闲着。多学点知识吧。”

“你很敬业。我没戏，岁数大了，事太多。我先走了。”叶小淋有些羡慕地说。她好像有意回避着黄奕明的眼光。在她心里，也不太愿意和这些科室的医生做朋友，她觉得这些大夫太敏感，总是用洞察病人的心思看周围的人。叶小淋觉得自己的事情只能自己知道，不能和别人分享。这是她几十年生活的准则。

“您也真是的，也不显老，还这么好学，年年都是咱们这里的优秀党员。我得向您学习。”

“咳，黄大夫，你过奖了。我老了，只能这样。我有时感到很力不从心，也许是更年期闹的。”叶小淋有些闪烁其词地说。

“是吗？叶大夫，您没事吧？不舒服就找大夫看看。”黄奕明看着叶小淋有些蹊跷。

“黄大夫，我没事！我们科病人多，先走了。”说完，叶小淋匆匆地走了。

黄奕明看着叶小淋的背影摇摇头，走进自己的办公室。

叶小淋很晚才回到家里，洗漱过后走进卧室。丈夫郑建正在床上看书。

郑建有些讥讽地说：“你不就是个普通医生吗？每天这么晚回来，要我这个丈夫还有用吗？这都成了你的旅馆了。”

叶小淋一边往脸上擦着护肤品，一边往床上坐，她用毫不客气的口吻说：“你别老找茬儿。你这是挑衅！”

郑建躺在床上，手里拿着读了一半的书说：“谁家的老婆像你一样，回家吃现成的还不满意？你怎么浑身火药味儿？”

“我又没求你做那些饭？”叶小淋把枕头往床边上拉了拉说。

“你怎么不领情呢？”郑健不依不饶地说。

叶小淋歪过脸看着郑建说："你能给我个好脸吗？"

郑建有些较真："好脸？这还不好吗？你妈在世时，你照顾他们我没什么话。现在，你那弟弟又没完没了地缠着你，有完吗？家里还有我呢！"

叶小淋没接他的茬儿："你年纪大了，退休这么些年，你闲着呢。我不行，我还要上班，还要挣那个退休费，你儿子开销这么多，哪个不需要钱呢？"

"我过日子像个女人，精打细算……"

叶小淋不等郑建说完："光靠精打细算，只是节流不开源，什么时候能买上房子？你儿子结婚住哪儿？"

"咱们家真新鲜了，要光靠你，老子就喝西北风去了！"郑健很光火。

叶小淋斜着眼看着郑建："瞧你那样儿，还是个文化人，怎么脸上一个字儿也看不见呢？喝了酒就会骂人，你可当不成我老子。"

"我也没想当你老子，只是你不能只关心他们，不管这个家。"

"我哪不管了？东西我买，衣服我洗，地我擦。我不管了吗？"叶小淋急赤白脸地说。

"要管就早点回来，我要的是老婆，可不是房客。"

叶小淋不耐烦地说："还真看不出来，你还真有文化，还会说现代用语，怎么行为还是古董！我是个女的，就非要伺候你才叫管家吗？这房子要是没有我，也没你的份儿。你还是靠着我，才混到北京来的。你就别找茬儿了。"

"我这把年纪了，不和你生气。"郑健似乎感到这个觉有些不好睡了，就偃旗息鼓地撤了。

叶小淋讪笑道："知道自己年纪大，就别老找茬儿。你年纪大找我也是自找的。我也没得什么好处。"

"你的嘴都使在家里了。在外面全是优秀人物，回家就变成母老虎了？"

"谁是母老虎了？我能和你说话就不错了。现在那些老夫妻都不说话，没话说。你什么都不知道。"叶小淋不耐烦地反驳着。她觉得自己的耐心已经到了极致，要不是为了孩子，也许早和身边的这个男人各奔东西了。

郑佳佳在自己的房子里大声地说着："你们别吵了，有完没完？还让不让人看书了？"

叶小淋、郑建对视着，没说什么。躺下，脸各朝一方。

第十一章　邮局的决定

赵林一来到取这封寄往“天堂邮局”信件的邮筒旁，找了个能看到邮筒周围的地方，把自己的电动自行车支好，抱着邮包，靠在一棵树干上寻摸着周围，茫然地看着路上过往的行人。他希望有某个人拿着这样的信件邮寄。

这天下午，在邮电局工作人员办公室里，大家都在忙着各自的事情。赵林一坐在桌前看着手中的几封邮件自言自语地说："我今天又从邮箱里收到了一封寄往天堂邮电局的信，第二封。"

同事胡小光开他的玩笑说："我那一片儿可没这事，你要见鬼了。你知道鬼吗？就是那种飘忽不定的东西。""别胡说，我一个大男人，鬼怕我。"

"那可没准儿，要是没人回信给他，他能写起来没完。"胡小光用狡黠的眼光看着赵林一说。"别说这个，我就不信他没人管？"

"你把信退了不就得了？那人有病啊？"胡小光头都没抬地继续说。

"你还别说，我老婆说得还真对，她认定那人就是有病。一般正常人，谁没事撑得干这样的事？真是闲得蛋疼！"

"嘻嘻！你小子也有今天。我看这事，你最好还是向上面汇报，省得有什么后果时，找你的事。""汇报又有什么用？谁敢找我的事？"赵林一没好气混不懔地说。"那也要汇报，要不全是责任！"

赵林一犹豫地看了看胡小光又看看手里的那封信说："你说得对，总退信也不是个招，再说这也不是一般的信。还是让领导决定吧.。"他拿起那封信，走进里间王亚玲的办公室。王亚玲是他们邮件投递组的组长。王亚玲在这个邮局工作了二十几年了，几次调动升级的机会她都没理会。原因是这里离家近，可以照顾孩子和生病的老人。

"组长，我有点儿事找您。""什么事？"王亚玲好像正在查着什么邮件，头也没抬地问。"就是上回和您说过的那个信的事。"

王亚玲看了一眼赵林一："寄到天堂的信吗？"

赵林一有些无奈地说："是呀。又有第二封了，退回去吗？""啊！退呀。"

"信上地址也不详，找着那个楼，也不知道对不对。就我管的那几个院，二十楼一号就有好几个，您说退给谁？"

"哦，是这样，这有什么难的？你挨着个问呗。信呢？"王亚玲头也没抬地说。"真的不开玩笑，您瞧，全在这儿，两封了。"赵林一把手里拿着的信放在桌上。

王亚玲接过信件，仔细地看了看地址："有收件人又有邮票，就是回信地址不详。这样，这件事我先向领导汇报一下，我想这里面也许有问题。你呢，先多留意，看看再说也好。"

“那我先送信去了。”赵林一转身要走。

王亚玲突然想起什么：“唉，赵林一，你老婆是不是精神病科的大夫？你和她说过这事吗？让她帮咱们分析分析。”王亚玲看看赵林一的表情笑着问。

赵林一心虚地看着王亚玲说：“说过。”“她怎么看？”

“卫生院的大夫能有什么高见？她又不是邮递员，也不是侦探。”

“我们是中国邮政，也是人民的邮政，要对邮寄的人们负责任。也许，这是个有问题的人，需要帮助。你说呢？”“您也这么看？”

“那当然，干这行，就有这行的责任。人家管这里叫“天堂邮局”，那就是有他们认为这里有可以寄托的希望，也可能是对咱们的信任。要不，怎么不说是地狱邮局呢？”

“哦？”赵林一从没想过这些内容和细节。他一听王亚玲说这些，就笑了。他觉得，这些女人怎么和自己的想法不一样呢？他以为很简单的事情，在她们看来怎么就这么充满阶级斗争呢？他就是想不通，为什么所有的女人都那么爱管闲事？凭空就那么富有联想？难道就不能闲下来时老实待会儿？管别人的事就这么富有乐趣。

“我想，也许这人需要某些帮助吧？你老婆有什么新见解？”王亚玲打断了他的联想，说着那些他最不愿意听见的话。

“她？一个精神科的大夫。”赵林一不屑地说。

“是呀，就是她！她是精神病科的大夫。你说说看？”王亚玲带着询问的神色有些不满地看着赵林一说。

“嗨，她就是职业病，看谁都像病人，她说这人肯定不正常。”

“我不是大夫，可是我也觉得这个人不太正常。这么多年在邮局工作，还真没有人反复寄过这样的信。尤其现在是什么年代？所有通讯手段都这么先进，谁会这样？”

“您怎么也会这样想？您还不够忙吗？”赵林一不明白地看着自己的直接上司有些不解地问。

“你还真说对了，我就是忙。但那也要管这些事情。什么是大事？大事就是那些小事。这你应该明白。也许因为，我们是女人。”

“女人？真是女人！”赵林一一肚子怨气地说。

“女人怎么啦？”王亚玲看看赵林一有些不解地问。

“嗯？”赵林一百思不得其解。他就觉得自己的老婆有些偏执可以原谅，她有那样的职业背景。眼前的这位女上司，就是邮递员出身，怎么也像是精神病科的大夫？

“女人就是女人，女人都有直觉，你也有。”王亚玲有些搂不住似的滔滔不绝地说。“我可不是女人，我老婆是。她对这件事也很感兴趣，但是我让她不要管我的闲事。我不也只是个邮局的邮递员吗？咱们也不是精神病院。”赵林一解释着自己的想法。他想马上从这件事里脱身，他不想管这些怪事。

王亚玲若有所思地说：“噢，这样，小赵，这事看看再说吧。”

赵林一刚想出门，王亚玲又叫住他叮嘱说：“小赵，你再取信时，多留意一下那些投信的人，没准儿会有那个人的线索。”

“好，我试试。我看他也不一定就在我取信时去发信，他也许没有什么时间的概念。你想，干这种事的人，就是一脑袋糨糊。”

王亚玲说：“试试呗。你送完信件，不用马上回来，这里有他们呢，你多观察一下，没准儿就看出些东西了。”

“这可真是大海捞针，哪儿跟哪儿呀？”赵林一发着牢骚。

“你这小子，就是不听话，咱们先把这些事情搞清楚，要是有什么重大的发现，再向领导汇报，再报警也不晚，知道吗？”

“有这么严重？我老婆也这么说。”赵林一好像突然被这句话打动了。

“遇到事情，好好动动脑子，邮递员你也不是干了一年两年了。”王亚玲有些不耐烦地翻着桌上的邮件说。

“那好吧，就先看看。”赵林一说完走出办公室。

赵林一来到街上，心里很不舒服。他不想把自己的老婆搅和到这件事情中来。他觉得，只要自己过好了就行，别人的事自己管不着，也管不了。他狠狠地捶着自己的邮包，心想，都是自己多事！要是把这封信随便地退回某个二十楼一号，没准就被别人拿走了。这件事情也许就完了。但是，他转念一想，自己也不是那种没有责任心的人，就是要处理这样的信件，也要有个说法。如果真有什么事情，也不关自己的事。他既不愿意干些没什么意思、不负责任的事情，也不愿意成为某件事情的主角，闹得满城风雨。他就想当个自己，就只是自己。他明白自己只是一个普通的老百姓，干活、挣钱、吃饭、养家，这就是自己的全部。任何非分的想法，似乎和他都没什么关系。他的理想就是好好活着。现在事情既然这样了，他也只能硬着头皮，去干这件自己并不热心的事情。这也许就是在考验他的良心了。他来到取这封寄往“天堂邮局”信件的邮筒旁，找了个能看到邮筒周围的地方，把自己的电动自行车支好，抱着邮包，靠在一棵树干上寻摸着周围，茫然地看着路上过往的行人。他希望有某个人拿着这样的信件邮寄。这样，他就可以完成任务了。虽然这样盲目的行为，在他看来，简直就是疯子发疯。怎么可能会有什么结果呢？中国这么大，茫茫人海，找这个人简直就像是大海捞针。现在自己在捞什么都不知道，简直太可笑了。他一肚子的怨言。他觉得，现在的人们还是不累，要不怎么闹这些幺蛾子的事？

叶小海独自在看电视，电视里正演着《贫嘴张大民的幸福生活》，他边看边想着妈妈。他的心里也许知道老想伤心的事情对自己不好，而且张大民的家庭生活和自己的家庭也不相似。但是，对孤独的他来说，看看人家的那些琐事，可能会给他带来某种安慰，或某种温暖的感觉。孤独和寂寞是人在生活中难以避免的一种状态。情志正常的人，也会在某个时刻很难抵御这种状态的纠结。也许这时，哪怕只是一只老鼠的喘息，也会引起当事者的兴趣。否则，人们会在其中窒息。人的社会从属性，决定了人们必须回归人群。这也是许多群居动物共有的属性。在群体中，就有很大的安全归属感，找到自己生存的价值。对于心理学的理论，叶小海并不通晓。但是，他有很多的时间和精力，思考自己的现实处境和未来状态。无论想得正确与否，都是一种解除烦恼的方法。当妈妈离开他的那一刻，他似乎用自己所有的思想觉得，这次真的是对自己最好的人走了，并且永远都不会再踏进这个家的大门。这个事实，是叶小海只能想但永远不能找回的事实。他每次想起这件事，都会无限痛苦。他也知道这是所有世人都要面对的事情，但对他来说，难以接受。这个坎儿他迈不过去，这就像世界末日来临。叶小汀在部队医院里是做医学检验技师。在她的学历和工作经验中，她知道，每个人具备的自身血型，决定着他们自己的一些行为。在一些医学报道中显示，A型血的人好像比其他血型的人更不适应各种变化。比如今天门口道上挖个坑，A型血的人，要花几天甚至十几天的时间来适应这个变化。当坑填满之后，A型血的人，又要重新适应。就像现在人们所说的有些死性，不活分。 当然，这并不是说A型血不好，A型血的人秩序性强，聪明，具有很强的执行能力。叶小海就是A型血。

叶小海关上电视。走到桌前坐下，拿出一支香烟点燃，对着面前的窗子，茫然地看着那些好像有些发绿的树枝。烟灰很长了，顺着他的手掉了下来，他好像被烫了一下似的，猛地抖掉手上的烟灰。他固执地拿着那根几乎快要燃尽的香烟，任那些蓝色的烟雾，在房间里肆意缭绕，也许，他觉得这是一种发泄！也许他感到，他的坏想法会随着烟雾从窗户缝隙中溜走，并且永远不再回来。他走到床边，用手拽过被子，胡乱地盖在身上，就想这样睡着，或者永远不醒过来，他也不在意。他的茫然，使他不知道自己该如何面对以后的生活。他想，即便是像张大民家里那样乱糟糟的小日子，也比自己现在面对这百十来平米的空房子要好得多。他看看桌上那个无线遥控门铃和那个遥控板静静地待着，虽然那是一种科技产品的象征，但现在也毫无用处了。妈妈那时拿遥控板一按，他房间里的门铃就说：你好，请开门！他就知道妈妈有事叫他，他就跑过去。此时他似乎更加渴望那个门铃能有个动静。那些已经永远不在的母子亲情，那些平日被忽视的生活琐事，那些各种带给他的亲切感回忆，似乎都随着妈妈走远了。这个世界上，也许在某些喧嚣气氛中，更能掩埋很多情绪，甚至掩埋不幸。他太需要人群的气氛，来淹没自己某些古怪的想法、行为和那些无助及无奈。因为这些，叶小海在床上辗转反侧，不能入睡。

在人的一生中的某些特定时刻，人们会显得特渺小，特无奈，特动弹不得。失去亲人和其他重大的挫折，甚至会在生理上让人感到疼痛。其实这时，转个角度回头看看，也许就可以解决这些难过。首先，需要时间；其次，需要全面地看问题。

而叶小海面对的就是一个无法逾越的鸿沟。他也许永远都接受不了这个事实。这些痛苦还会被他超级放大，加深对他的伤害。 这也许就是他疾病的根源。他可以在自己的头脑中，用自己的思维，想象出无数个自己认为正确的结果，而无视这个结论的好坏，并且用自己的认知来衡量一切，只有别人和他有认同感，他才认为那是对他最好。其实，那些药物相应的作用，使叶小海可以上班，应付工作程序，用自己不错的收入养活自己。这样的结果，在旁人看来，也许有些残酷，得病的人应该得到很好的呵护，最好什么都不干。但工作对于叶小海来说，却是十分重要。他需要终生的生活来源和报销医疗费用，即便他的哥哥姐姐都不在了，他也可以自己养活自己。因此药物治疗的效果，对于叶小海来说，就是他今后生活的重要保证。这也许是不幸中的万幸。

这一天，叶小汀接到叶小海单位领导的电话，询问小海最近的病情和家里的情况，这也许是在现在这样的情形下很少有的事情。

“喂？你是叶小海的二姐吗？”叶小海单位人事处长打电话给叶小汀。

“对，您是哪位？”叶小汀看着陌生的电话号码有些奇怪。

“我是叶小海单位人事处的，想问问叶小海的治疗情况。”

“噢，是这样，他现在大概每个月取一次药，隔几个月就去看一次大夫。这也是安定医院大夫的医嘱。他们希望他可以上班接触社会。他们觉得这样病人好像可以更好地接受治疗和康复。”

“是吗，现在他虽然上班了，但是，我们也不方便问他这些事情。”

“我知道，谢谢你们这么关心他。这次是什么事情？”叶小汀惴惴不安地问。

“没什么。这是我们的工作回访。他现在病情控制得怎么样？在单位看还不错。不过，看他总是郁郁寡欢的样子，不太知道他怎么样？是不是有个对象会好些？”人事干部满怀好意地说。

“是这样。我不知道他会怎么想，但是对象的事还是要谨慎，他毕竟是个病人。我们也是对那些女孩子负责，谁找对象不是奔着幸福去呢？谁会给自己找个负担？”叶小汀用妥协的口气说。她觉得，现在给叶小海找个对象，那就是害了人家，现在这个社会，谁会为了口饭胡乱嫁个人呢？就是乡下人都过得比城里人好。她还想到，就连她自己有时都会烦叶小海的那些电话，要不是血亲，怎么能容忍他的那些古怪行为。她觉得这件事最好还是不要发生，如果那时要是离婚什么的，也许就会要了叶小海的命

“我们也了解一些你家的情况，他目前是自己住，要是有人做伴，也许会好些。”人事干部温和地说。

“那也要看他自己是否愿意。”

“刚才你说他是病人，是不是这样的病人就不能找对象？”

“是这样，我是说，我弟弟的那些状态，比如一些奇怪的想法，其实每个人的内心深处都有，就像天使和魔怪，一触即发。但正常人可以克制自己的行为，而他现在有病，也许很难控制自己的行为。您想，他连自己都管不好，哪能管好家里的事？他的女人又会有什么后果？”

“是吗？有这么严重？我真的没想到。”人事干部显得有些困惑。

“没什么，我只是觉得现在不合适？这也只是一种说法，要放在过去，有钱人家的孩子要是得了这样的病，甚至可以娶亲来冲冲这事，但这只是封建迷信。现在谁还这样？反正我家人要为那些女孩子着想，更要为我弟弟着想。他负担不起家庭琐事，更难以处理各种矛盾。所以还是维持现状比较好。”

“是吗？噢，你说得对！”

“我只是觉得，也只是想了解一下叶小海的近况。很想在生活上再帮他一下。”人事干部很委婉地说。

“那非常感谢。但是，我觉得他现在不适合找对象，他最好能够充分地照顾好自己后，再考虑婚姻问题。否则，以后的麻烦事情会很多，万一有了小孩子，也是他这样的病，那就是灾难。”

“噢，原来这样。我们也想得不够全面，只是想帮他的忙。”

“那真是很感激。尽管我妈妈临终前就是这个愿望，但是，现在看来，还不太合适这样。”叶小汀有条不紊地说

“啊，还是你们家里人想得周到。”人事干部若有所悟。

“这也是在现实生活中很多事情逼出来的。如果你看看某些电视节目中，那些女孩子找对象的标准，就会明白这个意思了。她们的目的很明确，就是要钱要房子要车子，是在找自己后半辈子的银行。”叶小汀说。

“噢？现在有这样的节目吗？”人事干部表示十分惊讶。

“有的是，也可能你们很忙，没注意这些。”

“也许吧。我抽空得看看。”

“在很多网页上都能看到，患有精神疾病的人，解决问题的方法比较简单。在他们的感情色彩里，更多的是怀疑、富有攻击性和自身的防范性。无论是动口还是动手，他们都以为这样就可以规避危险，保护自己。”

“是吗？我们在这些知识上很匮乏。”人事干部饶有兴趣地说。

“他们无论做了些什么，第一本能就是确保自己的安全和自认为值得保护的一切。这也许就是人的原始本性吧？”

“这次找你们，还要谈个变化。我们单位在搞改革，单位要实行公司化，很多他以前熟悉的同事也需要在新的单位里工作，这些也许不很重要。但是工资改革也许会有很大变动，他以前的同事挣得和他差不多，现在改革后，也许和他的工资差别很大。这些也许会对他有很大的影响。”

叶小汀心想，这也许就是单位来电话的真正目的。他们怕自己的弟弟在这样的变动面前再次疯掉，就说：“噢。是这样，我想，叶小海会想通的。他现在的状况他自己心里也明白，能保住工作就不错了。我想我们会做他的工作，请领导放心吧。”叶小汀毫不犹豫地说。

“那好。有你们在，我想你弟弟会有很好的照顾。以后咱们还要多沟通，叶小

海既是你们的弟弟，也是我们的同事。咱们的沟通，有利于他疾病的恢复。”

“非常感谢您和领导的关怀，谢谢。”

“没什么，再见。”

叶小汀很富有想象力地觉得，叶小海应该先控制好病情，再给他找女人成家。不过，那也是以后的事情。涨工资的事情，她们根本就没奢望过，像叶小海这样的病人，有工作干，已经是奇迹。对叶小汀来说，维持现状比什么都好。她反复地想，馅饼永远砸不着她家，能蹭个边儿什么的，就算交好运了。在她的印象里，好事和他们没任何缘分。她家的各种大小事，在他们长大后好像就没了运气。那些最倒霉的事，却都在她家里依次发生。这也许就是命！她总在想着这些事以后会是什么样子。她看到那些会让人感到幸福的事情时，就自然地想到叶小海。她觉得，这种快乐的情形叶小海很难体会，他内心总是在纠结，以至于没工夫感受幸福。叶小海还会觉得姐姐们替他操心是多事的行为，不领姐姐的情。做了好事不被领情，也是让做好事的人生气的事，尤其是面对亲人，这样的结果就更显得难以接受。想到这些事情，就像是有尖刺扎在肉里，想拔也拔不出来。那种疼痛时时会从思绪深处的某个地方窜出来，让她感到心绪不宁和战栗。这些感觉绵延不断地重复着，不知道怎么才能摆脱这样的忧郁和隐痛。这些事情，在妈妈去世前，曾经长时间地困扰着叶小汀。以至于在有些事情的表现上，显得神经兮兮的。就像弹簧，你一碰，它就蹦到别处去了。就像梦魇，萦绕在她心里。就像“三国无双”的游戏，关公穿个绿袍子举个大片儿刀在迷雾里不断地奔跑，前面是什么，直到跟前才看清，永远有种忧患感在里面。游戏只是在玩，结果怎样，可以重来。叶小汀生活版的游戏，有去无回，前面一片茫然，不知道有什么后果。叶小海不是叶小汀的爹妈，只是弟弟，她对他的在意，也许就是所有女人与生俱来的母性吧？在她内心深处清楚地知道，这事只有家里的人才能理解。她感觉，心里像是有座火山，血液就是岩浆，蓄势待发。这力量，也许无法被阻挡，这涌动，是好是坏她自己不知道。她以为这些积压的抑郁会通过发脾气排解掉，但是没有。她不知道叶小淋是怎么处理这些烦心事的。她没有和姐姐真正地讨论过她们自身的处境。她有时觉得这样的心情只能和朋友说，和姐姐讨论什么感情问题，有些可笑，好像也很难启齿，也许永远都不会。这件事上给家庭带来的各种后果，永远都会像个铆钉拧在叶小汀的心里，与叶小汀终生相伴。谢觉哉说，一个痛苦讲给别人就会变成半个痛苦。而叶小汀的痛苦即便是讲出来，也没人能真正耐心地倾听和关注。别人也许会认为，像这种病人有这样的结果还算不错的，很多正常人过得还不如他呢。她总是在心里暗自想象着别人的看法，她甚至觉得，别人的看法更重要些。她心里十分明白：自己只不过是他姐姐，什么也替代不了他。她就是什么都替叶小海做到最好，也替不了他内心的痛苦和疾病的折磨。这样无奈的事实，给叶小汀失落的情绪上更是雪上加霜，让那些已经成为痛苦的痛苦，变成她心里更加沉重的心结。因此，她很少和外人谈这些事，这让她变得更加沉默。亲情，把一家人串在一起，无论谁痛，都有感觉，即便不表达，那些痛就在心里，只有良心知道。

天色已晚，黄奕明端着饭菜看着郁闷的赵林一："你怎么了？先吃饭吧。"

"就因为你找事，我才这么烦！"

"怎么了？你有烦心事？你是说那封信的事？"黄奕明关切地问道。

赵林一夹了一口菜回避着这个话题："嗯，这个好吃，怎么弄的？"

"和单位里人学的。哎？你先别吃，说你怎么了？"

赵林一放下筷子两手叉腰说："今天领导交给我一项光荣的战斗任务，不过那是你觉得的光荣，也是你弄出来的事。"

"德性样，我怎么你了？快说！"

"就是关于那信的事情。"赵林一不耐烦地说。

"我一猜就是。"

"你比我聪明，也比我会招事，还嫌我不累。现在没事找事的人也就剩下你了。我可不想管闲事！"

黄奕明笑着说："做好事就不觉得累了。你生什么气？"

"呵，我看你是闲的，我每天都很累，我是体力劳动者，我的老婆。"

"你还年轻着呢，累不死，正好减减肥吧。"

赵林一撒着娇说："老婆，你就饶了我吧。"

黄奕明笑着拍了一下赵林一的头："会的。快说，怎么干？"

赵林一有些生气地歪着脑袋看看老婆说："怎么干？说我的老婆是精神科大夫，看看怎么帮助这个人。"

黄奕明一听乐了："真是遍地都有英雄，英雄也都所见略同。可是怎么帮呀？"

赵林一假装瞪了老婆一眼："你先别臭美，这回你要不能露一手，那我可就糗大发了，你行吗？”

黄奕明信心十足：“行吗！把吗去掉，我来制订一个计划，当然是为那个人好。”

“我们青年组，现在正好在搞为小区居民献爱心活动。这就算是一个内容吧，你可别搞砸了！”

黄奕明自言自语地说：“这很好，我是物有所值的好大夫。当然啦，也是自封的，不过，我会干好的，你放心吧。”

赵林一看到老婆这么来劲，就有气无力地说：“这哪是搞活动呀？其实就是活动咱俩。你是大夫，我是邮递员，怎么就这么合适呢？”

“你总是这么落后。”

赵林一怪罪地看着黄奕明：“这不是我心疼你吗？再说，都什么年代了，还老是说什么落后的。现在没钱，谁爱干事呀？”

“你掉钱眼里了？”

“我不是那个意思，现在就是多一事不如少一事，谁爱管闲事呀？”

“和你就没什么可讨论的了。你什么也听不进去。”

“这回，我不是就和你合拍了吗？”

黄奕明笑着说：“谢了，老公。你知道吗，现在我们院里也在搞向小区病人普及医学保健知识的活动。这也是个机会，你知道现在人群中重症精神病人占1%。精神病人是残疾人，时常被人们误解。他们很痛苦，我知道。这事当然责无旁贷。”

赵林一抬头看着老婆：“瞧把你能的，我真是娶了个活雷锋。不过你说的数字很骇人听闻。”

“这还不是吓唬你，是真的！这些也不过是那些已经被诊断为精神病人的已知百分比。很多病人也许没有就医，或者根本就不知道自己得病，还不在其中。也许咱们要找的就是这样一位呢。”

“你说得还真有点严重。我们组长说让我在取信时观察一下，看看能否见到那个投递的人，到时候退信也好找对地址。我都成了侦探了。”

“那多好呀！我从小就喜欢福尔摩斯。”黄奕明笑着说。

“我可没那样的闲心。再说，我怎么知道是哪个人？”

“你先观察一下，我担心的是他会有自杀倾向。像这样的病人，走在绝望的危机边缘，要不怎么会干这些超乎常理的事呢？他们茫然地生活在一个矛盾的世界，那些解不开的心结，在折磨着他们。他们需要药物干预和社会的关心，这能让他们对生活重燃希望。也许，我们是在挽救一个生命。”

赵林一有些激动地说：“行啦，老婆。不要对我上课啦，我是朽木不可雕的。”

“你这人真没劲，就没好好听我的话。”

“你那些话对于我来说，就是对牛弹琴，说了也没用，我听得太多了。”

“还得说，你就是个落后分子，永远不进步。”

“我弄这些事，这还不是要求进步吗？我的老婆！”

黄奕明笑着说：“就一小点儿进步，还是别人拿鞭子催的。”

“你不要对我这么多的要求。我只是很累，想睡觉。”

黄奕明嘲笑着赵林一说：“你现在就剩下吃、睡了。就不能像个年轻人一样有点儿活力吗？”

赵林一笑着说：“年轻人？年轻人就像你这样，爱管别人的闲事？”

“你别老纠缠这样的事情，这事我是管定了。”

赵林一服软地说：“好好好，你管你管，行了吗？”

“这还差不多。”黄奕明笑了。

第二天一早。叶小淋刚刚上班，就接到叶小海单位所长陈大明的电话。

“你是叶小海的姐姐？”

“是，您是哪位？”叶小淋感到有些意外。

“我是叶小海单位的同事，我是陈大明，叶小海最近身体怎么样？您妈妈的后事都处理完了吗？”

“噢，是陈所长呀，您好。小海最近身体还行吧。我妈妈的后事都是单位办的，全都完事了，谢谢你的关心。有什么事情吗？”

“是呀，昨天我们人事部门的同事给您妹妹打了电话。”

“噢？是吗？”

“也没什么大事，主要是了解一下叶小海的情况。另外，也想给他介绍个对象，让他不那么孤单，您妹妹说现在还不是时机。还有单位人事有些变动。给你们提个醒，让叶小海能正确对待，有个心理准备。”

“是吗，太感谢了！现在，像他这样的病人，心理调节能力很差，也许最近上班也是不太连续，我先再替他请个假吧。谈对象的事情，我妹妹说得对，就先放一下，等他恢复恢复再说。”叶小淋客气地说着，但她心里盘算着，叶小汀这个死鬼，这事怎么没对她讲？平时什么事在心里都存不了三秒钟，这次怎么就存住了？等有时间找她算账！

“没问题，他的情况，我们都很了解，也是二十几年的老职工了。谁没个有病的时候呢？我只是问问，没别的意思。”陈大明继续着所里的意思。

“我妈去世，让小海精神上受了很大的打击。像他这样的病人，医院又不收住，只能在家吃药随诊。现在好歹他还能上班，单位也给他这个机会，真的很感谢你们。”叶小淋心怀感激地说。

“没关系，他可以先养好病慢慢来。他也是老职工了，这样的病人需要全社会来共同关爱。这也是我们领导的意思。不过，你们别多虑，我们只是想关心一下叶小海，希望他能早日康复。”

“那非常感谢你们，真的很感谢。我们会尽力去做好的。”

“我给你又打电话，是想说……”陈大明显得有些犹豫。

“您想说什么？”叶小淋感到有些蹊跷，她知道，一定有什么事人家才会再来电话的。她感到脑袋有些发麻，凉飕飕的。

“是这样，我们希望叶小海能得到你们很好的照顾，同时也希望你们自己能照顾好自己。不要……不要太过于焦虑，多放松一下自己的情绪。”陈大明磕磕绊绊地说完这些话。

“嗯？您什么意思？”

“昨天，我们人事处长给你妹妹打电话。对了，我们处长好像是您的中学同学吧？”

“是呀？怎么啦？”叶小淋十分好奇，他不明白现在陈大明和她说这些干吗？

“简单说吧，他好像觉得你妹妹说话的方式有点怪，是不是工作和生活压力太大？也许是叶小海的病对她的影响？不管是什么原因，她说了很多十分专业性的话！”

“噢，是吗？这有什么问题吗？”叶小淋心里咯噔一下，她不知道是因为害怕还是激动，反正心里不舒服

“没有别的意思，就是提醒一下你们，自己也要多关心自己的健康。”

“噢，这下我真的明白您的意思了。您是怕我妹妹也会得病？”

“我们也只是一个提醒。在这方面，您是专家了，希望你们都好，并且照顾好叶小海，仅此而已。那好，打扰您了！有事多联系，再见！”

“非常感谢您。我会注意家里的事的。谢谢！”

叶小淋放下电话有些伤心。她走到窗前，无奈地看着满园子的落叶。她脑子里突然有些不祥的感觉。她知道，叶小汀和自己一样，在对待叶小海的问题上以及妈妈在世时的很多事情上，全是忘我地投入。她自己是大夫，平时在家里不像叶小汀那样爱发火。但也许是更年期，让她的脾气也越来越古怪，遇到事情就着急。她知道，自己的妹妹也面临这样的问题。也许，自己和妹妹也应该反省，也要很好地关心自己。她甚至在内心有些愧疚，她觉得自己对家里人的态度也许有问题。她拿起电话，准备和妹妹谈谈，她觉得叶小汀也许需要她的帮助。

“叶小汀，下班来我这一下好吗？”

“什么事？”叶小汀问。

“来了再说。”

叶小汀像往常一样，风驰电掣般地把车开到叶小淋所在医院的门口，以至于停车后车胎都轧到马路牙子上了，也不调整一下再停好，车里的衣服从门里露了出来被车门压住，她也没在意，就火急火燎地窜进姐姐医院的办公室。

“咳！”叶小汀看看屋里没有别人，只有叶小淋还在收拾东西。就用不像这个年纪的人似的打了招呼。

“该死的，你吓我一跳。你什么时候能像个成年人？”叶小淋转过身来看看妹妹责怪道。

“怎么了！我就这脾气，一天到晚没什么高兴的事情。就这一下，你还有意见？”叶小汀很不介意地说。

“那是，你高兴了，我吓死了。”

“你找我什么事？”叶小汀火急火燎地问。

“今天小海单位领导来电话，我看不只是问问那么简单，他会不会把工作丢了？先不说钱的事，关键是他没了工作，就和社会更脱节了。再犯病就更麻烦了。”

“就这事呀，我想也不会有什么好事！不过，我看目前不会。昨天，他们人事还来电话，好像要给叶小海介绍个对象。我觉得不是时机，我把她给婉拒了。哎，对了，那位好像是你的同学吧？”叶小汀看上去很不在乎地说。

“先别说这个了。她是又怎样？”

“那也许就不一样。有她在，也许会有所帮助。现在像小海这样的病人挺多的。他们单位效益不错，我看不会。再说劳动法也有规定的。”

“是吗？这也不是她一个人说了算的事。”

“小海要下岗，没有再就业的能力，那不就是死吗？我看过《劳动法》，有关这方面的说法，可能会对小海有利。他是个精神残疾的人，这方面有政策。”

“我很担心叶小海的前途。不过，你怎么知道这些政策？”叶小淋显得忧心忡忡的样子。

“这还不简单，上网查，什么都有。要不就去书店看专业书籍，比大夫告诉你的还详细。”叶小汀声调急促地说。

“是吗？”叶小淋很怀疑地看着妹妹，她在家也许根本不上网。

“是呀，你在家不上网吗？什么都能查到，你试试。”

“你是因为这样就有很专业的理论吗？”叶小淋用怀疑的目光看着叶小汀，想从她的脸上看出什么异样来。

“什么？你什么意思？我没明白！”叶小汀用怀疑的目光看着姐姐。她感到姐姐又在和自己过不去。

“没什么。我只是说，我没看那么多东西。我只是很担心。在家里，佳佳总是占着电脑，还设了密码，不愿意让我用他的电脑。这死孩子。”

“你儿子真混！现在都什么时候了，谁还不上网查个什么？你儿子真是的。”叶小汀恨恨地说。

“他说那是他的隐私。现在的孩子……”

“行了，我没兴趣听那些事。你叫我来，不是就这点儿事吧？”叶小汀很不耐烦地说。

“我就是担心小海的工作。”叶小淋忧心忡忡地说。

“担心有什么用，该来的就是要来，谁也挡不住。最主要的是他能自觉吃药治疗疾病，要不什么都是白搭，急也没用。”

“是啊，每次看到小海那种表情，我心里很难受。我总觉得，就像对不起妈和爸，唉！”

“姐，你也不要这么伤心，咱俩要是老死了，他就不活了？”

“胡说什么呀？我就是担心他什么也不对咱们说，憋在心里。那不就更糟了？”

“我有时去他那里，也看到他躲躲闪闪的，不知道他搞什么鬼名堂。”

“咳，他一个病人，能干什么呢？多理解他点吧。关键是咱们要健康，那样才能更多时间照顾他。”叶小淋有所指的对妹妹说。

“姐，你是不是怀疑我有病？我没什么，吃得香，睡得着。”叶小汀好像很敏感地说。

“是吗？”叶小淋用怀疑的目光看着叶小汀。

“那还能死呀？我倒是想死，可我死不了。活着就这些烂事，真没劲！”叶小汀说。

“又来了。”

“姐，我看，他要是真的干出点什么，那倒好了。你忘了，他刚得病那会儿，医院的专家不是说，他得的是那种最轻型的精神疾病。症状越多的病人，愈后越好吗！我看专家说得没错。”

“也是呀，这么些年，他的症状真是够多的了。虽然没什么危险，但就是有做不完的思想工作。妈在世时，就像他的政委。”

“你说得真对。现在咱们谁能像妈那样，每天千言万语地开导他，咱们也不过就是关心一下他的吃喝问题，别的也就那样了。”

“也就是亲人，才能这样关心他。”

“是啊，妈那时也真不容易，自己病成那样还操心他的事，真的难以想象。”叶小汀一边说一边咳嗽。

“怎么？感冒了？”

“没有，你有职业病！”

“关心你，不知好歹！”叶小淋带着责怪的口吻。

“我就这么一说，我事儿多，烦！有时我就想，人要有开关就好了，说不想活了，嘎巴关一下就完了，那多痛快。”叶小汀像是在自语。

“胡说什么呢你！你烦！谁不烦啊！你不能说点好的！我到哪儿都一脑门子官司。单位，事多还老考试。回家，那个郑建也不是个善茬儿，没完没了……”

“我看你们还不如离了得了。要他有什么用！爸活着气爸，妈活着气妈，现在都没有了，就欺负你。你欠他什么了，让他如此放肆！要让我，早上去给他俩耳刮子了。你俩也许都不是坏人，但不合适。”

叶小淋笑了："看你能的，要这么简单就好了，我儿子佳佳怎么办？"

"他都那么大了，早晚得离开你，我看他也不是个省油的灯。"

"你看谁都不省油，你家的叶子呢？省吗？"

"我也是很烦，更年期了吧？"

"是又怎样！谁还不得过这一关。心情好一些比什么都强。我找你就是告诉你，咱俩就算是全家人了。做好最坏的准备，一旦小海有什么事情发生，那就是大事。"

"怎么了？能有什么事？我觉得他没那么严重。已经二十年了，他还不是这样。我想不会有太大的事，我迷信啊。"

"你信鬼，这事上就是多留个心眼儿。现在咱们放药的事他还不知道，要是知道了，会成什么样？唉，你去他那了吗?"

"去了，他还那样，神神叨叨的。有时还弄些事让你看不懂，我老看见他在写什么，我一过去，他就把那些纸放进抽屉，不知道有什么鬼？"

"你别这么说他。他怪可怜的。"

"咱们都不是他妈，只能做这些了。你别变成这样就行了。你要精神分裂了，我就死去！"

"别胡说，我没事，我健康着呢。你要注意自己的情绪，别老是那么火爆，要爱惜自己。"

"我知道，你没事吧？干吗这么说我？"叶小汀不高兴地看着姐姐问。

"我只是提醒你。"

"我这么大人，不用老提醒。"

"我没别的意思，就是愿意大家都好。生活压力大，多找些快乐的事去做，哪怕没人搭理你，你觉得高兴就行了呗。"

"好，我知道了。"

"那就要去做。中医说，火大伤心、伤肝，也许还伤肾。"

"知道。不着急，不发火。你们这些在职医生，就是盼着别人生病，要不就失业了。"

"胡说！我是为你好。我说的话，你听明白了吗？"

"我知道啦，你找我就为这点儿事吗？"

"还能有什么？"

“你也别老是那么担心，该什么样就什么样。我知道自己该怎么办，我告诉你，我就是看不得亲人受罪。我当不了间谍。我没那么坚强。”叶小汀好像很能处理自己的情绪似的说。

“我只想帮他。你也别老说狠话。什么时候，咱们都得管他。”“知道了，你不说我还能跑了？”叶小淋笑了：“我没说这个，就是说你说话别老那么直，讲究点方法。那样对你的身体也有好处。”“咱们家就像没有那个叶建国似的，他算哪一家的？”“怎么又说起他来了？管他干什么！现在爸妈都不在了，我们自己管好自己，还有叶小海。”“你可真好。”叶小汀有些讥讽的口吻。

“那当然，叶小海是最小的，只能这样。你以为我每天心里很高兴吗？只是我不说就是了。”叶小淋发着牢骚。

“对了，昨天人事处长还说了个事。”叶小汀突然想起了那个关于别人都涨工资的事。

“什么事呀？快说。”

“他们单位里好像在调动工作和涨工资什么的。可能没有小海的事。让咱们有个心理准备，怕他理解不了这件事，让咱们注意着点小海的情绪！”

“是吗？这也不错。不管怎么说，最起码说明他们很关心小海，现在不会让他下岗，要不说这个干吗？”

“你是这么想的？”

“对呀。那你还怎么想？我觉得他们单位里挺关心他的。放在别处，巴不得他走人呢。这也是爸留下的老关系了，这些老人还是很有人情味的。就是不知道换了新领导会怎样？”

“你说得有道理。”

“不管怎样，咱们也要关心自己，自己首先要健康，才能帮助小海。自己不强大，就谁也帮不了。”

“姐，知道了。我不是小孩子。”

“你开车小心点，别老是那么暴脾气。我老担心你会出个车祸什么的。”叶小淋不断地嘱咐着妹妹。

“好！知道啦！你也别老这么盼着我出事儿，我知道该怎么办。”

“知道就好。”“姐，我先走了，咱们再电话联系吧。”说着，叶小汀一溜烟地消失了。

第十二章　天堂在哪里？

这天下班，邮递员赵林一一进家门就兴奋地对着他的精神科大夫老婆黄奕明大声说："老婆，这回可别说我落后了。我今天终于找到那个人家了。也许就在你们医院边上的那个小区。"

这天，天气不错。阳光是明晃晃的，就像往地上洒金子一样，但又什么也捡不起来，只能养养眼。蓝天上的白云，也像棉絮似的，一缕一缕地铺在天上，缓缓地飘着，一副若无其事的模样。一切看上去，都那么美好。这景象，令人神清气爽。

叶小海借着好心情起床煮了些面条，用自己喜爱的酱汁儿拌着面。做完之后，似乎很欣赏自己的杰作。他把面和菜，端到电视机旁。一边吃面条，一边看电视节目。电视里正放映着《半路夫妻》。剧中正演到母亲病危，儿女们在医院里和老人告别。叶小海看得入神，眼泪禁不住流了下来。他又想起了妈妈，想起了妈妈病重的日子，心中很是难过。他总是在这样剧情里对号入座。好像这样，就可以宣泄自己的痛苦。尽管他的病痛会与他终生相伴。但是，他好像并没有为自己的今后产生过分的担忧。他想得更多的是，妈妈从此远离了自己，在这个世界上永远消失。这些，好像才是他最关注的焦点问题。人有时需要一些寄托。对于叶小海来说，那些象征寄托的符号就是：每天下班时，路过一个小摊位，给妈妈买一块烤红薯或者是一串糖葫芦。这些平凡小事，就像能把他的一份惦念投到某个地方，以此找到安慰。他总是透过这些细小的琐事，反复地回忆和妈妈在一起那些生活细节，好像这样就可以找回逝去的时光。他纠结在这些回忆里，以至于让刚好起来的心情，又回到零点。这就是他的痛苦。这些在别人看来渺小的事情，是他无法逾越的。他就在这些细节间反复徘徊，消磨情志。这样的痛苦，真的只有他自己才可体会。而他又不知道这正是他病症的所在。这样的病人，既可怜，又孤独。药物治疗，只是缓解、抑制病痛，却制止不了病痛的发展，也许，这是个目前无法解决的难题。正在这时，电话突然响了。叶小海吓了一跳。他用手摸摸眼睛，起身去接电话。

“你吃饭了吗？”叶小淋在电话里关切地问。

“大姐，你吓着我了，我正吃呢。”叶小海的声音里透着哽咽。

“你怎么了？”

“没什么，我看电视呢！”

“噢。看些愉快的节目，别老自己瞎想事。我这就过去看你，我今天调休。”

“不用了，我正吃饭呢。你不用过来了。”

“那也好。我明天再过去。你高兴一点儿，别看那些让你伤心的电视节目了！好吗？”

“知道了。”

“现代医学证明，人的健康更多的是调养，吃得好、睡得香、精神愉快。小海，你要好好睡觉，好好吃饭，知道吗？这样，才能治病。”

“知道了。”

“那好，明天我再过你那儿。”

“嗯。”叶小海把面条放在一边，无所事事地喝着酒，吸着烟。他把手上的信纸揉成一个团儿，像投篮球似的扔在屋角里。叶小海又在新的信纸上反复地写着：“妈妈，我想你。我知道，你永远也回不来了……”，他拿起一支烟，把窗户打开，用手划着了火柴，深深地吸了一口，从嘴里冒出了一团白色的烟雾，那烟雾随着窗外的微风扩散开去。他就像是要把自己内心的痛楚，一股脑地吐个干净。

一大早，马路边上的邮筒旁，赵林一打开邮箱，取出信件，迅速地看了一遍，没有寄往天堂邮局的信，他缓了一口气，像是卸下了一副担子。他到马路对面把自行车放好，在树后找了个隐蔽些的地方，观察着邮筒边来往的行人。这样的行动已经有几天了，但还没有看到要看的人。现在正是上班高峰，人们穿梭如织，但是没人光顾这个邮筒边。赵林一有些沮丧地想，自己真倒霉，本来每天就很累，现在还要在这里蹲坑，像个业余侦探，这算是什么事？

这时叶小海有些木讷，直眉瞪眼地朝前走着。街上的汽车朝他按喇叭，他也有些义无反顾地走向邮筒。他拿着信件反复看着。把信投入邮筒后，又用手在投信口摸了摸，确认信件已经投入。又以同样的方式过了马路，朝自己家的院子走去。

马路对面的赵林一，经过这两天的历练，似乎已练就了火眼金睛，他一眼就看到叶小海有些与众不同的行为，暗喜着：“也许就是他。”等叶小海刚一离开，他迅速打开邮箱，看到里面唯一的一封信。但是信上的邮寄地址，并不是天堂邮局，而是山东的某处。赵林一有些失望。在自己多天的耐心观察后，好像终于发现了可疑的人，但这个判断又是错误的。他很沮丧，觉得当侦探有些太难。但是，凭着赵林一自己的直觉觉得，这是他这几天看见的最有个性的寄信人。他想，闲着也是闲着，应该去探个究竟。他转身骑车去追叶小海。远远地看着叶小海走进了他家的门栋。他想，不管这人是不是那个寄信的人，似乎有了些线索，也好和老婆交差。他看了一下楼牌号，叶小海进的正是二十楼一号。这有些出人意料之外。赵林一很是诧异，他不太相信什么巧合，但是，这样的结果也许有用。 他百思不得其解地在那座楼门口徘徊着，心里就想着这怎么可能呢？自己一眼就看见了一个与众不同的寄信人，且正好住在二十楼一号。尽管那封信不是寄到天堂邮局的，但这样的结果，也很特别。只不过，赵林一并不是老干探，还没有那么高的侦破技能。但这么明显的巧合，真是老天有眼。这样也算是对赵林一这几天辛苦的一个奖励。无论分量有多重，反正就是没白蹲这几天。

这天下班，邮递员赵林一一进家门就兴奋地对着他的精神科大夫老婆黄奕明大声说："老婆，这回可别说我落后了。我今天终于找到那个人家了。也许是啊，就在你们医院边上的那个小区。"

黄奕明笑着说："老公辛苦了，哎？叫什么？"

"也许是不肯定呗。你先别问了。"

"那为什么？"

"为什么？就是因为他不是那个寄信人。"

"你怎么知道？"黄奕明一边盛着饭一边问。

"我这几天像个侦探似的，就差一把枪。"赵林一双手做握枪状。

黄奕明推开他的手："快吃饭吧！哎？你是怎么发现的？"

"我？我蹲了这几天，今天，就看见了这个与众不同的人。"赵林一有些得意洋洋的。

"怎么与众不同？"

"老婆，你不是说，凡是这样病人，总是忧心忡忡的样子？我不能断定他的那个心情，只是觉得，他在过马路时，好像什么都没放在心上，只是义无反顾地朝着邮筒走去。我觉得，一般人，没这样直眉瞪眼的。"

"信呢？"

"是这样，他邮的信，不是天堂邮局，是一个山东的地址。"

"信呢？"黄奕明急切地问。

"这你也要？我放在邮局了。我凭什么拿回家？"

"你可真废物。也许那就是一条线索呢。"

"老婆，人家很辛苦，很累，你干吗还这样说！"赵林一发着嗲。

"好了，先吃饭吧。以后遇事多动动脑子。"黄奕明一边吃饭，一边对赵林一说："如此看来，这人也许有些异常，先不说信的事。就他的那种旁若无人的感觉，我想就值得研究，也不知他的家人在哪里？"

"你可真是精神疾病科的大夫，可以遥感看病了？你可真高级。"赵林一讥讽地看着老婆。

“不过这件事情，也没什么，你不是看见他进了那栋楼门号吗？这也算是个结果。就算不是寄那信的人，也许这也是一个需要帮助的病人呢。”

“是呀！这事有些巧，怎么我想看见他，就看见了呢！也许我真看见了一个精神病人，但不是寄那个信的人。老婆，现在我也快神经病了。都是受你的影响。我要真神经了，你可得管我。”

“别瞎闹了。这也很好，那个院子，正好是我们医院管辖的范围。如果真是这样的病人……”黄奕明自语着。

“你三句不离本行，我看你才是真有病。”

“以前我可能没在医院见过他？”黄奕明笑着说。

“那是你还没有成为侦探。就是看见病人了，也不注意。”

“噢，是吗？那我也要锻炼，也练就一双火眼金睛。”

“你要变猴子了？谁有大病会去你们小医院瞧呢？”赵林一不屑地看看老婆说。

“唉，你还别小看我们，在家门口看病取药，现在很方便。”

“是吗？那是你自己的感觉。”

黄奕明斜了赵林一一眼自豪地说：“是啊，要不然我这人有学问呢！”

“臭美！”

“你这个落后分子。”黄奕明捶了赵林一一把。

“行了，咱先吃饭成吗？累死我了。”

“不过，你怎么想起跟着他呢？”

“我在邮筒边上蹲了那么久。本来就想走了，正好看见了他。我就想，顺便跟着他看看他住哪儿？没想到闹出个巧合来，不过，这样做有些卑鄙。”

“那有什么？你又不是坏人？也不是要干坏事。”

“我可不是你。我看，你就像有精神病。”

“看在你今天的新发现上，现在就先饶了你吧。”黄奕明笑着说。

叶小汀在叶小海家门前停了车，她手里拿着很多东西，是给叶小海买的食品。她是这样想的：现在这样的情况下，只能是有钱出钱、有力出力，自己来弟弟家的时候少，所以每次都不空手。她想，这样好像更加心安理得些，也更加对得起叶小海。但是，叶小汀并没有更多的感受叶小海的想法。她觉得，人往往就是这样的：当你要做某些好事时，其实受益的人是自己。那些行为，是在为自己某些过失和歉疚的一种弥补，安慰的也是自己的心情。对于当事人来说，也许于事无补。无论从哪个角度讲，人在某时，更多的是具有利己的目的，其后，才表现出外在的利他行为。这样的利他结果，其实也是在利己。这样的结论，似乎把人们美好的愿望给玷污了似的。然而，也许正是因为人们存在这样或那样的愿望，才会有这些或那些的结果。人只是人而已。只不过，每个人的外在表现不同。叶小汀很多时候脑袋里想得都很复杂、很矛盾，心里就像是揣着个绞肉机，胡乱地把各种五味杂陈搅和在一起。就说今天，她也不知道为什么，心情似乎好些。她从商场出来时，一个平时她看一眼就讨厌的那类人中的一个男人为她拉了一把超市的大门，并且露出一口黄牙朝她一笑，她却没有反感并且心怀感激地说了声谢谢。她很奇怪自己的感受，她似乎突然感到了某些美好，但那也只是一瞬即逝。看来，一个人的善恶表情，和心境好坏密切相关。

叶小汀进门后，看见叶小海又往抽屉里收着什么？她注意地看了看，好像是些信纸什么的东西。她没有妨碍弟弟的行为，也没有过多的询问，自己应该尊重他的隐私。其实，她也没什么太大的兴趣来关心那些琐事。这样的态度，也是避免由于过多地对叶小海的关注，而造成的一些矛盾。她不想让现在的平静被打破，也不想滋生任何新问题。她环顾了一下四周，看到饭桌上乱七八糟地堆着一些细小的肉骨头，她知道，这是叶小海一贯的风格，从小就是，很少收拾自己解决过的食品的战场。她把东西放在桌上空的地方问叶小海说：“怎么？这几天你都没出去？”

“出去了，转了一圈。没什么意思。”

“我看你自己也不知道买什么，就买了一些吃的用的，都是你喜欢的。”叶小汀说着往外拿东西，蔬菜、小吃、水果等。她想，现在就是解决眼前的问题，明天的问题明天再说。这也许是受女儿林叶子的影响，活在当下。她觉得这样很好，最起码先不用担心各种事情。但在她心底里，其实什么事都没放下。她总觉得心里有事，什么事？也说不明白。就是心里不清净。

叶小海并不理会那些东西，他看看叶小汀说：“二姐：我想问你个事儿。”

叶小汀狐疑地看着叶小海，她不想更多地和他交流什么事，因为她自己的事还没摆脱完呢，就顺嘴问道：“什么事？”

“这事我没对大姐说，我怕她训我。”

叶小汀放下手里的事警觉地看着叶小海问：“什么事？这么神秘？”

“你说我的病还有希望好吗？”

“当然！”叶小汀一听是这样的问题就松了口气。似乎只有这样，叶小海才能相信。但是，这样夸张的语气，就连叶小汀自己都不相信。

“你说，我还能娶媳妇吗？”

叶小汀看着叶小海心想，他一件事还没处理好，又生一件事，难道就不能让这两个老姐姐歇会儿吗？她有些假装淡定地说：“你病情稳定了，当然能。”又是一个谎言。但是，叶小汀说得就像真的一样。

“其实我自己减药已经有两年了。我不认为我能好，不想治了。”叶小海说得很随便，就像刚刚扔了一只破袜子那样平淡和没有表情。

这话一出叶小海的口，叶小汀吓了一跳，就像迎头浇了一盆冷水，几乎现了原形。她知道弟弟私自减药的事情，但是，她不知道叶小海已经退化到不想治病的地步。任何人做一件事情如果没有了信心，那这件事情就是快要灭亡了。换句话说，就是绝望了。她看着弟弟，用假装惊讶的口吻问：“你自己减药？”

“嗯！已经有两年多了。我感觉还行。”

“你不要这样。妈和爸都不在了，你还有我们两个姐姐。咱们都要好好地活着。治了这么些年，可不能放弃呀！”叶小汀心里又多了一个放不下的事。

“我知道，我要吃一辈子药。就是结了婚，也不能有小孩。娶老婆，我是真想。可娶了又能怎样？活着就是别人的麻烦，还不如死了……”

不等叶小海说完，叶小汀慌忙说：“药要吃，人要活，老婆慢慢找。你别灰心，什么事情只要努力，都会改变。”

叶小海急躁地叫着：“能不急吗？单位里比我小的人，孩子都快上小学了。可我什么都没有，妈也没有了，我真的可想她了。你们俩都不懂。”说着，叶小海流着眼泪点了一支烟。

叶小汀用缓和的语气说：“你先别急，这些事情就要等机会，你不要鄙视自己，事在人为。你有工作，能自食其力。你的优点，只是你自己看不见。”

叶小海像没听见似的说：“我昨天晚上，听到妈妈在他房间里叫我。我马上冲了过去。看见妈妈就坐在床上，用手摸着我的头。我说让她原谅我，然后她就不见了。你说，妈是不是不能原谅我那天没有起来照顾她呢？”

叶小汀几乎哭了出来。她忍了忍说：“小海，别这么说，你比谁对妈都好。你别瞎想了，那都是梦。妈妈已经不在了，我们还要好好地活着。听姐的话，药一定要按时按量地吃。病还要治，别乱想，什么都会好的。”

“我想妈……”

叶小汀很难过，他过去拍拍叶小海的肩说：“我知道。小海，我也想。别这样，那晚的事情，就是你整夜不睡起床照顾妈，结果也都一样。她得的是癌症，是不治之症，那不是你的原因。”

“姐，你不知道，妈活着对我意味着什么！现在我怎么活呀？”

叶小汀紧张地看着叶小海说：“说实话，咱们都已经长大了。妈不在了，还有姐呢。”

叶小海哭了：“你们都不懂，妈活着对我有多么重要，可现在她永远的没了。你知道吗？永远！”

“姐告诉你：现在是妈不在了，有姐在，这个家就还在。”

“……”叶小海默默地摇着头。他知道这也就是一句话，现在的状况怎么能和妈妈在世时一样呢？

“小海，无论怎样，药一定要坚持吃，这是你的大事。不要自己把治病耽误了。”

“嗯。知道了。”叶小海低声应道。

叶小汀等叶小海情绪有些平静后说：“你赶快吃饭吧，我们都会管你的。”

从叶小海家里出来，叶小汀心情很不好。她不知道为什么，每次见叶小海，都会使她有种负罪感。也许自己的所为不能达到叶小海的希望，自己只是叶小海的姐姐，所能做的仅此而已。每当这时她就会开快车，这有种释放感，她觉得，也许有一天，就这样痛痛快快地一死了之。那时，那些困扰她的想法就全没了，她自己也就解脱了。她开着车，街上的路面好像刚洒过水，湿漉漉地闪闪发光，前面过街天桥上探头雪亮的灯光照在沥青路面上闪闪发光，还嘶嘶作响，就像是正下着光芒雨。她不经意间闯了个红灯，她知道后面的处罚。但也不知道为什么，她的心情似乎好了一些。回到家里她躺在床上，怎么也睡不着。感觉自己的心上，像是压了一块石头。她也不知道自己为什么总是这样想不开，失去了对事情的承受力。她觉得自己应该把弟弟的事情告诉叶小淋。

“姐，今天去看小海，他情绪很不好，自己说已经减药两年了，还说不想治病了。”

“为什么？”

“这些你一直知道吗？”

“知道。”叶小淋好像很镇定地说。

“那他怎么吃药？我还以为就开始时，药物副作用大，他减量服药。后来就自己吃了呢。”叶小汀心怀不满地问。

“这还要算是妈妈的功劳。妈等他上班了就去数他的药片，发现和他吃的数量对不上号，这才及时发现，要不就前功尽弃了。”叶小淋淡淡地说。

“是吗？妈都成了游击队了。她腿脚又不方便，真难为她了。那你们怎么不告诉我呀？我干这事利索。”

“你嘴巴那么快，一说就完了。我和妈早就采取了措施。”叶小淋带着责怪的口气说。

“你们怎么办的？”

“就你那直肠子，你能保密吗？”

“当然！都什么时候了还卖关子？”

“那好，我和妈每天都把他没吃够的几片药磨碎了放在他的水杯里。他不知道，就这么喝了。你说还能怎么办？”

“噢，这样！就这么简单？”

“那还能怎样？”叶小淋无奈地说。

“姐，我刚从他家回来。我看他情绪不好，老说什么死呀活呀之类的话，我很担心他会出事。”

“能出什么事？”

“我觉得，人要是太绝望了，你说会怎么样？”

“你不要瞎想了，他不会。”叶小淋很有把握地说。

“你真是的，我有时都想，要是活得太累，不如死了。你看我家，叶子不听话，我也没辙。林建平和我话也很少，有时为了避免战争，他说了什么我都不搭理他，就忍着。我是什么脾气你最知道。我为了什么要这样活着？我这辈子就像是自己嫁给了自己。”

“小汀，你这是胡说。一个大活人，能让尿给憋死？什么事都有解决的途径，你家的人就是让你给惯的，没样儿。这是你的家事，我也只是说说，没什么过不去的事。”

“你说得轻巧。我有时看见眼前的这些烂事，就想一脑门子死去，不想多看一眼。”叶小汀越说越激动，眼里含着眼泪顺着脸留下来，这也就是和自己的亲姐妹才这样的，“姐你知道吗，林建平当着他妈妈的面好几次拿话噎我，要不是我出于懂事忍着不让他妈妈生气，我早就翻脸了，还能让林建平这么对我？太欺负人了，太不知道尊重女性了。这不只是脾气的问题。我对这些事儿想了很久了。这事儿要放在我年轻时也算不上什么事，可现在，我老了。我不想有什么改变。就这样吧。看我能忍多久。”

“行了，少说两句吧。大家不都得忍着么？就你家的那点儿事，今天这样，明天那样，谁能弄明白。人呀，怎么都是个死，都会得个病，也就那样了。我看，还是活好今天，再说明天吧。你就别总想这些不高兴的事了。妈在世时不是老说：女孩子家要自爱自强吗？算了，生气伤自己。”叶小淋有些不耐烦地打发着妹妹的牢骚。

“你和林建平结婚，是你们自愿的，没人强迫你，也许你运气差，遇到了对头。但这么些年都过来了，吵两句算什么？家家不都一样吗？我家还不是这样吗？遇着事想开点，怎么都得活着。死也是需要勇气的。再说，现在还没活够呢，干吗要死。人就这一辈子，好好活着，别总糟践自己。”叶小淋一口气讲了一顿活着的理论，她好像也是在说服自己。正是那句话：谬误说三遍，也能变成真理。

“我不这么想。士可杀不可辱。这是自古以来做人的气节。凭什么我总要当那个忍气吞声的家伙，关键是还当着外人的面恶心你。知道吗？当着他妈的面灭自己的老婆，就显得他能管住老婆吗？我可忍不了！我也是更年期了，真的。有事就不能忍。没准儿……”

“行了。没什么没准儿。明天我去小海那儿，他吃药总这样也不是个事儿，早晚都要告诉他。我明天单位有体检，我要早起，咱们找时间再聊。”叶小淋打着哈欠说。她知道妹妹是个刀子嘴豆腐心的人，也就是在这里牢骚两句得了，没什么过不去的事。这年头，面子值几个钱？”

“姐，先别说我了。我今天看小海的情绪不对劲，他会不会想不开干点什么？”叶小汀神经兮兮地说。

“我想还不至于。但是我想告诉你，别老和林建平吵架，感情这事，越吵越淡。他和他妈怎样，那是他的事。你就管好自己就行了。再说一遍，面子不值钱。

说一句，又死不了，爱说什么说什么。再说，他在咱妈病重期间，对咱妈还不错，现在哪找这样的人？你瞧我家的郑健，一次都没来看过妈。咱们更年期妇女别老较真。现在还是把叶小海的事先弄好再说。你要多注意身体，像咱这个年龄的女人，只能自己心疼自己。”

“那好吧，就听你的。这些烂事我不和你说还能和谁说？你总得让我有个说话的地方吧？我快憋死了。前些日子，我们吵架，我开车去了八宝山，在爸妈墓前大哭一顿，什么事也没解决，出大门时，还差点儿撞上一匹过路拉车的马。现在就是心里窝得慌。”叶小汀心烦地说。

“行啦。消消气。睡觉吧。抽空再说。”叶小淋挂了电话。

叶小汀倒是听话躺下就睡了。可是在床上辗转反侧地睡不着。好像这样才能释放自己那些永远也放不下的心事，才能赎完自己想象当中永远也赎不完的罪。有什么罪呢？她自己也不知道。她这样的负罪感，好像现在越来越严重。也许像她这样，集天下责任于一身的人，已经不多见了。她也不知道为什么，现在遇到什么事都不能平和地解决，很多事情还让她不安心。才四十几岁的人，晚上睡前吃安眠药，早上起来再喝咖啡，循环往复，以此来缓解那些不愉快的症状。

林建平躺在床上放下手里的书歪着头看着老婆折腾的样子问：“你弟弟又出事了？”

“咳，天天都有幺蛾子。”

“我看你们作为姐姐对他够好的了！还能怎么好呢？”

“那没办法。这事也是让我家人给赶上了，扛着呗。放在谁家都是麻烦事。”叶小汀没好气地说。

“要不就再带他去医院看看？是不是可以住院治疗？”林建平关心地问。

“那又怎样？也解决不了他一辈子的事情。再说，他目前的状况，医院也不收治。”

“缓一会儿，是一会儿吧。”

叶小汀看看丈夫说：“你可真逗，这能解决什么问题？你知道吗，这是心病，是我心里天天都想的一件事，一件放不下的事。人心里有事的话，就睡不好，睡不好就会免疫力低下，免疫力低下，就会生病。”叶小汀像说顺口溜似的嘀咕着。

“我看你天天都想这些事儿，别自己再弄个什么病？”

“你诅咒我是吧？你就不盼我好吗？”叶小汀较真地说。

林建平知道自己说走了嘴，看到叶小汀和自己叫板，他不想吵架就赶紧说："我可没说什么。我看现在这样，你们得想办法。他万一真出事怎么办？这样既对他好，也对你们俩好。"

"你说怎么办？再说吧！咱家的林叶子今天没事吧？"

"难缠！"林建平叹口气摇摇头说。

"女孩子事多，现在又临近考试，咱们多费点心。现在像她这年龄最需要父爱，你多上点儿心。"

"怎么又转到我身上了？"林建平一脸的不高兴。

"那是，女孩子这么小，父亲不关心点儿，她就会找外面的男孩子。"

"这是什么逻辑？"林建平干脆合上书坐起来有些生气地说。

"你就是很少理她，你不要以为她吃饱了就没事了。她正在青春期呢！"

林建平说："你的事比她还多。我这么忙，哪儿有时间？我在外面挣钱就够辛苦了，回来还要听你这些话，我不是万能选手。"

"没时间挤时间也要管。她是你女儿，比谁都重要。子不教父之过。她正在发育期，需要男人的关心，你是他爸，你不关心她可不是得到外面找男生？到时候出什么事儿别赖我，我可是尽职的母亲。"叶小汀说。

"她都多大了？用得着吗？她什么不懂？你别唠叨没完啊。"

"多大也是你闺女。她要是出点事，咱还要小孩干吗？我如果再活一遍，第一不结婚，第二结婚不要小孩。"

"这是你现在说，到时候就不是你了，我还不了解你。"林建平说。

叶小汀烦躁地看着丈夫说："现在的人活着真没劲，全是事。还不如自己一个人清静。我就是现在死了，一点儿也不后悔。"叶小汀生气地说。

"别说狠话了。到时候真的要死，就想活了。现在事已如此，难过生气都没用。还是早点睡吧。学学叶子，活在当下。"林建平偃旗息鼓地说。

"这不是叶子背的课文吗？"

"是呀，你还说我不关心她？"

"你就会断章取义……"

夜里两点，林叶子还在上网，MSN上时时发出呼叫闪动，她和同学们正聊得不亦乐乎。叶小汀推门而入，小声地说："叶子，看看几点了？早点睡啊！"林叶子吓了一跳赶紧用身体挡着电脑屏幕说："妈，这是私人地盘，进门能不能敲一下？怎么一点儿也不尊重我的隐私？"

叶小汀不理她强硬地说："隐私？我是你妈。"

林叶子不高兴地狡辩着："我妈也要敲门，知道吗，这是隐私。"

叶小汀无奈过去拍拍林叶子的肩膀说："行了。早点睡！"

林叶子把身子一扭躲着妈妈的手说："别碰我！这是性骚扰！以后进我门时敲敲门。"

叶小汀一脑门子气地嘟囔着说："现在的孩子，隐私？性骚扰？没你妈骚扰你，能长大吗？"

"我没让你生我。你没和我商量就把我带到这个世上，让我受那些罪，凭什么？我根本就不感谢你！一天到晚都说我，还不如别生我。"林叶子突然口气强硬地吼起来。让叶小汀差点没背过气去。

她转念一想，自己要是默认了这些话，也许会永远在孩子面前失去控制力。她不想这样认输。就提高嗓门大声说："我是你妈！少和我说这些！"她看林叶子没吱声，就甩门出来，心里很不舒服。以前在家里吆三呵四的光辉时代也许已经彻底瓦解，现在她只有做剩人的份了，而且无限期。这让她感觉崩溃。她觉得自己的尊严受到严重的挑战，一败涂地。她突然有种自己的存在已经过期作废的感觉。也许人无论离开还是死去，对于有些人来说都会无所谓。因为你太不重要了。所有的人都愿意活着，那些曾经的记忆会变得无足轻重，也会被别的人所替代。那种被人离不开的自信心，就在此时荡然无存。她觉得自己突然变成了一个没用的人。她越想，这种感觉越在暗示自己，并且得到不断的肯定，她已经沮丧到极点。她不知道自己为什么会突然这样？也许是老了，经不住什么事了？

这天一早，叶小淋正给病人开完处方，病人拿药去了。

"下一个。"叶小淋高声地朝门外叫着。

叶小汀突然出现："嗨！姐。"

"捣什么鬼，不好好上班，你怎么来了？"叶小淋被叶小汀吓了一跳。

"姐，小海没事吧？今天一上班，叶小海又来电话，说昨晚又梦见妈妈回来了。没坐轮椅，自己走着。他一开门妈就没了。他总是这样疑神疑鬼。对了，我昨天去时他好像正在写着什么。我过去看，他就收了起来。我没有问，你说他能什么？”

“别瞎说。你说过了。我们今天体检，病人特多，咱下班再说。你就为这事来？”叶小淋显得很烦躁，她今天看完病人，还要去总院开会和准备考试呢。她觉着，自己事儿太多了，忙也忙不完。

“还有，我家叶子又感冒了，开点药，现在药店买消炎药都要处方。真麻烦，你开点儿算了。这孩子现在越来越不听话，还不如不生她呢。”

叶小淋抬头看看叶小汀说：“你怎么了？又吵架了？我说，在我这开药比外面买还贵。”

叶小汀没理她的话，瞪着眼说：“看你小气的，医院又不是你家开的，我会付钱的。”

叶小淋小声说：“大喇叭！小声点儿。你没看见病人这么多，你不能加塞儿。我这不是为了给你省钱呢吗？”

叶小汀心情忧郁地说：“姐，你就别这样了。我不像你那样活着。对了，你说要不要找安定医院专家咨询一下？小海现在的状况该怎么办？”

叶小淋一边开着处方一边说：“嗯，好。你有车，能去就更好了。把他最近的表现告诉大夫看看怎么应对，顺便给他开点药。你开车小心点儿。”

“只能这样了。我先走了。那些破事，以后再说。”叶小汀说完拿着药方转身走了。这有点近水楼台先得月的意思，她还是加塞儿了。

黄奕明在厨房做着早饭。赵林一坐在饭桌前吃着。黄奕明端着菜走出厨房问赵林一：“怎么样？好吃吗？”

赵林一看着老婆笑着说：“那还用说。我老婆的手艺。”

黄奕明坐下说：“别问了，好吃多吃点儿，多吃菜最好了，你们男的就爱吃肉，不吃菜。所以比我们女的爱得病。”

“什么理论？现在是在家时间，我的黄大夫。”

“在家就更要讲究饮食健康了。”

“好。别一大早就教训我。你让我吃个安生饭行吗？不就是吃菜吗？那谁不会，变成兔子你负责。”

黄奕明笑着拍拍赵林一的头说：“行！对了，我昨晚都忘了问你，最近又收到那种信了吗？”

赵林一起身从包里拿出一封准备今天退回去的信递给老婆说：“你就像个催命鬼。“

黄奕明看着信封说：“你看，这人重复地写信寄给‘天堂邮局’。这就是精神病人与正常人的区别，他们很偏执，不听劝，很多顾虑，不愿意向别人透露自己的事情。”说着又给赵林一盛了一碗汤。

赵林一心里很美地说：“还是老婆好呀！就是别老说那事儿了。吃完饭再说行吗？”

黄奕明笑着说：“德性样儿，伺候你就是好，好好工作才能报答我。”

“那当然。我每天太累了。除了送信，还要当侦探，工资也不涨。真是要出人命了。”赵林一发牢骚说。

叶小汀去了安定医院。她把车停在精神病专科医院院子里，叶小汀看了看医院门诊楼，很多患者和家属不断地出入门口。看着那些陪病人看病的老人们，她感慨万千，心里明白，哪个家里有这样的病人，哪个家庭就要付出巨大的代价。

叶小汀走进精神病院门诊楼，坐在楼道里等候叫号。女护士手拿病例：“叶小海。”

“在这。”叶小汀应道。

女护士疑惑地看着她：“你？三号诊室。”

叶小汀接过病例走进三号诊室。她看着张教授比前几年显得更加苍老。但他精神矍铄，说话底气十足：“好久没见了，你弟弟怎么样？”张教授似乎认出了叶小汀。

叶小汀有些吃惊地看着张教授说：“您记忆力真好，你身体还好吧？”

张教授笑了笑说：“还可以。”

“张教授，我弟弟有好久没来看病了。”

张教授：“是的，药还一直吃着吧？他现在怎么样？”

“是的。”叶小汀有些惊诧，她不知道眼前的这位老者，记忆力怎么这样惊人。她从心里感到一丝温暖，似乎看到一些希望。

“治这样的病，要有个连续性。药不能断，也不能少吃。”

叶小汀把弟弟最近的情况讲述了一遍又说：“不过，药是一直没有断，我们一直来医院取药给他，只是他服药不自觉，还自己减量。不过家里人偷偷地给他补上了。我们把药碾碎放在他喝的茶水里，知道这样可能影响药效，但也是无奈之举。

“像这样的病人有反复是很正常的事情。他们不能像正常人一样来处理焦虑，排解忧愁，所以必须按时、按量地服药。你们这样做有多久了？”

“大概有两三年了吧。”叶小汀也不确定地说，她此时有些恨叶小淋怎么没对她详细说过这些细节。

“这样的病人需要终生服药。一顿都不能断。你们也要做好准备，随便停药，他可能就会犯病，而且，每次复发，都会加重病情，还要加量吃药。会给社会和家庭带来麻烦。”张教授平静地说。

“是啊，我妈妈的去世对他打击很大。我弟弟很孝顺，但是他就不明白，再孝顺也挽留不住晚期癌症患者的生命。不过这也是人生中的一件大事，他也算扛过来了，但他不知道我们给他加药吃的事。”

张教授认真地听着：“嗯，是吗。你们这样做很不容易，很多家庭都放弃了对这些病人的监管，造成了很多严重的后果。”

“您说得对！要不是这样给他吃药，还不知道他会怎么样呢。”

“是啊，他能维持到现在，真的很不错了，现在的情况是，药量要增加，还要家里人多关心。他现在还上班吗？”张教授关切地问叶小汀。

“我妈过世后，就没去。他单位的领导也很谅解。我们很担心这事，怕他丢了工作。”

“他现在需要药物和心理同时治疗，不要脱离社会，好转后最好还要上班。这样对他和你们家人都好。”

“嗯，我们也是这样想的。目前他不能坚持上班，不是不想去，而是在那里坐八小时他坚持不住。那些药的副作用让他很多时候要躺着休息，走路有时还不稳。”

“这还不算是最典型的。但是如果他拒绝服药，病人在任何突发事件面前就更会反复，所以服药很重要。如果可以就上半天班，你们和单位协调一下。药可以晚上吃，一天还是一次。”

“嗯，记住了。”

“那么，抗焦虑的药也不能停。停药会很危险。这类药物都有戒断反应，所以要听大夫的。”张教授特别强调着说。

叶小汀好奇地问：“知道了。突然停药有什么危险？”

“病人会在绝望中自残自杀，而且会有很强的不适。你们最好有人陪伴他。并且让他自己能够主动服药，主动来看医生，能正常地生活上班。这是病情稳定的标准。”张教授耐心地解释着。

叶小汀心想，这三百元一次的挂号费虽然很贵，但很值得。她感激地看着张教授说：“原来是这样，太谢谢您了。我们其实一点儿也不懂这方面的知识。”

“不用谢。如果有可能下次带他来，让我看看他。回去后按今天的药量服药。好转后，可以一片一片地减，但是最后不能少于三片，这是三氟拉嗪的维持量。每次减药要间隔一周。”

叶小汀起身拿着药方说：“记住了。谢谢您！再见！”

“不用谢。再见。如果症状不好，减药间隔就延长一周。”张教授用习惯的手势挥挥手，并且按了手边的按钮，叫下个病人进来。

叶小汀站在医院停车场上，手机不停地响，她急切地翻着包找手机。

“小汀，你在哪儿？”手机里传来叶小淋焦急的声音。

“我刚从医院出来。你怎么了？家里又出事了。”

“是呀。我给小海家里打了十几个电话都没人接。你快去看看他怎么了？到了后给我打个电话。”叶小淋着急地说。

“唉！成，我就是女飞人。”

“别贫了。我今天太忙。你先去，我忙完就过去，有事没事都赶快来电话。真是烦死了。”叶小淋有些沉不住气地说。

“知道了。”叶小汀把手机放回包里，心想，我就是个碎催子，什么事都是火急火燎，还老说我脾气急，能不急吗？全是火烧眉毛的事。

在社区卫生院精神卫生科的办公室里，黄奕明正收拾着病例问老费说：“老费，您的那些病人最近怎么样了？”

“你说能怎么样？廖大妈的儿子就是好赖不吃药，把药都扔了。他爸活着的时候，就用皮带抽他。老头现在不在了，也没人能管得了他，就是不吃药。这不，他妈又骨折了，经营的小卖铺也开不了张，让他儿子管几天，他卖东西不收费，还跑到商场门口看人家女孩子的袜子、裤子，结果招来别人的打骂。他妈来电话，我也没什么好办法帮她。”老费是医院返聘的老大夫，他也管辖了几个病人。

“真可怜，也没办法。他家还有别人吗？”

老费无奈地说：“有啊，俩姐姐一哥哥，都不管这孩子，都和这家断了联系。他妈要是死了，他就成问题了。”

“他家那些人也够缺德的。不过这类事已经是社会问题了。”

“是啊，很无奈，即便是社会问题，社会也管不了。再说，也管不过来。”

“老费，您都快说成绕口令了。不过我很同意您的观点。我最近接手了一个奇怪的病人，就在咱们附近的社区，我还没见过他呢。”

老费疑惑地看着黄奕明问：“什么病人？没见过怎么是你的病人？”

“我正在想，怎么和他接触。”黄奕明神秘地说。

老费更加奇怪地看着黄奕明。他虽然退休了，觉得自己还有余热可以为社会服务。

黄奕明解释着说：“是这样，我家那位不是邮局的吗，最近他们连续收到寄给‘天堂邮局’的信。他们和我商量，想帮助这个人。我的直觉感到这是一个有精神病又没有被控制好的病人。”

“噢！你想怎么办？”

“这事我和所长也汇报过了。他很同意我的想法。”

“你要干吗？”老费不解地问。

“我想他的举动说明他内心十分矛盾。也许明知没有天堂邮局，写了信也没用，但还要写，一定在精神上很痛苦，需要帮助。”

“小黄，你疯了吗？这也不属于咱们的职责范围。”

“老费，您别激动，只是直觉告诉我，这是一个病人。现在还没和家属联系上呢。”

“噢，是吗？那你准备怎么和他们联系呢？”

“我想，我们这次干的也算是一次有组织的救援活动，也许是在挽救一条生命。再说医院和邮局双方的领导都做了指示，一旦和病人有所接触，就尽快和家人取得联系。当然，前提是他真是个病人，而不是个恶作剧者。”黄奕明解释着说。

“原来是这样。听起来还挺伟大呀。”老费笑着说。

“就是很伟大，什么能比生命更重要？ 不过话说回来，这也许是管闲事。不过，有时候闲事就是正事。”

“你们有什么计划吗？”

“有。是这样，现在不知道他是谁？他的家人是谁？他是否就医过？是新病人还是老病号？所以先以天堂邮局的名义，写信试试他的反应。”

“你有把握吗？你们这样做事要冒险的你知道吗？”

黄奕明很坚定地说：“我也不是很肯定，但是救命要紧。有一点可以保证，他家人肯定不知道他的行为。要不，就会制止他的。”

“你能这么肯定？你怎么知道他写的是什么事情呢？”

“根据他的信封的地址和收信人分析：可能他家人刚过世，他很悲痛，无处表达伤感。因此，找到了这个他认为有效的宣泄途径，这也许说明他的心理正在挣扎，用这样的办法寻求解脱，他需要帮助。现在就是不知道信的具体内容，我们也没有权利拆看人家的信件，所以先写些宽心的话，试探一下对方，这样也许可以安慰他。可能可以找到他或他的家人。”黄奕明充满责任感地说。

老费不住地点头说：“是啊，分析得有道理，要是和家人联系上，他很快就会有改变的。不过，也许这样的做法很渺茫。”

“现在是联系不上他的家人。即便联系上了，家人也可能不知道怎么处理这样的事情。还也许他就没有家人。这就更悲惨，希望不会这样。”黄奕明有条不紊地讲着自己的计划。

“分析得对呀。小黄，你都快赶上侦探了。”

黄奕明笑着说：“赵林一也这么说我。不过，咱们就是心灵的侦探。心理学不是咱们的强项吗？”

“说得好啊，年轻人！”

黄奕明有些忧郁地说：“我想如果发展顺利，最好尽快和他取得联系。这样可以看看他的病史和服药的情况。这不仅是对他，也是对社会负责任的事情。再说，医院也正在搞关爱社区病人的活动，这不正好是件好事吗？”

老费很感慨地说：“你说得不错。像咱们这样的小医院，也看不成什么大病。有大病的病人也不会来这儿就医。现在做些富有爱心的事情，也算是白衣天使的职责。”

黄奕明高兴地看着老费：“让您这么一说，咱们还很高尚呢！”

“本来吗！那还用说。”老费赞不绝口地说。

“还是说说那个病人吧。如果真能对病人有所帮助，这也是为社区建设做贡献。现在社会上很多人歧视精神病患者，其实每个人的精神状况都有不同的缺陷，只是有人表达了，有人没有。但这个社会的快节奏，使人们心理压力很大，解决心理问题是咱们的职责。现在很多病情较轻的精神病人，医院都让在家里和社区进行康复治疗。对于这些没有对社会构成威胁的病人，最好的结果就是家庭和社会的共同关爱。他们很多人通过治疗是可以重新开始工作和像正常人一样生活的。”黄奕明信心百倍地说。

“对，现在关爱残疾人也是社会的新风尚。说得大一点儿，也是中华文明的传统美德。真不错，你家小赵真有责任心，他们邮局也很不错，这么重视这件事情。”老费还是啧啧称赞着。

“是呀，这都挺难得的。”

“你们年轻人，现在真好，比我们这些老头、老太太更富有责任感。”

“嗨，您说得有点儿高了。我们其实也是在做自己力所能及的事情，这也是咱们大夫的责任。”黄奕明谦逊地说。

“好呀，小黄。这事还真让人有些期待。咱们明天再说。你们有什么新进展，也告诉我，让我也分享一下。”

“好，那我先走了。”黄奕明下班回家了。

天已经黑了。叶小汀用钥匙打开家门，直奔叶小海的房间。这是他们父母留下的房子，所以都管这里叫家。现在，它是叶小海的家。她推开卧室门，长出了一口气。叶小海正在鼾声大作地睡着，屋里充满了酒气。她又轻轻地关上门，急忙到客厅小声地给叶小淋打电话说：“姐，你能听到吗？小海喝得大醉，正睡着呢。我得小声说话，省得吵醒他。”

“噢，没别的事就好。我一会儿就过去。对了，你最好给他弄些吃的。”

叶小汀有些无奈说：“姐，我看他的饭桌上一片狼藉，看来他已经吃了，正睡呢！我看，他现在也没什么时间观念，瞎胡过。我今天特别的忙，你先饶了我吧。”

“行吧。你随便吧。我把手头的事情处理完就去，你等我一下。”

“那好吧，先这样。”叶小汀现在好像终于把今天的事情奔完了。她疲惫地坐在沙发里，心想，要是天天这样，不如去死。她觉得，痛快就是好。

第十三章 减压无方

叶小汀对于弟弟的关怀和帮助，要耐心，要毅力，却无回报，无利益。这只是在行使亲情，而并不为弟弟所理解。叶小汀内心的纠结在慢慢地积蓄着。

叶小汀疲惫地走进家门，就听见林建平正在打电话。好像是和林叶子有关。她没顾上脱外衣就急切地问林建平："你说什么呢？你回来时叶子就不在家？"

林建平扭过脸双手一摊看看墙上的挂钟对叶小汀说："是啊，一般这时候她都应该在家写作业，今儿是怎么了？"

叶小汀着急地问："你打她手机了？"

"这不是已经打了吗？我和她要好的同学都联系了，他们早就放学了。现在她没开机。你说，她这手机哪是为和咱们联系买的。他和同学联系倒是很方便，不打电话就发短信，都快变成谍报员了。"

"先别说这些没用的了。你给老师打电话了？"叶小汀急切地问。

"没有。我想，这事让老师知道不好吧？"

叶小汀大声地说："你就知道忙自己的事。不好，不好。你说怎么办好？你也不知道关心女儿。她现在这年龄，需要父爱。男人对他的影响很重要。你不理她，她就会去找别的异性接触，她需要的不仅是父爱，还有男式的思维方式。以后她会因为缺少这样的思想方法，面对各种社会问题时变得束手无策。她现在是个危险的年龄，你不多管教她，就会把这个机会让给别人。她不仅需要饭吃和穿衣服，她还需要你和我的思想。我是她妈，我对得起她。你呢？她出事怎么办？"

林建平生气地看着叶小汀也提高嗓门说："你能说会道的。这一口气也说了有二百字了。一说话就大叫，一点儿也不知性！我怎么不关心她了？她是我的孩子！我还要怎么关心她才算父爱？"

叶小汀愤怒地说："知性？少恶心我！少用这样的破词说我。那是形容傻子的。我不在乎这个，就算是知性，回家还不是都一样，装什么孙子。这也是和你学的。你爱怎么想就怎么想，我不是为了你的想法才活着的。林叶子就是缺少父爱！"

"我哪儿不爱她了？我不是还活着呢吗？不是天天进这个家门吗？不过你也用不着骂人，女性一些，行吗？"

"女性？少恶心我，我够女性了！放着别的女人，早上各种王八拳了！你以为你天天进这个家门，就是爱这个家了？你看看人家的丈夫，都把孩子和老婆全顶在脑瓜顶上。人家怎么活的？我真惨！"

"哎？越说越不像话了。说着林叶子的事情，怎么变成咱俩的战争了？"

"你以为贫几句就算完了？不过你现在说对了，咱们的战争还没完呢，以后再打还有功夫。还是先说叶子的事吧。"也许叶小汀似乎觉得现在对林建平开战不是时候，就转了话题。找孩子才是大事。

“我说也是，我是他爸，我能不着急吗？”林建平掩饰着自己内心的愧疚说。

叶小汀数落着林建平说：“现在你在不在家有什么两样？应酬多、工作忙，我理解，都是在奔命吗？你能不能拿出一小份爱心和女儿聊聊。你在她那里留下的名言，还是她上幼儿园时你给她讲故事的话呢，就不能有点儿新的？你是她亲爹！你是吗？”

“你有完吗？说起来没完，不找孩子了？”林建平不耐烦地打断了叶小汀的话。他就是想不通，自己哪儿对不起这个家了？钱全交给叶小汀，家里什么事都听她的，她还要什么？

叶小汀不依不饶，仍然怒火中烧地回敬着林建平说：“你也知道急？你回来也不知道给我打电话。我今天的事特多：早上去医院给小海取药；中午又回家去看他；叶小淋和他没联系上，怕他在家有什么意外。我就是一个碎催的，腿儿都溜细了，我快累死了。可我得到什么了？全是白眼儿！”她委屈的泪水夺眶而出。似乎那些眼泪不是从眼睛里冒出来的，而是从水管子里流出来的。林建平好像动了恻隐之心，有些怜爱地看看叶小汀没说话，他下意识地把手臂搭在叶小汀肩上拍了拍。叶小汀很不情愿地抖了一下肩膀，就像是要抖掉身上的什么东西一样。林建平自知没趣。但是此时此刻，他知道，自己就是再发火，也没什么结果。所以只好固执地把手放在叶小汀的肩上。好像这样，更能显示自己是一家之主似的，也似乎更加证明了自己想和叶小汀和解的诚意。叶小汀仍在流着眼泪。林建平的手臂就像是一块膏药，紧紧地贴在了叶小汀的心上。叶小汀似乎也因此感到了一些温暖，心里的难受程度好像好了一些，那些好像已经远去了的夫妻之情，似乎此时又味道十足地显现了似的。也就是林建平那么一把，好像又把那些远去的事情拉了回来一样。林建平看看叶小汀，语气缓和地说：“行了，先找孩子吧！”叶小汀委屈地靠着林建平，好像终于从丈夫的嘴里找到了一种依靠。那些依靠似乎在以前的日子里，已经消失在她自认为的坚强里了，这些个性也许是女人的任性。在男人看来，也许是脾气。这样相互的认为，使有些夫妻的亲情遭到破坏，以至于他们之间的问题出在哪里都不知道。但此刻，林建平和叶小汀似乎感觉到，这些问题都不重要，找到林叶子才最重要。林建平又拍拍叶小汀的肩膀，亲切地低声说：“好了。你在家听电话，我出去到周围转转。我想，她不会有那么大胆儿，出不了什么大事。”叶小汀顺从地点点头。这样低沉的声音，好像有着某种镇定的作用，使叶小汀近乎狂躁的心情，似乎在这种音调的笼罩下，得到了平复。随后传来了关门的声音。楼道里，响起了林建平下楼急切的脚步声。

黄奕明和赵林一坐在沙发上看电视，黄奕明歪着头看着赵林一：“唉，给那个人写的信放在桌上了。明天你别忘了带上。”

“是吗？可我总觉得心里不太对头。”

“有什么不对的？我是这样想的：先写信探探情况，看看是不是他。如果是他，马上能和他见个面，并且和他的家人取得联系。最好的办法，就是让他立刻就医，这是最终的目的，也是最能挽救他的手段。他要不是个精神病人，那就最好了。不过我想，那种可能性很小。”

“是啊，现在看来，他的情况不好。这样也只是个下策，也是目前最好的办法了。这可真是咱们在这瞎管闲事。你竟给自己找事。”赵林一不情愿地嘀咕着。

“行了，你就别嘀咕了。干好事，还要说落后的话。现在的事情，就是救人要紧。这样的病人，你不理他，他再失控，那就很危险了。危害自己，或者危害社会。”黄奕明很严肃地说。

“有那么严重吗？”

“那当然！这你不懂。但有一条我可以告诉你，病人如果马上吃药，病情就会立刻得到控制。”黄奕明自信地看着电视说。

“我看，你们自己不正常，还瞎想别人。”

“你就是个油盐不进的脑袋。这么多事情都经历过了，还什么都不懂。”

“那是，我也不是精神病科的大夫，这些事关我什么事呀？非要把我往里拉，我也没辙。”

“你又来了，这不是你愿不愿意的事情，既然已经身在其中，那就别再推三阻四的了。”

“我不是也没什么意见吗？”赵林一有些妥协。

“这才是个好老公。”黄奕明拍拍赵林一的肩笑嘻嘻地说。

“那好，我先睡了，明天还不知道会有什么事情？”说着，赵林一起身去了卫生间。

叶小汀焦躁地在家里来回走着。她不住地看着手机。墙上的挂钟滴答作响，已经是夜里十二点多了。院子里大多数人家已经关灯了。只有一些路过的汽车，时时响着喇叭，警告着那些莫名的危险。那些声音在夜里显得又响亮又刺耳。也不知道那些司机为什么事这么着急？这时，院子里突然传来了林建平隐约的吼叫声：“你这个混蛋，谁让你这样的？你……”叶小汀听到叫声冲到窗前，看见楼下昏暗路灯旁，林建平正揪着一个男孩子的脖领子怒吼着，林叶子就站在一边。好像没事人似的。叶小汀顿时怒火中烧，立刻穿上外衣狂奔到楼下，她恨不得上去给那个男孩两巴掌。她冲到那个男孩面前怒不可遏地问：“你是谁？”

林叶子见状往那男孩前面一横大声地辩护着说：“他是我的同学，你们懂不懂法律？不能这样对他。”

林建平大声地吼道：“你这个浑小子，最好不要打我女儿的主意，你不好好上学，弄这一套，我要找你的家长去。你爸在哪儿？他是谁？”

林叶子一边哭一边朝爸爸说：“你再朝他叫，我就死一个给你看！”

那个男孩被林建平揪着领子两脚都快离地了，不还手也不吭声。这种倔强的状态，更加逼近了林建平的底线，似乎对他权威形成明显的挑战。他有些不明白，过去自己吼一声，就连同事们都要畏惧三分。现在这个男孩子，怎么对他的做法如此冷静。以前，记得在李小龙的电影里说，如果被对手打到了你还能站起来，就能把他吓一跳，这话怎么现在用在自己身上正合适。他觉得自己很没面子，尤其是现在这个场合，自己好像被这个孩子战胜了。

叶小汀并不想把这些矛盾激化，她连忙用手把林建平推开说：“有话好好说，别揪着他领子，他还是个孩子。”

“什么孩子，你看他干了什么？他可比你懂得多。”林建平的眼珠子都要瞪出来了。他用气急败坏的口气振作着自己的威风说。

“行啦，少说两句，大晚上的，还嫌别人听不见？知道你厉害，行了吧？”叶小汀心里的火又拱上心头，但看看周围楼上有些窗口又亮起了灯，她把火又给压了回去。

“怕什么？不行就打110。”林建平还是怒火中烧地说。

叶小汀用手推开林建平，把林叶子拉到一边。又看看那个男孩子不屈不挠的表情。就用平和地语气问：“你叫什么？是叶子的同学吗？”

男孩子好像接受了这个态度，点点头，但是一看他就是一个什么都不吝的家伙，还是一言不发。

林建平在一旁叫道："和他有什么说的，送派出所。"

林叶子在一边突然大哭起来："你敢！要是这样，我就永远不回家！"

"你敢！"林建平朝着林叶子怒吼道。

"你看我敢不敢？我死一个给你看。"林叶子有些胆怯地但是很坚定地小声说。"他是你什么人？你就敢为他去死？岂有此理？反了你了？"

叶小汀拉了拉林建平的衣服角，就算是在制止林建平语言升级了。她不想让父女俩继续争吵。就说："少说几句吧。这么晚了，还是先回家吧。"

好像是叶小汀的话有些黏性，就像个泥瓦匠，把这些坎坷给抹平了似的，大家暂时沉默。那个男孩子从兜里拿出一盒烟点了一支，又递给了林建平一支，样子好像很娴熟，俨然已经是个老烟鬼了。

林建平和叶小汀相视无语。他犹豫了一下把那孩子的手一推："这么小，就吸上烟了？不学好。告诉你，我不吃这一套。"

林叶子不屈不挠地说："你还抽呢。""我是你爸爸，是大人。"但林建平的口气似乎在那男孩递烟这样一个成年男人的举动面前，变得有些缓和了。

那个男孩眼中闪烁着年轻人特有的锋芒突然说："叔叔！阿姨！我叫兰钢，家就住在通讯兵1号院。这不是林叶子的错。我们同学生日聚会，就一起去了。我们什么也没做，就是去参加聚会了。"

林建平心头猛然一热，想起自己以前当兵的往事，那些战友哥们儿英气勃发情同手足的感觉充满胸膛，就是这种情义使他在边防部队当兵时寂寞的生活变得丰富多彩。他不自觉地用手拍了一下兰钢，就像在拍一个哥们儿似的，那些战友的身影仿佛依稀可见。随后他用缓和了又不失尊严的语气说："不管谁过生日也要和家里联系呀？小伙子，她可是个女孩子，和你不一样。你知道，找不到她我们有多着急。看你是个军人子弟，这回放过你。你父母都是军人吗？"

兰钢点头应道："嗯。""那好。你就先学学你父母，学好习，再想别的。行吗？"兰钢不出声地看着林建平。

叶小汀这时才仔细地看了看兰钢。这孩子从头到脚全是名牌，穿的讲究而且得体。那一副纨绔样子，就像是自己小时候大院里的孩子那样，只不过现在是另一个时空，另一种穿着。也难怪，他的这副德行，就是招女孩子。她似乎起了怜悯之心："您干吗总教训人家？人家也有父母管教。"

"不学习好，就什么也没有，知道吗？是什么年龄就干什么年龄的事！"林建平听了叶小汀的话似乎又燃起战火似的说。

林叶子还想狡辩，被叶小汀制止了。兰钢还是那副强硬的样子，这对任何女孩的父亲都是个挑战。叶小汀想，林建平要是个孩子，肯定会大打出手。现在只不过作为父亲，在那男孩面前，需要用克制来装点父亲的尊严。

“那好，就先这样。你们现在还小，什么也不懂，就是要上学学习，不学习就一事无成。”林建平心急地结束着谈话。

兰钢很会来事地对叶子说：“你爸说得对，咱明天学校见吧。”

林建平狠狠地瞪了兰钢一眼：“学校？小子，那是学习的地方。你要是对叶子有什么别的心思，看我怎么收拾你！”兰钢毫无惧色地看着林建平。

叶小汀顺势搂着林叶子说：“好了。天这么晚了，先回家吧.。”

叶小汀看着一旁的兰钢：“你自己回去没事吧？”兰钢笑着点点头。

林叶子破涕为笑地说：“怕他有事？是怕别人没事吧？看他就像个强盗！”

叶小汀小声地在林建平耳边说：“这可真是男人不坏，女人不爱呀。”

林建平瞪了林叶子一眼，小声说：“这可是咱女儿。”“叶子吃饭了吗？”叶小汀假装没听见。“我俩在外面吃的。”

林建平语气缓和：“什么？你们在生日会上没吃？”

“爸。谁像你们，大吃大喝。一个小蛋糕，那么多人吃得过来吗？送了礼物就走了。”叶小汀急忙插话拦住要发火的林建平说：“太晚了，明天还要上学，叶子，以后回来晚了要打电话，不要让大人着急。”

林叶子松了口气说：“我知道了。”兰钢什么也没再说，头也不回地消失在黑夜里。

回到家里，叶小汀躺在床上看着林建平小声说：“看见了？这就是青春期，这就是你不关心她的结果，她需要父爱。”

“咳！事儿多！太忙！给你们挣钱呢！”林建平没好气地说。

叶小汀一听就不高兴了。她用强硬的口气说：“忙不过来也要忙。少说挣钱的事。这不是你让我辞职的时候了。现在什么全都是你对，早干什么来着？就你有用？就你对这个家贡献大？”

林建平：“你说得轻巧！我不是那个意思。我是说公司一大堆事，开会、谈话、说事，没法子。换你试试。”叶小汀不依不饶地说：“试就试。”

“别说硬话。活着就是拼命，有时就是玩命。挣点钱不容易。”

“就你不容易？先别教育我了。我去医院给小海取药时，看见有些小病人，十八九岁。因为家里和学校给的压力太大，就精神分裂了。医生说，这个年龄的孩子最敏感了。不要那样逼她，和她好好说话，她也是成年人了。教育小孩子，要有方法。”叶小汀精气神十足滔滔不绝地说。

“好了，我会的。我困了，行吗？”林建平一个劲儿地打着哈欠含混地说。

叶小汀突然说：“对了，我得给我姐打个电话。小海手里拿着好多我妈没吃完的杜冷丁止疼片。要是一口气都吃了就会死人，出事怎么办？小海最近情绪一直不好。”叶小汀突然想起什么似的起身在包里翻着手机火急火燎地说。

“你可真是个马大哈。怎么想起一出是一出呢？缺少女性。”

“你少来劲，我没工夫理你。”她起身去外屋给叶小淋打电话去了。

叶小汀打完电话，正要关灯睡觉的时候，突然听见林叶子的房间里，传来了断断续续的吵架声。声音时大时小，但是内容几乎听不清楚。叶小汀又翻身起来，准备去林叶子的房间看看怎么回事？林建平一把拉住叶小汀的衣服，小声地说：“你最好别去。她现在已经有隐私的概念了。你最好不要打扰她。”

“才几岁呀？”叶小汀转过身来看着林建平。“不管几岁，现在的孩子都这样。”“我是她妈。”“是她妈又怎样？你最好少管。我看，她也许是因为刚才的事情。”

叶小汀坐在床边上，心里不是滋味。她觉得，女儿还这么小，正是学习的年龄，怎么能在这个时期，就经历那些以后要一辈子都要面对的事情呢？现在这个世界真不公平，小小年纪，就要像个怨妇一样，和那些与她今后根本没什么关系的男生，弄什么感情纠葛。即便不是什么感情冲击，那也会让她烦心。这么小的女孩子，真的很可怜。她想了一下，又把矛头对准林建平说：“咱们女儿这年龄最需要父爱，是一种男人的影响力，你明白吗？你不影响他，他就去外面找，找到谁，谁就能影响她。你听见我说的了吗？”

“怎么又说我呢？你有完没有？这一晚上，就这一句话是吗？”林建平挥挥手一脸冤枉的样子说，他的困意好像也没了，心中又充满了斗志。

“咱们女儿学习这么好，可不能让这个男孩子给毁了。”

林建平不慌不忙地说：“老婆，你不要这么着急，急也没用。就像手里攥的一把沙子，你攥得越紧，留在手里的就越少。这个道理很简单。”

“什么意思？这不是形容夫妻关系吗？你怎么用这儿了？”

“这个用哪儿都合适。意思就是，欲擒故纵。这是放之四海而皆准的道理。”林建平的话突然让叶小汀想起他们年轻时初次见面的情节。那时的林建平血气方刚，透着“人皆可以为尧舜”的勇气，正是叶小汀想象中的形象。她以前很少从林建平嘴里听见这样的语言。这让她重新看这个不顾家的家伙时，又产生了某种依靠感。

“行呀，小伙子，你这么一说，我好像可以睡觉了。”叶小汀放弃了干涉林叶子的念头，话也变软了。“这就对了。他们不是咱们。你不让她现在这样，她背着你，可能比这还事多。咱也是年轻时过来的，都一样。”“嗯，你说得有道理。”“那就先睡觉吧，我觉得叶子不会那么傻的。这次你这么虚心，我很高兴。”林建平开着玩笑说。

“你还让不让人睡觉了？安眠药算是白吃了。”其实此刻，叶小汀心里感受最深还有一件事。那就是，家里的这些人给她带来的种种烦心事，都让她产生负罪心理。无论怎样，各种事情都摆不平。林叶子和林建平的影响似乎小于叶小海对叶小汀的压力。这些凭空制造的烦恼，是叶小汀自己所无法摆脱的。就像一个犯了错误的小孩子，时刻在躲闪自己造成的某些后果，但又躲不及。有时在车里，她就大声唱歌，大哭或大骂，就像个精神病。但似乎很管用，她的心情就会好一些。林建平最近什么事都让着她，这让她的情绪压力也得到很大缓解。林叶子则不同，她是女儿，和她作对，就像和自己作对，胜的总是她。即便一些问题暂时解决了，她心里也不爽，她只能自己和自己作斗争，解决这些不痛快。这样的状况，会让人不高兴。这些也没人知道，又让这个不爽时时加倍。有时，她甚至都想咬上谁一口来解解恨。她时常会想起爸爸临终前和她的谈话：“他家是‘火坑’，你不能往里跳。”他妈为人刻薄，这让人难以应付，这就是“火坑”吧。但是，叶小汀跳了，也没有粉身碎骨。她常在心里这样安慰自己：自己的幸福，也许就在这些麻烦里。人要认命。好多难过的心理，也就这样给码平了。爸爸的话有时还像警钟，会在她有坏心情时当当作响。但是，她好像觉得已经没那么重要了。而那些新的问题，却显得面目狰狞。女儿的叛逆，是这个年龄孩子所必须经历的。她的逆反心理，也许需要很长时间来修正，也许终生就这样了。这一切，就像无形的钳子，夹着叶小汀的喉咙，使她透不过气来。

叶小汀和叶小海的姐弟之情，很难让现在的独生子女领会。每当她想到叶小海的事情，心里总在隐隐作痛。那些疼痛就在那里，时刻提醒她的某根神经，你不要忘记！不要忘记什么？她也不确定。这就是一种折磨，自己无法摆脱。这些提醒，就像是某些被锁住的文件，永远无法删除。这些警示，就像是某种命令，不能松懈，没有休假，无法挣脱。发指令的就是叶小汀自己，执行命令的也是叶小汀自己，这个问题的解决方案需要终身有效地履行。更重要的是叶小海不会理解，他并不领姐姐的情；叶小淋也不会理解，她认为妹妹自己找事心理不正常；叶小汀自己家里的人更不愿理解，甚至还会恨叶小海尽给他姐姐找麻烦。她对于弟弟的关怀和帮助，要耐心，要毅力，却无回报。这只是在行使亲情，是本能情理中必须做的事情。叶小汀生活中些许的快乐，只能暂时地缓解她内心的纠结，她心中的隐痛，却像火山爆发前涌动的岩浆一样，慢慢地积蓄着能量。

在社区卫生院精神卫生科办公室里。黄奕明一边翻着手里的病历，一边和老费交换着意见："老费，您说，那个人要是接到天堂邮局的回信，会不会吓着他呢？"

老费想了想说："难说。不过，他要是病人，就还会写信。他要是恶作剧，就会改变方式了。只有病人是偏执的，有妄想。""您说得对。我也这么想。""您说，他是女人还是男人？""怎么，这有什么区别吗？""噢，也许没有。只是我觉得，男人可能更加偏执，行为也更加猛烈，能做出些意想不到的事情。而女人也许更加细心，可能会在某些时候，表现得更加隐秘一些。"黄奕明玩弄着桌上手边的一支笔若有所思地说。"你这样说有什么意思吗？"老费有些不解地问。

"没什么，我只是瞎猜，也不知道为什么，我好像很渴望知道这个写信人的情况。也许是咱们这个职业的毛病吧。"

老费看看有些痴迷的黄奕明说："小黄，咱们这个职业，具有某些神经质的色彩。上班看病人就是那些稀奇古怪的现象，下班最好的休息，就是要学会忘记。这样才可以保证我们自己不要得病，走火入魔。现在的人们躲事还来不及呢，你还往自己身上找事。我觉得不太值得。"

"我知道，只是这件事好像更富有某些神秘色彩。我家小赵也这么说我爱管闲事。可我认为自己现在还年轻，还可以做些事情。他是邮局的，人家写信管那里叫天堂邮局，说明那人对那里的信任，也说明那人也许太无助了。我就觉得好像应该做点什么。"黄奕明固执地说。其实在她心里，她早就下决心了，她想把这事搞清楚，她觉得这既是邮局同志们的事，也是自己的事，不是什么闲事。

"你们年轻人呀，精力充沛，也许看侦探作品太多了，要学会放松。"老费继续语重心长地说。他也不能理解，现在这个社会已经不是解放初期那么单纯了，人们都在为挣钱奔命，都活得不容易。要放在过去几十年里，这件事就是大事。现在这年代，这样的事情已经屡见不鲜了。就连他自己这个老头子都认为，现在这个时候，无论发生什么，全都不足为怪。

黄奕明看看老费，笑着说："老费大夫，我会听您的教导的。只是这件事好像老是让我放心不下。我不是雷锋。但我是精神科的大夫，我有责任对管辖小区里的病人做点儿事，也许是闲的。"说完，她自己也笑了。

"也许是和小赵有关系吧？"老费看看黄奕明试探性地问。这也是他的职业特征，对别人的事情要察言观色地打听。也许这样，可以不冒犯任何人。

"也许吧？"

"不过，你信里写些什么呢？"

黄奕明想了一下说："投石问路，写些毛皮型的东西，言简意赅。"

"我觉得，最好是不要这样。很多事情的处理上，是有讲究的，要把握分寸。那人也许没有等回信，只是想宣泄一下情绪。"

"我知道，让我再好好想想。"

"这也许不是一个很好的办法。"

"可是我不这么想。老天有眼，让这样的信件落在我手里，也许正是需要我去帮助他呢。不是什么样的馅饼都会砸着人的。这回也许就是有人通过这样的渠道在寻求帮助。我正是被看重的那个可以帮助他的人，赵林一就是信使。"黄奕明像是在自语。

老费笑笑，没再说什么。

赵林一飞快地骑着电动车穿过那些熟悉的街道来到叶小海家门口。他把黄奕明写的那封信投到叶小海家的信箱中。又用手摸摸信箱口已确认那封信的确已经放进信箱。他不断地回头像个贼似的看看那个信箱，心中有些忐忑不安。他不知道，自己的老婆黄奕明是否在玩火？还是在帮人？这把火烧得有多大？怎么自己做好事却不像好人呢？他有些心怀叵测地赶紧溜出叶小海家的门洞，骑上电动车，一溜烟地消失了。

没过多久，叶小海从家里出来，打开信箱看见里面有封信，来信地址上赫然写着"天堂邮局"。叶小海显得有些纳闷儿，他四下里看了看，又跑到大门外看看周围，一个人也没有。他拿信的手有些发抖，不知是因为害怕还是意外。他小心地打开信件，看到信上赫然写着几个字："天堂一切安好，放心。"这封信的内容现在真正吓了叶小海一跳。他反复地看了好几遍那几个字，摸不着头绪。他在心里想，谁会给他寄这样的信？他有一种新感觉，信的内容好像子弹一样洞穿了他的胸膛，让他应声倒地。他弄不清楚，这到底是怎么回事？他不信有鬼，但是信有好心人。他看着手里的信，脑子里检索着各种可能。他觉得干这件事的人也许是熟人？也许是同学？也许是单位的同事？可能在和他开玩笑。至少目前可以肯定，这个人没害他。要害他干吗这么费事？直接把他杀了，不就行了吗？他不确定地做着各种猜测，犹豫不决地拿着信走进家门。

不一会儿，叶小海的家门传来用钥匙开锁的声音，他知道这是哪个姐姐回来了。他赶紧收起信，觉得自己有很多时间可以仔细琢磨这封信。他不想把这件事马上告诉两个姐姐。叶小淋走进门来，看到叶小海木讷地坐在沙发上，并且穿着整齐干净，情绪很好。这情形与他平时不修边幅的样子有所不同，他甚至笑着问："大姐，你怎么现在来了？"

叶小淋四处看看有些诧异地问叶小海说："你还好吧？我今天调休，你吃饭了吗？""我自己做的面条吃。""屋子也是你收拾的？""对。"叶小海仍然是很高兴的样子说。

叶小淋小心翼翼地看看叶小海的表情并在心里揣摩着：叶小海今天有些异样是为了什么呢？但她还是平声静气地问："你今天还好吧？"

"嗯，很好。"叶小海并不理会姐姐的盘问，他心里只想着那封信的事情。他好像终于在社会上找到了什么同情心似的，这也许就是他盼望已久的事情。这让他内心很愉悦。

叶小淋看着叶小海的表情感到莫名其妙。她知道，叶小海自从得了这个病之后，就根本不在意自己的各种状态，好像这是这类病人的通常表现。她来到卫生间，看看坐便器洗得净白，毛巾也干净整洁，洗衣机里也没有脏衣服。这对于叶小海来说，是绝无仅有的事情。她不知道家里发生了什么事情，使叶小海一反常态，表现出对生活很积极的状态。这让叶小淋暗自吃惊。她待在那里，心想一定发生了什么事，要不然不会这样。她似乎无法从叶小海近来的状况里，发现什么有价值的信息。叶小海最近有些行为很诡异，叶小汀曾和她说过，她也无法作出解释。她觉得，应该找某个时间，和小海要好好谈谈。

赵林一下班回家正吃着饭。他放下筷子看着黄奕明还在厨房里忙活就说："老婆，你还忙什么？赶紧吃饭吧。我今天可是照你说的，直接把信送到他家信箱里了。也不知道那边会有什么结果？我觉得自己像个贼似的，偷偷摸摸的。”

“你呀，就是这样，干什么事都瞻前顾后的。咱们是干好事，又不是害人，我想会很好。”黄奕明在厨房里头也没回地大声说。

“但愿如此。”赵林一大口地吃着米饭语气含混地说。

“你看你这事做得多好，好人！”

“别给我戴高帽，我也是被逼无奈呀。我可不觉得这是什么好事，我送信时贼眉鼠眼的，要是让居委会的人看见，准报警。我觉得，这是在偷别人的心。和偷东西差不多。”

黄奕明走过来推了一把赵林一的肩膀说：“你真臭，别说得那么恶心，咱们是在帮助人啊。这事无论怎样，你都掺和了，想跑也跑不了。”黄奕明用胡萝卜加大棒的政策对付赵林一绰绰有余，她可不想放过任何一个管制赵林一的机会，妻管严在她家是绝对的。

“是吗？我怎么觉得像犯罪。无论怎么做，我都挺不起胸膛。”

“什么时候变成文化人了？”黄奕明忍不住咯咯地笑着说。

“你还讥笑我？要不是为了你，我才不管这事呢！”

“那好，就算是为了我吧。”

“单位的几个人也是每天关心这事，还老开我玩笑。有病！就是闲得蛋疼。”赵林一愤愤不平地说。

“你还骂人？不过尽管不情愿，我还是要谢谢你。”

“那就算了，不过这件事什么时间算到头？”

“怎么？还没帮到人，就算了？”

“我怎么老有做贼心虚的感觉呢？”

“你就是心理承受力太差，什么事情也禁不起。”

“是呀，我又不是心理学大夫，我只是个老实人，怎么错了？”

“没错，你真的没错。错的就是我，行了吧？”黄奕明有些不高兴地说。

“你也别老把自己的意识强加于人。这个世界上谁没有自己的思想呢？”赵林一今天好像突然变成了个哲学家，滔滔不绝地说着。

黄奕明看看赵林一，觉得自己的老公好像突然基因异变了似的，就说：“我看，这件事情就得听我的。有什么后果，我一个人扛着。和你没关系。”

“老婆，这能没关系吗？”赵林一着急地说。

“不管怎样，我没坏心，希望有个好的结果。你也别老和我对着干。结婚前，我都没发现你这么拧。真固执，有偏执迹象。”黄奕明开玩笑地说。

“老婆，你还没发现，我这么偏执地爱你吗？”

“你先闭嘴。你怎么现在变得这么肉麻？不过，你的情我领了。但是‘天堂邮局’必须开下去。”

“没辙，就这样吧。”赵林一一脸无奈地摇摇头说。

黄奕明看见老公妥协了，就把两个人的酒杯倒上红酒，说：“来！老公，干一个！”

赵林一仰起脖子一饮而尽。他知道，自己永远也辩不过老婆。事已如此，也只能先这样了。

叶小淋回家后在客厅里来回走着。她怎么也想不通，打扫卫生在过去对叶小海来说比登天还难。是什么事让叶小海振作起来了呢？她要打电话给叶小汀，她和叶小汀现在有同感，对家里发生的微小变化，都变得草木皆兵，就像是“一朝被蛇咬十年怕井绳”那样敏感。她觉得自己现在就是再坚强，也有些吃不消了。她不知道未来的事情会什么样，也不知道自己的担忧为什么这样强烈。这也许是“山雨欲来风满楼”吧？她觉得自己必须和妹妹做好准备。

“小汀，你还没睡吧？今天我去了小海那儿。他就像变了一个人，有点儿怪。”“又出事了是吗？”

“不是你想的那样。我本来想去把妈留下的药和小海的药收拾一下，我怕他吃错了。又怕这么一弄，反而提醒了他，让他发现咱们给他放药的事情。我一进门，就看见他今天整个焕然一新，收拾屋子、做饭、换衣服，井井有条。不知道他闹什么呢？”“姐，它不会是想自杀吧？”“你怎么会想到这儿？”

“那是，这还不知道，在医院这么些年！你想想，要想死的人才会在最绝望的时候，梳洗打扮自己呢。”叶小汀神经兮兮地说。

“你真行，你怎么一想就想到那儿去？你就不能盼他个好？”叶小淋用责怪的口气对妹妹说。

“我这不是在分析吗！你不觉得他这样做很可疑吗？总要有个事由吧？我就是往最坏处想呢！爸说过，人无近虑必有远忧。我想事就这样。”叶小汀还引经据典地为自己解释着说。

“你说的有些道理。我也怕这个。我想留下陪他，他不让。这要在过去，有人陪他高兴还来不及呢，这回好像赶紧盼着我消失。”

“那为什么？”

“我总觉得他有什么事情瞒着咱们，但我也不知道他怎么了？”

叶小汀着急地说：“姐，那还有什么话说？我现在去接你，咱去他那看看。要是真的出什么事，怎么办？”

“那也好，快点儿！”叶小淋想了一下说。

郑健听见开门的声音，就在床上问叶小淋说：“这么晚了，你要去哪儿？”

“你先睡吧，我去看看小海。”

“什么事这么急？”

“又不麻烦你，这是我家的事，人命关天！”叶小淋提高了嗓门说。还没等郑建回话，她就出了家门。

“你们能不能小声点儿，还让不让人看书了？”郑佳佳推开房门叫了一嗓子。

“睡你的吧！没你事！”郑建在卧室不高兴地说。

叶小淋和叶小汀来到叶小海家门外，先围着楼转了一圈。虽然就住一楼，但叶小海家里黑着灯，从外面什么也看不见。叶小淋用钥匙打开叶小海的家门。屋里传出叶小海的鼾声。叶小淋和叶小汀一听见这些动静，马上就悄悄地锁上门出来坐在了车上。

“姐，咱俩也快疯了。他好像什么事都没有。”“真是有点儿怪啊？”叶小淋似乎永远用医生的观点分析问题。她想着自己学过的医学知识，但又百思不得其解地说。“有什么怪的？我看是咱们疯了，尤其是我，真的。姐，咱们现在也有点儿不正常，疑心太重。要是咱俩精神上也有点儿事，那就一团糟了。”叶小汀像是对今天的做法发牢骚似的说。“别胡说。”叶小淋对妹妹小声地斥责道。

“姐，那你说，咱们要是都死了，他还活着的话，他该怎么办？”“又胡说”，叶小淋小声呵斥着妹妹，“我看，这件事不这么简单，小海肯定有什么事情。”“我全是胡说，你全对！那你说是什么事情能让他这么兴奋呢？”叶小汀被姐姐训得臊眉打眼的，感觉很没趣，就大声地说。她的挫败感油然而生，她也不知道自己为什么像个炮仗，一点就着。在她内心里，像是有什么东西在暗自蠕动，想说又说不出来。这样的情形近来经常发生，她自己有时把这归结为更年期综合症。

“咳，大半夜的，小声点儿。咱别在这里瞎猜了。让保安看见，还以为咱们是贼呢。”叶小淋没有感觉妹妹的情绪变化继续训斥着妹妹。

“同志，这是在车里呢！我就叫了，你怎么着吧！”

叶小淋笑了说：“你呀，就是这些事上和我计较。我还不是都为了你们好，咱们先走吧。我看，咱再好好商量一下，找个时间和小海谈谈。”

“我看这样挺好的。”叶小汀打个哈欠疲倦地把车开走了。

这两个像侦缉队员一样操心的姐姐，放弃了这次侦查行动，没有一点儿结果。她们从心里觉得，这次“侦查”，是不能告诉叶小海的。他对各种事情都缺乏承受力和控制力。他觉得自己手脏就反复地洗，直到皮损也不罢手。医生说，这是强迫症，这正是他内心过度调节造成的伤害。他无法控制对完美意识的刻画，脑子里不断涌现新构思。如果药量不够，他就无法控制自己的思想，疯狂地在目所能及之中，把那些想象进行无度地表现。这样近乎奢华的表现手法，正常人无法企及，有时连他自己也目瞪口呆，难以承受，并且还孤芳自赏。他很难听进别人的劝解，纠缠在那些噩梦的记忆里。他不知道的是，那只是梦魇。只要睁开眼睛，事情的真相并不那样恶心。任何烦恼的出路，其实就在他自己手里。医生说，这样的情形只要按医嘱服药，就可以很好地控制住，并且很多时间里，人都会很平和。但是，这一点叶小海却做不到。

这件事情上，正如一位伟人所说：“外因是变化的条件，内因是变化的根据，外因通过内因而起作用”。这句话离得比较遥远了，也许不很准确，但主要意思是对的。叶小淋和叶小汀及精神病医院的专家，就是外因，叶小海内心的动力和自觉服药就是内因，按照剂量服药就能起作用并且能控制病情。而此时，叶小海的那些内因，却是一塌糊涂。叶小淋有时对叶小汀说：“人们会得各种疾病，会在不同的死法中结束生命。所以，把活着时的事情办好就行了。”叶小汀也不太明白姐姐的这些说法到底为什么？而她还会想起女儿林叶子和她吵架的话：“你们高兴不和我商量就把我生下来，我还不愿意这样活着呢！”是呀，她们说的好像都在理。叶小汀自己也觉得，这个家的话题怎么都离不开死？每天的这些烂事，有意思吗？

社区卫生院精神卫生科办公室里，老费打听着叶小海的事，尽管他们还不知道寄信的那个人叫什么：“小黄，你那事怎么样？”老费翻看着手边的病例问黄奕明。

“还不知道，没回信儿。”

“也可能这是一个玩笑，那边根本不是病人。”

“有可能，那样更好。正好对他的想法有一个提醒。”

“是啊。有时候人们相互之间有所关照，也是很重要的事情。”

老费点着头说："你说得对！咱们关心社区居民的健康是个好事，这也是咱们社区卫生院的责任。"

"我这么想，咱们是正常人，又是精神科的医生，要是真能帮几个精神病患者摆脱痛苦，也是尽了天职。"

"年轻人嘛，有想法。"

"您也别老夸我。现在就是这样，你现在帮了别人，以后别人也有可能帮到你。老费，您是不是听我说的有点假崇高？"

"不能这样讲。现在社会风气很好，人们生活水平提高了很多，但生活压力也大了很多。他们也许缺乏一些心理疏导，我们正是要干这些事情。我觉得你做得不错。但愿能找到那个患者。"老费温和地说。

"您说我是不是疯了。现在人们只关心自己的事情，像我这样管闲事，也许很招人讨厌。"

"咳，刚才还像个年轻人，现在怎么了？你们不是因此还创造了个天堂邮局吗？"老费笑着说。

"咳，那个人如果不写这个邮址，我家赵林一如果不是邮递员，我哪能想到这些？简直是开玩笑！"黄奕明自嘲着说。

"就是，其实生活里充满了巧合。在合适的节点，那些偶然发生的事情就会变得出乎意料。"

"您说得对。我很高兴。如果真能救人一命，也算没白忙活。"

"嗯，真不错。"

"谢谢您的鼓励。我就是缺乏被表扬。嘻嘻。"

黄奕明此时好像真的心安理得了，似乎自己正在从事某种神圣的事情。不过，现在看来，也正是如此。高尚就是来自平凡。

叶小汀站在林叶子学校罗老师办公室门前，小心地推开门探进头说："罗老师，您好！您找我？"

罗老师抬起头："您好，您是林叶子的妈妈？刚才传达室告诉我了。"

"家长会我很少来，太忙了。"

"噢，您请坐吧。"

"老师，林叶子让您费心啦！"

“应该的，班里有个叫兰钢的男孩和林叶子经常在一起，你们知道吗？我怕会影响她的学习。他们就要高考了，挺关键的。现在的孩子还小，不会把握自己，我就是想和你们沟通一下。”

“这事儿我知道一点儿。”叶小汀小心翼翼地说。她不想把女儿想象成坏孩子，林叶子在她眼里还是勤学向上的好学生。她怕说多了会影响林叶子在老师心中的形象，她并不确定老师掌握些什么。”

“前几天有个同学过生日，我们都被邀请了。但他俩离开得很早，不知去了哪里？这事您知道吗？”罗老师用沉重的口气说。

“我知道一点儿。她现在大了，我也不能老跟着她，现在就逆反得很。”叶小汀无可无奈何地说。

罗老师用冷淡的眼神看看叶小汀说：“这种事要冷处理，不过多追问。那个男生学习很差，父母都是军人，很忙，谁也管不了他。我希望你们能配合学校，处理好这件事情，在高考前不要发生什么不好的事情。林叶子学习还是不错的，”

“我很感谢您的提醒。现在没办法控制他和谁的交往，但又不能不管。这很难办。”叶小汀一看就知道这个老师并不喜欢林叶子，找她来谈话，也不过是例行公事。她是班主任，班上同学学习上不去或者出现其他问题，都会影响到她的奖金。要不谁会管你家的孩子，半毛钱关系都没有。她觉得在家里有林建平和林叶子凌驾于她之上的感觉，她为了安定总是忍让。她不想再被这个人教训，尽管她也是为她孩子好，但她的感觉有些不对，就想潦草地结束这个谈话。这并不是她不关心女儿的前途，而是她觉得林叶子不会干什么出格的事。

罗老师似乎觉察到叶小汀微小的变化，也快刀斩乱麻似的简短地说：“这些孩子不知道，现在是人生的转折点，十字路口，你往哪里去，就要有结果了。我们当老师的，希望学生们都好，能顺利毕业升学。”

“我们感谢您的提醒，您还有课吧？”叶小汀说着站起身来，明确的肢体语言表示她想走了。

“是的。”罗老师似乎有些不高兴，顺手拿起桌上的教材也站起身说。屋里其他课程的老师，也抬起头看看这个不耐烦的家长。

“那您先忙。我走了。有事再联系。谢谢您！”叶小汀似乎从来没有这么没面子地被老师找到学校说孩子不好，还当着别的老师的面。她觉得林叶子学习很好，就是脾气大点儿，别的没什么可挑剔的。她已经是奔五十的人了，在学校还要被老师教训，真是没面子到家了。她有些逃跑似的离开了教师办公室。

“咱们再联系。”罗老师的话似乎在背后又推了叶小汀一把。她加快脚步离开了老师的办公室。

叶小汀从学校出来坐上车，生气地骂了一句。她心想，林叶子真不懂事。自己的苦口婆心全都白费了。叶小海就够她忙活了。这孩子也不能消停会儿，净挤着添乱。老师也是，这些事早不说，发展到现在，才找家长，老师是干什么吃的？叶小汀一会儿要和姐姐见面。她们还要商量叶小海的事。他真不知道自己现在为谁活着？

叶小汀进了星巴克。咖啡店里，已经挂起了圣诞节的饰物。天气很暖和，还有人穿着裙子，却要过什么“圣诞”了，这么早？有些好笑。不过，过什么节是人的自由，现在这个世界，人们活得很随便。 刚才来的路上，经过加油站时，看见街边上有几个工人，守着一堆小型的麻袋。橘黄色，颜色很亮的那种黄，袋口扎成了两个长长犄角，就像驴耳朵。这在过去，恐怕也没有过。各种工业原料也只注重实用，谁会关注那些东西的外表。现在不也都靠这些包装来赚取市场吗？对于心情不好的叶小汀来说，这点快乐她也没有放过。她看着那些黄口袋动动嘴角笑了。心想，这个造型很有创意。她不知道自己为什么会变得这么无聊。

叶小淋已经在等她了。很快，她的心思又被弟弟叶小海的行为所覆盖，变得充满阴霾。

“姐，叶小海又怎么了？”

叶小淋心情显得沉重：“你说咱们家怎么这么多事呢？我本以为妈不在了，就剩咱们几个，没什么大事，还不得好好过呀，看现在……唉！”

“你也别这么说。谁家都一样，这事完了就是那事。可是咱家的事真多。”

叶小淋关切地问：“谁说不是呢！你女儿怎么样了？你见到老师了？”

“一提这事就一脑门子气。大人这么多事，孩子也不知道为大人着想，早恋呗。”

“真不省心。”

“那怎么办？小女孩子就是事多。”

“林建平最近表现怎样？”

“他，就是一个工作狂。”

叶小淋劝着妹妹：“你呀，就是个急脾气。他不是也为家里好吗？”

“别说这事了，一说就很烦。”

“你现在就像个老更。脾气不要这么大，对身体不好。这你又不是不知道。”

“咳！没办法，那是让生活给逼的。”

叶小淋看着窗外穿行的人流心想，谁可能都有一脑袋的官司？她们家的这点事，也许算不上什么。但是，已经快要把她们俩打倒了。

“难得在一起这么安静地说话，还是说说小海吧。”叶小淋转移了话题说。

“姐，我一听他的事，就一脑门子的烦。”

“行了。少说两句吧，就是烦也要管他。你也感觉到了，最近小海有些反常。”

“是不是新换的药起作用了？”

“不可能！要起不就早起了吗？”

“是啊！那你说是怎么了？”

“我看他可能遇到什么事情了。他的变化根本不仅仅是药物作用，一定还有什么事情发生，咱们不知道。”

叶小汀有些愕然地看着叶小淋说：“啊？不会吧？能有什么事发生呢？我有些受不了了。”

“我也不知道。”

“反正小海不太对我说心里话，岁数离得太近。”

叶小淋看着叶小汀很无奈：“你也别怪他。他没结婚，就和妈在一起生活了这么些年，相依为命。现在妈不在了，他肯定接受不了这个现实。对正常人都很难接受，就别说他了，很可怜。”

叶小汀似乎被叶小淋一席话所感动，她歪过脸看着窗外的行人：“要是人总不死就好了。”

“别傻了，那都活成妖精了。”

叶小汀、叶小淋相视而笑。

“我想，如果他病情有所好转，就把以前吃药的事情告诉他，这也是个机会。他不能一辈子都这样，重要的是，他要能接受这样的事实，并且主动就医，那就好办了。”叶小淋说。

“他知道后，会不会更不吃药了？”

“所以要等待机会啊！先看看再说吧。”

“姐，姐夫还和你闹吗？”

叶小淋皱了皱眉头说：“嗨，我看我们是早晚的事，他还那样。”

“当年你和他好，全家人都反对。爸爸气得要死。人家说，父母反对的婚姻，都没有好下场……”

“现在说这些都晚了。自己找罪受呗。”

“不过现在也不晚，不和他过不就行了？”

“你说得轻巧，佳佳还要让他养呢，他想得美。”

“姐，你说得对。孩子最重要，别说你老公了，你儿子还行吧？”

“一样，一点儿不让人省心。”叶小淋说着，叹了一口气。

“小海总是说要找对象的事。我看就是找了，也好不了。现在的人都爱钱，哪个女人会爱一个病人呢？”

“是啊，妈在世交代的最后一件事，就是这个了。可现在有多难呀。”

“我看，你应该和他谈谈这事。要不然，那个病好了，这个病又来了，你说怎么办？”

叶小淋没说话，看着窗外。

“不管怎么着，先把那些杜冷丁片要过来，以防万一。”

“以前在部队药房工作时，我知道，杜冷丁是要开红色处方的，那些药属于毒麻剧限药类的。吃的超过量后，都有严重后果。现在家里有这么多妈妈没吃完的药，真够呛！”

“就你知道？我前些日子把那些药收起来了。不知道他会不会又翻出来？”叶小淋显得不耐烦地说。

叶小汀知道，叶小淋不喜欢那些在她面前抖机灵的话，她是全科大夫。

“我就是这么一说，你不至于吧？姐，怎么什么话到你嘴里一说，就会变味儿了？”

“我很烦，我都不知道，咱们什么时候能熬出头？”

“我理解你，姐。”

“咱们现在都在更年期里，也不知道咱们会变成什么样子？”

“不管怎么变，咱们也不会变成叶小海那样。”

“你还别说，现在这个社会，到处都是压力。你不去想那些事情，社会就逼着你去想，我有时候都觉得，陷在里面，很难自拔。”

“姐，我觉得，有时候发发火挺好的。就像是出气筒，也能减减压。”

“发火有什么用。我有时感到，都要喘不上气来。要是真的窒息了，那倒好了，一了百了。”

“你比我想的还要严重。我觉得，老天爷不让你这时候去死，那就是看你的罪还没有受够。等到觉得你差不多了，才能让你去死。”

“咱这是干吗？别说这些糟心的事了。叶小海反正就是要咱们管。我有时觉得他很可怜。他一闹事，我又很恨他。”叶小淋显得有些恶狠狠地说。

“这样的感觉我也有，只是没有那么强烈。也许有你，在前面顶着呢。我有时就是觉得没意思，就这样算了。”

“小汀，我想，咱们还是振作一下吧。”

“怎么振？”

“就是过了今天，再说明天的事。”

“姐。我可不那么潇洒。我总想，要是哪天突然我犯个心脏病什么的，就那样‘嘎巴’了挺好的。”

“胡说，你那个乌鸦嘴。”

“真的，要能那样，我谢谢上帝。”

“你一个共产党员，信什么上帝？”

“那我也信，我感到这样说好受点儿，痛快点儿。”

“好了，咱们把要说的也都说了。下一步，就是要搞清楚叶小海到底怎么了？还要把那些药管好，防止他乱服药。”

“知道了。那好吧，姐，咱们也是年过半百了。自己不心疼自己，没人心疼你。”

“行了，你先管好自己，再关心叶小海就行了。”

“知道了。那你说，什么时候把放药的事告诉小海？”

“看看情况再说吧，我看现在还不是时候。”

“那我听你的。姐。”

“那好，你把我送到小海家，我要去趟单位。”

其实，叶小淋是要去邮局。

几天后的早上，刚刚上班的赵林一走进王亚玲的办公室。

“组长，最近那人又写信了。”

“是吗？”

“我总觉得，这件事情上，咱们是不是管得有些太宽了？就是管闲事。”

王亚玲转过身来看看赵林一说：“小赵，有时候有些闲事还是应该管的。在咱们力所能及的范围内，更多地帮助需要帮助的人，难道有什么不对吗？”

“这……”

“不用说这些，咱们这个邮局，在这一片的小区，也是很有历史了。咱们师傅的师傅，曾经对我们说过，‘这一片居民，就像是咱们的街坊。他们的事情，就是我们的事情’。这些话，这些年一直留在我们的记忆里。希望你们年轻人也要记得这些。”

“噢，知道了。”

赵林一有些无趣地走出来，看了看眼前的同事说：“别都看着我呀，还要找黄奕明，是吧？”

王亚玲跟着出来说：“对，你要和你老婆商量，看看还有什么新对策。”

“不是已经把信送去了吗？”赵林一起身要走。

王亚玲马上拉住他说：“最好能尽快和家属取得联系，咱们不能帮倒忙。”

“好，放心吧！”

赵林一出门骑上他的电动车，飞快地来到社区卫生院精神卫生科办公室。他恨不得马上见到老婆，把心里这口怨气好好发出来。

黄奕明看着大口喘气的赵林一说：“你先喝口水，喘喘气，看你跑的。”

“老婆，你就别客气了。那人又写信了，瞧你给我找的这些事儿。”

黄奕明看着赵林一那种要发火的样子，就大声说：“赵林一，你没事儿吧？”

“没事儿，我真不明白，你就不能心疼心疼你老公。为这点破事，让我没完没了地乱跑。”

“你受了谁的气？到我这来撒野？”黄奕明大声地叫道。

“谁的气？就是你们，假装帮助别人，让我受罪。”

“你真是的，就为这事儿？”

“哪还有什么？”

黄奕明嘴上吼着赵林一，还是顺手把毛巾递给了赵林一，让他擦擦脸，爽快一下。

“你呀，这事儿，咱们不是说好了吗？就按照我说的那么办，只要找到那个病人或者是病人的家属，你就没事了。”

“这要弄到猴年马月呀？”

“快了，老公，真的，快了。”

“我真的服你了。你自己犯精神病还不说，还拉着我，还有我们邮局。”

“你不觉得很崇高吗？咱们创办了个天堂邮局，可以通过这个窗口，帮助那些有心理疾患的人，你不觉得很好吗？”

“那是你！”赵林一没好气地说。

“你也一样。只是，很多好事，是需要时间来验证的。”

“我真的服你了。老婆救命吧。”

“等找到病人，马上就解放你。好了，我正上班呢。”

赵林一回头看看楼道外面，口气缓和了一些：“老婆，这次，这人写的信在这。”

赵林一说着，从邮包里拿出那封写给天堂邮局的信。

“看来呀，虽然通过写信和他有了联系，但这不是最终的办法。他很有可能真是个精神病人，必须接受药物治疗。现在的问题是，他们家人知不知道他的情况？”

“我和组里的同志也是这么想的。”

“你送信时，见过他的家人吗？”

“总共才一次，又是在门外信箱中投递，怎么能那么巧就见着他家里的别人呢？”

黄奕明若有所思：“让我想想。”

赵林一着急地问：“还有什么好想的，不如报警吧。”

“别急，这种病人最怕意外的刺激，得想好了再做。咱们既然插手了这件事，就一定要负责任。”

赵林一有些不屑地看着黄奕明：“等你想出办法，人没准都早死了。”

“这不可能。像这样的病人胆小、懦弱、谨慎、怕受伤害。他们虽然很痛苦、矛盾，但也很珍惜自己的生命。从专业角度上看，人要自杀也是需要勇气的。”

“你就别老说专业了。”

“不说成吗？这正是你最缺乏的。像他们这样的病人，更多的表现是优柔寡断、反复和偏执，所以……”

赵林一打断黄奕明的话："唉，又给我上课呢？快想主意！"

老费看着两口子不断地争执，就说："小赵，你不要这样，小黄一直在为这件事情操心，她比谁都着急。她说的话很有道理。精神分析是一门十分专业的精细工作，要想把它做好，那可不容易呀！"

黄奕明没理赵林一："我看这样，先不要惊动他，我再写一封回信。这次你最好把信送到他手中，看看他本人的形象特征，能不能遇到家属。"

赵林一惊奇地看着黄奕明："还送呀？你这是欺骗行为了，你会害了他！"

黄奕明笑了笑说："不会的，老公，全靠你了，这是最后一封信了，下次我亲自出马。你现在就是天堂邮局的代言人。"

赵林一看着黄奕明苦笑着说："老婆，就别给我戴高帽了。这次你就应该去，要出人命了！"

"你说得对。但是没有人命，在这类病人的世界里，只有他们自己虚幻的东西存在。如果他们正常，能有这些举动吗？"

赵林一纳闷儿地看着黄奕明。

"我想，是这样：一定要和他家里的人取得联系，才能够了解那人的情况，那样才是最终能挽救他的最好办法。就怕他没有什么亲人了。"

老费说："说得对。"

赵林一对这些精神病科大夫的话很不满意，他冲着黄奕明说："我要不是你老公，非到派出所报案去。"

黄奕明有些生气："你到底去不去？"

赵林一嘟囔着："去就是了，至于吗？"

"现在就至于。"

"好好好，马上去，行了吧。"

"现在对精神病人的治疗，包括回归社会的精神治疗，就是希望全社会的人们能更多地理解和帮助这些病人。让他们在药物和精神关怀的共同治疗下，重返社会，像正常人一样精神愉快地生活，这就是目的。"

"老婆，别说那么多大道理了，这会儿怎么办呀？"赵林一着急地说。

黄奕明很快地把信写好交给赵林一："一切都好。天堂邮局。"

"就这么简单？"

"写信不是目的，看见病人和家属才是目的。"

“噢。”赵林一一头雾水的样子。

“你别着急，咱们不能好心做坏事。你把信送去之后，如果见到本人和家属，马上回来告诉我。我作为医生可以出诊。我就去看那个病人，这样比较稳妥。对病人的治疗，必须得到家人的许可。”

赵林一犹豫地说：“这样行吗？不会出人命吧？”

黄奕明推了他一把：“少贫了，快点儿。”

赵林一有些不情愿地嘟囔着：“好吧，这整个就是一个累傻小子。”

黄奕明哄着赵林一说：“少废话！晚上我给你烧肉吃。”

赵林一笑着走了。

老费看着赵林一，又看看黄奕明，摇摇头说：“你们年轻人呀，真是……”

在学校，高三•一班教室里正在自习。没有老师，乱哄哄的。

兰钢看着坐在自己前面的林叶子说：“怎么了？又挨说了？”

林叶子边写作业边回答：“那都是家常便饭了。”

“那现在为什么不高兴？”

“我就是不想让我爸我妈知道你还存在，知道吗？”

“还为那事呀？知道了还不好？早晚都会知道。”

林叶子看着兰钢：“美得你！你想什么呢？你可别得瑟！”

“小爷我，军干家庭出身，家有房子N套，高中毕业就是考不上大学，我爸也能让我上军校。”

“是啊，你多有本事，我可得自己考。”

“我哪敢跟你显摆，我爸一天到晚有应酬，净喝什么‘深水炸弹’，那不得有一批哥们儿，我的事还不就好办了吗？”

“瞧你得瑟的！什么都不学，上了大学也是个白痴。毕不了业，瞎耽误功夫。”林叶子揶揄着兰钢。

“你真小看我了，你不是说我长得好，我可以当节目主持人呀！我有长眼睫毛呀。”说着兰钢眨了眨眼。

“你先歇会儿好吗？瞧你那样儿，主持人是你当的吗？”

“我这不就是说说吗！条条大路通罗马。”

“你的罗马是哪儿？真可笑。”

兰钢嬉皮笑脸地说：“你先别发火！我有优点，你不是说我的眼睫毛特长吗？”

“又来了，我妈说，眼睫毛长当不了饭吃，管个屁用。”

“我知道你鄙视我。我这不是也在努力吗？”兰钢嬉笑着。

“让我先写完作业你再得瑟，行吗？我可得靠自己。”

兰钢感到有些无趣：“你长得好，那就是财富呀。”

“你少废话，我可不是那种寄人篱下的人，看人家的脸子吃饭。我爸说，知识就是力量，就是要自己有能力。”

“你爸真行，这么小就教你对付老公。”

“你真流氓！别臭美了，还想当老公？”

“开个玩笑不成吗？”

林叶子笑着说：“不行！你知道什么是境界吗？境界。”

“那是什么？”兰钢摸摸脑袋，一脸无辜的样子。

“这个你也许永远都不会懂。”

“你真小资。”

“小资！你一个高中都毕不了业的人，也懂小资？”

“那是，这不是也是时髦吗？”

“你先歇会儿吧。”

林叶子一脸的不屑。但她也不知道为什么，眼前的这个不喜欢学习的同学，就是她喜欢的人，怎么这么可笑，她自己也明白。

“你不是说你舅舅有精神病吗？”

林叶子看看四周小声说：“你小点儿声，行吗？”

“我爸他们那儿开发了一种军用民需电子治疗产品，已经申请了专利。我爸说，你舅舅这样的病可以用这样的仪器辅助治疗。我叫我爸弄了一台，你拿回去试试，看看效果怎样。”

“真看不出来，你还挺有心的。你该不是为了讨好我瞎吹的吧？”

兰钢随手从座位里拿了一个口袋递了过来：“你LOOK、LOOK。”

林叶子、兰钢凑在一起看着说明，并没有看见已经走进教室的罗老师。

罗老师一走进教室，顿时大家鸦雀无声。

林叶子压低声音：“谢啦！”

“别客气。”

林叶子压低声音说：“我要你东西可没别的意思，我会给你钱的。”

“不用，不用，真的，别客气。”兰钢一边说着，一边连连摆手。

罗老师站在讲台上，对全班同学说：“同学们，请安静，明天的考试很重要！现在讲一下注意事项，希望同学们认真听。”

兰钢缩在了林叶子身后，他尽力压低自己的身子，以缩小老师目光对他的搜索。他知道，这些考试与他无关。他只等着自己爸爸的“深水炸弹”定期爆炸，能为他在未来的军校，寻得一个委培生的位置。那也许就是自己这辈子最终的学历了。

罗老师没有放过任何监视班里异常举动的机会，她下意识地用眼光扫了一下兰钢和林叶子。

学生时期，老师的一言一行对学生来说，具有深刻的影响，哪怕只是一眼注视。

兰钢和林叶子马上坐直了听老师讲话。

第十四章 “天堂邮局”发现真相

叶小淋接过信，惊奇地看着来信地址：“天堂邮局”。

这天中午，叶小海在家里看着电视，吃着自己煮的面条，电视里又在播着电视连续剧《贫嘴张大民的幸福生活》。他沉浸在那个家庭是是非非的矛盾中。虽然那家人的生活很艰辛，但是，在那个家里，充满了人气。就是争吵，也似乎透着热闹。好像他已对号入座，暂时解决了叶小海眼前的寂寞。这样对号入座地看电视节目，似乎也是叶小海解决痛苦的一种方式，更有一种安慰在里面。叶小海很投入地看着，似乎想从那个爱吃冰的母亲那里，找寻回一丝母爱。很多文学作品，就是把生活中的精彩片段，精练成一种状态，就像什么精华素一样，能够细致入微地渗透人们的心灵肌理，滋润那些饥渴的神经细胞，让人们从中汲取自己或缺的营养，甚至重塑人们的人性格调。在叶小海看来，这部电视剧，也许就是对上了他的胃口。

这时，叶小海听到开门锁的声音，起身来到门口，看见叶小淋推门进来。他有时总有这样的感觉，自己的两个姐姐，总有点儿神出鬼没的情形。不过，他觉得这样也挺好，就算是惊喜吧，他希望家里有人气。

“大姐，你怎么现在回来了？没上班？”

“我调了休，回来看看你。”

叶小海疑虑地看着叶小淋说：“你和二姐最近走马灯似地来来回回，我有什么问题吗？”

“哦，没什么。这不是关心你吗？你要是觉得我们来得太多，我们就少来几回？”叶小淋掩饰着自己的情绪说。

“这样好。我只是问问，我倒是希望你们天天都来看我。”叶小海赶紧说，他心里有些不爽，似乎觉得姐姐说这些话，像是在威胁自己。

精神病人永远都会感到自己的安全受到某方面的威胁，不管那些威胁是否存在。就是臆想，也要想出一个来，供自己受用。

叶小淋进了客厅，看看家里：依然是井井有条的样子，窗台和桌椅好像也都擦过了，桌上的东西也收拾得很整齐，叶小海穿着也很干净。叶小淋心里纳闷儿，叶小海这是怎么了？他患病这十几年来，从来不收拾自己的卫生，不打扫房间，甚至就连头上全是头皮屑，也很不愿意洗澡。

叶小淋知道，这些身体症状，也许和他吃的药有关系。她解释问题的方法，似乎永远和医学观点分不开。叶小海的针针线线都是靠叶小淋来收拾和洗涤的。叶小汀几乎不管，她对所有身外之物都有戒心。她在医院工作十多年后，有些洁癖。在化验室里工作养成了习惯：那时每天下班，不洗六遍手，就不能下班。对任何东西，都会用显微镜的观点看，似乎那些东西上面，全都布满细菌，需要彻底消毒似的。所以，家里不会是叶小汀收拾的。但是，叶小海这样的变化，到底是为什么呢？又是出于什么原因呢？这么些年的药物治疗都没有什么成效的变化，怎么这几天就会有这么大的改观呢？

“你吃饭了吗？”叶小淋看看饭桌，也是擦拭过的，上面最起码没有那些肉骨头什么的残渣。

“我正吃呢，你呢？”

“我在单位吃了。”

“姐，你这几天和二姐真的很关心我，还问我同样的事情。”

叶小淋若无其事地说：“关心你呗。”

“真的吗？”

“那还能是假的，我们是你姐，来看你很正常。我今天事情比较少，过来想帮你打扫一下房间卫生。”

叶小海面露喜色地说：“不用了，大姐，你看，这几天我净打扫房间了，你不用忙了。要不然，吃点儿我做的面条，挺好吃的。”

叶小淋疑惑地看着弟弟问：“你最近感觉怎么样？”

“我感觉不错。”

“药吃的量够吗？”

“那当然，我能骗自己吗？”叶小海理直气壮地说。

“你穿新裤子了？”

叶小海指着自己的腿说：“是呀。你看，这还是你给我买的裤子呢，一直没穿过，现在一穿还挺好的呢。我最喜欢裤腿上面的那些兜儿。兜多了，出门也不用带包了。”

叶小淋用不安的眼神看着叶小海问：“你最近怎么吃药？”

“每天早上吃三片！”

“每天都吃？”

“是呀，怎么了？”

“没忘吃过吗？”叶小淋像看病时询问病人病情似的，一边问着叶小海，一边观察着他的表情。

叶小海抬起头看着叶小淋说：“是呀！不吃不就犯病吗？姐，这可不是在医院，我可没挂你的号，你怎么了？”

“没什么，我只是问问。你知道吗，很多长期服用的药物，在体内都有个积蓄过程，那样疗效才好。所以你不能忘记或减量吃药，那样疗效就不稳定，旧病就会复发，知道吗？”

“嗯，知道了。就是为我自己，我也不会忘的。”叶小海好像很自信地说。

就在这时，门铃响了。不用钥匙开门的来人，只能是外人。

叶小淋更加惊奇地看着叶小海问：“你有朋友来吗？”

叶小海摇摇头说：“没有。”

叶小淋打开门，看着眼前的这位来客，张着嘴下巴几乎合不上了。她惊奇问道：“怎么是你？”

赵林一也睁大眼睛惊奇地看着叶小淋问：“嗯？叶大夫，这是您家？”

“是呀？”

“原来您就住在这儿呀？这么些年一点儿也不知道？。”

“这是我妈家，我不住这儿。”

叶小海此时应声走过来看个究竟：“大姐，谁呀？”

赵林一看到叶小海更加惊讶地问：“叶大夫，这位是……？”

“噢，他是我弟弟，他和我妈住在一起。”叶小淋回头看看叶小海。

“原来是这样。”赵林一简直不相信自己的眼睛和耳朵了，他几乎有些按捺不住心中的狂喜，他没有想到，今天会有如此的斩获。

“进来坐吧，你有事吗？”

“不啦，这是你弟弟的信，我就先走了。”赵林一声音有些颤抖地说着，把黄奕明写的信递给了叶小淋。

叶小淋接过信，惊奇地看者来信地址：“天堂邮局”

“我先走了。”赵林一迫不及待地要到黄奕明那里，把今天的所见所闻报告给自己的老婆。他显得有些按捺不住。

叶小淋急忙拉住转身要走的赵林一指着这封信问：“哎？小赵，先别走，这怎么回事？”

叶小海没等他们的对话结束，就从叶小淋手上一把夺过信进自己屋里了。

赵林一压低声音小声地：“别问我，你最好去问黄奕明。”

叶小淋拽着赵林一的衣服更加惊奇地问：“小赵，这和黄奕明有什么关系？”

“您听我说，这儿说话不方便。黄奕明会说明白的。我还要送信，先撤了。您让黄奕明来解释吧！回见！”赵林一挣脱开了叶小淋的拖拽，一溜烟儿地跑出了叶小海的家门，骑上车，飞快地消失了。

随手，叶小淋把大门重重地关上。她似乎有种感觉，现在临到自己了。

在学校，高三•一班教室里，兰钢和林叶子正在收拾书包，要放学了。今天下午没课，在家复习做卷子。

“你不把那东西拿回家吗？”兰钢看着林叶子拿着那个治疗仪犹豫不决的样子问。

“哪敢呀，我爸又该火了。还是我亲自交给舅舅吧。”林叶子小声说。

“你先看看说明，对不对你舅舅的症。”兰钢讨好着林叶子。

林叶子从书桌里拿出那个仪器，看着说明书。一边看一边说：“这个仪器看来也不是什么特效型的，只是起到某些辅助作用。”

“那也比没有强呀？你先让你舅舅试试，不好用就算了，反正这是我送给你的。”兰钢说。

“你这是什么意思？先说好，不许瞎想。本小姐不吃这一套。”

“哪能呢！我能敢有什么意思吗？”兰钢笑着，显得很虔诚。

“你别存歪心眼儿，先说好，咱俩只是同学。别老套磁。”

“不是的，你想多了，我就是你的哥们儿成吗？”

林叶子看着兰钢的样子很滑稽，就笑着说：“你对谁都这么说吧？”

“你怎么知道？”

“就你那样，一眼就能把你看个底儿掉。”

“本小爷就是这样，怎么着？”兰钢有些放肆地说。

“呦？你还挺横！你敢对我这样？拿着你的破烂滚！”林叶子生气地把那个治疗仪扔给了兰钢。

“别这样。不说了，反正说什么你都不信。我是真的对你好。”兰钢做着鬼脸，手里拿着那个治疗仪有些不知所措。

“我看你也不敢。借你几个胆也没戏。你还敢吗？”林叶子自信地说。

“真的不敢了还不行吗？杀人不过头点地，你还要我怎么着？你一会儿去你舅舅家，我陪你去行吗？”兰钢软里带硬地求着林叶子。

"不行！你是谁呀？再说，你还那么狂，谁吃你这套？要让我姨看见，我就更倒霉了。她准把我骂个狗血淋头。她就像《大话西游》里的唐僧。"

"哈哈，好，好，不去。"

"你还笑？这还差不多，别老像个跟屁虫儿似的。"

兰钢美滋滋地笑着说："遵命。"

黄奕明正在办公室吃自带的午饭，赵林一突然风风火火地跑进来说："老婆！老婆！不好了，闹出事来了！"

黄奕明起身纳闷儿地看着赵林一问道："怎么了？踩着地雷了？看这一头汗，你吃饭了吗？"

赵林一顾不上这些喘着粗气说："老婆！你知道我给那个人送信时开门的是谁？"

"谁呀？看见鬼啦！"

赵林一喘了一口气诡秘地笑着说："你认识的人。"

"我认识的人？谁呀？快说！"

"就是你们院的叶小淋，叶大夫。"

黄奕明惊奇地看着赵林一，她放下手里的饭碗说："你看清楚啦？是叶大夫？她在那干吗？"

"你猜那个收信的人是谁？就是叶小淋的亲弟弟。"

黄奕明愣了："啊？什么？简直不敢相信！"

"是呀，你们在一起工作，就从来不知道她家的事情吗？"

"从没听她说起过。我们也许只是工作关系而已。"

"你就不知道她有个弟弟？"

"没听他说过。"

"我看，那些信就是叶小海写的。"

"你怎么肯定那些信是他写的呢？"

"因为，我刚把信递给开门的叶小淋，叶小海就把那封我送去的信抢走了，难道不是他吗？"

黄奕明没有说话。她好像在脑子里迅速地想着什么。

"你们难道这么些年，都不知道她有个有精神病的弟弟吗？唉，我就不明白了，你们女人那么爱管闲事，难道就不知道同事家中的这些事吗？”

“你有完吗？让你干点儿事，瞧把你能的，你来劲了？”

赵林一好像有些委屈地说：“人家把‘案件’给破了，连句奖励的话都没有，还呲儿我。我成什么了？“

“你好，你能，我表扬你。”黄奕明敷衍着赵林一说。

“表扬人也这么横？”

黄奕明没理赵林一自言自语地说：“这怎么可能？”

“怎么就不可能呢？”

“我们在一起工作这么多年，就没听叶大夫说过她家有这样的病人。真有些不可思议，她的嘴也太严了。”

“有什么不可思议的。现在这年头，什么新鲜事都有，就别说你们这小小的医院了。真是庙小妖风大。”

“少废话，就你明白？”

“那是，你们女人，就爱管闲事，也没管到点儿上？”

“是呀，有些人不爱管闲事，就爱幸灾乐祸。”黄奕明说着瞪了赵林一一眼。

“你说谁呀？我可是你老公！”

“你先别捣乱，让我想想怎么和叶大夫说。”

“这次算你说了句有头脑的话，看你怎么对人家叶大夫交代！”

黄奕明看着窗外在风中摇曳的枯黄树枝说：“是啊，凡事都有个缘由，我必须对叶大夫讲清楚。”

赵林一走后，叶小淋不知道自己的弟弟，在她们姐俩不在的时候，到底干了些什么？她忽然对这个自己曾经居住了几十年的家，产生了强烈的陌生感。其实，此刻她的心里，也有无限的愧疚。

叶小淋心里有些忐忑不安。她拿起电话，拨通了叶小汀的手机号。

“小汀吗？你有空来一下，小海这里有急事……嗯，说话不方便，来了再说吧。”

“什么事呀？我正忙着呢？”

“别问了，来了就知道了。你开车小心一些。”

“你们需要我，就觉得我是家人。不需要我，就指责我。我觉得很恶心！这次又怎么了？”

“你来了就知道了。一言难尽。”叶小淋觉得自己已经用了最大的耐心，聆听妹妹的愤怒，她也已经快到引爆点了。

叶小海在卧室里关着门看信。他似乎好像突然从这个从天而降的细微关注里，找到了自信。他好像觉得，自己被重视了，重生的感觉油然而生。他感觉自己失落得够久了，现在终于见到光明了似的。

叶小淋在外面轻轻地敲着叶小海的房门，但是就像里面没有人。叶小海没理她。

“小海，开门。”叶小淋还是焦急地敲着门，不断地叫着叶小海，她感到，今天叶小海见到那封信时的表现很反常，是她从来没有见过的。她心里有种预感，好像有些事情就要发生。是什么事情自己也不知道。

叶小汀刚在叶小海家门前停好车，林叶子就给叶小汀打来电话。

“妈妈，你在哪儿？”

“啊？是叶子？有事吗？”

“我这有个治疗仪，是兰钢送我的。说是可以对舅舅有用。”

叶小汀一听见林叶子说兰钢，心里沉了一下。

“你不能随便要人家的东西。”

“我知道，这是试用装，没准儿有用呢？人家也是好心。”林叶子用那种不容置疑的口气说。

叶小汀想了一下说：“你现在下课了？”

“是呀，我们下午没课，在家做卷子。现在正好有空儿，我过去了？大姨在舅舅家吗？”

“在，怎么了？”

“她要在，那我就不进去了。我不想听她唠叨。就像唐僧念经！”

“怎么对大人说话呢？你走哪儿啦？如果快到了，我在门外等你一下。”

“我还在学校呢。马上就去，你等会儿我吧。”

“好，你注意交通安全。”

“知道啦，放心吧。”

叶小汀开门走进叶小海家客厅，看见叶小淋，就着急地说：“姐，出什么事了？”

“小声点儿。”叶小淋用手指指叶小海的房间，又把手放在嘴上，作出“嘘”的样子。然后小声说：“不知道小海搞什么？”

“他怎么了？”

“刚才他收到一封信，来信地址是‘天堂邮局’”。

叶小汀惊愕地叫道：“啊？什么？见鬼了？”

“小声点儿，大嘴巴，你能不能小声点儿？”

“小海呢？”

叶小淋指了指叶小海卧室：“瞧，一看到信，连饭都不吃了，把自己关到房间里，叫都不出来。”

叶小汀一听就急了，冲到叶小海房门口：“小海，我是二姐，快开门。”

叶小海房间里没声音。

“小海，快出来，大姐求你了。”叶小淋继续叫着叶小海。

“姐，你说，他这几天的事和这信有关系吗？”叶小汀着急地问。

“谁知道呢？”

“真是的，怎么会这样？”

“什么意思？你知道些什么？”叶小淋十分敏感地问叶小汀。

“没什么，真的没什么？”叶小汀有些含糊地说。

“就没有消停的时候！”叶小淋生气地说。

虽然有时候，叶小淋经常对叶小汀说，在对待叶小海的事情上，最好心态平和一些，这是一辈子的事情。今天过完今天算。那些“人无近虑必有远忧”的传统想法，已经跟不上现在这个社会的发展速度了。

叶小汀知道，姐姐也是为了她好才这样说。

但是，实际上，每个家庭虽然大相径庭，但是家家都有三长两短的事情，难以避免。也许在这个世界上，就没有一个家庭是整整齐齐的没什么毛病。就是真有这样完美的家庭，那也许是凤毛麟角的事情。

叶小汀心里很明白，无论是丈夫还是家人，也无论发生什么事情，她对他们的爱，都是发自内心的。人这一辈子，就是在不断地商榷和妥协的情形下走完的。这些谈判和退让的结果，就是人生里程的蜿蜒曲折。在某个环节上做得不好，就会出现失误，也许就是危险。

这个社会和自然是一致的，优胜劣汰。

黄奕明站起来收拾着桌上的病历："林一，我现在就要去他们家，这是我的职责。既然事情发展得这么快，我就要向他们解释清楚，并且征求他们的同意，尽快给病人治病。"

"你疯了，他家里要是出了事，还不吃了你？"

黄奕明笑了笑说："别胡说，我又不是坏人，是在做好事。再说，他们也不是老虎，会理解的。只是那个病人不要出什么问题。"

赵林一拦着黄奕明："不行。你最好别去，他姐不也是大夫吗？"

"这可不一样。叶大夫是内科医生，对于这样病人的应急处理，没有我有经验。"

"我就不明白了，人家的事情，你干吗这么上心？"

"现在的状况是由我弄出来的，我就要去解决。"

"你现在才明白？"

"你不要在这里干涉我的工作。"

"我就不让你去，你能怎样？"赵林一挡在门口拦住黄奕明说。

"赵林一，我今天非去不行，你放手。"黄奕明很生气，她觉得现在自己就像个小孩子。

赵林一还是牢牢地挡着黄奕明的路。用手使劲儿地拉着老婆的胳膊。

"你放手！"

"不放！"

"你放不放手？"

"就不放。"赵林一坚定地说。

黄奕明急了，她使劲儿地想挣脱开赵林一说："你放开我，你的工作我没干涉过，你也不要来干涉我的工作。"

"你知道吗？那个男的有一米八高，很魁梧，你一个人怎么制得了他？"

黄奕明笑了说："原来你就为这？我是大夫，又不是去打架，不管他高、矮、胖、瘦。我是去履行大夫的职责。"

赵林一无奈地松开黄奕明的手说："那好，我给你带路，顺便做个保镖什么的。"

"嗯，还是老公疼我。"

“拿你没招儿。”

黄奕明在纸上写着什么，“我得给老费留个条子，也算请个假。”

“你的事真多呀！”

大家正要放学的时候，罗老师对全班同学们说：“希望同学们重视现在的复习，珍惜这在校学习的时光。考大学是人一生中的一个转折点，希望你们能把握时机，努力拼搏，考出好成绩。”

兰钢小声对林叶子说：“我肯定没戏。”

林叶子小声应道：“那是，你又不学，等着馅饼砸你吧。”

“那放学后，就让我陪你去你舅舅家行吗？”

林叶子小声地：“刚才不是说了吗？不行！我妈、我大姨都在那儿，你找不自在呀？”

“你怎么知道？”

“我刚才给我妈打电话了。”

兰钢很沮丧的样子：“我在远处等你还不行吗？”

林叶子想了想小声说：“那好吧，你可别暴露了。要不，挨批的就是我了。”

“好，小爷知道了。”

“瞧你那副德行。”林叶子抬头看了一眼在前面讲话的罗老师，正好看见罗老师不住地用眼角扫着他们俩。这样的眼神，在学生时代，足以销毁一个孩子的自尊心。林叶子心想，这也许就是下次找我家长的理由了。

林叶子把头一昂，假装什么也没看见。在她那个年龄，这也许就是她在老师面前，捍卫自己尊严最有力的状态。她知道，老师的眼光可以击穿每个学生的心灵，但是她不怕。

兰钢在她后面的座位上，回避着老师的眼神。他心里明白，只要是这个学校的学生，就永远也不可能逃过老师的注视。他好像感到，自己生活在某个聚光灯下。

尽管这样，这些学生胸中那些难以压抑的青春萌动，仍旧不可阻挡。

这时，叶小海家也正热闹着呢，就像开了锅。大家心里都有各自的心事。心中像有十五个水桶，七上八下似的。

叶小淋听见有人敲门。就大声地问：“谁呀？”

黄奕明似乎淡定地站在门外，用手缕缕头发，鼓起勇气应道：“我，叶大夫，我是黄奕明。”

叶小淋和叶小汀互相惊奇地对视着。这一家人的情绪，已经到了一触即发的边缘。就像出膛的子弹，只朝目标飞去，而不会再钻回到枪口里一样。

叶小汀打开门，黄奕明、赵林一一起走进屋。

叶小淋此时的惊讶，几乎让她能背过气去。她镇定了一下情绪说：“黄大夫，你们怎么来了？我正要找你呢。”

叶小汀倒着茶说：“黄大夫，请喝水，来，小赵，坐这里，咱们坐下慢慢说。”

“姐，不用客气。”赵林一显得很尴尬。

叶小淋开门见山地问：“黄大夫，这些信到底是怎么回事？”

黄奕明整理了一下自己的思绪，让自己和大家尽量感到轻松，笑着说：“叶大夫，您先别急，我全都告诉你。”

“到底闹得什么事呀？”叶小淋却有些迫不及待地追问着。

黄奕明看看房间四周，几间屋子都关着门，没有看见叶小海的影子。就问道：“叶大夫，现在说话方便吗？”

叶小淋有点不明白地点头说：“没关系，很方便。”

黄奕明从口袋里拿出四封信：“叶大夫，这是我们家赵林一在邮局收到的四封寄往‘天堂邮局’的信。”

叶小淋和叶小汀愕然地看着那些信件。叶小淋故作镇定显得有些不自然。

黄奕明看看大家好奇的目光注视着自己，有些不自在地说：“你们先别这样看着我，我也不是来出诊看病人的，我只是来把这件事情对你们说清楚的，也许这件事情会和你们有什么关联。事情的真相是这样的……”

叶小海还是反复读着那封信，他并没有觉出家里来了很多人。他仍旧沉浸在自己的世界里。他顺手拿起几张以前和妈妈照的照片，反复地看着，心情很高兴。

其实，他在心里也很矛盾，搞不清这些回信是怎么回事？

在叶小海纠结的自我情感中，始终觉得有人在和自己作对，只要是不愉快，都会归结为是别人注意他的结果。叶小海并不喜欢别人对他的关注。他觉得那些注视是不怀好意的。他似乎觉得危机四伏，周围都是敌对势力。自己始终在战斗中，下不了火线。尽管在这个家里，只有他没有当过兵。但是他却全副武装，把自己武装到牙齿。好像这样，自己就可以高枕无忧了。

但在实际生活中，叶小海的高枕无忧却始终没有实现。因为他的病情，没有得到很好的控制。也许，就是病情控制到最好，也不太可能和正常人一样面对各种问题。

现在叶小海突然接到这样富有人情味和戏剧性色彩的来信，最起码可以使他那敏感的心境愉悦一些，暂时息战。下一步，自己就要看看和找找发信人了。到底是谁在关心自己呢?

……

黄奕明结束了自己的谈话：“事情就是这些了，我不知道你们怎么看?”

叶小淋似乎松了一口气：“噢，原来是这样，要是早些通气，也许小海的事我们早就知道了。”

“咳，我们也是很谨慎的，经过反复琢磨，才想出如此下策。真的不知道大水冲了龙王庙呀？叶大夫，真的不好意思，虽然是好事，但是我擅自做主，做了这些。请你们原谅！”黄奕明歉疚地说。

“黄大夫，小赵，谢你们还来不及呢！要不然我们根本不知道小海会有什么悄悄的活动。现在他真的有些犯病，我们每天都接触他，可是对他这些动向并不了解，又怕出事。”叶小淋有些激动说。

叶小淋看着那些从别的报纸上剪下来的字拼成的信件，心里隐隐作痛。她尽量把自己的情绪稳定住，用平和的语气说：“还真是很险呀，这些信，就先放在我这吧，我看不要还给他了，真的谢谢你。”

“感谢的话就不要说了，应该这样做。咳，说这样的话，自己都觉着有点假。”黄奕明好像到这个时候，才松了一口气。

叶小淋站起来给他们一边倒水一边说：“来，黄大夫，小赵喝水吧。”

“叶大夫，你弟弟服药这么些年，看来效果还是不错的。但是这样的反复是不可避免的。现代社会节奏快、变化多，他很难适应，能像现在这个样子，已经是很不错的事情了。”

“是呀，这几年，我们一直没有放松他的治疗。虽然他有时不能自觉地服药，可是我姐和我妈做得很好。真没想到，我弟弟不动声响地写信给天堂。他脑子里总会出现这样的奇思幻想。”叶小汀忍不住说。

“是呀，这类病人犯病的主要特征就是会有幻觉，甚至幻听。他们主观臆断地看见、听见别人看不见和听不到的事情。这么多年了，这些事你们肯定十分了解。但是，你弟弟的病症现在有些危险，尤其是在老人病逝这类大事上，他很难过得去。如果药物治疗跟不上，他很可能做出很危险的事情来。”黄奕明说。

叶小淋不无感慨地说：“是呀，我们也知道这些危险，但是我们现在没办法做到每天跟着他。他有时干了什么，我们也没法知道。真的多亏了你们，我们才了解到这些情况，真的很谢谢你们！”

“谢字就不说了。现在对病人最重要的是按时按量服药。病情就可以好转，并且这件事情不要和他再交流，不要揭穿他，给他留些自己的空间。这边还有我家小赵呢，这样你们也许还能通过信箱了解他的病情。”

“他要一直写呢？”叶小汀在一旁问。

黄奕明耐心地说：“我认为不会，他如果病情好转，很可能就不再写信了。因为他也知道这是个荒唐的行为。他并不想公之于众，精神病人并不智障。”

“你看，黄大夫，咱们就在一起上班，我从来没讲过家里有这样病人的事情，我总不想让人们看不起小海。真是的，早知道现在，还让你费那么大的劲，不好意思……”

“别客气了，这不都是为了病人吗，不过，我也不用再写信了。同时，我也希望‘天堂邮局’能真的关门，不再有寄往天堂的邮件。”黄奕明调侃着说。

“您要不写那些信，咱怎么联系上呢？”叶小淋显得很豁达地说。

“也许这就叫缘分。”黄奕明笑笑说。

“是啊，我们去专科医院给他看病，但是医生并不和我们有很多交流，病人太多，也交流不过来。像我妈妈去世这样的事情，作为儿女都会十分难过，对于叶小海就更是一种不能释怀的事情，这也很难为他呀。”叶小淋解释着自己弟弟的行为说。

“这些事情发生，都会有诱因的。”黄奕明像是在观察着什么似的说。

“我们也不很清楚，该怎么正确处理家里的精神病人的情绪。只知道吃药，去医院看病，也就这些了。”叶小淋很无奈地说。

“赵林一拿回来的信虽然我们不能拆看，但是可以断定：写信的人一定是有某种心理障碍，正常人不会这样做。现在手机、通讯、网络都如此发达，他还用这样的方式联系什么呢？这说明他心中一定有很多压力需要排泄，正好他就选中了这个方式。”

“噢，原来你们是这样想的？”叶小淋像是在自语。

“我认为他也并不是一无是处，在他的内心其实是需要寻求帮助的。它以这样的一个温和的举动来发泄内心的悲哀，对社会和周围的人们并不造成伤害。这是他内心善良的体现，所以我们一定要帮助他。”

叶小淋感慨地说：“是啊，专科医院的专家对他总是以鼓励的口气给以肯定，比如他能上班，比如他没有脱离社会，比如他还有一两个同学、朋友什么的，这些对他都有很大的帮助。但是，我妈妈去世后，他一直没有去过医院，它比较怕见外人等等。这些其实已经是犯病的先兆，可是我们也无能为力，没想到是现在这样的结果。”

“黄大夫，像他现在这样不能自觉吃药的现象是终生的吗？”叶小汀问。

“有些病人服药好转后，就能够自觉服维持剂量的药物，不一定终身是这样不自觉。他们的病情也许就相对稳定，但是也有很多病人不这么认为，他们觉得自己精神状态不好，是因为吃药吃出来的，就擅自停药和减服药量什么的，结果就会造成病情更加加重。所以坚持按剂量服药和看医生，是维持这种病人病情发展的重要手段。”

“噢，是这样！”叶小汀说。

“亲人去世，正常人都很难恢复，对于小海来说就更难了。我作为他的大姐，在这种情况下，也是无能为力，我没有尽到责任。”叶小淋像是在忏悔似的说。

黄奕明指着那些信说：“就拿这些信来说，和根本就不存在的世界对话本身，就是一种幻想，是病态的表现。俗话说：‘春花黄痴子忙’。现在已经是早春了，他的药物就更不能断了。尤其是现家里老人去世，就更要对他做好预防。也就是把药量服够。”

“你说得对，黄大夫。”叶小淋说。

“黄大夫，像关于吃药的事情，能不能现在就告诉他。我妈和我姐偷着把他没服够的药磨碎了放在他喝的水里，这事对他会有刺激吗？”叶小汀有些迫不及待地说。

黄奕明笑着说：“你们可真行，想出这样的办法。这样的事情，最好不要在现在说，过些日子再说，给他个缓冲时间，防止他犯病。他每次重新犯病，都会加重病情。”

“真是的，他要知道真相，是不是就会自杀？”叶小汀显得很忧虑地说。

黄奕明十分耐心地说：“不会的。这样的病人胆子小，怕人伤害自己。他的病症不具有攻击性。他更多的是要保护自己，而不是伤害自己。你知道，要自杀是需要很大勇气的。也不是每个人都能做到的。”

“我还和小汀商量，一直想把吃药的事告诉他，现在看来还不行。”叶小淋忧心重重地说。

“我看等他好些再说，比较保险。”黄奕明说。

“关于那些信……”叶小淋把信攥在手里欲言又止。

黄奕明好像看出了叶小淋的心思，就说：“我看最好让他自己愿意和你们交流时再说。他要不愿意和你们交流，忘掉越多对于他来说越好。但是药物治疗一定要按时按量服用。”

叶小淋心情似乎好了很多：“今天这事太谢谢你了，黄大夫，你要不要见他？”

黄奕明：“我看现在暂时不必了，有机会吧。今天的刺激又够他受的，让他适应一下。我还有病人，咱们来日方长。”

叶小淋看着赵林一说：“小赵，以后也不用再跑了，有事让小黄告诉我就行，也谢谢你们邮局的同志们。”

“咳，我们什么也没做。”赵林一谦和地说，又不自觉地看看黄奕明，黄奕明看着赵林一直笑。

叶小淋、叶小汀起身送黄奕明、赵林一出门。叶小淋一眼就看见林叶子从远处跑来。

林叶子气喘吁吁言不由衷地说：“大姨，我去医院找您，您不在，我一想您就在舅舅这儿。我妈呢？”

“这不是你妈吗？多大了，还老是跟着妈妈？”叶小淋拉了身边的叶小汀一把说。

林叶子不自觉地伸了一下舌头，她知道，大姨对自己的唠叨是甩不掉的。

叶小汀过来看着女儿一脑门子汗，就给她擦着脑门说：“跑什么？有狼追呀？”

叶小汀举着兰钢给她的仪器说：“这不是为舅舅吗？”

叶小淋看着林叶子手里的仪器感到奇怪，就问林叶子说：“叶子，这是什么？”

“这就是我的同学兰钢他爸他们那儿研究的治疗仪，说是可以改善精神病人脑部病变的小机器，你们让舅舅试试，看看好用吗？

“怎么乱拿人家东西？”叶小汀责怪着女儿。

“这不是兰钢送的吗？我怕不保险，所以想先让姨看看。”

叶小汀拍了一下女儿：“和那个兰钢离远点儿，好好学习。”

“知道了，我都长大了，您别老管我了。”

叶小淋拍着林叶子的头说：“你妈不管你，你长得大吗？”

林叶子笑了，她把东西递给妈妈说：“大姨、妈，我先走了。”

林叶子跑走了，兰钢就在那边的墙角后面等着她呢。

赵林一风尘仆仆走进邮电局办公室，小孙迎面走过来打着哈哈：“呦，天堂邮局的邮递员来了。”

王亚玲闻声走出里间办公室问赵林一：“小赵，怎么样？”

赵林一不无自豪地说：“就没有哥们儿干不成的事”。

“呦，这不是前几天的你了？嘴上拴的驴跑了？”小孙开着赵林一的玩笑说。

赵林一没理他们：“组长，你说这事有多巧，要找的人就近在眼前，他就是我老婆单位医生的弟弟，而且还就是一个精神病患者。”

“是吗？有这么巧？”

“要不怎么说无巧不成书呢。”赵林一傻笑着。

小孙凑过来说：“说说怎么干的？”

在社区卫生院精神卫生科办公室，老费见黄奕明进来就问道：“那事怎么样了？”

“这闹了半天，那个写信的病人就是叶大夫的弟弟，早知道这样，还费什么劲呢？”

“那可从来没听见叶大夫说起过呀？”

“咳，不过，这事，您还真得替叶大夫保密，她不愿以让人家知道这件事，这也是对他弟弟好。”

老费不无感慨地说："是啊，那还用说，干咱们这行的就是要有职业操守，是对病人负责。"

"我觉得，在目前的情况下，叶大夫他们还是要提高警惕。病人病情不十分稳定，还不能主动吃药，这样很危险。"

"不管怎么说，你也没有瞎忙活，总算有个交代。"

"我想，就是现在，对于叶小海来说，也可能是个新的刺激。还不知道它以后的反应呢？"

老费鼓励着黄奕明说："我认为这样很好。你可以和叶大夫直接沟通。对他弟弟来说，这也许是福音。"

"也可能。"

"咱们在职业道德允许的范围内对他进行救治，这是好事呀。现在看来，结果也是不错的。"

黄奕明有些忧心忡忡："谁知道呢？但愿吧！"

"你不要这样。你自始至终做的都是好事。就因为是叶大夫家的病人就不开心吗？"

"不是。我是担心，像叶小海这样的反复，会对他本人造成更大的伤害，他的病程很长，病史也比较波折，我总觉得，就因为是叶大夫的弟弟，我才更加担心。"

老费笑着说："小黄，都说咱们精神科大夫有神经病。我看你现在就是了。"

黄奕明也笑了说："瞧您说的，我这么坚强的小神经，不会就这样崩溃的。要是那么脆弱，那就不是干这行的料。咱们有咱们的原则，要不真的会神经了。"

老费笑着摇了摇头。

第十五章　精神科医生的忠告

老天没给叶小淋赎罪的机会，这也许是她关键时刻逃避的成本。

天已经黑了，叶小海家客厅里还亮着灯，但是，叶小海始终没有出现。屋里很安静，就像没人似的。就算是一根针掉在地上，也清晰得可听见。

“姐，今天小海怎么样？”叶小汀永远是那种憋不住的人。这样的安静让她难以忍受。她小声地看着姐姐问。

“还那样，不愿意见咱们。”叶小淋头也没抬地小声应道。

“姐，你说，这管闲事人还挺多的。”

“哎，你怎么这么说？我也没想到会这样。”

“咱们家小海很可怜。”

“那也是他病态的反应，妈这么大岁数，又得的是绝症，他应该早就有心理准备，唉！”

叶小汀看着叶小淋：“姐，我看，咱们也不能太难过。这不是知道怎么回事了吗？这样的事情，以后还不知道要发生多少回呢！真的很想就这样吧。”

叶小汀看了妹妹一眼说：“你说什么？什么就这样吧？”

“我是说，这样的事情，就是对于正常的人来说，也是一种煎熬。就像是一根永远也吃不完的面条，永远在那里恶心着你的嘴。”

“就知道你狗嘴里吐不出象牙来！就会胡说八道。你就不能盼他点儿好？”叶小淋带着生气的口吻责备着妹妹。

“我这不就是这么一说吗？我总觉得，我们现在就像他的妈妈、爸爸，什么都管。”

“那可不是！你不管，谁管？”叶小淋瞪了妹妹一眼。

“我服你了，你能这样关心小海，令我佩服，但是我也很担心你……”

“我？说什么呢？我神经健康着呢！就是全世界的人都疯了，我也没事儿！”

“吹牛！”

“我最烦你骂人了。一个女的，嘴里总是不干不净的。”

“我乐意！这只是冰山一角。你要听到我全部的脏话，你就得死了。你去问问开车的，哪个不骂人？脚踩人命，知道吗？全是压力，骂人就是释放压力。哎，我和姐夫骂人性质完全不同，他是污蔑妇女，我是在操纵机器，确保安全。”

“得了，我看没什么不一样，都很混蛋。”叶小淋生气地说。

“他是真混蛋。我不是，反正和你说不清。”

“就是说清楚了，也都是混蛋。”叶小淋好像也是一肚子的怨气，话语间，都透露着各种不满。

叶小汀觉得她是什么也不懂，和她讨论这些问题，就是对牛弹琴。

叶小海房间里仍然没有声音，在他接到那封信后，各种状态就像终止了一样。

叶小汀又忍不住小声地说："姐，他不会有事吧？他遇到什么事情都是先在心里纠结，然后慢慢化解。这事也许过不去呢。"

"昨晚，我住这儿了，没事。这几天，咱们多留心，常过来看看他。"叶小淋抬头看看叶小海房间的方向摇了摇头说。

"知道啦，姐，你们同事还挺不错的，很职业。"

"我真的不知道，现在这样的时候，除了自己家人以外，还会有谁主动关心这样的病人。一般人都避之不及呢。"

"真的，我们有一次外出，就看见一个精神病人被家人追着满院子打，劝都劝不开，也不知道他们是怎么想的。精神病人要是能打好，还用吃药吗？简直就是歧视。"

叶小淋若有所思地说："我说前些日子小海看起来很高兴，原来他从梦里得到了回答，我还以为他又有了新的症状了呢。其实，他这样做，也是一种排泄悲痛的渠道。他也没什么朋友，他那种内向的性格，向谁说呢？他真可怜！"

"这样写封信，心情就能真好吗？自己宣泄不满，却给社会添加负担。我觉得，这更有问题。"

"你什么意思？"叶小淋用疑惑的眼光警觉地看着妹妹。

"没什么意思，只是随便说说。"叶小汀并没有觉察姐姐的变化。

"我想，也许，他除了吃药，需要更多的和人沟通。要不，怎么现在很多时间里，他总是给咱们打电话。也许这样做对他很重要。"

"咱们俩当了这么些年的兵。在医院只能看到常见病，很少有精神病人。就是有，也轮不上咱们处理，早就送精神病院了。咱们在这个病面前，根本就是个白痴。连一毛钱的经验都没有。"

"是呀，其实就是这样。现在不是逼着咱们学吗？我可真是全科大夫了。"

正说着话，叶小海无声无息地走进客厅。

叶小淋看看叶小海的脸色苍白连忙问："小海，起来了？有什么不舒服？"

"姐，你们刚才说什么呢？什么全科大夫？"叶小海显得很困惑。

"没说什么？"叶小汀赶紧说。

叶小淋指着沙发说："来，坐这儿，和姐聊会儿天。"

"有什么好聊的？我没事。你们怎么又都来了？是不是看看我死了没有？其实你们就盼着我死，我偏活着。你们理解理解我，行吗？"叶小海显得很不耐烦。

"小海，怎么说话呢？咱们三个凑在一起不太容易，聊聊不好吗？"叶小淋耐心地说。

"我很奇怪，平时叫都不来，怎么现在天天粘着我？"叶小海十分烦躁。

"我们这几天正好都有时间，来看看你，不好吗？"叶小淋显得十分耐心。

看着眼前的一切，叶小汀心想，叶小海每次打电话都说叶小淋在迫害他，诉一大堆苦。在她看来，叶小淋耐心无比。要是放在自己身上，绝对是发一顿火，还会觉得叶小海不知好歹。叶小汀又想，自己是不是从来没从病人的角度上看待叶小海呢？即便是从这个角度上对待他，是否会像叶小淋这样有耐心有毅力对待他呢？

"噢！那好吧，我的药好像不多了。"叶小海好像在挑衅似的找茬儿说。

叶小淋连忙说："这不用你操心，你二姐前几天刚取来新的药。这不，也给你带来了。"

叶小汀看着叶小海小心翼翼地说："小海，姐说，妈的生日快到了，咱们在一起吃个饭吧，就算是对妈妈的纪念。"

叶小海眼神一亮："我们？……那好吧。"

叶小淋责怪地看着叶小汀："就你二姐嘴快，这事我说过几天，她就耐不住了。"

叶小汀马上想说什么，可又咽了回去："姐……"

"我看挺好的，我觉得不错。"叶小海连连应道。

叶小淋打断了他们的话："先别忙，我是这样想的，妈在世时就总说'现在的社会，对老人讲究厚养薄葬。要是我不在了，你们可不许浪费。'咱妈在世时，咱也是那样做的。等妈生日这天，咱们再吃饭，纪念妈妈，也计划一下今后的生活。

叶小海好像没有听叶小淋的话，有些一意孤行地说："姐，我就是想妈，你说妈不会怪我吧。我总是梦见妈活着，还能自己走路，不坐轮椅。要真那样，该有多好,我真的很想她。"

叶小淋轻声地说："小海，别怪我老说。你知道吗？你比我们做得都多：白天在单位里上班，晚上照顾妈。要是没有你这样的操劳，妈还不知会怎样呢。"

叶小海抬头看着叶小淋："大姐，你们真是这样看我的吗？你没觉得我对不起妈吗？"

"没有。你真的做得很好！"

叶小海好像有些高兴起来，他似乎看到了自己的人生价值。做了好事，又被人肯定，被人表扬。这样的赞扬，对于叶小海来说犹如奢侈品。他感觉自己的人生似乎有些焕然一新。他笑了。

"小海，妈在世时，咱们把该做的事情都做到了。她得的是绝症，那些事情早晚要发生，不可避免。"叶小淋像是在对自己说。

"小海，姐说得对呀。谁的妈妈不在了，都会很难过。我们就算是为妈继续活着吧。"

叶小海有些激动地说："我想妈妈，我不想让她死。我再告诉你们一遍，妈妈活着对于我来说有多重要。你们真的不知道。"

叶小海这些话已经说过很多遍，连他自己都没感觉到。就像醉酒的人，一遍遍地重复着同样的话。

叶小淋拍着弟弟的肩说："其实我们也和你一样，心里都很难过。但生活还要继续，所以就必须想以后的事情。"

叶小海突然说："我知道，妈不会离开咱们。我很高兴她能看见我。"

叶小淋、叶小汀有些目瞪口呆，她们知道，也许黄奕明代表"天堂邮局"的来信，使他又有了新的想法，而不是好的转变。这样的愕然，也许更加提醒叶小淋、叶小汀，对弟弟药物治疗计量的准确把握，刻不容缓。此时同时，与姐姐们截然不同的是，叶小海只沉浸在自己虚幻的世界里。

这天，在邮局办公室里，投递小组在开工作小节会。

"事情发展到现在，真有些出人意料之外。"赵林一正在发言。

"在这里，先对赵林一口头表扬。在这件事上大家做得很好，既体现了对那些需要帮助的人的关怀，又体现了新时代新青年的社会风貌。所长让咱们总结经验，把以后的工作做好。"王亚玲用领导的口吻总结着。

赵林一很谦虚地说："我其实并没有做什么，一开始我还是很抵触的。在大家的带动下，我也就做了一个邮递员应该做的事情，还表扬什么呢？"

"我也是，对这事没有充分的重视，所以才拖了这么久。小赵，别谦虚，做了好事，最起码也要表扬一下。咱们所长也很重视这件事情。这已经不是你个人的事情了，而是咱们邮局的事情。我一开始重视也不够，现在也要检讨。”王亚玲笑着说。

“唉？好好的，怎么成了检讨会了？”小张看着大家开玩笑说。

“是呀？总结的是成绩吗？”小孙附和着。

“这件事目前先到此为止。我看咱们就把这件事情交给医院的同志们处理吧。现在人物已经对号入座，至于怎么治疗病人，那是医院的事情。咱们不能干预病人的治疗。”王亚玲继续说。

“组长说得对，我把那些信送给黄大夫，那就是完成任务。我想，那个病人的病情只要好转，他就不会写这样的信了。”赵林一说。

“黄大夫，嘻嘻，那就是你老婆。他要听见你这样叫她，呵呵……”小张开着玩笑。

“严肃点儿，现在是开会。”赵林一还是正经地说。

“小赵，大家不也都为这件事情能够尽快解决感到高兴吗？会就开到这儿。大家继续干活吧。”王亚玲结束了会议。

“天堂邮局”似乎结束了使命。这一天也许就要关门了。

叶小汀和叶小淋他们已经约好，今晚要在外面吃饭，一是纪念妈妈；二是看看能不能今晚就把吃药的事情告诉叶小海。不过这要见机行事。他们来到路边的餐馆，看看里面的人还不算很多。

“在这吃行吗？”叶小汀拉门走进餐厅。

“就这儿吧，走多远也就这样。”叶小淋看着餐厅里的菜单，正要点菜。

“姐，还是我来吧。”叶小汀翻动着菜单说。

叶小淋说：“小海点个糖醋带鱼吧。”

餐厅服务员在一旁记录：“我们这的招牌菜是毛血旺。我们主营川菜。还有香辣鱼也不错……”

叶小汀打断她的话：“能让我们自己点吗？”

服务员不说话了，站在一旁，显得有些不耐烦，不停地用笔敲着桌角。

“小海，这里有香辣虾，要吗？”

“好。再来点儿肉菜。”

叶小汀继续点菜说："点个香辣虾，焦溜里脊有吗？"

叶小海突然插话说："对了，妈最爱吃油焖大虾，点一个吧？"

"小海，已经点了虾了，还要吗？"

叶小海毫不犹豫地说："要。"

那样的执著，在叶小汀看来，就像妈妈和他们一起共进晚餐。他这样的偏执无处不在，自己也许全然不知。

"行。点多了，吃不完。我看看青菜。"叶小淋随后又点了两道青菜说。

"就这些吧，快点儿啊。"叶小汀对服务员说。

叶小海像是想起什么似的突然说："你们知道什么叫习惯吗？"

两个姐姐面对面相视愕然，不知道叶小海想说什么？

叶小海不容分说地讲起了这个传说："有个妈妈做饭切牛肉时，把最后剩下的一小块儿肉随手扔进垃圾桶。她女儿在一旁不解地问这是为什么？她妈说，是她妈这样做她看见的。女儿觉得这事蹊跷，就找到姥姥问这件事。姥姥说，也是看见她妈这么做的。正好这个女儿的太姥姥还健在。她又去问太姥姥，太姥姥说，也是看见她妈这样做的。原因就是因为盘子太小，肉放不下了，就扔了。她女儿自此才明白，习惯原来就是这样形成的。"

"小海，你讲这个给我们听，是什么意思？"叶小淋有些不解地问叶小海。

"我没意思，就是说你们也不是一贯正确的。这不是正好吃饭吗？我也讲个和吃饭有关系的事。"

叶小淋和叶小汀看看叶小海，有些无奈地对视了一下。在这样的时候，她们又能说些什么？叶小海这样跳跃的思维，她们也已经习惯了。

赵林一对正在吃饭的黄奕明说："老婆，那件事情该收手了。"

"是啊，但是，你就是个落后分子，从一开始就没有好好支持我。"

"谁没好好支持你了。信是谁送的？人是谁找到的？"

"行，就算是你的功劳最大，那也要有头有尾呀？"

赵林一嘟囔着说："就你能。"

"唉？我就不明白了，这事是好事，你怎么就那么抵触呢？"

"你想，那叶小海总有明白的一天，还不来找咱们算账呀？男人可都要面子。"

“就为这？”

“嗯。”

“你在这事上不懂，别瞎担心。”黄奕明漫不经心地说。

“你就是不听我的话，到时候会有麻烦的。”

黄奕明低头吃着饭说：“我知道我自己在干什么，你就别操那份儿心了。”

“你真固执，干你们这行的大夫都有病，我看你们就是有精神病。”

“你才有病呢！我那是责任心。”

“好好好，责任心。”

“咱们还是先吃饭吧，行吗？老公！”

赵林一不吱声了，他知道，说什么也没用。他此时甚至怀疑老婆有些偏执。他知道，精神病科的大夫，都很较真儿。

人们也许在不同程度上忍受着不同的困惑。那些排解不掉的心理阴影，就像是人们最常见的咽炎。受到某种刺激，就会咳嗽，总想嗽嗓子，但是那些所谓的痰，就卡在嗓子里，无论怎么嗽，也是吐不出来的。

人们似乎隔着时空，讨论着同样内涵的问题。也许在不同程度上都罹患着同样的心理疾病，只不过可能会有不同形式的表现。但是病根也许就是一个——压力。

叶小淋和叶小汀、叶小海的这顿饭还没吃完。

叶小海突然问：“大姐，你说我现在应该吃几片药呢？”

叶小淋一愣：“什么？怎么吃着饭，想起这事？”

“姐，你们都不知道吧？这两年来，我自己把药给减了下来，一直就吃一片。我现在觉得自己很糊涂，也不知道是不是我的病已经好了。”

叶小淋看看叶小汀，觉得现在也许就是个机会，可以把那些吃药的事情告诉叶小海了。

叶小淋松了一口气：“噢，是这样，小海，这些我早就知道了。我看你最近表现不错，身体也好了很多，我就告诉你吧，你一直吃的是三片药。妈去世后，又加了一片。”

叶小海困惑地看着叶小淋问：“四片？我怎么吃的？你怎么知道的？”

“妈在世时，和大姐一起，一直都把那些你没吃够的药，磨碎了放在你喝的水里，就这样吃的。这几年都这样，不过这都是为你好。”叶小汀忍不住地插嘴说。

叶小海愣了一下，有些惊奇地问道：“妈也知道？”

“当然知道，每天就是妈帮你数药片的。”

“什么？她怎么办到的？”叶小海惊讶地问。

“就是你上班走后，妈妈就数你剩下的药。现在怕你不知道，再多吃了药，出什么问题，所以我们就决定告诉你。你可千万别多想，我们这是为你好。”叶小汀急忙说。

“就你嘴快！”叶小淋瞪了叶小汀一眼说。

“我这不是替你说吗？”

“你们能先说我的事吗？”叶小海打断了姐姐们的争吵。

叶小淋用安慰的口吻说：“小海，这样做你才没有住进医院。因为住院，也很遭罪。妈为你操这么多心，她自己还病着……”

“大姐，别说了。原来是这样呀。我不怪你们，现在我知道你们是真的对我好，从今往后我自己吃药，你们不用再放药了。我一定不辜负妈，真的，我自己吃。我为妈也要好好地活着。我真的不知道，她为了我，还操这么多心，我真该死。”叶小海激动地流下了眼泪。。

这个举动出乎叶小淋、叶小汀的意料之外，她们没想到，这件她们认为难办的事情，就这样轻而易举地迎刃而解了，简直不可思议。

“别这样。小海，你能这样对待这件事情，我们很高兴。你要真明白家里人对你的好，我也就放心了。”叶小淋观察着叶小海的表情小心翼翼地说。

“你自己能吃药最好，把剂量弄准，大夫也说过，这些病最怕反复，越反复，就会越重，药量也要增加。”叶小汀直言不讳地说。叶小汀觉得，这个世界上的事情，越简单越好。

“是吗？”叶小海吓了一跳。

“这件事，就先这样了。小海现在已经明白了这件事情的重要性，以后就不要再提了。”叶小淋制止了叶小汀，她不愿意叶小汀说更多的事情。那样的话，叶小海承受不了。

叶小淋、叶小汀相互看看，心里的石头好像就此落了地。

“这样，我过两天再去取药时，问问专家。你现在的情况可否减量，在没有得到张教授同意的情况下，你现在还是先吃四片。咱们不能随便地增减，给自己找麻烦。”

“噢，我还以为这几年吃一片药就解决问题了，原来你们都在为我操心？”叶小海显得有些高兴。

“你不要再私自减药了，这样对你没好处。会让病情更加复杂！其实，就这么几片药，就可以让你过正常的日子。”叶小汀不放心地说。

“我知道了，我会听你们的话。”叶小海皱着的眉头现在终于舒展开了。

这姐俩现在真的有些搞不懂，到底该怎么把握叶小海的事情了。他的无常，让她们更感到担忧。

叶小淋一上班，就来到社区卫生院精神卫生科办公室。她很想把家里的好消息告诉黄奕明，这也是她这么多年以来，头一次找到了可以宣泄自己内心压力的一个出口。尽管她对外界还仍然充满了戒备，但她还是迈出了这一步。对于外人来说，这也许没什么。但对她来说，这具有重要的意义。

“叶大夫，你今天怎么来了？”黄奕明看见叶小淋兴冲冲地走近她的办公室很是惊奇。因为，叶小淋好像从来没有主动造访过精神卫生科。

“哦，小黄、老费，你们都在！”一进门，叶小淋就热情地打着招呼说。

“叶大夫可是稀客！快坐。”老费拉过一把椅子，他看了看黄奕明。

“老费，不客气了。我家的事想必黄大夫也和您说过。我有点事想问问你们。前几天，我们把给私下放药的事情告诉了他。他表示接受，并决定主动服药。你看这是个好事，那以后我们要怎么办？”

黄奕明高兴地说：“这可是他病情好转的标志。至少他承认自己有病，才不拒绝就医，能自觉服药更是好事。我看，你们先这样维持一段时间，只要他不反复，可以带他去看专家。然后看看药量的问题怎么解决。他不是这么多年一直看那个专家吗？”

“是啊，的确是这样。这么些年，反反复复，他已经有过很多次了。只是这次反复的时间比较长。现在我也能近水楼台得到你们的指导了，也许会经常来打扰你们，给你们添麻烦。”

“叶大夫，这就见外了。咱是同事，这些事责无旁贷。”黄奕明显得很高兴，她似乎突然更加有自己的目标了，她觉得，自己的努力没有白白付出，自己的判断力也得到了证实，一种成就感油然而生。也许当大夫的高兴事，就是看见自己的病人得到康复。

“看你哪天方便，我想让你再去看看小海，可以吗？”叶小淋用试探的口吻问黄奕明。

“好，今天就行。”黄奕明兴奋得有些迫不及待，她跃跃欲试，准备迎接这个挑战。

“好，下了班，你方便吗？”

黄奕明爽快地说：“当然！”

“叶大夫，面对这样的病人不能急，终生服药对任何人都是不容易接受的事情，更何况是个精神病人了。所以他能主动就医很重要，这决定了他今后的生活质量。你们这么多年真不容易，很多病人的家属，不是熬不住了，就是放弃治疗。那些病人也就此终止了服药，致使他们的病情加重。其实，最后还要去医院，干吗不好好维持呢？”老费不无感慨地说。

“是呀，那些人的确很可惜，这也许是他们和他们的家人对这些治疗结果不很了解造成的。不过，如果人人都了解这方面的治疗常识，也许，就不需要我们这些大夫了。”黄奕明露出遗憾的表情。

“是呀，你说得对。我妈妈在这件事情上很有耐心，也是她影响了我们，所以我们才对我弟弟的事情这么上心。在这件事情上，我们责无旁贷。”

“您说得对。叶大夫，很多人不太懂这方面的事情。”黄奕明说。

“我们去安定医院看病时，有些病人的家属对病人几乎是放任自流，甚至不关心。有些病人的兄弟姐妹还和病人断绝了亲属关系。其实在法律上，只要病人犯病，这些兄弟姐妹都不能逃脱法律责任。”叶小淋好像头一次在同事面前袒露心声。她心里的各种滋味，就像要从嘴里漫出的呕吐物，正要一吐为快。

“真不容易。这些事上都需要毅力，是病人和家属一生都不能放弃的。”老费说。

“你说得对。但不知道我们能坚持多久？”叶小淋像是在自言自语。

“你们家真的做得很好，已经是榜样了。”黄奕明笑着说。她看着叶小淋，心里有种奇怪的感觉。但她并没有觉察到叶小淋内心的那些忐忑，也没有看出这个平日里温和的叶大夫有什么太大的异样。

“黄大夫，我还要好好谢谢你家小赵，没有他，也许我弟弟就会出事了。”

“不用客气，我们这么年轻，做这点事算什么呀？”黄奕明谦逊地说。

“那好，黄大夫，咱们下班后见。”叶小淋说完，回诊室去了。

下班后，黄奕明随叶小淋来到叶小海家。一进门就看到叶小海家里几个房间都拉着窗帘，屋里很昏暗。那些老式家具，颜色浓重，给人一种压抑感。黄奕明想如果这是自己家，绝对受不了。

叶小淋把黄奕明介绍给叶小海说：“这位是我们医院精神卫生科的黄奕明大夫。”

叶小淋又对黄奕明说：“小黄，这是我弟弟叶小海。”

看着叶小海的高大身材，黄奕明突然明白了赵林一对她的担心。她暗自觉得好笑，但也庆幸，叶小海犯病时没让自己遇到，否则，她一个人的确是应付不了。赵林一的担心不无道理。尽管她是医生，但在精神病人面前，做好各种准备也是必要的事情。黄奕明朝叶小海点点头说：“叶小海，你好。你的事情我听叶大夫说过，你一直坚持服药，这很好。我们医院离你家比较近，你可以有时间去我们那里坐坐。”

叶小海不信任地看着黄奕明。他知道自己的事情，除了自己的家人之外，很少有人问津。他躲闪着黄奕明的目光。

“我没别的意思，只是听你姐姐说了你的服药情况，我想对你提些好的建议。”黄奕明友善地看着叶小海说。

叶小海这时似乎有些动心地问：“什么建议？”

“是这样，我想你的药先不要减量，抗焦虑的药也不要停，这样你会感觉更好些。你身体现在已经对那些药适应了。好好保持。对你病的恢复，会有很好的治疗作用。”

“黄大夫是专业医生。她一直在对社区这些病人进行治疗。现在，正好离咱家这么近，有什么事情都可以咨询。她是个有经验的大夫。”

叶小海心存疑虑地看看黄奕明说：“噢，是吗？”

黄奕明知道，叶小海此时对她心存戒备，她不能说得太多，就小心翼翼地说：“你姐她们对你很好，很关心。你觉得呢？”

“对，还有我妈妈。”

“对，还有你妈妈。”

叶小海毫无掩饰难过地说：“不过，她已经去世了。我很想她。”

黄奕明就势说："是啊，每个人都会这样。生活中的痛苦，终生难忘。但我们自己要学会稀释这些难过，稀释剂就是时间。它会帮助我们修好伤痛、继续活着。你同意我的说法吗？"

叶小海很安静地听着黄奕明的话："嗯。"

"其实，治疗自己伤痛最好的大夫就是自己。如果你不能忘记那些让你悲痛的事情，那就要借助药物。这样你才能正常地生活。我听你姐姐说，你很聪明，那就做些能让自己高兴的事情吧。"

叶小海问道："什么事？"

黄奕明一看有些转机就连忙说："你可以看书，看愉快的电视节目，听音乐，选择适合自己的事情去做。"

叶小海表情痛苦地说："那些抗焦虑的药副作用太大，我不想吃。听歌还可以，但也不管用。"

黄奕明看了一眼旁边显得有些焦急的叶小淋说："叶小海，你现在先要按时按量地服药，保证用最小、最有效的药物剂量来维持目前的身体状况。并且还要去定时看专家，调整你的药量。不要私自减药量，不要让病情反复。这样会减轻病痛，并且能很好地生活。"

叶小海将信将疑地问："是吗？我净听这样的劝解了。"

"那就对了。少想不愉快的事情。这对你的心情会有很大的帮助。吃药，也是帮助你不去想那些事情。"黄奕明趁热打铁接着说。

"好，我试试。不过，我要听张教授的话。那是专家，我得病这些年，都是他在为我治疗，我很相信他。"

"他说的张教授，就是安定医院的专家。"叶小淋在一旁对黄奕明解释道。

"好呀！你还可以和朋友多聊聊天。诉说也是一种减压的方法。效果也是很不错的。"黄奕明提着建议。

"是吗？但是我没有可以聊这些事情的朋友。"

"噢，我可以理解。那就多和姐姐们聊吧，你有两个好姐姐。有空，你也可以到医院来找我，好吗？"

叶小海有些犹豫地看着黄奕明冷淡地说："再说吧。"

尽管叶小海的态度是这样，也没有打击到黄奕明的热情。她觉得，至少见到了自己应该见到的病人。至少自己在某些推断中，证实了自己的判断。并且，也尽了自己该尽的义务。黄奕明此时，似乎内心充满了一种满足感，一种成就感。她想，所有的大目标，不都是靠每一个小目标的实现来成就的吗？

一个月过去了，黄奕明在医院楼道里迎面遇到叶小淋就打招呼问："叶大夫，您弟弟最近还好吧？"

"哦，黄大夫，我正要去你那儿呢。"

"有事吗？"

"尽管我们把吃药的事告诉了他，但我还是经常过去偷偷数他的药片，怕他吃得不够量，我都有些魔怔了。我总是有些担心，怕他会有什么异常行为。"

"您家里人很负责任，坚持这么些年，我很佩服。不过这样的病人，不要过多地关注他的生活细节。你越这样，有时候他越反感。"

"噢，是吗？"

"赵林一他们最近也没有再收到那种信。也许，这也是叶小海好转的信息。"黄奕明分析着说。

"'天堂邮局'关门了？"叶小淋表情有些奇怪地说。

"可能是关门了。叶大夫，如果那些信真的是他发的，这说明他的病情明显得到了控制。这类病人神志恍惚，只要病情好转，从表面上看就和正常人没有区别。有些家庭歧视病人，那真是害了他们，你们家可真是模范。"

"什么模范呀，我们只是在尽义务。"

"关于写信的事情，只要他不说，就别再提了。"黄奕明嘱咐着叶小淋。

"对，到时候又要节外生枝，真的谢谢你们。"

"你不用客气。"黄奕明也不知道自己是为什么，心里总有些别扭，她嘴上和叶小淋寒暄着，心里却有些担忧。她心想，也许是自己多心，但愿各种担心不要发生。这也许真像赵林一说她的那样，自己有这个职业病。

"黄大夫，小海今天过生日，想请您和小赵一起去家里坐坐。这也许是给你们添麻烦呢。"叶小淋有些不好意思地说。

黄奕明连忙说："您说哪儿的话？我和小赵一定去。"

"那好。咱们下班在我家见。"

"好的。"

这天晚上，叶小淋要为叶小海举行一个家庭生日聚会。她觉得，什么事情都要有个好的开始，既然弟弟决定自己服药，那就借这个生日让他高兴，这对他来说，就是人生大事，也是他自己为自己造就新生活的开始。

“小海，这位是黄大夫的爱人赵林一，她是咱们这片儿的邮递员。上次见过吗？可能你睡觉了。”叶小淋介绍着赵林一。

叶小海有些匪夷所思地看着赵林一说：“哦，我们好像见过。”

“我是邮递员，也许给你送过邮件？”赵林一解释着说。

叶小海脸上露出古怪的笑容，他对赵林一若有所思地说：“你是信使！”

“嗯。”赵林一胡乱地应付着。

黄奕明瞪了赵林一一眼，小声说：“你能不能不提那件事？”

“嗯，好吧，我什么也不说了。”赵林一似乎明白了似的，小声地说。

“黄大夫，小赵，咱们先别说这些了。看看他们买的蛋糕吧，款式还挺不错的。现在的人真会享受，用奶油也能做出这么多的花样来。”叶小淋指着桌上的生日蛋糕说，她生怕黄奕明、赵林一的对话让叶小海听见。。

“享受生活，是人活着的一个重要组成部分。”黄奕明有些感慨地说。

“是呀，现在就是有人放着好日子不好好过，咱们还是为好日子努力吧！别人的事咱就管不了了。”

“噢，对！”黄奕明有些不明白，叶小淋现在说这些话是为什么？

叶小汀正在忙着帮叶小海点生日蜡烛，他们实实在在地为叶小海插了四十八只细蜡烛。

林叶子抢着打火机叫着说：“妈，我来点，我来点火。”

“小心点儿，别烧着手。”叶小汀看着女儿说。

林叶子撒娇地说：“知道啦，我都多大了。对了，妈，我拿来的仪器，舅舅用了吗？“

“你大姨说，让他先吃药，等好些了再做保健治疗。”

“小海，今天是你四十八岁的生日。这些人你都认识了。我把他们请来，一起热闹热闹，你高兴吗？”叶小淋手里拿着盘子，一边摆着一边对叶小海说。

叶小海粗声粗气、有些自卑地说：“高兴。不过，像我这样的人，还过什么生日？”

黄奕明接过话题说：“一定要过。你现在不是很好吗？”

“来，小海！先把蜡烛吹灭。许个愿，切蛋糕吧。”叶小淋把切蛋糕的刀递给叶小海。

大家此时似乎都沉浸在某种快乐的气氛中，每个人也许心里想的却是不同的事情。

“小海，我们祝你生日快乐！同时祝你今后生活和工作顺利！身体健康！”叶小淋拿起饮料杯笑着说。

叶小海憨厚地笑着。此时，他已经忘记了自己的那些烦恼和不快，希望他真的就这样过好每一天，至少是今天！

“今天还有一件高兴的事情：小海的技术员职考通过了，还拿到了证书！这是他不断努力的结果。小海这么些年很不容易，要考这个职称，是要付出很大努力的，我真为你高兴呀！”叶小淋骄傲地看着叶小海说。她的眼睛，有些湿润。她心里很明白，就是弟弟考下个高级职称来，也没任何用处，那只是个考试，不会有人为一个精神病人颁发职称的。但对叶小海来说，这是他人生价值的体验，是他希望向好的证明。叶小淋从心里为弟弟高兴。

叶小海憨声憨气地对大家说：“我闲着也是闲着，就顺便考了一下。没想到，过了。其实没用，在我们单位里，也只能评个技术员的职称。和我一起进单位的人，现在有的人已经都是总经理、工程师了。我这些，算什么？没什么好显摆的。”

“小海，姐为你高兴。不管是个什么，那也是努力得来的。”叶小淋安慰着弟弟说。她最知道弟弟要做到这些，需要付出什么代价。

黄奕明轻声地问叶小汀：“他现在上班吗？”

“上。不过也是断断续续的。他们单位也很照顾他，人事部门的领导也很关心他，允许他上半班，还拿奖金。”叶小汀小声说。

黄奕明欣慰地说：“真不错。他能上班，对他的病也有好处。病人在体力允许时，干点儿力所能及的事情，应该在社区病人中推广。让有病人的家属也学学你们的经验。”

叶小淋凑过来小声说：“我看还是算了。”

“为什么？”黄奕明不解地问。

“我家的事情，在这一片小区里，知道的人越少越好。我怕有人欺负小海。”

“啊？”黄奕明有些惊奇地看着叶小淋。

"我们不和他住在一起，他有时候也犯糊涂。现在的人多奸呀，他哪绕得过他们呀。"叶小淋担忧地说。

"噢，原来是这样。"黄奕明有些异样地看看叶小淋说。

"其实也没什么，但是，还是少说为佳。"叶小淋似乎觉察到黄奕明对自己的某种关注。

"叶大夫，我知道。"黄奕明似乎在心里琢磨着什么。

在一旁的赵林一，一直在注意着自己老婆的言行，他生怕黄奕明会说错了什么，让叶小海不高兴。他始终有个担心，就怕黄奕明被精神病人记恨。赵林一下意识地拽了黄奕明一把，小声说："就知道你会找事。现在不是都挺好吗？少说点儿行吗？"

黄奕明不高兴地挣脱开赵林一，小声地说："这不是在家里，你给我留些面子行吗？"

赵林一假装没听见似的朝叶小海举起杯来说："来，小海大哥！这回咱们也算是认识了。咱们是爷们儿，来喝一口吧。"

"我也不会说什么，就说声谢谢吧。我知道你们都是为我好。"叶小海似乎听见了大姐和黄奕明的对话，他对赵林一说。

"大哥，我老婆和你说了那么多，你可别怨她，她是好心。干他们这行的人都有病，我最了解了。"赵林一怀有某种目的地插了一句。

"呵呵，你别这么说。你们都是对我好，我有什么可怨的呢？要不是为了我，咱们也不会相识，这也是缘分。来，干杯吧！"叶小海笑了笑，显得豪爽和善解人意。

今天，明天，后天，还会有什么事情发生呢？谁也不知道。现在人最现代的感觉，就是活在当下。这一天，叶小海心情很不平静，这些年，专为他聚会，好像还是第一次。

晚上，叶小海和衣躺在床上想着自己的心事。但是没有人知道他在想什么。其实就连他自己也不知道自己到底想些什么。

叶小淋没有走。她觉得这样的一天，对于叶小海来说，也许是个很大的转变。她的想法比较死性，她不会有更多的解释去看待各种事，只是就事论事，解决眼前的情况。其他的事情，她只能往坏处想，脑子里充满了负能量，好像只有这样，就能防患于未然。因此，她解释世界的前提，就是担忧。她自己也许不知道，她也许有忧郁症。往往是这样，很多严重的疾病，都是悄无声息地侵蚀人体的。尽管这样，她还是不辱大姐的使命，履行着她的义务，照顾有病的弟弟。她推开叶小海的房门说："小海，你还好吧？要不要吃个安眠药？"

"不用，没事。我总想以前妈还在的事情。"

"小海，别想那些了。以后的好日子还长着呢，别总绕在那些事里。"

"是啊，我就知道那些信是谁写的。"

叶小海所答非所问的话，使叶小淋突然感到心惊肉跳。她心虚地问："什么信？你说什么呢？"

叶小海没搭理叶小淋的话茬儿更自我地说："我心里太难过，没法摆脱那些痛苦，也没法管住自己的行为。"

叶小淋含糊地说："你说什么事？我没明白。你看，大家都很关心你。我想你会好起来的。"

"大姐，我知道那个邮局的人是谁，他给我送过信。不过现在这些都不重要了，我感觉挺好的。不管那信是谁写的，我想可能就是那个黄大夫。我知道你们都很关心我，就连叶子都懂事了，我挺感动的。我知道，家里人对我最好。"

叶小淋似乎回避着叶小海说的那些事情，她心里其实最明白叶小海指的是什么，她有些做贼心虚似的说："你说得很对，现在的社会还是好人多。"

"大姐，你放心，就是为了妈我也会听大夫的话，我真没想到的是，妈和你们在吃药的事上对我如此关心。我最相信的就是张教授，是他救了我。"

叶小淋明白了叶小海并不知道关于那些信的真相，就敷衍着："噢，我明白。咱们不就是在他那里看病拿药吗？早点睡吧，明天我还要上班呢。"

"大姐，我没事，你早点儿回去吧……"

"今晚我住家里，明早很多人要来体检呢。"

这一天，叶小淋最担心的事情并没有发生。此刻她心情十分复杂：她想起自己在妈妈病重的时候，为了一些琐事和妈妈吵架。她现在感到自己的行为有些不尽人情，就是悔一百年也无济于事。妈妈的去世，没有来得及让情感内向的她对妈妈说声对不起。这种情结让她难以喘息，老天没给她赎罪的机会，这也许是她关键时刻逃避的成本。

俗话就说，人死了，难受的是那些活着的。

第十六章　寻找安慰

现在的生活，需要人们不断地相互照看，即便是无心插柳，也会绿树成荫，并在充满狰狞的旅途上还能有嚣张活着的勇气。这也许就是现代文明带给人们的成果，这些嚣张也许就是把现代社会压力释放掉的精气神。

“汪培，你现在有空吗？”窗外细雨霏霏，叶小汀心情烦躁地给自己的好朋友打着电话。

“怎么了？你好像一脑袋官司似的？”电话那头传来好像永远都那么亲切和富有耐心的声音。汪培是那种永远和你站在一头的朋友，无论她说什么都像镇静剂，有种可靠的保证。

叶小汀似乎感到了很大的安慰：“是呀，我怎么老有那么多事呢？”

“什么事呀？”汪培笑着问。

“咳，就我家的事。反正我一打电话，准没什么好事。对不起啊。你是我最好的朋友，我也只能和你唠叨。”叶小汀自嘲着说。

“你真啰嗦，什么事这么难过？”

叶小汀用商量的口气说：“你看这样好吗？我这事呀，一两句话也说不完，下班后我去接你，咱找个地方坐坐行吗？”

“今天……，这样吧，我婆婆今天出院，我先给家里打个电话，给保姆布置一下晚饭，完了我再打给你电话，行吗？”汪培犹豫了一下说。

“布置？你说话好牛呀！一看就是当家的，那先这样吧。”叶小汀笑着。

“你这嘴，真是的。”

“现在开车的都讲粗口。我觉得这样很解气，手只要放在方向盘上，就想骂人。也不知道谁教的？档次很低了。”

“我也是，不过只当着我家那位。他总说我档次太低。”汪培笑着说。

“你是先进工作者也这样？那还要什么档次？这已经是社会现象了。我现在什么也不是，就是一个闲人，爱什么样就什么样，管他呢！”叶小汀笑起来。

“这样，咱们晚上见了再聊。我现在就布置我的家务事。”汪培用一种当家人的口气说。

“好，你真爽！那你就先布置吧。”叶小汀挂了电话，心里一直想着昨晚发生的事情，感到很窝囊。

天已经黑了，叶小汀和汪培来到一家咖啡店。店里客人不多，只有一些年轻人在上网，像她们这样年纪的阿姨们也许都回家做饭了。叶小汀觉得自己在这里有些多余，这样的时尚对于她来说，好像没什么诱惑。她现在在关键时刻，总是逃避。她心里有事，是什么事她也说不清。

“真不好意思，这么晚把你弄出来。”叶小汀客气地说。

“没事，我家的那些事已经安排好了。”汪培笑笑。

“你婆婆今天出院？她恢复得怎么样？”

“还能怎样？中风的后果就是这样，一次比一次重。没办法，她的那些孩子什么也不懂，乱签字。住院治疗上肯定有问题，才造成她这么快就二次中风，还是脑溢血。她那么大岁数了，血管脆性大，那些稀释血液的药就要慎用。就连这次住院的主任都这么说。”汪培对婆家的事无能为力。

“现在都是这样。有些大夫也不负责任，反正不是他家的病人。不过，像咱们这个年龄的人，都要面临这些事，也没办法。像咱爸妈，现在就医还能全报，将来咱们下场可悲。看看咱们孩子就知道了，哪个靠得住，都得靠自己。”叶小汀悲观地说。

“你也别太悲观，好在咱们现在还能自理。家里有老人，麻烦的事情就多。不过，我家那位什么事情都抢着办，还有保姆，没事。”

“是呀，谁也逃不掉这些生活琐事。你看，我家里总是一档子事接着一档子事，没完没了。”

“又怎么了？”汪培急切地问。

叶小汀掏出手机说：“你看看，这是昨天晚上我弟弟发来的短信，他准是又犯病了。你看看，这里面说了些啥？他要杀了我，也要杀我姐。”

汪培接过手机看了看：“真的，他这是想干什么？关键咱们虽然是搞医的出身，可在你弟弟这种病上咱还真是外行。”

“他认为自己是精神病人，就可以犯法不揪，他就这么想。这不是以身试法吗？”叶小汀生气地说。

“真是这样吗？我还不太懂这方面的事情。”

“当然了。这是他病态发展的症状。我们问过安定医院，这种事儿如果真的发生，他们医院不管接病人，120也不管，你说他在家闹事谁弄得了呢？”叶小汀愤慨无比地说。

“是吗？这么严重？”汪培有些惊讶。

“我家现在也没什么招了。这回要动真格的了。我弟弟是病人，对好坏事情的承受力都很有限。这次可能又是不好好吃药弄的。他那么人高马大，谁敢动他？”

“你姐怎么说？她不是大夫吗？”

“我姐也是，什么事情都是发展到不可收拾时，才想起告诉我！我整个就是一个傻帽儿。只要一打电话，准是很恶心的事儿，整个就像一个噩耗，没法收拾。我总在那里坐以待毙。她当医生这么多年，也不知道是怎么过来的。我弟弟的病很特别，没法弄。”叶小汀有气无力地诉说着痛苦。

汪培同情地看着叶小汀说：“我知道，家里有了这类病人很麻烦，这也没办法。谁家都有本难念的经。”

“你说的没错。我看，我家里早晚是要出大事的。也许他自己说了什么都不知道，他无法控制自己的情感。遇到这样的事，我就不想活！我觉得自己越来越扛不住事了。”叶小汀越说越沮丧。

“别这么说。什么事都会过去。他为什么这样不依不饶？”

“我也不知道这回是为什么？也许是要钱。”

“他要什么钱？”

叶小汀小声地说：“我哪儿知道？当初，我们也是为他好：我妈不在了，我和我姐怕他自己糊涂，把钱都糟践瞎花了，以后真用钱就没了，所以就把他的钱全部帮他存着。以后看病、住房，用钱的地方多着呢。他明白时，也很好，答应我们为他保管。一犯病就拿这事说事儿，没完没了。”

“你们给他不就完了吗？”

“那可不行。他自顾不暇，还到处乱寄钱。那年我家一个亲戚去世，他代表我妈寄了一万；我哥买房，他又寄了五万。不管知不知道那些人的情况，就是一通乱寄。”

“是吗？”

“我哥也是，就听他老婆的。这些年对家里的事全不管。六十多岁人了，拿一个残疾人的钱，还心安理得，真混蛋！”

“就是，这太过分。咱们这些人家里小孩多，出个混蛋也不稀奇。”汪培和叶小汀立场一样。

“这没办法，叶小海不能这样，养老钱用完就没了。”叶小汀生气地说。

“那还有什么办法呢？”

“我想，以后怎样谁知道？反正现在就是不能给他，他没谱。”

“那现在怎么办？”

叶小汀看看手表说：“我也不知道。你还能待会儿吗？”

“行。”

“我们现在也没想好。家里的人不齐心合力，没办法。”

“谁闹呀？”

叶小汀压低声音说：“我不怕你笑话，我哥。”

“是吗？”

“其实，我爸妈健在时，他家境困难，老婆吃劳保，生的仨孩子靠我父母长达二十年的资助养大。他老婆忘恩负义，我哥和她同流合污，真恶心！”

“是吗？怎么这么缺德呀。孩子又不是你家里让她生的。”

“没错！不过，我哥娶了那女人，也没过什么好日子，老打架。那女人姊妹九个，家境不怎么样。一开始还想离婚，可后来我哥也不提了。”叶小汀无奈地说。

“你家里没给你哥什么建议吗？”

“谁说的？我家为他的婚事没少操心，他哪听呀。其实他没什么个性，但是偏要装出有个性。那没办法，自己选的路，自己走呗。”

“这不是自虐吗？自作自受！”

“不过，那时正在‘文革’中，我爸妈正接受审查，我们没有资格选择自己喜欢的结果。就是有人和我们好，也要接受组织上的考察。”

“那时也没办法，像咱们这样的家庭，都经历过。”汪培很有同感。

“不过要是我，宁可不要，也不会凑合。我哥觉得那女人在他住院时天天去看他，就是对他好。废话，谈对象能对你不好吗？要不是那个时期，谁看得上她呢？”叶小汀越说越生气。

“就是！”汪培也愤愤不平地说。

“再说，我哥好歹也是‘文革’前的军校毕业生。放现在话说，也是‘高穷帅’吧。反正就是那个意思，他就是个傻子。”

“儿大不由爷。这你也不能怪他，那个时候哪有二十八九岁还不结婚的，除了有病。”汪培不无感慨地说。

“没错，我哥成了倒插门。那家人整个有病，还怕我家人把他家孩子给教坏了，很少来往。”

在叶小汀看来，汪培是最优秀的，她最善解人意。她继续宣泄着心中的愤懑：“他除了要钱，还谈什么孝心？他探亲的路费，我妈全报销。没住两天，就有电话催他，生怕我哥被家里人洗脑。他的‘水深火热’是自找的！不管他觉不觉得，就是如此。”

“你说得对！你姐和你弟怎么看？”汪培问。

“他们？也只是私下里嘟囔。就我猛，和我哥吵架。没用，只是他不敢理我。但是他和我姐、我弟私下里还联系，听说也打听我，这我管不着。我想我爸妈都走了，我们就没关系了。”叶小汀有些绝望地说。

“咳，这也是亲情。我看你也别闹得那么僵，早晚还是一家人。”

“那不行，我就是不吃这一套。不对我父母好，就别想和我怎么样。我又不是长辈，凭什么理解他哄着他呢？我没这个义务，他连做人最基本的原则都没有，不孝敬父母，还有什么资格做这个家的成员。”

“嗯，你这么说倒没错。”

“再说，我父母都已经安葬在八宝山革命公墓，这么多年也没来扫过墓。他算老几？这是他自找的。”

“你做得对。这我还得向你学，我家的事也得这么着。”

叶小汀只管自己像机关枪似的说着：“我们把父母的房子都给了我弟弟，不论什么时候也不能让他流离失所。我的底线是，父母不在，不对他好，就是混蛋。”

“你哥明白吗？”

“他怎么不明白？我哥自私，就是一个混蛋。”

“没错。你姐呢？”汪培开了句玩笑说。

“我姐在这件事上倒是和我一致。”

“那不就行了？你对她还有什么意见？”

叶小汀喝了口咖啡，嗓子里直冒烟，似乎那些含有咖啡因的饮料，更增加了叶小汀的亢奋情绪，让她更加滔滔不绝：“汪培，你觉得这样就行吗？先不说我哥，我姐也是，总是对我弟弟不满。”

“那为什么？”

“她觉得自己冤得很，好事从不和我说，只要她自己扛不住的事，一定要拉上我。”

“噢，原来是这样。”

“她总用那些莫名其妙的医学字眼儿教训我弟弟。我弟弟有病，不能正确地理解那些字眼儿的意思，就瞎琢磨，本来已经得了的病，还让他更加绝望。他扛不住，就找我的麻烦。”

“是吗？她干吗要这样？她也是老兵、老医生了。”

“谁知道？你可别说这话。我妈在时，经常开玩笑说她是‘不靠谱大夫’，本事不大。你说你哪儿不舒服，她就会说要得什么病，没病的人听了都要得病，就别说我弟弟了，有他的好吗？”

汪培笑笑说：“没病也会吓出病的。真是的，她有这么夸张吗？”

“当然有！你想想，一个人没事整天就是琢磨自己哪儿有病，没什么病也会想出病来的。不信你上网看看，那些关于疾病的网页上描写的事情，看完之后就想去死，没法活。我弟弟神经这么脆弱，跑得了吗？”

“你说说你姐呗？”

“说了也没用，她倔着呢！”

“那也不能这样做呀？”

叶小汀有些怒不可遏地说：“不能？她就这样做了，而且还在继续。关键是还不觉得自己错了，特顽固。”

“要是我姐，我准跟她急。就我这脾气，我可受不了。”汪培好像也要跃跃欲试了。

“受不了也得受，我算是看明白了，人人都有病，只是程度不一样。”

“你说得还真没错。”

叶小汀看看周围好像没人在注意她们的谈话。大家也许都有自己难念的经。没有人会关心她们在这里说这些废话。她又靠近汪培小声地说：“你知道吗？我姐这样的做法，就叫心理暗示，只是她自己并不明白后果怎样。我上中学时，好像正在实行‘备战、备荒、为人民’的计划，全国人民都有要和美帝、苏修决一死战的决心。有个政治老师天天上课时给学生们散布战争恐怖论，班里有一个女生心眼儿小就自杀了，他被抓了起来。可那个孩子招谁惹谁了？”

“是吗？那么惊心动魄？”

“当然，就别说我姐对我弟弟这样，和那老师差不多，也会有这样的趋势。她和她老公，也总是吵架。”

“那可不好，她不应该这样，自家后院不能起火。”

“是呀。”

“她和你姐夫关系怎样？”

“我看一般，不过还能过下去。但是，同志，哪个男的找女人不是想好好过日子，要是打架，女人不像女人，还不如自己过呢。她就没想过这个结果，真不明白她的思想境界，她好像是外星人。”

“你怎么向着男的说话？”

“遇的事情多了，就看出来了。我就是丈夫前头走，老婆后头一双手。”

“男尊女卑！你看出什么了？”

“我敢保证，他们家里打架，是我姐先出招。”

“是吗？你姐真行。”

“我姐夫也是个混蛋。我爸妈不同意他们的婚事是因为他岁数太大，和我姐不般配，那个年代很计较这些。这是他自找。不过，既然结了婚，就好好过呗！但他们做不到。这种事，一个巴掌拍不响。”

“你说得对。”

“你看，每次我一找你，准没什么好事儿。我也成了我姐了，呵呵。”叶小汀不好意思地自嘲着说。

“没事，我家里也是一团糟。我婆婆这一偏瘫，家里的事情都成我的了。我公公也是三天两头住院。我现在是家长，掌管家里的一切。上班，买菜，做饭，指挥保姆，全能。”汪培诉着苦说。

“行啊，‘小伙子’，熬出来了？”叶小汀开着玩笑说。

“什么熬出来了！我家的小姑子、小叔子什么都不管。每次回家来，也是看看老两口的身体状况。就等着分这点儿房产呢。这是干部子弟该干的事情吗？以前总觉得，干部子弟根红苗正，革命的传统教育方式，使人赋有责任感使命感，觉得这是这些家庭给予的荣耀。现在一想，这些事不管用！现在钱才最重要。那些曾经的权力现在显得那么渺小，反正你说我爸是谁，没人给你馒头，你都要付现金。”汪培生气地说。

“现在全是俗人，要吃饭、购物，就这点破事。我家林建平常说，钱是万恶之源。这可以解释这一切事。咱们那些事已经久远了，生活在这个年代，我看最重要的就是与时俱进吧。谁也不是外星人，好汉不提当年勇。”

“你说得对！”

“没办法，现在是笑贫不笑娼了。”

“别说得那么难听。咱自己心里有数就行了。咱父母的教育并没有白费。”汪培像个老干部似的说。

叶小汀一笑说："听这话的意思，又要搞运动了？"

"就是呀，现在是要搞家庭运动。法制节目天天讲各种家庭纠纷。我知道咱们的家也快了，对老人的感情，也许就剩下房产了。现在保姆也全是大爷！管我婆婆的保姆一个月一千四百元，还不管做饭。又请个做饭的，也一千元。她俩还不团结。我还要调节她们的关系。这是什么事呀？"汪培诉苦说。

"真是的。现在只要求人，花了钱还要听她的，打工的是大爷，这也没办法。"叶小汀记得刚当兵时，和汪培住在一个宿舍，就爱嗑瓜子，地上嗑满了瓜子皮也不扫，夜里起来上厕所，踩在上面嘎吱嘎吱作响，真好玩！那时的理想就是入党、提干。现在还要管家里这么多破事。天壤之别！她抑郁的心情似乎提醒着她。

"真是，我家这两个保姆比谁拿得多，谁干活少。我是为我公公、婆婆好，才管这事。要是放在我自己家，我谁都不用，一边待着去，你着不起那个急。"汪培说。

"就是，像你现在还上班，这也是没办法的办法。不雇人，你怎么照顾家？"

"我上班那也是返聘，干不了多久。现在中国什么都缺，就是不缺人。"

"没错！我家的原则是，照顾老人有钱的出钱，有力的出力，都有份儿。"

"可他们才不这样想呢。"汪培很不高兴。

"关键最让人生气的是，就是出钱又出力也不落好。"

"咱们现在也够老太太级的了。以后怎么办呢？"

"哎，别老说这些事了。你们部队有什么新鲜事儿？"叶小汀像是又想起了什么。

"我办了退休，现在返聘，没那么严格。但是我们医院还把条令、条例天天拿出来搞，不能留长发，穿军装上班。你看我刚剪了头，像是秃尾巴鸡。"

"我说你的发型怎么弄成这样？太可笑了！"

"还不止这些，还学习、跑步、警容风纪，多着呢。部队不就这样。"

"咳！你现在拿军费，该受这个罪。"叶小汀开玩笑说。

"别说我了。我看你家的事呀，还是和和气气的好。一家人就是一家人，你和你姐有矛盾，现在还不都是为了你弟弟吗？其实都是好心，只是方法上有些问题。"

"为这事呀，我找你来也只是发发牢骚，其实也改变不了现实，心里舒服舒服得了。还得谢你听我发了这么多牢骚。我现在只剩下精选级的朋友了，没功夫和那么多人打交道。这也许就是家妇的下场。”叶小汀自嘲着。

“咳！我也一样。你心里要是难受，咱就打电话，那样更方便。我比不了你，还得上班挣钱呢。我看你弟弟还要到专业医院去看，别耽误了。”

叶小汀低头看看手表说：“好的。那咱撤吧。”

“咱俩也就剩下这点儿事了。有空儿，还得聚聚。”汪培收拾着桌上的提包看看手表说。

“走，我送你。我现在好点儿，要不就憋死了。”叶小汀总爱用死这个词来打发那些不高兴的事。这个词已经被她赋予了更多的含义，不仅仅代表死了不再睁眼，更多的是代表一件不好的事情的结束。

现在的生活，需要人们互相关心，互相爱护。即便是无心插柳，也会绿树成荫，并在充满坎坷的旅途上还能有嚣张的勇气去活着。这也许就是现代文明带给人们的成果，这些嚣张也许就是能把现代社会压力释放掉的精气神。

第十七章　心里的挣扎

叶小汀明白在叶小海这件事上，没人能和她分担。这些麻烦，只有自己去扛。这就是那个让人能感到亲切和心痛的亲情。

叶小汀感到好像真的醒过来了。她看看表，已经是中午时分。这才想起来，还没有吃过早饭。但是，一点也儿不饿。

听到敲门的声音。叶小汀知道，这个时间回家的人，就是放学的林叶子。

“妈，我回来了。”

随着一阵香飘飘的味道，林叶子快步走进了自己的房间。还没等叶小汀问话，就听见房门“砰”的一声。谈话结束。

叶小汀知道，林叶子这一代，任性、随意、喜欢花钱。这个麻烦，是叶小汀的心病。林叶子这些家伙们认为的母爱就是，不管你正在干什么，只要他们需要，你就要连滚带爬、全力以赴地满足他们的想法。这就是母爱。

“妈妈，妈妈！”林叶子在她房间里高声地叫着。

叶小汀赶忙走过去推开门问：“怎么了？”

林叶子一脸的不高兴：“我早和你说过，你不要管我屋里的事情，我的东西不许动。”

“这么脏，你不怕生虫子？”

“虫子也不咬你，你别管!”林叶子很生气地指着那些被叠好了放在床边的衣服说。

“还有这么多垃圾？”叶小汀也不示弱地指着墙角边的那堆东西说。

“我喜欢垃圾，我喜欢脏。”林叶子坚决地说。

“简直不可理喻！”

“那就什么也不用你管。”林叶子说话很强势。

“这么脏你不难受？”

林叶子一边翻着地上的那一堆东西，一边不高兴地大声说：“对！只要你别管就行！我喜欢这样，想拿什么就拿什么！”

“这是我家，我要搞卫生。”

“这也是我家！你别管！我这么大了，不要管我。”林叶子说。

“我不管，你长得大吗？”

“又来了，有完吗？嫌我脏，别生我！我就这样！我找不到衣服，准是你动了，我不想吵架。”林叶子气势汹汹地在叠好的衣服堆里乱翻着。

“你现在正吵呢。”叶小汀想短兵相接地结束吵架。

林叶子压低了声音说：“我告诉你，以后不许管我的事情！最后一句话必须我说，你别还嘴！”

砰的一声，林叶子重重地关上房门。

“……”叶小汀一肚子气坐在那里。她这辈子最想过的就是恬淡安静的生活，但是，她却始终活在风口浪尖上。这样飘摇不定感觉对于年轻时充满斗志的她来说，还可以应付。但现在已经很是力不从心了。越是想抓住什么，却越什么也没抓住，留下的好像都是遗憾。她常想，如果再活一遍，绝不能像现在这样。看起来她好像对什么事都在做着妥协，其实不然，她始终是在按照自己的意志衡量着眼前发生的一切，而这些事却绝不会像她想象的那样发生。

叶小汀通常应付这种情况的办法就是去逛超市，溜达几个小时后，气就消了。这年头，自己不心疼自己，还能怎样？这也算是一条原创的老妇女减压措施，不管别人适不适合，但对她管用。她在家俱城看见一张床，不知怎么又想起女儿，她需要换新床，原来宜家的那种榻榻米对她已经不合适。她早起常看到林叶子人一半在床上，一半在地上，睡姿很嚣张。对于林叶子来说，应该有张好床，像个女孩子一样的睡觉。想着这些，好像气也消了。她上前问销售员："这个垫子多少钱？"

“这个吗？两千多。”售货员指着自己推荐的商品热情地回答。

“嗯，这个有多大？”

“一米八乘两米，现在正做特价。”售货员带着诱惑的口吻说。

“噢！床架子多少钱？”叶小汀在心里盘算着，感觉价格有些贵。

售货员还是热情洋溢地说：“这个床架子是我们公司生产的最新产品，装卸都很方便，床屉采取了这种鱼骨式的设计。木材经过处理后富有弹性，既有美观的作用，又有加固的作用。现在的款式是最新型的，两千八百元。”

“这个多少钱？”叶小汀看看眼前的这个售货员滔滔不绝热情推销的样子，指着另一个床架说。

售货员指着新型床架说：“这个床架两千二百元，可以优惠到一千八。阿姨，您看，这个很值，全木质结构，中间是钢架，质量很好。”

售货员似乎看出，像这样阿姨级的消费者，购物一般都很谨慎。但绝对有购买力，是个潜在的消费者。因此，她很卖力地推荐着自己公司的产品。

叶小汀看着这些产品，感到很不错。但是心里却想着，家里的那个林叶子，是个横竖都不将就的孩子。从小惯坏了，没办法。就用缓和的口气说：“这样，我回去听听我孩子的意见。”

“哟，阿姨，你小孩多大了？”

“咳，也没多大，她很挑剔，没办法，我需要她的意见，她的事现在自己做主了。”

那个销售的女孩子很羡慕地看着叶小汀说：“阿姨，您家真民主，买东西还要听她的意见。您家小孩真幸福，多好呀！”

“是吗？那是你的感觉。”叶小汀很无奈地看看那个女孩子说。她心想，你哪里知道我们家的那个林叶子有多不懂事。

“其实这些产品多好呀，您还定不下来吗？”售货员有些着急地推销着她的东西。

叶小汀想，这里卖的床的确是好东西，没有理由拒绝或是指责人家有什么不好。如果不买，只有两个理由：一是嫌贵；二是拿不定主意。在好东西面前，除此之外，其他理由都是推辞。她此时，拿不定主意的主要原因，就是不想和林叶子吵架。林叶子在家里，有吵架王的“美誉”，她的话简直可以把弯的水管子骂直了。在这一点上，是林建平的遗传。他们的语言功夫，有异曲同工之妙，叶小汀自愧不如。

叶小汀感到了那个销售员的急切和热情，但又不想一口回绝了她：下次买床，没准真的还要赶上她呢？就说：“这样，小姑娘，我女儿她很挑剔，弄不好就吵架。下回再来时，我让她也来看看再说。”

“阿姨，您是觉得她不对吗？现在年轻人都这样。和您那时候可不一样，买东西时都要挑自己喜欢的买。”

叶小汀一听，有人叫板？心里还堵着呢。她似乎从这个小售货员的话里感到了挑衅的意思，有些不爽。

“是吗？你们什么样？”

“您家不是有一个吗？”售货员笑着说。

“是呀！你们一样吗？我看不是，你就挺好，可以和我交流。”

小姑娘笑着说：“她不和您交流吗？”

“交流？只是没什么理智而言，话全是横着说。”

“阿姨，那是和您撒娇，越是亲近越这样，我和我妈也这样。”

“是吗？”叶小汀心里有些反感地看着这个女孩。

“我现在来北京自己挣钱养活自己。其实，我心里也常窝着火呢，但只能忍着。我要是对顾客也犯态度，那还有钱挣吗？”

“我和她爸爸为她操心，她一点儿不领情。你说这床我能买吗？不合适，还要吵架。”

“是吗？不过，阿姨，以后她就好了。”售货员女孩子很懂事地笑着说。

“以后，我都听说过多少个以后。现在都这么大了，以后什么时候？”

“您真的用不着着急。现在的年轻人，活法和您那时候真的不一样。比如，生活上吧，我们都不收拾屋子，随手就拿，多方便。”售货员越说越来劲。

“什么逻辑？”

“年轻人都这样。”

“是吗？我怎么听说，有的人一天刷三遍牙，擦八遍地呢？”

“哟，那人有病吧？”售货员用古怪的眼神看看叶小汀说。

“我看也是！”叶小汀心想，现在的年轻人，看不惯的地方简直太多了。也不管自己怎么样，就对别人妄加评论。但是，在对待林叶子的问题上，叶小汀这样想：什么年龄干什么年龄的事情，过了这个村就没这个店。像在穿衣服上、染头发这些事上，她虽然看不惯，但也都没管她。该美的时候就是要美，要像花儿一样，在绽放的时候，要有绽放的样，蔫儿的时候，再有蔫儿的样。

“这还有什么说的？”那个小姑娘售货员很能说。

“小姑娘，我其实是那种很理解你们的人。只是我家的那个家伙很特别，像个炮仗，一点就着。”

“瞧您说的！”售货员咯咯地笑着。

叶小汀看看手表说：“先这样，我走了。等决定买床再来找你。”

“阿姨，您可以带她来看看，这些产品真的很不错。”那个女孩子一定觉得很无聊，好不容易来个看家具的，算是逮着了，可不能放走。

“她呀，我们也是一不小心就把她惯成了这个样子。现在干什么都要听她的意见，到时候再说。”

“阿姨，我在家就是全心全意地想被惯成这样，但也没这个条件，她太幸福了。”售货员小姑娘用羡慕的口吻说。

“好的，你真能说呀。谢你了，小姑娘。”

“那您还是带她来看看吧。”

“好！我也只是先来看看。床是她睡，她得自己定。”叶小汀说着溜达出了家具店，回家去了。

精神病患者在生活中即便是有药物进行控制，他们有时也可以表现出反复无常的行为。这天，叶小汀正在做饭时，电话响了，是叶小淋。叶小汀电话还没拿稳，就听见叶小淋着急地说："小汀，叶小海被110给送到医院强制治疗了。"

"什么？怎么回事？"这简直就是晴天霹雳，叶小汀感觉差点儿就要死过去了。

"前天，他拿着一把水果刀跑到街上，被邻居看到了，为了不伤害别人，就报了警。精神病人犯病期间要被强制管制，警察有权处置这样的事。昨天他没给我打电话，我今天去他家他也不在。我给单位打电话，说他两天没上班。我就去了居委会，才知道他这样。"

"啊？那怎么办呀？警察怎么不通知咱们呢？也可能打了电话，你没接着。每天那么多广告电话，谁知道哪个是派出所的？"

"也许吧！已经这样了，你抽空去看看他吧。我刚从那里回来，医院条件不好。每周只有星期二下午两点至三点探视。"

"什么？就这么短的时间？"

"是啊，强制治疗知道什么意思吗？"叶小淋带着质问的口气说。

"什么意思？"叶小汀有些疑惑不解地问。

"就和监禁一个样，只不过他们是病人，出入没有自由。在那里的，几乎都是同样病症的病人，有些还非常暴力，挺危险的。这有什么奇怪吗？"叶小淋很不耐烦地说。她也感到自己有一脑袋官司。其实说白了，谁也不愿意自己的家里人出问题。

"唉，他住院又不是我的事，你别朝我来。"叶小汀听出叶小淋话里夹枪带棍的意思，就很不高兴地提高了嗓门。

"他就够烦的了。你别这样行吗？"叶小淋也毫不示弱。

"我没法和你交流。他这样，你有责任。"叶小汀生气地说。

"我怎么了？"

"你真的不知道吗？"

"我能知道什么？我每天都过去伺候他，有什么错？"叶小淋带着怨气说。

"你就是好心办坏事！你平时总用医学术语教训他，让他知道了不少医学名词。他是精神病人，他不能正确地理解你的那些话，他用那些词对号入座的观察自己，那不是越来越有病吗？再加上他也用这些观点去看别人能不出事吗？……”

“行了。你也不懂，别教训我。我是为他好。”叶小淋固执地说。

“为他好？”

“是呀!我就是怕他不注意，让自己添上更多的病。你根本不了解他的生活习惯。我就是为他好。”

叶小汀有些忍无可忍地说：“为他好，你别吓唬他。他的思维理解不了你的那些话。你那是在害他，知道吗？”

“你少指责我。”

“我看他有段时间生活可以自理了，你偏要去充好人，每天给他做饭，收拾屋子，结果他对你完全依赖，不能抽身，你又烦他，不管他了。他接受得了吗？你有意思吗？我都不知道你图个啥？”

“我什么也不图，就是觉得他可怜。这有错吗？”

“你说得没错。你要觉得他可怜，你愿意这样，那你就自己招架着，别连累别人，说明白了，就是我！”

叶小淋很生气：“你什么意思？”

“我的意思就是，你俩在外面吃吃喝喝时，你从没有想着我，甚至你们连分爸妈房子的方案都想好了，也没和我说过。但只要叶小海一出事，你扛不住了，就想起我来了。我以前没计较你们，是因为我觉得你们是我的姐弟。但现在不成，反反复复多少回了？我是什么？破抹布吗？扔来扔去？”

“那又怎样？你也是他姐。”叶小淋说。

“你说怎样？这就不行。我是他姐不错，但我不是你们的‘消防员’。着火了想起我，火熄了扔一边。谁自己玩着火了，谁自己灭。爸妈不在，我谁都不欠。这你明白吗？”

“这些事先别说了。你抽空去看看他。”叶小淋用很强势的口气说。她也知道自己在这些事上责任很大，但是，她觉得自己的妹妹怎么这么不听话，现在是关键时刻，怎么就不知道顾大局。她似乎从来没有想过叶小汀还会有想法。

叶小汀感觉到自己的愤怒发泄得还不够，就接着说：“你别管我怎么样，先管好你自己再说。你要是把叶小海害死了，我饶不了你！”

“你少说废话！反正我和你说了，你看着办吧。”叶小淋不等叶小汀说完话，就把电话给挂了。

叶小汀生气地把手机扔在桌上。心想自己招谁惹谁了？叶小淋太不讲理了。有什么事不能好好说？非要这样翻脸。叶小淋从小就是这样绝情，拿自己的脾气整治别人。在现在这样的情形下，简直就像个混蛋。再说，现在是叶小海在受罪，最要紧的是要想办法看看叶小海到底出了什么事才被关起来的？他出了这么大的事情，怎么第一时间知道的不是家里人呢？叶小汀一屁股坐在窗前，外面天上的晚霞带着亮边熠熠生辉，一群带着哨声的鸽子飞过夕阳，像在天上撒了一把黑沙，十分美丽。但叶小汀却无心欣赏，她心里就像有个万劫不复的泥潭，一团漆黑。

精神分裂症患者发病是必然中的偶然。也许有遗传倾向，但是环境因素也有很强的影响。并不是所有具有这样遗传基因的人都会发病。重要的在于，当你情绪不好时，是否能接受劝导，是否能得到释放。通过干预，使情绪得到安抚，缓解紧张，调节心情，更好地面对各种问题。不过，现代医学最新证明，精神分裂症并不遗传，但可以传染。

叶小汀不是心理大夫。她想，这些问题让科学家去操心吧。她要面对家里发生的事，并且接受这个事实。她不知道自己在各种事态面前，还能撑多久。

“妈，你看你，又动我房间里的东西。我的那个灰围脖哪儿去了？我都这么大了，你能不能别老什么事情都管？”从林叶子的房间里，又传来了她的叫声。

“什么东西？”叶小汀不耐烦地问。

林叶子在自己房间里一边翻找东西，一边看着在外屋想事的叶小汀大声地说：“就是我的围脖。”

“你的东西我没动，你再找找。”

“找了，没有。”林叶子拖着长腔叫着。

“那就把你那堆衣服再翻一翻，也许就在下面。”

“没有，都翻了。”就冲这一个“翻”字，便可想像林叶子房间里的混乱。

叶小汀有些奋不顾身地冲到她房门口。只见林叶子一脸的怒气在房间里扔着手里的衣服。叶小汀心想，“战争”又要爆发了。

“我再和你说一遍，我都这么大了，我的事情以后你少管。”林叶子狠狠地摔着手里的衣服说。

“行，我不管，以后你自己的东西自己放。”

“这还用你说吗？”

“怎么说话呢？”叶小汀气不打一处来。

“我最讨厌别人乱动我的东西了，尤其是你。我要是会魔术，第一个就把你变没了，永远也不变回来。”

林叶子这样出言不逊已经成了习惯。为了避免矛盾，叶小汀经常回避她的激烈语言，这样可以很快熄火。但最近她发现：自己的让步，更助长了林叶子的气焰。但她不知为什么，却平静地说：“叶子，你没发现最近你的变化吗？”

“怎么了？”林叶子用挑衅的眼光看着妈妈。

“我认为，像你这样的年轻人，应该很懂事了。你大了，既然不用管你，你就应该和家里人好好沟通，和平相处。”

林叶子用手撑着房间的门框，像要大干一场似的说：“我很烦！很烦！没有高兴的事情，我愿意这样。”

“你有什么不高兴？”

“我什么都不喜欢。”林叶子用被惯坏了的脾气发泄着说。

“为什么？”

“所有的事情都太傻了。”

“……”

“你不知道我那个老师长得真恶心，又矮、又黑，一脸大包。专挑我的刺儿，用话恶心我，没有自知之明。”

“瞧你把她说的，那是老师……”

林叶子不耐烦地把叶小汀的话打断了说：“得了，就她这样，难怪三十几岁还没结婚。整个一个有病，变态，就喜欢班里的几个男生，娈童癖。”

“叶子，你们现在说话口无遮拦。这样不好！”

“我愿意！我长大了，不是好不好的问题，是我愿不愿意的问题。”林叶子任性地说。

“你听我说，老师要有病，那是她的事情。你管好自己就行了。”

“凭什么？”

“就凭你是个好孩子。就凭我们对你的教育。你觉得这还不够吗？”

“这管什么用。现在人们想的都不是你们那些老玩意儿。你知道代沟吗？我看你们永远不懂。十足的老奶奶。”

“我不懂？”

“对呀，就你接触的那些人，真土！当然你什么也不懂了。”

“……”叶小汀生气得没说出话来。她知道，无论自己说什么，林叶子都有话说。

林叶子看看妈妈很生气的样子，不但没住嘴，还一脸怒气，嘴里不断地叫着。非要占个上风：“现在的学生都比我强，我只是小巫！”

“现在许多同学学习都很刻苦努力，你应该向他们学习。”

“有什么好学的？我学习这么好，他们应该学我才对。”

“人一辈子最可贵的，就是要谦虚。要夹着尾巴做人。”

“又来教训我了。我就是听着这些话长大的。我现在不想这样，都什么年代了，还这么陈词滥调？”

“什么年代也要坚持真理，也要坚持对的。”

“好，那你就坚持吧！”

“和任何人在一起，都要宽容别人，相互理解，和平相处。慢慢地你就长大了。”叶小汀耐着性子和林叶子交流着。

“慢慢的？那是牛，现在什么年代，谁要你那些慢慢的？”

“你听妈妈说，人这一辈子长着呢，要遇到的事情很多。要学会克制自己。能控制自己情绪的人，才能很好地生活。”

“你说完了吗？我不想和你说话！”说完，林叶子重重地关上了她房间的门。

叶小汀知道，这个家庭需要她，她就是那个黏合剂、消防栓、救生圈。这个家离不了她。但她想起叶小海的事，就要晕过去。叶小汀明白在叶小海这件事上，没人能和她分担。这些麻烦，只有自己去扛。这就是那个让人能感到亲切和心痛的亲情。

第十八章　强制治疗

这些与世隔绝的被限制自由的人，也只能这样无望地看看外面。叶小海也正遭受着同样的命运。一种悲怆的怜悯之情涌上叶小汀的心头……

叶小汀在路边把车停好，隔着马路，远远地看着医院的那两扇小黑门紧紧地关着。门口的路边上，在别的汽车禁停的地方，停着一辆110警车。里面坐着两名警察，车顶上还不断地闪着警灯，告知路人，警察们正在执勤。

路上的行人，熟视无睹地在那个临街的黑色门前来来往往。几乎没有人去关注那两扇黑门，以及黑门后面发生着的事情。而在叶小汀看来，那黑色的门，却很显眼。她从马路对面低矮的树丛中看着那座黑门，就像张着嘴要咬人。黑门里，就是她今天要去的地方，精神病人强制治疗所。这里的一切管理都和110有着密切的关联。叶小海几天前，持刀外出，被视为对社会有威胁的人，就被110送到了这里，接受强制治疗。这是为国庆节所做的安保工作的一部分。任何对社会治安造成威胁的行为，都要被管制。

黑门紧紧地关着。探视的时间还没有到。叶小汀不住地看着手表，手里拿着叶小海爱吃的食品。这好像是一切看望病人所要履行的程序。她抬头看看那座破旧的楼房，被高高的院墙包围着，楼上窗外全装有密集的铁护栏。在铁护栏后开着的推拉窗前，一个身着蓝白相间病号服面色苍白留胡子的中年男人站在那里，正用专注又渴望的目光，看着外面路上的行人，也注意到叶小汀。叶小汀的心里突然颤了一下。心想，这真像监狱！这些与世隔绝的被限制自由的人，也只能这样无望地看看外面。叶小海也正遭受着同样的命运。一种悲怆的怜悯之情涌上她的心头，她就想哭，但是没有流泪。正想着，门被打开了。她抓紧时间穿过马路，有些敬畏地踏进那座黑门。

"找谁？"从左侧一个没有开灯的房门里，走出一个身着黑衣又高又胖的男人，因为胸腔宽厚，声音显得粗大。院子里阴暗，叶小汀没看清这人是从哪里冒出来的，把她吓了一跳，这大概就是下马威。

她愣了一下故作镇定地说："哦，我来看病人。"

"看谁？"那个胖子语句简练地厉声问道。

"哦，我来看病人叶小海。"叶小汀当兵时，在监狱执行任务看过老黑，知道犯人和犯人家属什么模样。她觉得自己现在就像个犯人，无地自容，如果有地缝儿，她就钻进去。

"刚进来的吧？"那人又紧追不舍声色俱厉地问。

叶小汀几乎无语，她抖擞了一下精神应道："嗯！"

"把带的东西让我看看。"说着，走近叶小汀。一把抓过袋子简单地翻了一下。这让叶小汀感到这人的做法没人性，自己的尊严被人强烈地践踏了。

“对不起，你找什么？”叶小汀满怀忐忑有些不解地问。

“看看有什么东西，像筷子、玻璃瓶子，都不能带进去。”那人还是用不和气的口气说。看来这是他的工作习惯。

“勺子呢？”叶小汀手里拿着一把不锈钢的勺子问。

“这也不行，吃完东西你把它带走。”那个胖子没有表情地看看勺子大声地说。

叶小汀没再说话，履行完公事后，那人就大声地朝叶小汀说：“上二楼，探视时间一小时。”

“噢，知道了。”叶小汀显得灰溜溜地加快脚步，三步并作两步地跨进了那栋破旧的楼房。

楼道的墙皮有些剥落，露出里面黑灰色的水泥，还有些暗红色的东西抹在墙上，显得又脏又有些令人怀疑。在部队医院工作过十几年带有洁癖色彩的叶小汀，缩着胳膊走上楼梯。她不想让自己的衣服碰到那些脏兮兮的墙体。二楼楼口，过了个已经敞开漆成黑色的铁栅栏门，才来到病房的大门口。那门也是从里面锁着的。叶小汀举手敲了敲那扇紧闭的木门，听到里面传来询问：“看谁？”

“我来看叶小海。”叶小汀提高声音。

那关着的门随着开锁的哗啦声打开了。叶小汀刚跨进门口，在她身后，那个开门的男护士，马上就把门锁上了。

叶小汀此时，屏住呼吸，看着眼前的病房。这儿的环境和她工作过的医院截然不同。会客的地方是病人的食堂，里面摆着八九张饭桌，桌旁坐着一些前来探视家属及病人，那里显得狭小拥挤。病房的楼道又窄又短，有五六个房间住满了病人。因为是探视时间，有些病人蹲在楼道墙根儿下发呆，等待家人。有些病人听见来人时的开门声，就从病房门口探出脑袋往外瞧，看看是不是自己的家人。他们用一种既木讷、又茫然的眼光看着先来的探视者。这些，让叶小汀感到浑身不自在。

“叶小海，有人来看你了。”胖胖的护士长朝里面喊着。她看上去彪悍强壮，这也许是职业的需要。

“噢，知道了。”里面传来叶小海的声音。

叶小汀刚要走进那个小楼道口，就被开门的男护士拦住了。他用刻板的声音指着身后的饭堂说：“请您在餐厅里等。”

“噢。”叶小汀转过身来，这才仔细地看看那个叫做餐厅的地方。里面桌子挨着桌子，很挤，大家坐下后，也是人挨人。房间靠窗的地方，有个专门洗碗和擦地用的水池子，池子边上斜倚着两把湿墩布。有个上年纪的病人，正在扫地，旁边有个病人正在洗水杯。看着眼前的这些，叶小汀觉得自己的胃里，好像有股东西往上涌，她使劲地咽了口吐沫，似乎这样就好受些。

“哟？你怎么来了？你是怎么知道的？”叶小海身穿蓝白条相间的衣服，横着就从楼道里冲了出来。

那一刻，叶小汀的嗓子似乎又被什么堵住了，什么也没说出来。

“你怎么来了？你怎么找到我的？”叶小海还是紧追不舍、旁若无人地问。

叶小汀看着弟弟苍白间变得消瘦的脸，眼眶里好像有什么东西模糊了视线。那些被弟弟辱骂而让她恨之入骨的感觉，突然不翼而飞了，取而代之的是一种冲动，想把弟弟搂在怀里，好像只有那样，叶小海就会和这些地方隔离开了似的。但是，她什么也没做。就像是快没电的机器人，只是伸手拉了叶小海胳膊一把，坐到了饭厅的一个角落里。她似乎想起，最后一次搂着弟弟，还是他上幼儿园的时候，那样的感觉已经很依稀难寻了。这也许就是她没有这么做的原因。她把手提袋里的东西翻出来给叶小海看，又从兜里拿出了一双一次性的筷子刚要递给叶小海，那个男护士就突然走过来，没有商量地把叶小汀拿在手里的筷子夺走了。这样的体验，是在别的医院探视病人时不可能发生的。

“这里不让用这个，勺子吃完饭，你也要带走。”那个男护士用坚决的口吻对叶小汀说。

叶小汀无奈地看看那个护士，又看看叶小海说：“哦，知道了，还有什么规定？“

“以后不要把玻璃容器带进来。”那个男护士用手指指盛着菜的玻璃瓶子说。

“明白了。”这次叶小汀回答得也很坚决。

叶小海看着叶小汀不住地小声说：“二姐，前几天我的那些短信，都是瞎说，你别生气，我不是故意的。”

说着，叶小海就用手擦着眼睛哭了起来，这种情形在家里时是很少见到的。不知道此时他是因为发给叶小汀的那些伤人的短信哭，还是因为自己身陷囹圄而又无能为力哭呢？无论为什么，叶小汀都觉得他现在太可怜了。要是把他照顾得很好，他怎么会在这里？她心里有种强烈的负罪感，她不知道该怎么安慰叶小海。叶小汀上下打量着叶小海，突然看见弟弟的嘴唇和鼻翼旁，有七八个长短不一已经结了痂的暗红色的伤口，就急切地小声问："他们打你了？"

"没有，别问了。"叶小海四下张望着小声说。

叶小汀再一次感觉眼眶湿了，她使劲儿把眼泪憋了回去。那一刻她感觉到的只有内疚和自责。叶小海是自己的亲弟弟，因为她们的失职，导致他成了现在这样。她又压低嗓门凑到叶小海脸前问："脸上哪来的伤口？"

"是我刮胡子时不小心弄的，不疼，没事。"叶小海像什么也没发生似的不断地重复着说。

"我看不像。这儿连筷子都不让你拿，怎么会给你刮胡子刀？"叶小汀小声地追问着说。

"别问了，没事，快好了。"叶小海好像有什么难言之隐，他不停地环顾四周。

"你就小声告诉我。"叶小汀迫不及待地就想知道真相，她不停地问叶小海。

"二姐，别问这个了。我没事，你怎么知道我在这儿？"他又用急切的眼神看着叶小汀问。

"大姐说的，你小声告诉我到底怎么了？"叶小汀还是不依不饶地追问着叶小海脸上的伤口是怎么弄的。

"等我回去再说吧。"叶小海压低声音说。

"那好吧，你先吃吧，这些是我在饭店买的，你都爱吃。"叶小汀看看周围几个护士正在盯着她看，就转移了话题说。

"知道了。"叶小海说着，就像没吃过饭似的，狼吞虎咽地一口气吃完了所有的饭菜。

叶小汀看见弟弟饿成这样，就小声地问："你在这儿吃不饱吗？"

"不是。你一走，这些东西就要被护士拿走，分给大家吃。这儿有好些病人没人来探视，他们正等着抢呢。"叶小海低头小声说。

"什么？"叶小汀感到无比压抑，此时她就想抡圆了打那些抢叶小海东西吃的人一巴掌。

"你小声点儿，你还看不出来吗？这里的事回家再和你们说。你和大姐商量一下，赶快到派出所办个手续，把我弄出去。"叶小海用最小的声音说。

"怎么？出院还要警察同意。"叶小汀几乎惊呆了。她从来没有想过，和自己的家人竟会是在这样的场合里见面。并且还被这的工作人员吆三喝四。她感到有股热乎乎的东西直冲脑门，脑袋顶上就要冒出烟来似的。这时她才明白，这就是强制治疗。

“时间到了。”男护士站在门口，朝着里面剩下的最后一个探视者叶小汀喊着，示意她赶快离开。一个小时，在不知不觉中一晃就过去了。叶小汀从来没有像现在这样，想和叶小海多待一会儿。她不知道自己这么一走，弟弟又会落到什么境地。这种剜心的感觉，只有手足亲情才能体会。

“你们快想办法，找大姐商量，把我弄出去。”叶小海抓紧时间小声说。

“知道了。小海，我心里很难受。你在这保重自己，好好治疗。”叶小汀看看叶小海脸上的那些伤口一语双关地说。

“你们真的要救救我。”叶小海几乎用乞求的口吻小声说。

“我再问一遍，你脸上的伤口，是你自己弄的？”叶小汀还是用怀疑的眼光看着叶小海的脸小声问。

“别问了。姐，真的，我求你别再问了。”叶小海用几乎听不见的声音小声说。

“那好，我先走了。”叶小汀说完，头也不回地走下楼来。她生怕在病房里掉下眼泪来，她觉得自己要是回头再看叶小海，也许自己就会死在那里。要是真能死，那就好了，她就能心安理得地逃过心灵的谴责了。

从一进门受的严格检查，到叶小海那些蹊跷的伤口，叶小汀似乎感到这也许是别人对新来的叶小海的惩罚？是谁干的？怎么弄的？她想着这些可怕的推测，情不自禁地起了一身鸡皮疙瘩。无数以往看过的恐怖电影，在叶小汀那个富有想象力的脑袋里闪过。她想，难道这些病人，罪不该死，就要受到虐待？她感到窒息、无奈和恐惧。

叶小汀像个老鼠似的，灰溜溜地从医院跑出来，站在那个窄小的马路上，深深地吸了一口自由的空气，但并没有感觉到自由。似乎被关在医院里的不是叶小海而是她。她此刻强烈地感到自由对人来说有多么重要。她再回头看看那些铁栏杆窗后，还有些人头在晃动，那也许就是叶小海。这样的结果，是为他们所犯错误应付的成本和代价。也是为他们这些病人家属及监护人所敲响的警钟。

叶小汀在街上转悠了一阵，胡乱地走着。天快黑了，才觉得应该回家。她觉得，只有在街上的人堆里，才有安全感，才能忘掉刚才的一切。她拐进一个胡同往前走，穿过这个胡同，就可以开车回家了。老天好像故意和她作对，胡同里没有路灯。这时，她听见身后有人快步地跟着自己。她下意识地加快了脚步，后面的脚步声也变得更加急促。她跑了起来，后面的人也开始跑起来。她跑得上气不接下气，后面的人还紧紧跟着。她心一横，爱谁谁吧，老娘和你拼了！正要转身时，那个人从她身边跑过，一溜烟儿地消失在胡同尽头。好像那边有什么人在等他似的，那也只是个赶路的人。她此刻感到心怦怦地像要从嘴里蹦出来似的，她也不知道，自己怕什么？

叶小汀回到家里，还没来得及把鞋换好，就看见林建平在厨房里忙活着。她心里很纳闷儿。

“怎么今天这么积极？今天我有口福了。”

叶小汀走进厨房，看看正在炒菜的林建平，系着个围裙，好像穿反了，带子系在胸口上很可笑。一看就知道他不太熟悉厨房的业务。

“我这不是回来的早点儿吗？看你这几天很忙。你家的烂事又那么多，就做口饭吃。”林建平一边用锅铲翻着锅里的菜，一边说。

“怎么说话呢，你家就不是烂事了？”

“我可不想吵架，只是这么一说。再说，我这不是心疼你吗？”

“心疼我怎么不会好好说呢？”叶小汀说。

“我可不是故意的啊！”林建平一边往盘子里盛着菜，一边歪过头来朝叶小汀解释。

林建平脸上流着汗做饭的样子，叶小汀已经很多年没见过了，他最后一次做饭，还是二十年前的事情。但重要的是，这些酸酸的话，叶小汀很久也没听他说过了。她曾想过，像他们这样的夫妻，就剩下了过日子和吵架。而现在，她好像突然感到，那些左手摸右手的感觉，似乎又有了热度。他那些温暖的话，让她有点儿接不住。她有些敏感，但更多的是怀疑。

“你弟弟的事情怎么样了？”林建平一边翻着锅里的菜头也没抬地问。

“啊？”叶小汀突然从那些细如游丝般的感觉中醒来，那些依稀的思想随着炊烟也被抽风机带走了。

“叶小海怎么样？”林建平又问了一遍说。

“他在那个医院里不会有什么好果子吃的。”叶小汀的思绪又回到对那所医院的噩梦中。她一心惦记着可怜的弟弟，糊里糊涂地就弄到那里。她内心的自责在加剧，好像已经充满胸膛。

“这话怎么讲？”林建平用疑问的眼光看着老婆说。

“我一进门就受到各种无条件的检查。这辈子，我都是好人那边的，从没被人剥夺过什么。这次，我就像个罪犯，我手里的东西被抢过去进行检查。”叶小汀好像还有些惊魂未定。

“什么剥夺？”林建平放下手里的锅铲，挑拣着重要的词问。

“不和你商量就干的事，就叫剥夺。你难道不明白吗？就像那些遛狗的人，狗要到树边上去闻闻，他们非要扯着它顺着路走一样，没自主权。我在那儿有些像那狗。关键我不是危害社会的人，他们就不能客气点吗？哪怕只是装装样子也行！”叶小汀愤愤不平地说。

“那有什么，进那地方这是必须的。什么叫强制呀？”

“废话。我是正常人，没违法，客气点儿能死吗？你什么立场？”叶小汀十分恼火。

“就为这？”林建平有些不屑。

“那当然，这还不够吗？对正常人都这样，对那些精神病人该做什么呢？”叶小汀大声说。

“你可真是的，老婆。很多事情不是你想的那样。你太富有想象力了！”林建平用缓和的口气说。

“我不是想象力强。你要是去过那儿，看见叶小海就会想：他脸上那些伤口，是怎么造成的？这是最直观和显而易见的情况，我不是胡说。”叶小汀愤愤不平地说。

“什么伤口？”林建平像是被激着了似的问。

“我弟说是自己刮胡子刮的。我就不信那么多的伤口都是他自己弄的，他傻啦，不知道疼？非要往肉上刮？这四十几年没刮过胡子？”

“那没准儿。”

叶小汀瞪了林建平一眼说：“你别胡说。我进门时被检查连吃饭的筷子都不让带，医院又怎么会给他刮胡刀让他自己刮胡子呢？难道筷子会比刮胡刀更危险吗？简直可笑。”

也许医院里有护士监护他们，才让干这些事。”林建平只能这样安慰叶小汀。

“你说什么呢！他们不是犯人，那没有狱警，他们手无寸铁，又都有药吃。能干什么？除非是真疯了，拿刀刮自己的肉！”叶小汀提高嗓门大声说。好像只有这样，才能把刚才的惊吓赶跑了。

“你别急，现在的事情已经这样，就只能看看有什么办法能让他早点儿出来。是不是先要控制病情呢？”林建平看见叶小汀急了，就想用缓和的口气说。

“那当然，治病当然是第一位的。这还用说吗？这是我弟弟，我能不急吗？”

“好。咱们先吃饭。这事也不是今天就能解决的。”

“你先吃吧。我先问问叶小淋，也许她会知道怎么回事。”叶小汀还是焦急万分。

“我看她也不会有什么好的解释。她不是精神病院的医生。那儿发生的事儿，她也不会十分了解。”

“那也比什么都不问强。”叶小汀任性地说。

“好，那你就问吧。”林建平觉得自己已经是仁至义尽了，转身又去厨房端菜了。

叶小汀没再接林建平的话茬儿。她总觉得，自己的家事，永远也解决不完。就像不会愈合的伤口，总是隐隐作痛。她给叶小淋打了个电话，她要把今天的事告诉她，她觉得如果不说出来赶紧解决，叶小海也许就会死在那里。这样的严重后果，她已经想了好几遍。她从包里翻出手机：“姐，你在家吗？”

“没有，我去派出所看看怎么给叶小海办手续出院。”

“有结果吗？”叶小汀焦急地问。

“现在看来，有难度。他在节前可能出不来了。第一，他们需要治疗周期的观察；第二，国庆的治安规定就得这么办。”

“这么复杂？你见到所长了？是他说的吗？他又不是不知道咱们家的事？”叶小汀一连串的疑问，让叶小淋有些不爽。

这件事情上，他们和咱们没商量，只能按规定办事，谁让小海赶上了呢？”叶小淋说话的口气十分不耐烦。

“你不用这么生气，这些事又不是我弄出来的。”叶小汀用不满的口吻说。

“你去看过他了吗？”叶小淋俨然像家长似的。

“我今天去看他了。那里的感觉就像监狱，男女护士个个都虎视眈眈。工作这么些年，从没经历过这样的探视，也没见过。”

“这有什么？我两次去都这样，你只能入乡随俗。”叶小淋平静地说。

“是吗？那不都是些病人吗？有什么风俗？”

“那些是危险的病人，不能对自己的行为负责，所以要进行强制治疗。小海病得虽然没有那么重，但是赶上了，刚才不是说过了？”叶小淋好像并不奇怪妹妹的看法。她在医院工作的时间更长，见过更多的事。

“小海一直是在正规地进行治疗，和他们能一样吗？那些人肯定是家里没人管，自己又不好好吃药治疗的人。”

“是呀，就因为这样，才有这样的医院，这有什么奇怪的吗？”

“我是说，你看见他脸上的伤口了吗？那些小伤口已经结了痂了，但是看上去还很新鲜，红红的，一定就是这几天弄伤的。他说是自己刮胡子刮的，我现在越来越不信了。那里对病人持有什么物品都管得这么严，他怎么会有刮胡刀呢？简直可笑。”叶小汀怒不可遏地说。

“你不用这么着急，他在那里也只能是这样，那些事情都是他自己找的。在家里说他不听，服药也不够量，病情控制得不好。遇到事情自己解决不了，这就是后果。”

“听你这么说，他好像活该吗？你怎么这么没人性？”叶小汀此时好像突然觉得，这个弟弟对于自己来说不可或缺极为重要。就像人的手指，虽然长短不一，但缺哪个都不行。

“前几天，我去他那里，就为了一点小事儿吵了起来。她就揪着我的头发要打我，还把我的衣服全都扔到院子里，还到我们单位去大闹。我拿他没办法，这些事也不是今天一说就能解决的。他只能是好好接受正规的治疗，病情缓解后才能出院。”叶小淋也有一肚子的苦水。

“这么多事？怎么没听你说起过？”

“这些也不是什么好事，我以为他闹完了就没事了。没想到他还和外面的人闹。那些人可不客气，报了警，就把他送去了。”

“原来是这样。不过，那他也是个病人。”

“所以才去了那里，这也是我听警察说的。”叶小淋的口气里好像是透着松了一口气的感觉。

叶小汀心想，要是弟弟真的和自己闹起来，自己也不是他的个，就他那个块儿，两三个人是弄不了的，就用稍微缓和的口气对姐姐说：“你这么一说，我心里好受些了。他见着我时哭了。一个劲儿问我怎么知道他在那里的，我都不知道该怎么办？他从小没受过苦，小时候去农村住老乡家的大炕，把胯骨都磨破了，那时就觉得他很可怜。现在看见他这样，就更觉得他可怜了。”

“你就是刀子嘴、豆腐心。”

“我就见不得人受罪。以前在医院，去手术室采血样，一进门看见个躺在手术台上的病人胸口大开着，心脏在那儿蠕动着，我吓得差点儿没晕过去。现在看见小孩脸上的伤口，就会浮想联翩。这辈子我就不该学医。我很脆弱。”

“别瞎想了，想也没用。不过上星期我去看他时，他脸上还没有伤口呢。”

“也许你没注意到？是他自己糊涂了吗？”叶小汀还是将信将疑。

“别瞎想了，先想想他以后出来该怎么办吧。他的监护问题很难办，咱们只能用嘴说，别的也干不了。就是再犯病，也没能力送他去医院。120是不管精神病人的。”

“那怎么办呢？”

“我觉得他住院治疗后，病情会稳定的。对他以后的生活也有好处。虽然解决不了一生的问题，但是，最起码现在他能有个好的生活质量。这样才能让咱们也好好地活着。”

“你原来是这么想的？”

“你想想，咱们现在年龄都不小了。身体也不是很好，也不知道自己还有多少年的活头。这次住院，虽然他不情愿，但能让他充分认识这个病复发后的严重后果。这样的话，也许他以后就会好好地吃药了。”

“你是说，这次对他是个教训？”

“对，要不，也许他永远都明白不了。”

“你说得有道理。”叶小汀这时似乎才明白姐姐的良苦用心。

“当然，这不是我们让他去受的罪。我们是要把他从那个地方弄出来，住到真正的安定医院里。那儿的环境要比这儿好很多，对他的病也有好处。”

“你说得对。不过，我不放心那里还会发生什么事情。”

“不放心又能怎样？那里也是医院，现在也不能想那么多。他已经在里面接受治疗，只能这样。我问过他的主治医生，说他的情况还好。但现在是国庆节，谁说也没用，只能在那里待着。过完节，我再去派出所找所长，接他出院。”叶小淋有条不紊地说着她的计划。

“但是，我真的受不了他们医院气氛。我看，那儿就像监狱。”

“行啦，现在是过一天算一天吧，谁知道明天还有什么事情？”

“我觉得自己要死了，真的，姐。”叶小汀用颓废的口气说。

“别胡说，死得了吗？要是说死就死，我现在就想，能成吗？”叶小淋训斥着妹妹。

“我也就是这么一说，你看咱家，什么事情都要靠咱们。你看叶建国，只顾自己，对家里的事不闻不问。”

“那就别想，也别管他。亏了他们没和咱们这两个小姑子住在一起，要不就打成一锅粥了。他现在用不着咱们管，咱们管好自己就行了。”叶小淋在这件事上好像没有妹妹那么反应激烈。

“我知道了。我觉得自己好像有些不舒服。”叶小汀自言自语着。

“那就别和自己较劲，该干什么就干什么。我现在也想开了，父母不在了。咱们从小养尊处优，没受过什么挫折。出什么事后，处理事情的能力也很差，你不觉得吗？”

“我也是这样想的。以前爸总是说，‘穷人的孩子早当家’，那时我不明白，现在也都四五十岁的人了，当起家来怎么还这么难。”叶小汀心有感慨地说。

“是呀，我以前也有很多想法，现在看来，那只是瞎想。很多事上，你不往前看，就要憋死。”

“我现在就是往前看，但什么也没看见。也许我是小心眼儿？总是觉得心里有事放不下。现在，又添个小海脸上伤口的事，闭上眼就能看见。你要见了，也会怀疑的。”

“你就是外强中干的家伙。”

“姐，你就不能用好听的话来说我吗？我在你和叶小海的眼里，就是个混蛋吗？”

“别胡说！下周探视我去看他，到时候再说吧，你吃饭了吗？”

“没呢，就这些破事，弄得我直恶心，没心思吃饭。你看看他们那个会客的地方，又脏又破，简直不是人待的地方。”

“行了。说这些没用。就这样，他不是也要挨下去吗？你要去看他，千万别当着他的面说这些，他不会像咱们这样看问题。”

“我知道了。我只是看不下去，说说想法而已。”

“看不下去就忍着。好吧，你先吃饭。还有别的事吗？”

“噢，姐，我近来经常心区疼。”

“什么？你没做个心电图查一下吗？”叶小淋话里透着着急。

“查了，正常。但是经常觉得疼，有时还觉得胸闷，大口喘气才觉得舒服。”

“你要减肥，降血脂，现在心血管病不分什么年龄。你最好再难受的时候，到附近的医院去做个心电图，看看有什么异常，这也可以给自己建个早期档案，以后可以做比较。”

“嗯，知道啦。不过，叶小海的事情还是要问问派出所的人。看看什么时候会有结果。我总在担心他那儿会出什么事。”

“他在医院里能出什么事？你别瞎操心了，他住院时我也去看他了，我怎么没看见伤口？你别疑神疑鬼的，他住在那里没事。”

“咱俩看他相隔一个星期。你没看见，那就是这个星期发生的事情。”

“叶小汀，咱们是思维正常的人，别总瞎想。很多事咱们没看见，就别总是纠缠那些事。他有时候说的话，你也要掂量掂量。”

叶小淋说完挂了电话。

此时，叶小汀听见林建平叫她吃饭。她觉得心里很不爽，和姐姐的较量，自己从来没赢过。以前并不怎么觉得这事上有什么不对劲，但是最近很计较。

叶小汀放下电话，坐到饭桌前。看着林建平烧的菜，似乎没有胃口。

“哎，快吃吧！对了，今天罗老师来电话了，说是要找家长。我说没时间，问她什么事。老师好像很严肃地告诉我，那个兰钢家里也许出了什么事，好像是他妈妈突然死了。才五十几岁，平时也没什么病，就是感冒发烧住了院，一个星期人就没了。也不知道现在的人怎么了，说死就死了。”林建平一边吃饭一边说。

“这和叶子有什么关系吗？”

“当然有！老师说，兰钢在家处理他妈妈的后事，叶子在学校就神不守舍了，逃学，去看兰钢。”

“什么？兰钢他妈妈的死和叶子有关系？”

“你想哪儿去了？不是那个意思。是说叶子为了兰钢家的事逃学。”林建平以强调的口吻解释着说。

“这孩子，这么不爱惜自己，不珍惜学习时间。为了那个家伙逃学不上课，至于吗？”叶小汀生气地说。

“话又说回来，现在的孩子和咱们那时不同，他们太早熟了。”

“那是，现在是网络时代，信息爆炸，他们就是不熟也给催熟了。”尽管这时只有林建平一个听众，叶小汀也大声地说话，好像这样才解恨。

“为了兰钢他妈妈去世的事，叶子逃学不对。你也不能这么大声，你没事吧？老婆！”林建平说话的同时，用奇怪的眼光看看老婆，他觉得老婆好像有些过了，他并不知道老婆心里在想什么。

“逃学？这件事就是大事。对叶子来说就是不可思议。她学习这么好，怎么就不懂什么年龄干什么年龄的事呢？也不是给她说过一次，她怎么了？”叶小汀着急地说。

“这事，我看，你是她妈，还是你说她比较合适。提醒她一下，关键时刻，可不能把自己耽误了。”

叶小汀一听这话，气就不打一处来。她看看林建平像没事人似的，就生气地说：“你倒是清静！你看看我家那些烂事，没完没了。以前天天看法制进行时，总觉得那些事是人家的。现在，那些事也跑到我家来了。你还要让我管叶子，我哪有那么大的本事。她现在大了，已经不把我的话当回事了。你没看见？现在她经常和我吵架，我管得了吗？”

“那行，你别管了，我管行吗？”林建平头一扭用强硬的口吻说。

“你也别总是这样说话。我嫁给你，适应你这套就可以了。对叶子，你是有严重责任的，叶子就是因为缺少父爱才早恋的。女孩子在长大时，需要爸爸影响。你不影响她，外面的人就会替代你。什么后果自己想想。”

“行啦，别总这么说。她已经大了，还来得及吗？”林建平大声抢白着。

“那我不管，她不是还没有踏出这个家门吗？你就要管。”叶小汀也不依不饶地大声说。

“好了，别说了。这样吧，我去说。”林建平拿着官腔说，像是公司开会决定什么事似的说。

叶小汀没再说话，低着头，只管自己吃饭，林叶子的不听话，早是她的心病。今天这样的事情只是个新的爆发点。

她觉得自己在这个家里，没地位。没人听她的，只有干活的分。她想，就是抹布，也有洗干净的时候。而自己，永远就是没人洗的一块臭布，湿乎乎地扔在角落里。

她在心里放大着这种情绪，饭也堵在心口，难以下咽。不过，她现在想得最多的，还是下午去看叶小海时的事，包括医院奇怪的探视方法给她留下的阴影。这一切犹如深谷里的雾霭，挥之不去。让她感到压抑。

自从妈妈走后，每当叶小海病情加重，她就会在心里自责。好像就是因为自己失职他才这样，她往往用发火来解压。这些心理问题，逐步演变成罪恶感，这感觉让她无法偿还。和弟弟吵嘴后，自己的情绪会缓解。但叶小海不会，他更加焦虑难以调解。

这种纠结的情绪，不断在叶小汀心里积蓄。她只想自己下一次会把事情处理好，但下一次还是如此，没使心情变得更好。也许，她的抑郁情绪，已经发生了质的改变。

叶小海的病情虽然已有显著改善。但是从派出所那里了解到，在这里的病人，就是完全恢复常态可以出院，也要等派出所警察批准后才能放人。

这消息，让叶小海感到难以接受。去看他时，叶小汀从他那里强烈地感受到了一种烦躁的情绪。而叶小海这样的表现，也同样让叶小汀的情绪变得烦躁不安。

这情况，就像个长虫子的烂苹果，表面还光鲜，里面却变了质，一眼看去难以觉察。

当叶小汀从那个强制性治疗医院回来后就想，弟弟的现状是全家人的过错，全都罪责难逃。她明白即便如此，姐姐哥哥们，也不会像自己一样承认这个事实和他们有关。

因为，任何人做事的出发点都是利已的，即便做好事也不例外。更何况现在事情办坏了，要有良心的话，就只能暗自承受弟弟这样的后果给他们带来的大耳光和在内心里受到的鞭笞。这样的疼痛会持续在心里，因为这是一块难以愈合的疮，流着血，却擦不干净。

这天下午，又是一个可以探视病人的日子。叶小汀做了叶小海爱吃的饺子和买了方便食品去医院看他。

当她再次来到那座黑门前，又看见那个高黑的门卫时，她显得有些犹豫。这种敬畏感，她活这么大还是头一次，也许是专政机构的威严吧。

看看腕上的手表，还差一分钟。她鼓足勇气，走了进去。

这次的检查，好像没上次那么严，门卫只是拉开手提袋看了看，就用严厉的声音说："进去吧，出来时把垃圾带走。""噢，知道了。"叶小汀不知道该说什么。她显得有些灰溜溜的像个阶级敌人，下意识地整理了一下手里的东西，有些慌不择路地顺着墙根儿溜进了那个门。

这样的感觉，更强化了叶小汀的内疚。她感觉现在，就像是自己犯了罪。这罪恶感，让她那样的火爆脾气就此威风扫地。整个人都显得灰头土脸的。

这次见到弟弟，似乎比上次好些，起码形象上要干净了许多。病号服好像也是新换的，比较合身。嘴边上的小红痂，就只剩下一两个了。也许是这些伤口更深一些，好得比较慢，但在叶小海白净的脸上依然比较显眼，仍然刺痛着叶小汀的心。

她还是盯着那些伤口仔细地看着，似乎这样就能找到些线索，来证明自己心底里的那些猜测。她觉得，弟弟一定在这里受到过某种虐待。对于从小养尊处优的弟弟来说，这儿就是地狱。

想到这里，叶小汀用最小的声音靠近叶小海的耳朵问："他们在这里打你了吗？"

"没有，别问这个。"叶小海也用同样微小的声音说，并且不住地摇头，还不时地用眼角瞟着那些站在一边强壮的男女护士。

叶小海这样的举动，似乎验证了叶小汀内心的猜测。但是，她又对弟弟这样的处境毫无办法，一种焦灼的感觉油然而生，体内肾上腺素急剧升高，她要应付这样的场面。

她不停地出着大汗，汗水顺着脸颊往下淌着。她用纸巾擦着脑门，但汗水就像打开的水龙头似的没完没了地流。她内心的愧疚感，已经到了无以复加的地步。

她觉得，就是悔青肠子，也无法对得起弟弟，对得起父母！她突然脑袋发热，产生了一个可怕的念头，只有死才能勾销这笔账，但这只是一闪念。她觉得自己应该是男的，具有侠骨柔情，为别人两肋插刀。但她不是，她只是个普通女人。

"二姐，你热吗？"叶小海看着二姐一头大汗就问。

"哦！没事，你们这里不透气。"叶小汀掩饰着内心的变化，不住地擦着脑门上的汗说。

"你小声点儿，我还要在这里住着呢！"叶小海敏感地看看周围，小声地提醒着叶小汀。他怕叶小汀的抱怨让护士们听见，怕姐姐走后他会受到惩罚。

"小海，你在这里一定要配合大夫，听话，积极治疗，早点儿出院。"叶小汀敏感地直觉告诉她，弟弟脸上的伤一定是别人干的。她要保护弟弟，但也仅此而已。

“二姐，我知道，在这儿大家都这样，你别老说了。”叶小海竭力地回避着这些话题说。

“你看，这些都是姐给你带来的，你多吃点儿。”叶小汀明白弟弟的意思，就转了话题。

叶小海又小心地看看周围的病友和他们的家属似乎没人注意他们，就小声地说：“以后别带这么多东西。你一走，护士就把这些东西分给大家了，我什么也剩不下。每次探视，你们还没来，那些病人就和我约好，把什么分给他们。这些人，就像一群强盗，没好人。”

“怎么会这样？”叶小汀像是受了什么刺激似的小声问。

“你能不问吗？”叶小海像是被威慑着似的制止了叶小汀。他的情绪好像很紧张，手也不住地发抖。

“好，你在这需要什么吗？”

“什么也不需要，和大姐说，赶紧把我给弄出去”，叶小海继续用最小的声音凑近叶小汀说。他小心地从裤兜里掏出了一个小纸团在手里展开，那是半张烟盒纸，上面密密麻麻地写满了歪七扭八的小字，他小声说，“这是我写的，你们拿走，交给……”

还没等他说完，叶小汀就用手捂住了那个纸团，她用若无其事的样子看看那些护士小声地说：“小海，别这样，会坏事的。你要好好治疗，好好吃药，把病情控制好，这才是出院的先决条件。”

叶小海无奈地把纸团收起来说：“我没事了，你们看着办吧。”

叶小汀从弟弟生气又急迫的口气中感到，在这里他度日如年。她一边把饭菜摊开，一边安慰着叶小海说：“会办好的。小海，你先吃东西吧，要不一个星期也吃不到这些了。”

“吃这东西都不重要。重要的是，快点儿让我出院。”叶小海急躁地小声吼道。那边的女护士似乎听到了什么，朝他俩坐着的饭桌走来，用警告的口气对叶小海说：“抓紧时间啊，还有十分钟。”

叶小汀反感地看了那个护士一眼。转头又看了一眼墙上的旧钟，那时间比自己的手表快几分钟。她下意识地朝那个护士摆摆手说：“知道了，马上。”

“他在这表现挺好的。没什么，你们放心吧。”那个护士好像从叶小汀的口气中感觉到了什么，口气变得缓和多了。

“是吗？那就谢谢你们了。”

“没什么，不客气。”说完，这个护士又去催别的探视者了，口气同样强硬。

叶小汀憋着气，觉得自己像要开锅了。她还不住地用纸巾擦着汗，用手扇着风。

“知道吗？二姐！和我同屋的那个人，是刚进来的。他拿斧子劈人，被民警送来的。还有那个人，拿刀捅人，把人扎伤了。”叶小海用嘴努努那边的几个病人小声地说。

“是吗？”叶小汀扭头看见那几个病人，表情木讷地又羡慕地看着她和其他病人的家属。没有家人来探视他们。

“你以为呢？这里不是好地方。你们拿来的东西，护士不分，也会被偷走，以后不要带那么多。”叶小海声音小得几乎听不见。

“小海，你的处境我知道了。”

“东西是小事，和那些人住一个房间，夜里他们要是把我杀了怎么办？”叶小海显得十分焦虑。

“你们病房里都有监控器，还有这么多护理人员呢，别怕！”叶小汀把手按在叶小海肩上安慰着他。

“那管什么用？”

“我每次来时，大门外还有110的警车停在那里。”

“是吗？那还好些。”叶小海似乎镇定了一些。

“小海，这儿的情况我看见了，好好治疗，只有医生说你病情被控制住了，你才能出院。你一定要听大夫的话，他们的意见是出院的标准。”叶小汀此时对弟弟说的话，就像是对自己说的。眼前的一切，简直让她立刻就想死。好像这样，就把各种事码平了，就把自己对亲人的歉疚还清了。这想法，再次袭上她的心头。

“那好吧。”叶小海用忧郁的眼光看着要离开的二姐无奈地说。

“小海，你自己在这里要多保重。注意安全，不要和人发生矛盾。你知道我的意思吗？”叶小汀用无限担忧的眼神暗示着弟弟一语双关地说。

“我知道了，你们快点儿给我办出院手续啊。”叶小海用乞求的声音对叶小汀说。

“知道了。耐心一些，好好治疗。”叶小汀看看手表，探视的时间马上就要结束了，就着急地说。

叶小海敏感地觉察到二姐要走了，突然毫无不忌讳地大声说：“我知道了要好好治疗。你在这儿试试！你在这里试试！你就会说好好治疗！”他觉得这样就可以把自己在这里受到的一切宣泄掉，但他并没因此而感到高兴。

“叶小海，小声点儿！”那边传来护士严厉的声音。

“你小声说。”叶小汀也小声地说。她自始至终都觉得，这种探视，就像是地下工作者，怎么看都像是在接头传递情报。怎么搞的？她显得更加惴惴不安。

“我就知道，你们什么也不在乎。根本就想把我放在这儿，根本就不想让我出去。嫌我麻烦，是吗？你们对得起妈吗？我是你们的亲弟弟，知道吗？”叶小海变本加厉地说。他好像并不介意那个护士的警告。

这让叶小汀十分诧异，弟弟突然怎么变得不知好歹说翻脸就翻脸呢？她耐住性子小声对他说：“出院，我说的不算，只能听大夫的。大姐也一直在为你这事忙活着。我看她昨天去了派出所，还去了安定医院，都为你忙着呢！”

“她才不着急呢！她巴不得让我住在医院永远不出去呢。”叶小海几乎要哭出来。

“你不要这样，你的住院手续是她办的，你住院的消息是她告诉我的，她最关心你。”叶小汀不住地劝着叶小海。

叶小海好像又突然把刚才的话题忘了似的说：“你最好回家看看，我的东西丢了没有？家里这么多天没人，家门钥匙还在警察手里。”

“我前几天去了，你不是换新锁了吗？钥匙在大姐那儿呢。”

“是吗？你没有新钥匙吗？”叶小海很惊奇地问。

“你没给我。”叶小汀知道，叶小海是因为和两个姐姐赌气才把家门锁换掉的，他经常用这样的极端做法，来表达他自己的感情，她们也已经习惯了这些。

“那好，大姐有新钥匙，让他去看看，下次来告诉我。在这里不让打手机，全都没收了。”叶小海好像还意犹未尽地想说什么。

叶小汀看看墙上的表，探视时间已经过了一分钟，又听见护士在催促他们回病房，就站起身说：“我知道了。你在这里自己多注意，下周再来看你。”

“好吧，别忘了，早点儿接我出去。”叶小海一边往病房走，一边回头朝叶小汀急切地说。

“知道了。”叶小汀心情沉重地走出去。门在她身后重重地关上了，还听见了上锁的声音。她头也没回地快步走过街道。好像走得越快，心里的感觉就会越好，只有这样才能摆脱那座黑门后面的一切带给她的挫败感。

叶小汀感到，自尊被践踏，就像被人鞭笞，每一下都皮开肉绽。那些年轻时立下的志愿，那些要对人生美好事物的朵颐心态，现在早已荡然无存，消失在根本想不起来的思绪深处。留下的各种伤痕，却是历历在目，刻骨铭心。

第十九章 “天堂邮局”的救赎

叶小淋心里十分感激赵林一和邮局的人，没有他们的发现和帮助，也许这一切还是个谜。

过了一个月，叶小海就被叶小淋接出了院。叶小淋觉得全家人应该聚一下，也算是给叶小海压惊。他们来到街头的一家餐馆。这儿也是以前和妈妈经常来的地方。

“小海，你点菜吧。”叶小淋看着菜单说。

“小海，你比住院前好像瘦了很多。”叶小汀看看叶小海已经小了的肚子和明显消瘦的脸说。

“别说这些了，你在那里面也会这样。”叶小海毫不领情地看着菜单说。

这些话好像一团棉花，一下子把叶小汀想说的话给噎了回去。

“先吃饭，别的以后再说。”叶小淋也瞪了叶小汀一眼，她觉得，自己的妹妹总是胡乱说话。

“干吗以后再说？你们不是想知道我在里面脸上为什么有伤口吗？告诉你，那是被别人按着身子刮胡子刮的。他们用的那个刮胡刀，刮完别人的脸，再刮我的脸。”叶小海直瞪瞪地看着姐姐们。

“什么？谁弄的？”叶小汀虽然感到叶小海的口气令人窒息，但是他说的那些事情，好像更令人生气。

“谁弄的，就是那里面关着的那些病人干的。他们的刮胡刀也是护士给的，要不怎么我没有拿刮胡刀的权利？”叶小海继续说。

叶小汀看看叶小淋没说话，但是她自己按捺不住好奇和愤怒，就接着叶小海的话茬儿问：“医生们干吗去了？”

“干吗去了？闲着呗，他们用这种方法整治那些刚入院的不听话的病人。给这些新病人个下马威，就会听话了。”

“吃饭吧！说这些干什么！”叶小淋大声地说。她好像已经看到了弟弟、妹妹的怒火，就要烧到饭桌上来了。

叶小汀看看周围吃饭的人们似乎在看着他们，就连忙小声说：“大姐说的对！咱们先吃饭，回家再说。”

“吃饭！我告诉你们，你们以后休想把我再送进医院。谁要是再敢，就试试看。”叶小海说话的口气中，充满了威胁。

“没有人送你去，只要你好好吃药。”叶小淋以医生看病人时的态度，平静地说。

“那些以前进过精神病院的人告诉我，医生们有一种带电的手套，在你头上来回胡噜，那就是电疗？”

“小海，那些治疗方案是医生制定的，不会伤害病人。你的这些感触，只是听那些病人说的，到底是怎么样，咱们也不了解，别乱说。”叶小淋耐心地解释着。

“好了，小海，咱们先吃饭，回家再说。”叶小淋把菜单递给叶小海。

叶小海接过叶小淋递过来的菜单，使劲地摔到一边。

叶小淋并没有因此生气，她拿过菜单又递到叶小海手里说：“现在先吃饭。先把这些事放一边，治疗上的事情，咱们不懂，只能听大夫的。”

“你们就知道这些。什么也不懂，等我死了，你们就知道我活着的价值了。”叶小海仍旧沉浸在那些痛苦里。

叶小汀听着这些只有在电影里才能看到的情节，几乎晕了。她感到，受到了空前绝后的打击。这些细节，几乎要把叶小汀毁灭掉。她突然觉得自己应该做点什么，才能对得起弟弟。做什么呢？杀人去？不可能！她觉得自己下不去手。打人去？那更不可能！自己没打人之前，也许就被别人打得落花流水了。再说，杀谁？打谁呢？疯狂的想法，充满了叶小汀的脑袋。

叶小汀好像觉得自己到目前为止还算幸运。在父母去世的最后一刻，她都没有赶上那些诀别的时刻。这并不是她没人情味儿，而是她如果就在现场也不敢看。这和很多人的想法好像很不同。

她内心明白，最让她承受不了的就是，各种带腿的虫子、各种身体的创伤、各种生死的别离。这些情形，似乎都让她脆弱的内心随时破碎。就像一面打破的镜子，即使粘合起来，裂痕也还会历历在目。这些情形随时冲击着她的记忆底线。让那些往事更加醒目，重新历练她那纤细的神经。

叶小汀觉得，比如这样，不如让她死在这些事情的前面。让她的内心世界，永远保留着美好的画面。

“小海，点菜吧。小汀，想什么呢？”叶小淋用平和的声音看看叶小海手中的菜单，又看看愣神的叶小汀说。

“我随便吧。有带鱼吗？我就想吃这个。我以前，每次和妈出来吃饭都要点这个菜，这也是妈最爱吃的菜。”叶小海就像刚才什么也没发生似的说。

“那就点个带鱼。”叶小淋继续附和着叶小海说。

“小海，我觉得你应该去检查一下身体。那个医院里发生的事情，会出现交叉感染，也许会有传染病。”叶小汀突然对叶小海建议说。

“你有完吗？”叶小淋用责备的口气看着妹妹说。她不想在这个吃饭的时间里，把刚才叶小海叙述的事情再扩大化。她内心非常明白，这样的病人无论有什么纠结，都不能随意地去强化它。而更多的做法，应该是疏导。用个新说法，就是减少互动。

“我知道，这不也是为他好吗？”叶小汀倔强地回应着叶小淋。

“这还用你想吗？一回来，我就给他开了全血生化检查化验单。”

“化验结果怎么样？”叶小汀急切地问。

“怎么样？你在医院时是干这个的，化验结果肝功核心抗体阳性，医生说我感染过肝炎病毒，现在正在恢复期。怎么样？你们高兴了吧？我是爸和妈的儿子，你们高兴了吧？哼！”叶小海用鄙视的眼光看着叶小汀说。

叶小海这样的口气，好像更加震动了叶小汀内心的良知。她还在想像着更多地惩罚自己的办法。她真想地下裂个缝儿，马上掉下去，然后就什么痛苦都结束了，她的急脾气，火急火燎、不计代价。虽然这么想，但这也不可能。她明白，所有的想法都是为了自己内心的平衡。原来，人有多么自私。

叶小汀从不和家里人及朋友们交流自己的想法。说了真话，自己就会感到体无完肤、无地自容。她过不了自己的这一关。

“你们知道吗，我以前没和你们说过。我这次回家来还发生过。”叶小海突然像是自言自语地说。

“什么事？”叶小淋似乎很敏感地放下手中的筷子问。

“晚上，也就是夜里，经常听见有人大声敲门。我不理他们，你们不信去看看，我家防盗门上的纱窗都被打破了。”叶小海说。

“是谁干的？”叶小淋和叶小汀对视了一下，心想，这事怎么这么蹊跷，是不是叶小海又幻听了呢？

“不知道。我从没去开过门，看看是谁？我就不信，他能破门而入？”

“怎么不报警？”叶小汀说。

“报警？我可不想再见那些警察。”叶小海心有余悸地说。

“哪天，我回家住一晚，看看谁敢这样，我就不信了。”叶小淋像是在对自己说似的。

“你回来？你要来，可能他们就不来了。”

“你们说什么呢？怎么像是绕口令？”叶小汀说。

“你别插嘴，让他说完。”叶小淋打断了叶小汀的话，她遇事，总是从医生的角度看问题，这已经是她的职业习惯了。

“昨天晚上，倒是没人敲门。可是，我晚上睡觉时，听见身后好像有人，就在桌子边上。我听见玻璃烟灰缸轻轻地放在玻璃板上的声音，很清晰。又听见一串钥匙轻轻地放在木地板上的声音，就在我的床头边上。还听见墙上的画轴敲击墙壁的声音，那声音是从我背后传来的，都很清楚。但是我没有回头看。”

“你说的这些事，怎么这么瘆人？”叶小汀说着不禁打了个寒战。

叶小淋瞪了叶小汀一眼，又用怀疑的目光看着叶小海说：“是吗？这几天你的药按时吃了吗？”

“什么？你怀疑我？世人伤我，我该如何？答曰：让他，敬他，远离他。”叶小海抬着头像是在吟诗一样地说，他眼中表现出的那种空灵感，就像是身处世外桃源一样。

“先不要说这些了。小海，我认为你目前最重要的事情就是：一定把药吃够量了，这是保证你健康的最重要的前提。”叶小淋看看弟弟，用医生的职业方式提醒着叶小海。

“我知道了，这还用你说吗？”叶小海显得很烦躁。

“那好。听大夫的，好好吃药。”叶小淋用医生的职业影响力进一步强调着吃药的重要性。

“我会的，我永远都不会再住院了，我告诉你们，谁要是敢把我送进医院，我就先杀了她，再自杀。”叶小海显得恶狠狠地。

叶小淋和叶小汀对视着，什么话也没说。

“二姐，你不是最信有鬼吗？你觉得我刚才说的那些事情怎么样？你信吗？”叶小海似乎突然又把刚才没有尽兴的话题捡了回来，兴致勃勃地说。

“我信，我知道你说的那种感觉。我真的信。”叶小汀好像是对自己说似的，回答着叶小海。

叶小淋用奇怪的眼光看着妹妹说：“小汀，你要鼓励小海自觉按量服药，不要助长他的那些不良的想法。”

“大姐，你说得有些太简单了。就是对小海说话，也要讲究些尊重。”

“嗯？这个怎么讲？”叶小淋对叶小汀的话有些匪夷所思。

“没什么，我只是觉得，无论我们有什么病，我们的人格是平等的。”叶小汀平静地说。

“你们怎么了？”叶小海好像并不在意两个姐姐的争论。

叶小汀没有搭理姐姐的警告，继续和叶小海交流着：“小海，二姐知道你的想法。你那些感觉并不是什么错误，就是再正常的人都会产生错觉。那不算什么。”

“什么？你以为我那些是错觉？我是真的听到了那些声音。我在那些房子里住了几十年，房间里每个角落发出的细小声音，我都知道来自哪里。我太熟悉那些房间了，你怀疑我吗？”叶小海好像更介意自己的看法被别人质疑。

“我不是那个意思。我是说，有时，有些不可思议的事情发生时，要用更加科学的思想去解释那些事情。那样才能更对得起自己。”叶小汀解释着。

“你这是什么意思？”叶小海很在意二姐的说法。

“我是说，这样做。就可以不给自己压力，让自己好过些。”

“我没什么不好过的。我好像觉得，那是爸和妈来看我了。”叶小海好像在梦里陶醉着。

叶小淋瞪了一眼叶小汀说：“好了好了，别讨论这样的事情了。还是把吃药的事情放在前面，这比什么都强。”

叶小海什么也没再说，起身去卫生间了。

叶小淋转身朝叶小汀小声说：“你不要在叶小海有那些幻想时更加强调那些想法。安定医院的专家都告诫过我们，这样对他不好。知道吗？”

“你认为那些说法是假的？你认为那些声音没发生过？你的神经系统就那么强大？”叶小汀生气地看着姐姐问。

“你难道认为那是真的？”叶小淋反问道。

“我觉得，在某些时刻，某些想法就是真的。现在科学都承认了这些现象的存在。你没这么敏感，就别这样指责他。”

“什么？简直是胡说，你还助长他？”

“你自己这样认为，就这样认为吧。你不能阻止别人也像你似的，像个木头，你要尊重叶小海，他也是小五十岁的人了。”叶小汀不依不饶地说。

叶小淋一时没有找到合适的话说。她用惊奇的目光，重新审视着这个经常被她指责惯了的妹妹。她觉着一家人就应该想说什么就说什么，不必这么多的忌讳。要不怎么还是一家人呢？

“我觉得，他并不是所有的想法都一无是处。再说，他的这些想法，也没伤害到别人，就让他想好了。他那么想爸和妈也没什么错误，就别管他那么具体了。”叶小汀继续用平静的口气挑战着叶小淋的权威。

也不知道是因为叶小汀的话有道理，还是叶小海从厕所里出来了，叶小淋赶紧说：“就这样吧，咱们都要把自己的健康弄好。活着最重要，好好活着就更重要。”

“你们说什么呢？”叶小海坐下看看两个姐姐，好像有些摸不着头脑似的问。

第二天一早。叶小淋在医院的楼道里遇到了黄奕明。因为今天病人少，所以这些大夫也显得比较清闲。

“叶大夫，你早。”黄奕明朝叶小淋打着招呼。

“哦，黄大夫，你好。”

“您弟弟最近好吗？”

“还行吧，最近好像对那些新的药有些适应了。”

“噢，那挺好。我们最近搞的关爱社区病人精神健康活动，也欢迎叶小海来参与。”

“好，有时间让他来看看。不过，最好是等他病情稳定一下再说吧。”叶小淋敷衍着说。

“噢，对了。听我家赵林一说，‘天堂邮局’似乎关门了。”黄奕明开玩笑地对叶小淋说。

叶小淋听了这话一怔：“啊？什么？噢，是吗？”

“您没事吧？叶大夫？”黄奕明似乎注意到了叶小淋的某些变化。

“没事，昨天住在小海家，可能没睡好。”叶小淋掩饰着自己的情绪。

“是吗？叶小海没事吧？”

“啊，他没什么事。噢，我还有事，先走了。”叶小淋边说边拿着手里的病历晃了晃。

“那好，叶大夫，您忙着，有事说话呀。”黄奕明热情地说。

“好。”叶小淋说着快步走了。

看着叶小淋的背影，黄奕明有些莫名其妙的感觉。她不知道叶大夫今天怎么了？也许是她干的这一行有点儿特殊，好像对很多事都比较敏感。她凭着职业的感觉，似乎觉察到叶大夫身上具有某种不太让人能够觉察的东西。是什么呢？她自己好像也说不清楚，也许是自己太有事业心！她笑笑走进自己的办公室。

黄奕明内心明白，自己随时会帮助那些需要帮助的人。

叶小汀早上起来，觉得自己好像有些脱水的感觉，眼睛睁得特别的大，夜里拉了七八次肚子，不知道昨天吃的饭是不是干净，反正现在她感到肠子在肚子里好像扭着劲儿，就像是有只手在那里揪扯着，难受的感觉持续不断。就觉得，现在就算死了一点儿都不会后悔，她总有那种一了百了的想法。这样晦暗的心情，好像在遇到任何坎坷时，都会蹦出来晒一次。

这时，她才想起试试体温，一看，原来发烧了。又量了量血压，150/89。这时，她感到自己严重地头疼起来。

高血压？自己会是这样？她一想，疼痛会升高血压。

这也亏了她是医院出来的医务人员。她马上翻出了一堆药来，吃了消炎和止痛药后，肚子算是不拉了。但是，头疼还在继续，肚子里乱七八糟的感觉还十分强烈。叶小汀头一次被疾病打倒了。

林建平看着老婆难受的样子说："小汀，要不然给你买点儿药去？"

"不用了。家里都有，我吃过了。"叶小汀一边哼哼着一边说。

"你看要不要去医院？"林建平关切地问。

"不用。没事，吃点儿药就行了。我知道自己怎么回事。"

"你想吃什么？"

"就想躺着。什么也不想吃，还不如就这样死了得了。"叶小汀难受地说。

"别这样，不就是得个病吗？"

"噢，行。我知道了，不说了。"叶小汀难过地在床上翻了个身说。

看着老婆病得这么难受，林建平说："那我去买点儿菜，一会儿做点儿饭和叶子吃。"

"那好，你自己看着办吧，不行就买些饭。别做了，这么麻烦。"

"你别管了。我一会儿就回来。"

叶小汀好像是因为吃了药，刚起来才不一会儿，就又睡着了。

不久，叶小汀听见从厨房里传来林建平和林叶子的吵架声。声音时高时低。

"你放这么多油？"林叶子大声地喊着。

“怎么了？这是橄榄油。”

“橄榄油也是油呀？”

“没事，你妈说吃橄榄油不会增加胆固醇的。”

“尽胡说！你什么都听她的，就不信我说的。”林叶子挑战着叶小汀的权威大声地叫着。

“不放油怎么炒菜？你一边待着去。”林建国大声地呵斥着林叶子。

“我才不呢。先少放点儿油。”

“就这样吧，放肉吧。”说着，林建平就把买来的肉馅倒进锅里。

“先放葱，那样才香。”

“我知道，我又不是没做过饭。”林建平手忙脚乱地炒着锅里的肉馅说。

“酒在哪里？”林叶子拉着橱柜的门翻找着。

“料酒，用料酒。”林建平大声地叫着。

“不知道我妈把调料，都藏到哪里去了？”林叶子一边翻找着，一边大声地说。

“好，好，少放点儿。”好像是找到了料酒，林建平提醒着林叶子。

“你看你，锅台上都是油点儿，我妈肯定训斥咱们。”

“先做饭，一会儿再收拾。”林建国镇定地说。

“先放盐，再放酱油，要不，白不呲咧地怎么吃呀。”林叶子一点儿也不将就地指挥着林建平。

“你别叫了。我和你妈结婚这么久，我知道该怎么做饭。”

叶小汀似睡非睡地听着他们的争吵。一会儿声音小了，好像是在饭厅里吃饭了，就听见林建平在不住地夸着自己的战果。

声音忽大忽小。叶小汀突然有种感觉，她现在要是死了，这两个人该怎么活？但是，转念一想，现在这个世界上，谁离了谁都死不了，也许过得更好呢！

叶小汀突然想起妈妈曾经对她说过：自己的哥哥虽然很少来北京，并不是他不爱妈妈，那是因为他也没有什么钱，他没办法。

但是，叶小汀想不通的是，这就是在妈妈就要去世时还不赶紧来的原因吗？她觉得，她不会原谅叶建国。她不知道自己为什么又会想起这些。

林建平的话打断了她的思绪。

“你现在怎么样了？想吃东西吗？”林建平好像已经吃过饭并且也把一切都收

拾好了。他走进房间对躺在床上的叶小汀说。

“你们把你做的饭都吃了？”叶小汀问。

“嗯，我们合作了一顿饭。”林建平轻描淡写地说。

“我都听见了。”

林建平笑着对叶小汀说：“叶子看来以后不会饿着，挺能干的。你现在吃药吗？”

“过会儿吧。”

林叶子突然跑到叶小汀面前说：“真的很羡慕你，你不吃饭，就可以减肥了。”

叶小汀顾不上责备林叶子，话题一转说：“别胡说了，你记住，你舅舅的那些存款单，就放在那个黑包里。以后，万一我不在了，你就替我还给他。”

林叶子好像被什么撞了一下，突然收敛了玩笑说：“妈！你现在说这些干吗？你没事吧？”

“没事。你记着，那些钱，是他保命的钱。”

“妈，你对舅舅太好了。可是，他是怎么对你的？”林叶子像个大人似的说。

“你不懂，别瞎说。你要记住，那些钱是我替他保管的。”

“知道了。先别说这些了，你会没事的。”林叶子说。

几天后的一个傍晚，赵林一像飞一样地骑着车回到家里。一进门就高声地喊道：“老婆。‘天堂邮局’又开门了。”

黄奕明闻声从厨房里跑出来：“什么？怎么啦？”

“你看，今天又收到两封寄往天堂邮局的信。”说着，赵林一从自己的包里拿出两封信放在黄奕明面前的饭桌上。

黄奕明看看那些信件问赵林一：“什么时间收到的？”

“我取邮件时看到的。今天开会，取信晚了些，就是刚才。”

“也许，叶小海又犯病了。也不知道叶大夫他们知道不知道？”黄奕明首先想到的是叶小淋一家。

“是呀，我们领导也很重视这件事情。这不，一下班，我就把信带来了。”

“明天一早，我就把它交给叶大夫。”

“真是的。我还以为，那件事后，就没我们邮局什么事了。没想到，心理有病，就拿我们邮局开涮。”赵林一发着牢骚。

“你又来了。”

“那当然了。这里面如果没有你什么事，我才不操这些闲心呢。”赵林一大声地说。

“你操心什么？你又不是大夫。”

“就因为不是大夫，我才操心呢！你看看那个叶小海，人高马大的，犯起病来，三五个人都不是个儿。你是我老婆，我当然为你担心了。”

“你真好！”

“那是！再说，他们家里，也没什么能顶个儿的。就是加上你和老费也没用。我看，这事，你还是撤吧。”

“你不是大夫，你当然不能完全理解我的心情。我也不是假装的，我和叶大夫在一起工作，关系也不错。这样的事情，我会管到底的。”

“我知道你就是这么一根筋，死心眼儿。”

“这是我的职业。就像你是个邮递员，也有你的职业操守一样。”

“唉，我也管不了你的事。你自己多小心吧！现在精神病人杀人的事情报上经常登。你好好想想，你从事的可是个高危职业。”

黄奕明笑着说：“你就担心这？”

“那是，你是我好不容易娶来的老婆，我可不想你马上就这样牺牲。”

“说什么呢？你！谁牺牲啦？没那么严重。”

“可我老是那么担心！”赵林一显得心事重重。

“没事。我不是说过吗？我又不是去拼命。这个行业也有自己的办法。你不用这么担心！没事。我知道你是为我好。”

“那就行，反正我就是不放心。”

“行啦。咱们先吃饭吧。明天，我把这两封信交给叶大夫。提醒她们，带叶小海去安定医院检查一下。看看再怎么治疗？”黄奕明哄着赵林一说。

“那先说好了。你不要再去看叶小海。”

“好。我答应你。有些事，也不是我们社区医生能管得了的。”

“那我还放点儿心。”

“好。先吃饭吧。”

黄奕明说着，把已经做好的饭菜放在了饭桌上。

已经是夜里十一点多了，林建平没有睡觉，因为，一直到现在，叶小汀还没有回家。

林建平不断地看着手表，用心地听着楼道里每一个上楼路过自己家门的脚步声。

他看看墙上的表，手里拿起电话打给叶小淋："喂？大姐吗？"

"是我，谁呀？"电话的另一边传来了叶小淋疲倦的声音。

"我，林建平。"

"这么晚了，有事吗？"

"小汀在你家吗？"

"没有？怎么了？她现在还不在家？"叶小淋好像突然醒了过来似的追问着。好像自从收到"天堂邮局"的信后，每当家里有什么事情发生，她好像都显得十分敏感和警觉。

"她现在还没回来，我以为，她在你那儿呢。"林建平焦急地说。

"会不会去了叶小海那儿？"

"也许吧？我还没给他打电话，我怕他瞎想。"

"你先放下电话，我给小海家打电话问问，看她是不是在那儿？"叶小淋此时表面上显得很镇定。

"那好，一会儿，你再给我打电话。"林建平挂了电话，好像突然有种不祥的感受。他觉得自己好像从来都没有像现在这样，这么需要叶小汀。

那些二十多年婚姻生活里的苦辣酸甜，好像一下子全都涌上心头。他感到心里堵得慌，下意识地拿出速效救心丸吃了几粒。似乎这时的感觉，好像好了一些，心里好像也不那么堵得慌了。

林建平此时觉得，叶小汀就是他的一切。他很奇怪地想，怎么这么些年，心里早就没有这样刻骨铭心的感觉了，也许，那些平凡琐碎的家庭生活，已经把那些闪着光的爱情早给埋没了。自己怎么就没有在这以前的很多时间里，更多地感受到这些现在的感觉呢？是因为老了吗？是因为不再在乎对方了吗？仔细想想，好像都不是！那是为什么呢？

林建平也奇怪自己为什么现在突然会想起这些。

时间好像过得飞快，没容林建平再仔细多想什么，就听见了急促地敲门声。

林建平打开门一看，门外是焦急的叶小淋、郑健和郑佳佳一家人。

黄奕明躺在床上还没有睡着，她好像被某种责任感强烈地驱使着。她觉得，这两封新的寄往“天堂邮局”的信件，好像承载着什么似的。她翻过身，小心地从床上坐起来，生怕惊醒了赵林一。她知道，明天，自己的丈夫还有很多事情要做。

黄奕明小心地来到厨房。她觉得有义务要把这两封信的事情马上通知叶小淋，她怕叶小海因为自己的延误，会出什么事情。

“喂？哪位？”叶小淋的手机接通了。

“我，黄奕明，您没有我的手机号吗？打扰您了，叶大夫。”黄奕明小声地说。

“有什么事吗？黄大夫？”

“是这样，今天，赵林一回来，说‘天堂邮局’又开门了。”

“什么？怎么回事？”叶小淋拿着手机的手直发抖。

“我家赵林一回家时，带来两封今天中午收到的寄往‘天堂邮局’的信，本想明天一早交给您。但是一想，怕耽误了什么，现在就先告诉您，好有个思想准备什么的。看看是不是叶小海的病情又有什么新的变化？”黄奕明生怕落下什么似的说。

“什么？你说什么？这不可能。”叶小淋的眼睛几乎快要瞪出来了。

“叶大夫，您没事吧？”黄奕明似乎听出了叶小淋的焦急。

“黄大夫，这样，我告诉你我妹妹家的地址。你现在就来我妹妹家，把信一定带来，好吗？”叶小淋镇定了一下自己的情绪说。

“啊？好吧！”黄奕明感到事情有些蹊跷，支支吾吾地应道。

黄奕明放下电话，叫醒了赵林一。

“嗨，醒醒，好吗？”黄奕明摇晃着熟睡的赵林一说。

赵林一翻个身，看见老婆慌张的样子，揉揉没睡醒的眼睛着急地问：“怎么了？老婆！”

“快起来。和我出去一趟。叶大夫家好像出了什么事。”

“噢，还没睡醒呢。”赵林一显得很不情愿地说。

“没睡醒也要起来陪我去。”

黄奕明和赵林一慌不择路地来到叶小汀家。一进门，叶小淋就急忙地从黄奕明手中接过那两封信。她连招呼客人的事情好像都忘记了。

叶小淋突然有种揪心裂肺的感觉，她好像已经猜到叶小汀去了哪里。她急切地拆开一封信。就这么巧，那正是写给她的：

“大姐，这么些年的争吵就此结束。

“我知道，我这次盗用小海的名义，给‘天堂邮局’写信，只有这样，才能不被你们阻拦，去做我自己早就想做的事情，我现在终于有决心也有勇气了，我觉得这样的结果对我来说最好。

“我离开这里。被人怨恨消失是最好的办法，很快被你们忘记也最好，因为你们都不需要我。

“我不能再看见别人受折磨或者死亡。

“我也许会去天堂，在那里见到爸妈。他们的离世，对我来说铭心刻骨，我一直想他们。

“我和林建平吵架，心里难受。他不给我安全感。动荡不安的生活我过够了。想去找你，却把车开到八宝山，在大门前哭了很久。心里觉得事事茫然，突然感到，我很多余。

“我替小海保管的那些钱，叶子知道在哪里，密码她也知道。你们替我还给小海以备不时之需。

“叶小汀。”

看完这封信，叶小淋此刻情感已到沸点。眼泪不住地掉了下来，那些以往和叶小汀间产生的所有麻烦，全都消失。心头涌上的只有自责和悔恨，就像汹涌的海啸，从头到脚地荡涤着叶小淋的每根神经，细数着心头那些昔日难以忘怀的亲情和现在无尽的痛苦。

林建平似乎感到了什么。他从叶小淋手里夺走了另一封信。信封口也被他撕得乱七八糟，但此时，这已经不重要了。

林建平胡乱地打开信件看到信上写着：

“建平，再见。

“别怪我不辞而别，不要找我。

“以前，和你吵架说过很多伤人的话，我道歉。这是最后的一点儿心意。

“我时常感觉我是垃圾桶和饭桌之间的那个东西。我不要的，可以扔。你们高兴时就和我好好说话。不高兴时，就对我发火。你和叶子的吼叫声，让我无地自容，这让我感到我很没用。我的忍耐，是想让这个家更加完整。因为，这个家就是我生命的全部。

“我累了，我战胜不了我自己，无法用更大的宽容度来完成更多的事情。无法逾越我给自己界定的那个尺度。凭我怎么努力，永远也不会到达那里。

“没想到，年轻时的完美主义思想，到老也没实现。留着下辈子努力吧。

“麻烦你帮叶子长大。她有太多的理由，需要你的注视。

“叶小海的钱，一定要交给他本人。那是他保命用的。这样，才能偿还我心里因没照顾好叶小海而累积的罪恶感，这感觉让我透不上气来。

“尽管如此，你是我遇到的最好的男人。谢谢！

“叶小汀。”

林建平紧紧地抓着手里的信，手抖得像要把信纸变成粉末。他甚至不知道自己为什么泪流满面。手里拿着的信，不正是那个前几天还在和自己作对的女人写的吗？她一死不就没事了吗？现流行有车有房死老婆，这不正好吗？哭什么？但那终究是二十几年的爱情，就在分开时刻，像一朵突然绽开的玫瑰，显得那么耀眼夺目。

这时，黄奕明被眼前的一切惊呆了。她做梦也不会想到，那些信里面有这么多秘密，完全颠覆了她对这些信件的判断。

叶小淋此时有些歇斯底里地号啕着：“都是我不好，都是我的错，我怎么对得起你呀！”

林建平似乎好像刚从梦里醒来似的看着叶小淋。她不知道叶小汀的这些事情和叶小淋有什么关系，他用狐疑的目光看着眼前的叶小淋，揣测着她说的每一个字。他不知道叶小汀为什么非要这样做，他不能理解她什么都有，还想要什么？

“你说什么？”林建平站起来朝着叶小淋大声地质问。他瞪着那双眼睛，就像要喷出火来。

“我对不起小汀呀。我才该死呀！”叶小淋只顾自己在那里放声大哭，她并不关心林建平的态度。

“你干了什么？你到底干了什么？”林建平不住地问着叶小淋。他感到怒火中烧，身体里好像有个恶魔在往头上蹿，他觉得自己就要做些什么了。

“我就是对不起小汀呀。”叶小淋有些歇斯底里，她好像什么也没看到。

“这到底是怎么了？”黄奕明惊奇得简直就要跳起来了。

“镇静点儿！先别说你们那些事，叶小汀怎么了？”林建平赶紧抓住叶小淋不停地摇晃着她。其实，他也是怕事情一发不可收拾。他知道，现在最重要的是找到叶小汀。

叶小淋似乎好像镇定了一些，她突然好像有些清醒了，看看周围这一堆人说：“赶快报警！赶快报警！也许，还有希望！也许她只是一时糊涂，快报警！”

“已经报了。”郑健终于能够插上嘴了。

“你这事做得对。”叶小淋像是疯了一样，使劲地抓着丈夫的胳膊说。

“你就从来没听过我的话。我以前就说过，叶小海已经快要到了做爷爷的年纪了，你们还要像对小孩那样对他。那不仅对他没好处，对你们自己也是个伤害，现在这不是报应吗？”郑健在这样的时候说这些话，就像是在开玩笑，又像是在说风凉话。

“郑健，你少废话。她是我妹妹，没你说话的分儿。你现在说这些，真是个混蛋！”叶小淋朝郑健怒不可遏地大声叫喊着。

“好好好，我就是个混蛋。您老别生气了。”郑健自知理亏地说。

好像这时没有人再责备郑健。也没人顾及他这样的出言不逊，也许他说得有道理。但是，好像没人愿意现在就采纳他的意见。虽然，所有人现在好像都在反省着自己做过的那些事情，但谁又都不愿意接受现在这样的事实。似乎感到，也许在某个角落里，叶小汀正在那儿战栗！正在等待着心灵的救赎！正在生死的边缘上挣扎着。这样的想法，在叶小汀亲人们的心里，似乎正在膨胀着，积蓄着力量，焕发着他们眼看即将就要消失的希望和梦幻，并且在放大着这个光环。也许，此时还来得及吧，每个人的心里似乎都在猜想。其实，绝望的开始就是希望，然后是幻想，然后是现实，然后是幻想破灭，最后就是接受事实或者拒绝接受事实。但是，希望事情是有救的开始，谁不希望叶小汀能回来呢！如果来得及，也许所有在场的人，都会用自己的行动，补偿叶小汀心里那些本不该有的遗憾。并且从心灵深处更多地把自己的温暖给予家人。让最内疚的感觉，在那一刻能得到充分的解放。

“报了警！怎么说？”叶小淋此时好像有些恢复了往日的家长式形象。

“110说，人失踪后报案24小时生效，可能这件事情要等到明天早上才能有结果。也就是说，就是他们现在出警，也是毫无线索的。”郑健用小心的口气说。

“什么？这还不是人命关天吗？是你瞎编的吗？”林建平大声地喊着。此时，他已经陷入了绝望的境地，他不想控制自己的感情，他要尽情地宣泄自己心中的情绪。

“你就是骂破天，也没用，那警察局不是咱们家开的。”叶小淋拿着手机指指窗外说。

“我可不是你老公，现在是我老婆没了，你少用这样的口气对我说话。”林建平生气地回敬着叶小淋。

“哎，你还别抬杠，那可是我的亲妹妹。我就不明白了，放着活人，你不好好地疼她，现在人不在了，倒把你露出来了。怎么着啊？”

林建平瞪了叶小淋一眼说：“没一个正常的。”

“你说谁呀？就他妈不正常了，你能怎么着？”叶小淋大声地指责林建平。

“现在不是吵架的时候，还是先救人要紧，你们不要吵了。”郑健拉了一把叶小淋小声地说。

“对，你说得对。”叶小淋好像又回过神来说。

“我看咱们现在先看看叶小汀那些朋友处有没有她，然后再说别的，她平时节俭自己，连外出旅游都不愿意花钱。我想这个时刻，她也许不会在什么酒店住着，一定是开着车子去了哪里。”林建平似乎平静了一些，分析着说。

“这还差不多。我们先看看家里，她留了些什么？”叶小淋提醒着林建平。

“我要妈妈，我平时总对她发火，我恨死我了。”林叶子一边哭一边说。

这时大家好像才注意到林叶子穿着睡衣，蜷缩在沙发里，看着刚才大人们的表演。

“过来，你不要责备自己。你妈没事。”林建平站起身来，爱怜地把女儿搂在怀里。

“我要妈妈，呜呜……”

黄奕明如梦初醒般地突然感到：眼前发生的一切，就像是在演电影。这个剧本里的每个人物，都十分鲜活，就像是事先就有的编排。他们陆续登场，层次分明地扮演着自己的角色。每句台词和每个情节，都逐步把剧情推向高潮。叶小汀走到这一步，一定有她特殊的原因。叶小淋也许还有一些没有说出的隐情。而真正的病人叶小海，在药物的控制之下，也许并没有这么激烈的情绪。她隐约地感到：也许，在那些精神病人的家族中，真有某些DNA序列在蠕动。很多人的DNA片段上，会有某些细小的错位。也许就是这些因素，影响着人们的情感。她似乎好像明白。像她这样的心理大夫，并不能完全解读和治疗现在社会上所有人们的心理问题及各种压力所造成的心理障碍和扭曲，这些带有强烈个人色彩的表现，出乎预料，难以博弈，没有人能够完全避免自己心理上的纠结带给自己的伤害。没有人能完全保证自己的精神状态能持续愉悦。

不过，黄奕明知道，现代医学已经证明，人的第七对染色体的变异，会给人们带来天才或者精神病人。那些一步之遥的尺度很难特别把控。似乎取决于一个叫做“抑制现象”的评判，那好像是指对一些与自己无关事情的忽略能力。但是这个“忽略能力”的判定，对于一个基层诊所的心理科大夫来说，有些高深。但她愿意了解，也许对今后的工作有用。但眼下的事情怎么办？她觉得自己还是沉默最好。她内心里十分感激赵林一和邮局的人们，没有他们的发现和帮助，也许这一切还是个谜。她看了一眼赵林一，示意他现在也不要乱说话。

林建平刚刚把叶小汀通常情况下，那些放私密东西的地方，全都搜罗了一遍，他手里拿着一个包和一些纸片伤心地说：“这些就是她留下的东西，没什么特别的，就连那些她认为很重要的东西也都在，这是车钥匙。”

“这说明什么？”叶小淋看看那些东西问。

“这说明她狠下决心地干了她想干的事情。几十岁的人了，难道就不能等等再说吗？”林建平用手使劲地翻着那个手提包说。

“黄大夫，您有什么看法？”叶小淋抹了一把眼泪，回身看看一直沉默着的黄奕明说。

“我？这事？我觉得我和林一好像很唐突。要是没有我们掺和，也许你们家会过得很平静。”黄奕明看着一家人悲痛的表情，像是在自责似的小声说。

“哎，那可不是，你们就是‘天堂邮局’的代言人。要不是你们这些好心人的帮助，也许现在还不知道我家叶小汀干了什么，也不会知道我家出了什么事。”

“‘天堂邮局’？叶大夫，那也是你们家里人发明的地方。我家赵林一也只是尽了职的邮递员。”黄奕明看看大家说。

“但是，如果没有你们邮局方面的密切配合和热情帮助，我们也许到死都发现不了我家这些人内心的秘密。”郑健好像若有所思地说。

“是呀，要不怎么弄清我家人的想法？”林建平像是在自言自语地说。

“现在，是人命关天的时刻，还是说说怎么找叶小汀吧。”叶小淋好像很不耐烦。

“对，我觉得，现在最重要的是叶小汀也许还没死，也许还在犹豫，也许时间还来得及。”黄奕明镇定地分析着说。

“你这么看？”叶小淋问。

“我这样想：如果她真的就这样撒手人寰了，写这些信还有什么意义？”

“你想说什么？”林建平好像突然被唤醒了什么希望似的问。

“她可以采用那些更加隐蔽的做法，留下那些你们在一段时间里也许找不到的提示，以便给自己留下更多的犹豫时间和实施自己想法的余地。因为，死也是需要勇气的。也许她还在选择死的方法，也许她会因为什么，突然回心转意。这都有可能。”黄奕明小心翼翼地阐述着自己的观点。

“你说的这些，有什么根据？”林建平还是紧紧地追问。

“我是个心理大夫。我知道，如果一个人不是傻子，不是被胁迫或是失去理智，在死亡面前，都会在那一刻，把自己一生的所有的想法从头到尾地想上一遍，也许，就在这个时候，会有某些难以割舍的东西让她因而把生命留下来。”黄奕明用自己认为最通俗的想法说着这些分析。

林建平好像因此产生出无限希望而急切地说：“我必须去找，立刻！马上！现在就去。”

说着，林建平起身去拿外衣。

“你现在去哪儿？”叶小淋很理智地说。

林建平看看叶小淋好像突然醒悟，他拍着自己的脑袋说：“是呀，现在能去哪儿找呢？”

“我看，现在咱们最好先去派出所。也许警察比咱们更有这方面的经验，他们会对我们有更好的建议。”黄奕明坚定地说。

黄奕明似乎在这一刻，好像更明白了似的。她下意识地看看眼前的这一家人，虽然有些支离破碎，但是其实也算完整，并且还很团结。这，也许就是亲情。她在内心深处，似乎更加坚定地感到，她的工作有多么伟大和神圣。赵林一看看老婆淡定的样子，突然意识到自己虽然不情愿，但是无意间却干了件伟大的事情。似乎显得真像是从天堂派来的使者。他的那个邮局，好像也真的成了个“天堂邮局”。尽管当事人生死未卜。但是，最起码，依靠这个“天堂邮局”提供的线索，总算是还有下一步行动的目标。

叶小淋也许是这些人里心情最复杂的了，她很清楚自己做了些什么。她知道，自己内心其实比谁都脆弱。那些脆弱的表现，被自己强悍的外表掩饰着，她知道自己实际上导演了这次悲剧。叶小淋清楚地知道，她写的那四封信，就是导火索。她没有和郑健交流的勇气。那些心理的症结，时时侵扰着她。就像蚕食，一点点地剥脱着她的理智。叶小海不断地、无休止地病情演变，在她的内心投下巨大的阴影。长兄为父的观点，在她家里丝毫没有任何体现。家里的各种事务，似乎都落在了她这样的一个看似强悍实则羸弱的女人的肩上。这些事情的重量，其实是随着心理压力的增大而加重的。叶小淋觉得，自己就要被压垮了。这些强大的心理压力，她没有对自己的同事说，也没有去医院看看心理大夫，哪怕是近在眼前唾手可得的帮助也没让她下定决心去获得。她现在的自责，超过了在场的所有人。她知道，如果自己不乱写信，不用这样愚蠢地方法排解自己的压抑，妹妹也不会走到这一步。尽管如此，她现在又做出个决定，她要守住这个秘密，不让人们看穿她内心的那份亏虚。她也就是在这一刻，决定要把家里的事情处理好。她好像突然感到，这个家的人们对她的信赖和依靠。虽然她心里的痛苦更加深重。但是，她下定决心，就是为自己的弟弟叶小海，为这个既可怜又可恨的弟弟，也要把戏演下去，也许会完成她心灵的救赎。她想在以后用行动，来弥补这个损失，尽管这是个无法弥合的窟窿，但她要努力，

明天，全家人要全力以赴去找叶小汀，也许，她还活着。

全家人似乎要从这个结局里想些什么。这也许就是现今社会的一个缩影，在各种压力面前，人们采取不同的手段来保护自己，也许是求生的一种本能，但是，在这些无声的内心世界里，又会有怎样的事情发生呢？

夜色，在这家人的悲痛中，变得更加浓重。那个叫做“天堂邮局”的大门紧闭着，但愿不再接到这样的信件。但愿人们在内心纠结时，能寻求到更好的解决方案。